Wilhelm Jensen

Jenseits der Alpen.

Novellen

Wilhelm Jensen

Jenseits der Alpen.
Novellen

ISBN/EAN: 9783741110733

Hergestellt in Europa, USA, Kanada, Australien, Japan

Cover: Foto ©Andreas Hilbeck / pixelio.de

Manufactured and distributed by brebook publishing software
(www.brebook.com)

Wilhelm Jensen

Jenseits der Alpen.

Jenseits der Alpen.

Novellen

von

Wilhelm Jensen.

Dresden und Leipzig.
Verlag von Carl Reißner.
1895.

Da ſitz' ich wieder in der grünen Stille
Vor Sanct Salvators altersgrauem Bau;
Der Rothſchwanz zetert und es zirpt die Grille,
Das Tannendunkel ragt, die Luft iſt grau.
Doch ſchwirrend liegt im Ohr noch das Geſchrille
Mir von Cicaden; unter ſattem Blau
Wehn ſilberrieſelnd die Olivenzweige,
Der Lorbeer rauſcht und reifend nickt die Feige.

Dicht vor mir ſteigen auf die Rieſenwälle,
Von Deutſchlands alter Sehnſucht überbrückt.
Hinüber trägt's mich mit Gedankenſchnelle
Und wiederholt, was mir den Sinn berückt.
Mein Blick verweilt an manch' vertrauter Stelle,
Und eine ſucht er, die mein Herz beglückt.
Raſch klopfend drängt's mich; aus Granatgehegen
Streckt meines Kindes Hand ſich mir entgegen.

Und doch im Tiefſten fühl' ich's: Jenes Prangen,
Es bleibt der fremde Glanzgebild und Schein.
Aus ihren Marmorſäulen zog ein Bangen
Mich, ſehnſuchtsſchwer zu deutſchem Schattenhain.
Von Deinem Tempel ward ich hier empfangen,
Natur, o Mutter, deren Schooß mein Sein
Geheim entſprang; die meinem Wurzelleben
Des Heimathbodens Art und Kraft gegeben.

❦

Ein Winter in Sicilien.

ɔgle

Seit einem Monat schon befand ich mich in dem kleinen sicilianischen Landstädtchen der Provinz Noto oder Siracosa, eigentlich beim Erwachen an jedem Morgen über mein Dortsein neu verwundert. Aber die Jugend ist neuerungslustig und ein junger Ingenieur, der eben glücklich sein Examen bestanden, thatendurstig. In Deutschland bot sich diesem Durst zunächst keine Befriedigung, so daß ich vorderhand den lang gehegten Wunsch einer italienischen Reise ausgeführt hatte. Mit Geldmitteln war ich für mehr als ein Jahr ausreichend versehen; ich beabsichtigte, die alten römischen Wasserleitungen genau zu studiren und eine Aufsehen erregende Schrift darüber zu veröffentlichen. Die Jugend glaubt leicht, daß es nur der eifrigen Ausnutzung ihrer frisch eingesammelten Kenntnisse und vermeinter angeborener Begabung bedürfe, um die Welt in Staunen zu setzen. Meine Vorliebe ging auf Wasserwerke hinaus; schon als

1*

Knabe hatte ich in meinem mitteldeutschen Heimaththal mich am liebsten damit beschäftigt, am Berghang hinter dem väterlichen Gehöft Quellen in lange Rohrleitungen einzufangen, abzuzweigen und sie zum lustigen Umtrieb kleiner ober= und unterschlächtiger Holzmühlen zu nöthigen.

Es kam anders, als ich geplant; als ich mich erst kurz in Rom aufgehalten, veranlaßte der Brief eines in Neapel befindlichen Studiengenossen mich, ihn dort zu besuchen. Wir erfreuten uns gemeinsam der un= geheuren, ruhelosen Brandung des Volkslebens in der gewaltigen Felsenstadt, des fremden Zaubers ihrer Um= gebung; seit siebzehn Jahren — wir schrieben 1847 — führte der König Fernando der Zweite die Re= gierung des „Königreichs beider Sicilien".

Mein Freund hatte Beziehungen zu manchen ein= geborenen Napolitanern, besonders Fachgenossen, unter denen sich auch ein schon älterer, in höherer Stellung dem Baudepartement der Regierung Angehöriger be= fand. Als wir eines Abends vor einer Trattoria bei einer Flasche ‚Vesuvio' zusammensaßen, belächelte er in leicht scherzender Weise meine Freude an Blumen, die ich von einem Ausfluge mitgebracht, wie denn die uns Deutschen eigenthümliche intime Liebe zur Pflanzenwelt den Italienern unverständlich ist. Er meinte, für mich müsse das Eldorado auf Sicilien sein, wo der Norden Afrikas bereits einen Theil seiner Vegetation zu der Italiens hinzuthue. Auch meine technische Dienst= fertigkeit könne ich dort nebenbei bewähren, da die kleine Stadt Ch—e, südwestlich von Siracosa, sich, um nicht völlig am Fieber auszusterben, eine Wasserleitung anlegen wolle, oder vielmehr die hohe Regierung in Neapel, um des allgemeinen mißvergnügten Räsonnirens in der armen Provinz willen, sich in Gnaden bewogen sähe, einmal die überlaufenden Mäuler zu stopfen und ihre väterliche Fürsorge dadurch zu bekunden, daß sie den hochherzigen Entschluß gefaßt habe, einen Zuschuß zu den Kosten der Anlage zu leisten. Das Letzte äußerte der Sprecher lachend und fügte nach: „Was die erleuchteten Rathgeber unseres allererlauchtesten Serenissimus eigentlich zu dieser Verschwendung ge= bracht hat, ist mir nicht klar geworden. Die Menschen= liebe ist sonst nicht gerade ihr Beruf, und ich glaube kaum, daß sie zehn Soldi Steuern mehr herausdrücken werden, als wenn sie ruhig die Leute bis auf den Letzten von der Malaria auffressen ließen. Aber im unerforschlichen Rath der Vorsehung hat's so gelegen, und ich habe schon seit Wochen die Noth davon.

Denn ich soll für den Zweck einen kundigen Wasser=
baumeister beschaffen und finde keinen, der für Geld
und gute Worte willens wäre, in dem Jammernest
drüber'm Aetna am Ende der Welt ein halbes
Jahr lang Quartier zu nehmen."

Wunderlich bestimmt oft ein Augenblick, ein Zufall
über die Zukunft eines Menschen. Signor Molaro
hatte nicht im Entferntesten daran gedacht, mir einen
ernsthaften Vorschlag oder Antrag damit zu machen,
und zu anderer Stunde wär's mir vielleicht nicht in
den Sinn gekommen, Anderes als einen Scherz in
seinem Angebot zu sehen. Doch, that's der Vesuvio,
der mir die Phantasie erregte, oder was — in der
Stunde ging es in mich ein, wie ein Samenkorn, das
in fruchtbarsten Boden fällt, um mit südlicher Schnellig=
keit aufzuschwellen, einen Keim zu entwickeln und an's
Licht zu treiben. Die Vorstellung, nach Sicilien zu
gehen, zugleich als Naturfreund und als Ausübender
meines Berufs war sirenenhaft verlockend über mich
gekommen, bemächtigte sich in der Nacht vollständig
meiner Einbildungskraft und gestaltete sich mir am
nächsten Morgen zu einem festen Entschluß. Die Aus=
führung desselben hatte keine Schwierigkeiten zu über=
winden; im damaligen ‚Königreiche beider Sicilien'

hing Alles von dem Willen oder besser der Willkür
einzelner Persönlichkeiten ab, in diesem Falle mein
Vorsatz von der Zustimmung des Signor Filippo
Molaro. Er war erstaunt, was er im Scherz gesprochen, von mir ernsthaft aufgenommen zu sehen,
doch verhehlte auch seine Zufriedenheit nicht, durch
meine Bereitwilligkeit weiterer lästiger Umsuche nach
einem Ingenieur enthoben zu werden. Ein Befähigungs-
nachweis ward nicht von mir verlangt; das Zeugniß
meines Freundes genügte ihm, außerdem forderte ich
gegen allen Landesbrauch keinen Vorschuß, sondern
mein Honorar erst nach befriedigend vollbrachter Arbeit.
So ward die Sache rasch bereinigt, und um wenige
Tage später befand ich mich, mit den amtlichen Beglaubigungen und Empfehlungen an die Behörden aus-
gerüstet, am Bord des Dampfers ‚Vesuvio‘, der mich
zwischen dem alten Cap der Minerva und den jäh
abschießenden Felswänden Capris hindurch über das
purpurblaue tyrrhenische Meer hurtig nach Messina
davontrug.

* *

*

Völlig unbekannt mit Land und Leuten meines
Ziels und ebenso fremd in den politischen Verhält-

niſſen und Zuſtänden, hatte ich mich von nicht wägen=
dem jugendlichen Wagemuth zu meinem Unternehmen
verleiten laſſen. Doch das Schlimmſte, was mir
widerfahren konnte, beſtand in einem Mißglücken
meines übernommenen Auftrags, und dieſer Gedanke
erſchreckte mich nicht zu ſehr. Dann verzichtete ich
einfach auf eine Entlohnung, und es war ſchwerlich
zu befürchten, daß eine Kunde meines Mißerfolges
nach Deutſchland bringen und dort meinem techniſchen
Renommé ſchaden würde. Aber mir bangte auch
keineswegs vor einem ſolchen Ausgang; wenn die
nothwendigen Bedingungen zur Herſtellung der Waſſer=
leitung ſich überhaupt als vorhanden erwieſen, traute
ich mir ruhig eine erſte praktiſche Bewährung meiner
Kenntniſſe zu. Der italieniſchen Sprache fühlte ich
mich durch ſchon ſeit Jahren betriebene Selbſtſtudien
und guten Unterricht ziemlich mächtig, und ein be=
ſonderes Wörterbuch, das ich in Neapel erworben, ver=
dolmetſche mir in hülfreichſter Weiſe eine Anzahl
nöthiger bautechniſcher Ausdrücke und Bezeichnungen.

Bisher hatte ich von Italien eigentlich nur die
großen Städte Mailand, Florenz, Rom, Neapel kennen
gelernt; etwas durchaus anderes, befremdend Neues
trat mir entgegen, als ich, durch die Scylla und

Charybdis gefahren und lange unter der Rauchsäule über der Pyramide des Aetna fortgezogen, in Siracosa landete. Auch der altklassische Schulsack gehört zur deutschen Lebensmitgift, und wer von einem Gymnasium gekommen, wird sicherlich, wie ich, bei'm ersten Erblicken Siracosas nicht diese neuzeitlich italienisch benannte Stadt, sondern das mächtige, meerbeherrschende Syrakus Trinakrias und Großgriechenlands vor sich aufsteigen sehen. Von Millionen belebt, hob es sich unendlich hingedehnt, in ernst gewaltiger Majestät, von den Felsgebirgen der Hybla umfaßt, mir vor dem Blick empor, die Gruftstatt des Archimedes, die Tempelwelt, durch die Pindar, Platon und Aeschylos geschritten. Dann fiel Alles wie das Glanzgebild einer Phantasmagorie zusammen, und vor meinen Augen lag auf der alten Insel Ortygia verschrumpft und armselig ein grau-verworrener Steinhaufen, das heutige Siracosa. Nur die heißzitternde Mittagsluft schlug noch die nämlichen Goldwellen darüber, wie sie es immer ebenso seit Jahrtausenden gethan.

Lange Stunden wanderte ich auf dem unermeßlichen Trümmerfeld, das einst Syrakus gewesen, umher, durch den dürren, fahlen steinernen Tod, der nur da und dort kärglichste Schuttüberbleibsel des ehemaligen

blühenden Lebens hinterlassen. Ich besuchte die Quelle
Arethusa, das wüstenöde Hochgefild, auf dem Achradina,
der schönste Theil der alten Weltstadt sich erhoben,
die Latomien von Neapolis mit dem ‚Ohr des Dio=
nysos‘. Ueberall zeigte der harte Fußboden deutlich
Spuren eingegrabener Wagengeleise, ein Gedächtniß
von tausend Rädern, die einst über ihn gerollt, fort=
erhaltend; kreuz und quer wirrten sie sich labyrinthisch
durcheinander, Kreuzungsstellen spurlos verschwundener
Straßen andeutend. Dazwischen wucherte ab und zu
aus feuchten Felsspalten hohes Gestrüpp von Oleandern
und riesenblättrigen Feigen, unbekannte, farbig leuch=
tende Blüthen sahen mich an. Unter der blendenden
Sonne wirrten sich auch in mir kreuz und quer die
Empfindungen. Rom, selbst Neapel noch hatten an
heimathliche Orte und Umgebungen Erinnerndes be=
sessen; dies war eine wildfremde Welt.

Dann stand ich einmal, nachdem ich die Trümmer=
reste des riesigen Amphitheaters durchschritten, uner=
wartet neben einer Mühle, deren Rad von brausendem
Gefälle umgetrieben wurde. Sie rief mir unwillkürlich
die Erinnerung an meine kleinen Knaben=Anlagen am
Berghang hinter dem väterlichen Hause wach, und auf
mein Fragen brachte ich in Erfahrung, das Wasser

ströme aus der uralten Leitung von Tycha, die einst
Syrakus ihre Zufuhr viele Meilen weit her aus dem
hohen Gebirge herabgebracht. Ich besichtigte einen
neuen Bogenaquäduct, der bald an den alten, unzer=
stört erhaltenen anschloß; ein Werk, wie für die Ewig=
keit von Hunderttausenden von Sclaven aufgebaut,
war's. Zumeist unterirdisch geführt, doch hin und
wieder trat die aus Felsquadern gemauerte Leitung
an die Oberfläche, und wie vor Jahrtausenden schoß
das crystallene Wasser sprudelnd durch sie nieder.

Das rief mich aus einem traumartigen Zustand,
in den ich verfallen gewesen, zur Besinnung an den
Grund meines Kommens nach Sicilien wach. Dort=
hinüber, wo diese Wassermenge von den fernen Berg=
gipfeln entsprang, mußte auch der Ort meiner künftigen
Thätigkeit liegen, und für die erste Bedingung ihres
Erfolges eröffnete sich hier gute Aussicht. Nach an=
derer Richtung hatte mein Umherwandern mich ein
wenig kleinlauter gemacht. Es war mir nur mit
größter Mühe gelungen, von der mir da und dort ge=
gebenen Auskunft einen kleinsten Theil zu verstehen;
die italienische Sprache, wie ich sie erlernt, und der
sicilische Dialect der unteren Bevölkerung bildeten zwei
äußerst . verschiedene Dinge. Die Metathesis mancher

Consonanten, besonders des r und l ließ mir viele
Worte zunächst vollkommen unverständlich in's Ohr
klingen. Das stellte allerdings keine recht günstige
Prognose für den Verkehr mit meinen Arbeitern;
wahrscheinlich sogar mußte ich, um auch von ihnen verstanden zu werden, erst ihre Mundart erlernen, und
ein Sprachlehrer zu diesem Behuf war vermuthlich
schwer ausfinbig zu machen.

Ich begab mich jetzt nach Siracosa zurück, dem
königlichen Intendanten meine Beglaubigungen und
Empfehlungen zu überreichen und ward in italienisch-
artiger, durchaus nicht bureaukratischer Weise empfangen. Man schien im Allgemeinen von dem Zweck
meiner Sendung unterrichtet zu sein und ließ mir die
nothwendigen Förderungen zu Theil werden, deren
mein Vorhaben beburfte. Hier gelang mir die Ver-
ständigung leicht, der Beamte stammte vom Festland
her und erwies sich als ein Mann von höherer Schul-
und Universitätsbildung; doch machte er mir den Eindruck, trotz seiner Zuvorkommenheit, nicht recht bei der
Sache, sondern in seinen Gedanken fast beständig mit
Anderem beschäftigt zu sein. Als ich mich einmal in
seiner Begleitung auf der Straße befand, war ich erstaunt, daß er ebenso fremd zwischen der städtischen

Einwohnerschaft einherzugehen schien, wie ich. Nie=
mand begrüßte ihn oder erwies ihm Respekt; ich nahm
nur ein paarmal gewahr, daß hinter uns die Leute
sich etwas zuraunten und in der süblich lebhaften
Weise Fingergeberden dazu machten. Nach Ablauf
einiger Tage war ich mit dem vorderhand Erforder=
lichen versehen, und bei meiner Verabschiebung entließ
der Intendant mich, liebenswürdig wie immer, mit
den Worten:

„Sie sind ein eretico, ich kann Sie also nicht dem
Schutz der Madonna empfehlen; besonders großen
Nutzen hätte das indeß auf den Wegen nach Ihrem
Ziel muthmaßlich auch nicht, sondern wichtiger ist, daß
ich Ihnen für einen festen Wagen und einigermaßen
zuverlässigen Vetturin gesorgt habe. So, hoffe ich,
kommen Sie mit ungebrochenen Gliedern nach dem
Nest hin; zu welchem Zweck eigentlich, ob sie in
Neapel meinen, wenn ein Brand ausbricht, ihn mit
der Wasserleitung löschen zu können, weiß ich nicht.
Die drüben haben in Manchem merkwürdige Ansichten,
die sie vielleicht etwas berichtigen würden, wenn sie
einmal mit eigenen Augen zu einer Anschauung her=
überkämen. Nun, Sie sind ein forestiere, der damit
nichts zu schaffen hat. Ich wünsche Ihnen besten

Erfolg; Ihre Arbeit wird voraussichtlich recht interessant
für Sie sein, daß Sie dadurch hoffentlich vor einem
Selbstmord aus Langerweile behütet werden. Sie
machen mir den beruhigenden Eindruck, nicht auf galante
Eroberungen auszugehen, so brauche ich auch kein Stilet
für Sie zu befürchten, und Pietro Castaletto kommt
aus seinen Berglöchern von Caltanisetta nicht bis zur
Armseligkeit Ihres künftigen Wohnorts herüber; er
wüßte nicht, was er dort holen sollte, sondern müßte
den hungrigen Mäusen eher etwas mitbringen. Wenn
Ihnen irgendwelche Dinge aus unsrer ‚capitale‘ nöthig
fallen, so daß Sie deshalb wieder eine Fahrt hierher
machen — und ich noch hier sein sollte — dann à
rivederla! Sie wissen, daß ich gern bereit sein werde,
Ihnen dienlich zu sein.“

*   *

*

Nun saß ich auf meinem ‚curricolo‘, einem nur
mit zwei Rädern versehenen karrenartigen, von einem
buntaufgeputzten Maulthier gezogenen Gefährt; mein
weniges Gepäck und meine Geräthschaften lagen hinter
mir verstaut und mit Stricken befestigt, ich theilte den
einzigen Sitzplatz der Bank oder vielmehr des rütteln-

den Holzbrettes des Vetturins. Im Anfang' ging es
hurtig durch die Uferebene, die einstmals das alte
Syrakus wohl völlig ausgefüllt hatte, dann hub der
Weg allmählich zu steigen an, so daß ich bei der lang-
sameren Vorwärtsbewegung ein Gespräch mit meinem
Kutscher anknüpfen konnte. Er hieß Tomaso, in der
üblichen Abkürzung Maso genannt. Der Geschlechts-
name kommt im südlichen Italien sowohl in den
höheren Ständen als beim Volk, außer in Rechts-
angelegenheiten oder bei gewissermaßen offiziellen An-
lässen, kaum in Betracht; man kann jahrelang täglich
mit Leuten verkehren, ohne ihn zu erfahren. Schwarz-
haarig, von bräunlicher Gesichtsfarbe und mit dunkel-
blitzenden Augen, bildete Maso, etwa in der Mitte
der Zwanziger stehend, sowohl äußerlich als dem
Temperament nach den Typus eines Sicilianers. Er
war lebhaft, stets gut gelaunt, witzlustig, zuweilen
machte sich ein innerliches starkes Selbstbewußtsein
bemerklich, in Bezug auf seine Einzelperson, wie auf
seine Zugehörigkeit zu Land und Leuten der Insel.
Manchmal konnte ich mir seine Dialectsprache recht gut
übertragen, dann wieder blieben manche Worte und
dadurch der Sinn seiner Erwiderung mir dunkel.
Er las dies rasch vom Gesicht ab, suchte in solchem

Fall durch Gesten nachzuhelfen und, wenn auch das
nutzlos blieb, lachte er, und wir lachten uns gegen=
seitig an. Sein Wesen und sein Charakter, soweit
dieser sich offenbarte, gefielen mir; sie besaßen nichts
Mißtrauen Einflößendes, eher das Gegentheil. Das
Abstechende vom hinterhältisch verschlagenen, gemüth=
wie charakterlosen und fast durchweg falsch=verlogenen
Napolitaner berührte wohlthuend; daß er sein Maul=
thier manchmal bei'm geringfügigsten Anlaß unbarm=
herzig mit der Peitsche oder mit Fußtritten mißhandelte,
ließ ich, ohne mich darein zu mischen, geschehen. Er
würde nicht begriffen haben, was ich daran auszusetzen
hätte; der Italiener im Süden wie im Norden, auch
der in menschlichen Beziehungen gutmüthigste, kennt
kein Mitgefühl mit Thieren. Er überträgt kein Em=
pfinden von sich selbst auf sie. Das Pferd, der Esel
sind da, das Schwerste bis über ihre Kräfte hinaus zu
leisten und wenn sie es nicht können, gepeitscht zu
werden. Auch dem Italiener der höheren Stände ist
der Begriff der Thierquälerei unbekannt und unver=
ständlich.

Ich hatte in den Abschiedsworten des Inten=
danten Einiges nicht verstanden und befragte meinen
Reisegefährten deßhalb, ob er vielleicht wisse, wer

der Pietro Castaletto sei, von dem der Beamte ge=
sprochen.

Maso drehte mir die schwarzfunkelnden Augen zu
und nickte kurz. „Un blav 'omo."

Das hieß offenbar „ein braver Mann", ohne mir
indeß eine weitere Auskunft zu geben. Doch gewann
ich diese durch eine nachgefügte, meine Vermuthung
bestätigende Bemerkung, die mich entgegnen ließ:

„Also ein Brigante?"

„O no, un blavo", versetzte Maso.

Von Knabenzeit her kannte ich die Bezeichnung
„ein Bravo", ohne daß ich mit ihr einen etymologischen
Sinn verbunden gehabt. Jetzt ging ein solcher mir
plötzlich auf; die Benennung machte den Begriff
eines Banditen identisch mit dem eines „braven"
Mannes, und im Weitergang von Frage und
Antwort ward mir dies auch begründet. Pietro
Castaletto war das Oberhaupt einer Räuberbande in
den wilden Bergen der Provinz Caltasinetta, doch von
der Masse der dortigen Bevölkerung nicht gehaßt und
gefürchtet, sondern eher geliebt und wie ein Held ge=
ehrt. Er überfiel, beraubend oder Lösegeld erpressend,
nur eine gewisse Classe von Personen, denen dies nach
Maso offenbar zu Recht geschah, und sonder Zweifel

sprach der letztere damit nicht allein seine Anschauung, sondern die der großen Mehrheit seiner Landsleute aus. Was für Personen er indeß darunter verstand und weßhalb er in den ihnen zugefügten Gewaltthaten kein Unrecht sah, wurde mir nicht deutlich, oder er enthielt sich wohl einer klaren Kundgabe darüber.

Dagegen erzählte er viel mir vollkommen Fremdes, was er als Knabe miterlebt, besonders von dem Auftreten der Cholera in Siracosa und auf ganz Sicilien im Jahre 1837. Wohl fast hunderttausend Menschen hatte sie damals in kurzer Zeit von der Insel weggerafft und einen Aufruhr in der Stadt verursacht, weil die Bevölkerung geglaubt, die napolitanische Regierung habe die Brunnen und Nahrungsmittel vergiftet. Nach der Darstellung Maso's erschien es kaum zweifelhaft, daß sie dies wirklich gethan. Viele, der wild aufgeregten Masse Verdächtige, besonders Aerzte und Beamte, unter ihnen der königliche Intendant selbst, waren ermordet, verbrannt, lebendig begraben worden. Waffenmacht, die endlich den Aufstand niedergeworfen, hatte seine Hauptanführer auf's Grausamste hingerichtet und ein Decret zur Strafe die Intendantur nach Noto verlegt, von wo Siracosa sie erst vor einigen Jahren zurückerhalten. Der Bericht eröffnete mir einen Ein=

blid in bie jäh entzünbbare, blinbgläubige Natur ber
Sicilianer; selbst mein sonst in Vielem sich klug = ver=
stänbig erweisenber Vetturin stanb unverkennbar unter
bem Wahn bes von ber Regierung beabsichtigten Gift=
morbes befangen.

Noch ein Wort, bas mich aus bem Munbe bes
Intenbanten unverstänblich berührt hatte, seine einge=
schobene Aeußerung am Schluß: „wenn ich noch hier
sein sollte", warb mir baburch in Erinnerung gebracht,
unb ich erkunbigte mich bei Maso, ob er etwa glaube,
baß abermals eine balbige Fortverlegung ber könig=
lichen Intenbantur von Siracosa im Werk sei. Der
Befragte wanbte mit einem kurzen Ruck ben Kopf unb
erwiberte: „Chi lo sa, signor!" Nachfügenb unb bie
Oberlippe zu einem Lachen über bie weißbligenben
Zähne aufschürzenb, sagte er: „Immer bleibt ein Mensch
nicht an berselben Stelle — zum Beispiel, wenn er
stirbt, muß er von ihr fort — so wirb auch ber In=
tenbant Siracosa wohl einmal verlassen." Zugleich
mit bem letzten Wort sprang er vom Sitz ab, benn
ber Weg hob sich steiler, unb nebenhergehenb sang er
eine Stanze, bie ich bamals nur zum Theil verstanb.
Doch später lernte ich sie als ein sicilianisches Volks=
lieb kennen, bessen Inhalt lautete:

„Hochher seh' ich einen Adler fliegen,
Nur einen Flügel weist er bar
Voll von Demanten und Rubinen;
Wie der Abend kommt, noch glänzt er klar.
Könige wollten ihn fangen und Prinzen;
Umsonst, er hat auf sie nicht gehört.
Da pfeif' ich, da kommt er niedergeschossen,
Denn ich bin es, dem er gehört!"

Wir waren schon eine Zeitlang aus der Ebene von Siracosa in's Gebirge eingetreten, dessen Hauptzug, von Südost nach Nordwesten verlaufend, der großen Bergkette angehört, welche die ganze Insel durchquert, sie in eine nördliche und südliche Hälfte zertrennt. Von apenninischem Charakter, stieg es grau, öde, völlig walblos, mit nacktem Rücken und Felsstürzen vor mir und um mich auf. Sichtlich hatte seit endloser Zeit absolute Regenlosigkeit geherrscht, denn alle Wasserläufe waren vollständig bis auf den letzten Tropfen ausgedörrt, doch an deren breiten Geröllbetten erkannte man, daß sie bei plötzlichen Gewitterstürzen zu Zeiten, jäh anschwellend, mit verheerender Wucht aus der Höhe herabbrechen mußten. Hin und wieder einmal suchten ein paar Schafe und Ziegen nach ärmlichem Halmwuchs, den Insassen eines an die Steinwand gelehnten, von dieser kaum unterscheidbaren halbverfallenen Bau's gehörend.

Nirgendwo ein freudiges Grün, doch was mich
mehr befrembete, auch kaum ab und zu ein Zeichen
von Bodenkultur, einer im Sommer eingebrachten Ernte.
Ich wußte, daß Sicilien in alter Zeit die Kornkammer
Roms geheißen, vorzüglich wegen seines Weizens be=
rühmt gewesen, und wir waren drunten über trefflich
zum Ackerbau geeignete Niederungen gekommen. Aber
augenscheinlich lag auch der benutzbare Boden zumeist
brach und verwildert, als ob die Kräfte zu seiner Be=
arbeitung mangelten. Das, wußte ich wieder, traf
nicht zu, wenigstens an den Küstenrändern waren die
Gegenden dicht bevölkert. Ich richtete eine Frage an
Maso, weshalb die Feldstücke unbebaut seien; er zuckte,
kurz mit dem Blick drüberhinstreifend, die Achsel und
erwiederte lakonisch: „Le tasse ed imposte.“ Aus
einem, mir nicht verständlich werdenden Nachsatz
klangen die Worte: „i grandi possidenti“; schließlich
gelangte ich dahin, mir den Sinn seiner Antwort zu
erläutern. Die Eigenthümer bewirthschafteten ihre
Aecker nicht, weil sie dafür vom Staat geforderte un=
erschwinglich hohe Steuern und Abgaben nicht entrichten
konnten; andrerseits bestand der weitüberwiegende Theil
des Grund und Bodens in Latifundien der „todten
Hand“ von Klöstern und Kirchen und einer kleinen

Zahl von hochabligen Großgrundbesitzern, die nicht auf dem Lande, sondern in Palermo und Neapel lebten, um an dem königlichen Hofhalt oder dem des sicilischen Statthalters theilzunehmen. Aus der Miene meines Weggefährten rührte mich ein Verständniß an, jene, überhaupt die abligen Grundeigenthümer möchten die Leute sein, deren Beraubung er Pietro Castaletto keineswegs zum Verbrechen anrechnete.

Noch etwas Anderes drängte sich mir bei'm Ueber= blicken der von uns durchzogenen Landschaft auf. Alles, was sie an öffentlichen Verkehrsmitteln darbot, befand sich in einem Zustande, der sich kaum noch als Ver= wahrlosung bezeichnen ließ. Es gab keine Brücken oder wenigstens nur unbenutzbar zerfallene Ueberreste von ehemals gewesenen, die von wilden Naturkräften zertrümmert und nicht wieder hergestellt worden waren. Der Wagen mußte sich seinen Durchgang durch das Geblöck eines nicht selten wohl über tausend Fuß breiten Flußbettes mühsam suchen, und wenn er dies überquert hatte, gewann er kaum besseren Boden unter sich. Das, worauf wir fuhren, war überhaupt nicht Straße zu heißen, oft nicht einmal Weg. Ein solcher mochte hier geführt haben, doch auch er lag sichtlich seit langer Zeit gleich den Brücken in Verfall und Verwilderung.

Offenbar war keine sorgende Hand einer Behörde über ihm, die Regierung, der Staat bekümmerten sich nicht um eine Gefahrlosigkeit und Möglichkeit des Verkehrs zwischen den Ortschaften im Innern der Insel.

Nach einer Weile klang mir wieder einmal eine Aeußerung des Intendanten im Ohr nach, ‚er hoffe, daß ich ohne zerbrochene Gliedmaßen an mein Ziel gelangen werde‘. Diese Aussicht schien sich mir mit jeder Minute mehr zu verringern, und da auch heile Arme und Beine, von den Halswirbeln nicht zu sprechen, eine nothwendige Vorbedingung des Erfolgs meiner Aufgabe bildeten, stieg ich ebenfalls von dem Curricolo ab und ging mit Maso, der dies merkbar als das Naturgemäße ansah, neben dem kreischenden und knackenden Gefährt her.

* *

*

So forderte die in der Luftlinie etwa zehn Meilen betragende Entfernung bis zu meinem Ziel langen Zeitaufwand; ich hätte es von der Südküste aus vielleicht auf kürzerem Weg erreichen können, doch es ging kein Schiff·dorthin, da sie keinen Hafen besaß, denn der des alten Gela, des gegenwärtigen Terranova nahm

an der allgemeinen Verwahrlofung auf Sicilien theil.
Wir mußten zweimal übernachten, und ich lernte da=
durch die Art, in welcher die Insel bewohnt wurde,
kennen. Weiteste Strecken zeigten sich vollkommen
häuserlos, wie eine leere Wildniß: dann erhob sich
einmal über einer Höhe ein beträchtlicher Haufen amphi=
theatralisch ansteigender platter, grauer Dächer, eine
bevölkerungsreichere Ortschaft bildend, als die Oede
umher vermuthen ließ. So wiederholte es sich mehr=
fach, Fortpflanzung ältester Ueberlieferung kundgebend,
von Zuständen, unter denen nur die Ringmauer Schutz
gegen Ueberfall, Raub und Gewaltthat geboten hatte;
daß die Barbaresken solche von der afrikanischen Küste
her häufig ausgeübt, lebte noch im Gedächtniß der be=
jahrten Leute. In diesen Städten bildete die Erschei=
nung eines blondhaarigen und helläugigen Deutschen
etwas noch nie Gesehenes; gaffend drängten die Weiber
und Kinder sich vor der Thür der Trattoria, in der ich
Unterkommen fand. Armseligste Wirthschaften waren es
stets, rohen Aussehens, unfreundlich und unsauber wie
alle Häuser, Straßen und Plätze der Orte, mehr
düstren, verrauchten Höhlen als von Menschen be=
wohnten Räumen ähnlich; es bedurfte stark nagenden
Hungers, um die überreich in fettem Oel gebackenen,

meiſtens unheimlich anmuthenden Speiſen zum Mund
zu bringen. Nur der Wein, obwohl von ſorgloſeſter,
ſchlechter Behandlung zeugend, hehlte doch die Mitgift
ſeiner feurigen Sonnennahrung nicht und bot da und
dort ein wirkliches, wohlſchmeckendes, allerdings auch
nicht zu entbehrendes Labſal. Sein durch die außer=
ordentliche Reichhaltigkeit der Rebpflanzungen bedingter,
kaum nennenswerther billiger Preis ermöglichte auch
den Aermſten ſeinen Genuß, ſo daß ich mich am
Abend ſtets von einer aus groben Gläſern trinkenden
Geſellſchaft umgeben ſah. Im Allgemeinen that dieſe,
als ob ſie mich nicht beachte, doch empfand ich manch=
mal von den Seiten her die Blicke auf mich gerichtet
und nahm wahr, daß Maſo oftmals um Auskunft über
mich und den Zweck meines Hierſeins angegangen
ward. Die Unterhaltung der Leute klang äußerſt
lebendig, ohne in Gelärm auszuarten; ſie ſchien ſich
in erregter Weiſe faſt immer auf die nämlichen Gegen=
ſtände zu richten, doch war die Sprache ſo ſchnell und
noch mehr als an der Küſte dialektiſch gefärbt, daß
mir nur wenig von dem Inhalt der Geſpräche auf=
zufaſſen gelang. Auch regten die in meiner Nähe
Sitzenden mir den Eindruck, ſich in Rede und Ant=
wort mehr zurückzuhalten; Maſo beſtätigte mir dieſe

Wahrnehmung, die ich zu machen geglaubt, ich werde von ihnen wegen der Farbe meines Haars und meiner Augen für einen Schweizer gehalten. Aus der Betonung klang unverkennbar, daß diese Landsmannschaft hier nicht hoch in der Schätzung stehe, warum, begriff ich nicht und brachte es auch durch eine Frage nicht heraus. Schließlich gab ich etwas verdrossen zurück: „Sagt ihnen, daß ich un Tedesco sei!" Aber mit dem Wort verband Maso keine Vorstellung, oder wenigstens nur eine wunderliche. Nach einigem Nachsinnen erwiderte er: „Un Austriaco?" Und er setzte, den Kopf schüttelnd, hinzu: „Wenn Ihr das seid, Signor, so ist's nicht Eure Schuld, aber ich will es ihnen lieber nicht kundthun. Da bleibt's immer noch besser, daß Ihr als un Svizzero geltet." Was es mit diesen Nationalitätsfragen zu bedeuten hatte, konnte ich nicht ergründen, doch das Gehaben Maso's ließ nicht in Zweifel, er meine es gut mit mir.

Wir befanden uns auf einer ziemlich beträchtlichen Hochfläche, waren lange dem diese mit höchstem Gipfel beherrschenden Monte Lauro entgegengezogen und ließen ihn jetzt uns zur Rechten. Sein Name wies darauf hin, daß er in früheren Zeiten muthmaßlich einmal von Bastardlorbeer — der echte heißt italienisch alloro

— überwachsen gewesen sei; gegenwärtig war er, bis
auf ein paar verstreute kleine Flecken von Macchien,
dem undurchdringlichen, niedrigen Gestrüpp dichtver=
wachsener, immergrüner Gesträuche, völlig nackt und
kahl. Doch gingen nach allen Richtungen von ihm tief
in den Boden eingeschnittene, wilde Schrunden aus,
zahllose Höhlungen enthaltend, von deren Gewölbdecken
große Kalksinterbildungen herabhingen, ein kühler,
feuchter Luftzug wehte uns aus ihnen an. Das Gebirge
bestand aus Muschelkalk mit grauweißen Auflagerungen
späterer Kalkformationen, dazwischen machte sich von
unten heraufgebrungenes dunkles vulkanisches Gestein
bemerklich; trotz der langen Sommerdürre sickerte es
hier überall, fand sich zu Quellen zusammen und
rauschte über Abstürze, oft drunten wieder im Fels=
innern verschwindend, zur Tiefe. Sichtlich bot das
Gebiet des Monte Lauro mit seinen unendlichen Zer=
klüftungen ein reiches Wasserreservoir, das die um ihn
her niemals ganz austrocknenden Bäche speiste und auch
die Leitung zum alten Syrakus ermöglicht hatte. Ein
ebenso geologisch eigenartiges, wie für den Blick pitto=
resk=frembartiges, von gähnenden Schlünden zerrissenes
Bergland war's, über das unser Maulthier mühsam
Schritt um Schritt den Karrenwagen fortschleppte. Von

Stunde zu Stunde faßte mich stärker das Gefühl an,
zum Endrande der Welt zu gelangen, von wo ich keinen
Rückweg nach Siracosa, geschweige denn zur deutschen
Heimath wiederfinde.

So betraf es mich schließlich am Nachmittag des dritten
Wandertages mit einer plötzlichen Ueberraschung, als unerwartet mein Führer von einer einsamen Höhe hinunter-
wies, das sei Th—e, und fast ungläubig folgte mein
Blick seiner Handdeutung; ich hatte nicht mehr gedacht,
wirklich jemals dorthin zu kommen. Aber da lag es
in der That, etwa eine halbe Stunde noch entfernt, vor
oder vielmehr unter mir, ein großer, grauer Dächerhaufen,
dem der andern Orte gleich, die wir unterwegs angetroffen. Nur erhob es sich nicht von einem Bergkegel
oder =Rücken, sondern streckte sich nur vom Rande eines
solchen auf eine Fläche hinunter, die mit einem grünen
Ueberzug auf den ersten Hinblick die Muthmaßung einer
Versumpfung wachrief. Das mannigfach zerschrundete
Terrain umher erklärte vielleicht, wie die Stadt zu dieser
in Sicilien außergewöhnlichen Lage gerathen sei, sie hatte
keinen anderen Raum für ihre Ausdehnung gefunden.
Und sie war von nicht unbeträchtlichem Umfang; nach
den Schätzungen, die ich anstellen gelernt, mußte ihre
Einwohnerzahl an Zehntausend hinanreichen.

Eins erschien mir zunächst unverständlich, wie der
Ort an mangelnder Zufuhr eines gesunden Wassers
leiden könne, denn neben der Stelle, an der ich seiner
zuerst ansichtig ward, schoß vom Monte Lauro her
durch ausgewaschenes Rinnsal ein kraftvoller Bach mir
zu Füßen fort. Aber schon um einige Dutzend Schritte
weiter erkannte ich seine Nichtbenutzbarkeit, denn, über
ein Geklipp abschäumend, verschwand er, von Boden-
höhlungen aufgesogen, spurlos in der Tiefe. Und nun
gewahrte ich auch, daß weiterhin ein sperrender Fels-
grat gleich einem Riegel jede Möglichkeit einer Zu-
leitung ausschloß; hinzu kam noch, daß in der Umgebung der Stadt durcheinander aufgeworfener Basalt
und Diorit das Kalkgestein völlig verdrängt hatten.
Sie · befand sich allerdings von einer natürlichen Wasser-
versorgung aus dem Reichthum des hohen Gebirgs her
hülflos abgeschnitten.

*   *

*

Trotz der Größe des Ortes erregte er bei'm Ein-
tritt in nichts einen vornehmeren oder ansprechenderen
Eindruck, als die übrigen von mir gesehenen Landstädte.
Er war enggassig und dumpfluftig, von schlechten Ge-

rüchen angefüllt, schmutzig und verkommen, wie jene;
die Vorstellung, in einer dieser Straßen für ein halbes
Jahr oder länger zu hausen, fiel fast allen Sinnen
gleich unmöglich. Die überwiegend fahlgelbliche Ge=
sichtsfarbe der Bewohner, besonders der draußen in
der Niederung arbeitenden Männer, doch auch vieler
Frauen und Kinder schon sprach vom Sumpffieber; die
Augen lagen tief, oft unheimlich in den Höhlungen.
Was vorauszusehen gewesen, es gab keine Brunnen; das
Wasser ward während der Regenmonate in Cisternen
gesammelt und zur trocknen Jahreszeit aus den stag=
nirenden Gräben und Lachen der schwammigen Nie=
derung geschöpft. Aus der alten Geschichte kamen mir
Belagerungen von Syrakus sowohl durch die Athener
wie durch die Carthager in Erinnerung, wo mehrfach
die Heere durch die Sumpfpest vollständig aufgerieben
worden waren.

Auch die einzige Locanda des Orts, in der ich
Quartier nahm, glich in Allem genau den mir bisher
bekannt gewordenen, in der Unsauberkeit, der Speisen=
zubereitung, dem Wein und der mich umgebenden Ge=
sellschaft. Der letzteren las ich anfänglich das nämliche
Mißtrauen gegen mich aus den Mienen ab; man zog
sich von meinem Tisch seitwärts zurück und redete in

meiner Nähe mit gedämpfter Stimme. Doch dann
mischte sich ein von Maso gewecktes Interesse an mir
ein. Er hatte den Zweck meiner Hierherkunft kund=
gegeben; ich hörte, daß er, auf's Lebhafteste dazu gesti=
kulirend, mit überschwänglicher Lobpreisung von mir
als dem größten lebenden Sachverständigen in der
Anlage von Wasserleitungen sprach, der den Auftrag
der Regierung in Napoli nur aus Menschenfreundlich=
keit und Theilnahme für Ch—e übernommen habe.
Allerdings sei ich ein Svizzero, doch von ganz anderer
Art und einer, der wieder gutmache, was Tausende
meiner Landsleute verbrächen. Er „legte sich so in's
Zeug“ für mich, daß die Wirkung sich bald auf allen
Gesichtern und in verändertem Benehmen gegen mich
offenbarte. Der Dienst, den ich der Stadt leisten
wollte, leuchtete Allen als von oberster Wichtigkeit für
ihre Weiterexistenz ein, und mich berührte zum ersten=
mal eine bald zu deutlicher Erkenntniß anwachsende
Empfindung, meine einzige nicht wohlaufgenommene
Empfehlungsmitgift bestehe darin, daß ich von der
Regierung mit der Ausführung meiner Aufgabe be=
traut worden sei. Aber dem, was darin Un=
günstiges für mich verborgen sein mußte, bemühte
Maso sich augenscheinlich mit allen Kräften und

merklichstem Erfolg zu meinem Vortheil entgegenzu=
wirken.

Am nächsten Morgen nahm er Abschied von mir,
um nach Siracosa zurückzukehren. Ich belohnte ihn
reichlich über den vorbedungenen Preis; er zeigte auf=
richtige Freude darüber und augenscheinlich weniger
über den unverhofften Gewinn, als wegen meiner sich
darin für ihn aussprechenden freundlichen Gesinnung.
Die drei gemeinsamen Reisetage hatten mich sehr an
ihn gewöhnt und ihm mein volles Zutrauen zuge=
wendet; es fiel mir schwer, ihn entbehren zu sollen,
ich reichte ihm fast mit einem Gefühl die Hand, als
ob ein Freund mich in wilder Fremde verlasse. Als
Letztes sagte er: „Es wird Euch nichts Uebles hier
zustoßen, Don Gerardo, aber damit nichts an Euch
komme, tragt dies abitino auf der Brust und ver=
sprecht mir, es nicht anders zu öffnen, als falls Ihr
in eine Gefahr gerathen solltet." Abitino ist die bräuch=
liche sicilianische Benennung eines kleinen Ledersäckchens
mit einem Madonnen= oder Heiligenbildchen darin, das
man an einer Schnur um den Hals trägt. Ein solches
winziges Täschchen überreichte Maso mir zu seinen
Worten als Gegengabe für meine ihm bewährte offene
Hand; ich unterdrückte ein Lächeln des ‚eretico‘ über

sein Geschenk, dankte ihm und gelobte, nach seiner An=
weisung zu handeln, da ich wußte, daß ein Amuleto,
wenn man es öffne, von seiner Wunderkraft einbüße.
Dann klirrte das Schellenbehänge seines Maulthiers
davon, und er wanderte neben seinem Curricolo den
beinah weglosen Abhang, von dem wir gestern herab=
gekommen, wieder hinan. Ihm nachschauend, wie er
noch einmal zurückwinkte, stand ich einige Augenblicke,
wie ein aus einem sonderbaren Traum zur Besinnung
Gelangender. Da lag unter der zerklüfteten, heiß=
flimmernden Bergwand die Stadt mit ihren maurischen
Kirchenkuppeln aus den Tagen des zweiten Hohen=
staufenkaisers Friedrich und ihren heutigen fiebergelben
Gesichtern vor mir, Alles so sonderbar und unbe=
kannt aussehend, wie sonst nur ein Traum es mit sich
bringt. Ein einsamer Fremdling stand ich dazwischen,
in der That von meinem letzten Hülfsgenossen mir
allein überlassen; es war ein wunderliches Unterfangen,
zu dem mich eine bedachtlose jugendliche Keckheit ver=
führt.

Doch das ganz auf sich selbst Angewiesensein bringt
auch etwas Muth= und Kraftstärkendes mit sich, und
ich ließ die Empfindung, die mich beschleichen wollte,
keine Macht gewinnen, sondern begab mich sogleich zu

dem Sindaco oder Podestá der Stadt, ihm officiell
mein Eintreffen und meine Bestallung von der Regie=
rung anzuzeigen. Die Begegnung machte zunächst bei=
nahe einen komischen Eindruck; das städtische Oberhaupt
empfing mich nur mit Hemb und Hose bekleidet, sah
mich ziemlich verdutzt an und noch mehr das ihm von
mir dargebotene Beglaubigungsschreiben des Intenban=
ten, das er dann eine Weile mit großer Aufmerksam=
keit zu studiren schien. Doch schließlich vermurmelte
er etwas, seine Augen seien in letzter Zeit sehr ange=
griffen, er reichte das Schriftstück einem in der Ecke
an einem mit Dintenfaß und Papier bedeckten Tisch
seßhaften Factotum und beauftragte dies, ihm das Do=
cument vorzulesen. Im ersten Augenblick meinte ich,
daß ein mir aufsteigender Verdacht nur ein possen=
hafter Einfall sei, aber der Weiterverlauf ließ keinen
Zweifel über seine thatsächliche Richtigkeit; der Herr
Bürgermeister war, wie etwa neununbneunzig vom
Hundert unter seinen Landsleuten, in der Wissenschaft
des Lesens nicht bewandert. Was für ein Gewerbe,
ob Ackerbau, ein Handwerk oder die Kundenbedienung
in einer ‚pizzigheria‘ er sonst betreiben mochte, wenn
er sein ‚municipio‘ verlassen, ist mir nie bekannt ge=
worden; soweit das Heil der Stadt von der Fähigkeit

des Lesens und Schreibens abhing, beruhte es aus-
schließlich auf seinem, an Aussehen einem verkommensten
Landstrolch ähnelnden ‚cancelliere‘, der, Gott mochte
wissen auf welche wunderbare Weise, zu jenen beiden
seltenen Kunstfertigkeiten gerathen war. Doch im münd-
lichen Verfahren erwies der Podestà sich keineswegs
von einfältiger Natur, sondern in doppelter Beziehung
durchaus „praktisch" — als ‚pratico‘ nach der landesüblichen Bezeichnung. Er beschwerte sich mit lebhafter
Klageführung, daß die Regierung die blutarme Stadt
zur Anlage einer kostspieligen Wasserleitung nöthigen
wolle und nur einen verschwindend geringfügigen Bei-
trag dazu liefere; in Wirklichkeit verhielt es sich allerdings ziemlich umgekehrt, aber er hoffte merkbar durch
sein lautes ‚lamento‘ den unbeträchtlichen Zuschuß der
Gemeinde noch niedriger herabzudrücken, jedenfalls war's
eines solchen Versuches werth. Dabei indeß konnte ein
Flimmern in seinen Augen nicht die freudigste Befriebi-
gung verhehlen, daß es in der That zu dieser aller-
wichtigsten Herstellung für den Ort komme, und ich
fühlte, er würde mich mit allen zehn Fingern festge-
halten haben, wenn ich Miene gezeigt hätte, mich durch
seine Wehklagen abschrecken zu lassen und unverrich-
teter Sache wieder abzureisen. Nach allgemein italie-

nischer Art mußte nur erst das Probiren eines Abhan=
delns erledigt sein. Als ich ihm achselzuckend versichert
hatte, daß mir in dieser Richtung keinerlei Einfluß
möglich sei, schlug seine praktische Verständigkeit sofort
die entgegengesetzte Richtung ein, mich zu raschmög=
lichster Ausführung meines Werks anzuspornen und
mir jede Unterstützung dabei zuzusichern. Daß diese
Verheißung nicht aus leeren Worten bestehe, bewährte
schon der Verlauf des Tages, an dem er mit größtem
Eifer eine Anzahl der geschicktesten und intelligentesten
älteren und jungen Männer der Stadt, über die ich
in der Folge nie zu klagen hatte, als Hülfsarbeiter für
mich zusammenbrachte. Meine fremde Nationalität
schien er nicht weiter zu beachten, noch von ihr in
Verwunderung gesetzt zu sein; ich bildete ein dienliches
Werkzeug für die billige Befriedigung des obersten Be=
dürfnisses seiner Stadt, und der „praktische“ Sicilianer
nahm begierig den dargebotenen Vortheil ohne Ansehen
der Hand, aus welcher dieser ihr zu theil ward.

*   *

*

Das erste Erforderniß bestand nun in der Auf=
findung nicht zu entfernter und ohne zu großen Kosten=
aufwand für die Leitung benutzbarer Quellen, und die

nächsten Tage vergingen mir unter Umherwanderungen auf den nach Norden in flachem Halbrund aufgestaffelten Berg= höhen, wie genauestem Studium der vielfältigst wech= selnden Bodenbeschaffenheit. Das Ergebniß war ein äußerst interessantes und zugleich überraschend zufrie= benstellendes. Eine Stunde oberhalb des Ortes zeigte sich das Kalkgebirge in merkwürdigster Weise von Ero= sionen durchnagt, die von ehemaligen Wasserdurchbrüchen verursacht worden; doch waren diese, vermuthlich durch Erderschütterungen, wieder verworfen worden, die Rinnen lagen jetzt trocken, und die Zuströmungen nahmen irgendwo unsichtbar ihren Verlauf unterirdisch in Aus= höhlungen der Tiefe. Es galt offenbar eine solche Wasserader ausfindig zu machen, die, nicht zu tief ge= legen, sich durch den Fels anbohren lasse; am dritten Tage wurde meine unausgesetzt eifrige Nachspürung über alles Erwarten belohnt. Eine weite Hochmulde zeigte sich mit Thon und Gips ausgefüllt, in denen da und dort kleine, trichterförmig eingefressene Löcher ein sich Hineindrängen und Versickern der fallenden Regenmassen kundgaben. Diese mußten also dort nach unten in einem gelockerten Boden verschwinden, wie der letztere sich auch herausstellte, denn es gelang mir, an mehreren Stellen meinen Stock mit der scharfen Eisenspitze seiner

ganzen Länge nach in die weiche Masse hinunterzustoßen.
Aber dann fuhr ich einmal fast erschrocken zurück.
Bei einem derartigen Versuch spritzte plötzlich etwas
hell in der Sonne Flimmerndes um den Stock auf,
und wie ich diesen zurückzog, quoll ihm aus dem Bohr=
loch ein Gequirl nach, das sich hurtig zu einem kleinen
Springquell umwandelte. Unverkennbar durchbrach eine
Wasserströmung drunten das Kalkgestein, dem die Thon=
schicht aufgelagert war, verlief unter dieser, wieder in
andere Zerklüftungen niedertauchend, fort, und durch
glücklichen Zufall hatte mein Stock, einer Wünschelruthe
gleich, gerade den richtigen Fleck getroffen. Unter mei=
nen Füßen grub sich's, rinnend, rieselnd und plätschernd,
schon ein kleines Rinnsel durch den weichen Boden;
mein Ohr hatte noch nie im Leben eine so liebliche
Musik vernommen, ich glaube, daß mein Mund sie
mit einem lauten Jubelruf begleitet hat. In einem
Zustande halber Betäubung ließ ich, an den erhöhten
Rand der kraterartigen Mulde zurückgeeilt, den Blick
von ihr zur Stadt hinunterfliegen. Mannigfache Schrun=
den durchklüfteten allerdings die Absenkung bis dort=
hin. auch einige breite; doch meine Sinne zu einer
Berechnung zusammenraffend, überzeugte ich mich, daß
keine Tunnelbohrungen und sogar mit zwei Ausnahmen

keine allzukostspieligen Aquäductbauten erforderlich sein
würden, um das Wasser größtentheils in einer einfachen Rohrleitung an sein Ziel zu befördern. Die
Empfindung, mit der ich den Rückweg einschlug, hatten
meine Lebenstage vorher mir noch nicht gebracht; sie
mochte Aehnlichkeit mit der Vorbereitung eines Offi-
ziers auf eine Schlacht, die das Gefühl bereits als
gewonnen erkennt, besitzen. Immer mehr beschleunigten
Schritts begab ich mich abwärts, den Podestà und
meinen Arbeitern Nachricht von meinem Fund zu geben
und Weisungen für die Inangriffnahme unsrer Thätigkeit schon am nächsten Morgen zu ertheilen.

So gestaltete der Anfang sich mir schnell in er-
freulicher Weise; minder beglückt dagegen war ich durch
meine jämmerliche Behausung in der Locanda, wo üble
Gerüche, Schmutz, Ungeziefer aller Art und vor allem
die unerträglichste Plage italienischer Wirthschaften,
myriadenhafte Schwärme von Stubenfliegen mir den
Aufenthalt vollständig verleideten; vor der unterlaß-
losen Ueberfluthung von ihnen war kein Essen und
Trinken, kein Denken, Arbeiten und Schlafen möglich. Es stand fest bei mir, um jeden Preis eine
andere Wohnung zu beziehen, wenn es sein könne
außerhalb des schlechtluftigen Stadtbezirks, und nach-

dem ich die wichtigste Entdeckung der Quelle gemacht,
richtete ich mein Augenmerk auf einige kleine „Tenuten",
die sich in der Richtung nach ihr auseinandergestreut
am Berghang emporzogen. Mit überraschender Zuvor=
kommenheit begünstigte das Glück mich abermals; ich
fand in einem der ländlichen Gehöfte den Besitzer er=
bötig, mir einen unbenutzten, allerdings völlig kahlen,
aber hellen und frischluftigen Zimmerraum zu über=
lassen; für meine Nahrung wollte die Frau des contadino, so weit es ihr möglich fiel, mit Brod, Eiern,
Früchten, Gemüsen, eigenem Wein und dann und wann
einem Geflügel sorgen. Der Anreiz zur Fleischkost
vermindert sich, wenigstens während der heißen Jahres=
zeit, in Süditalien außerordentlich, und wenn er mir
kam, konnte ich ihn immer drunten in einer Trattorie
befriedigen; die beiden noch in jüngerem Alter stehen=
den Landleute flößten volles Zutrauen ein, auch ihre
schwarzhaarigen, fast nackt umherlaufenden Kleinen boten
einen wenn auch dem deutschen Auge fremdartigen,
doch netten Anblick. So schloß ich rasch den Vertrag
ab, ging sogleich an's Werk, mir eine landbräuchliche
eiserne Bettstatt zusammt einigen nothwendigsten groben
Möbeln und Einrichtungsstücken anzuschaffen, und der
andere Tag sah mich bereits höchst befriedigt in meine

neue Stube eingezogen. Der Gegensatz zu meiner vor=
herigen Umgebung in der Locanda war groß; rundhin
rahmten alte, silbergraue Oliven das ärmliche Gehöft
ein, Mandelbäume, Feigen und die „nespola‘, die japanische
Mispel mit ihren köstlich erfrischenden gelben Früchten
grüßten überall verheißend den Blick, und zwischen den
Stämmen schaukelten sich die ausgespannten Guirlanden
von Reben mit schon gelb und röthlich leuchtenden rie=
sigen Blättern. Diese Fruchtbarkeit war über Erwarten,
wenn auch der außerordentlich starke Thauniederschlag
in Sicilien einigen Ersatz für die sommerliche Trocken=
heit leistet; doch mir ward die Muthmaßung wach, der
Boden bewahre sich eine heimliche Feuchtigkeitsnahrung
dadurch, daß unter seiner Mergeldecke eine Lagerung
vulkanischen Gesteins dem Verlaufen des Regenwassers
ein Hinderniß entgegenstelle. So schien es sich ebenfalls
bei den andern umliegenden Landgütern zu verhalten.

Seitwärts von meinem neuen Wohnsitz zog sich
eine tief eingerissene, steilrandige Schlucht in den Berg,
die nicht überschreitbar war. Doch an ihr entlang
emporsteigend kam ich bald zu einer abgerundeten
Kuppe hinauf, von der eine wunderbare Rundsicht in
die Weite ging. Um mich das öde, wild zerfurchte
Gebirg mit dem Monte Lauro als Gipfelhöhe und

Mittelpunkt, baneben, ein wenig zur Linken, hob sich troß der Entfernung nach Norden mächtig von breiter Basis die Pyramide des Aetna in den Himmel. Unter mir streckte die Stadt sich hin, und etwa fünf Meilen hinter ihr im Südwesten blaute als ein azurenes Band uferlos das mare mediterraneo zur afrikanischen Küste hinüber. Nach abgeschlossener Tagesarbeit kehrte ich zumeist über jene Stelle nach meiner Behausung heim und hielt gern da droben eine Rast, um das letze Sonnenspiel auf dem Meer auslöschen zu sehen. Die Dämmerung brach rasch herein, um mich tönte nur noch ohne Unterlaß das hundertfältige Geschrill der Cicaden fort, sonst klang weitum kein Laut. Es war wunder= lich, dort zu sißen und zur deutschen Heimat hinüber= zudenken. Einmal nickten die Augenlider mir zu, und in meinem Halbtraum glaubte ich das Gejubel von Lerchen über einer grünen Frühlingssaat zu hören. Aber dann war's das harte, schetternde Gezirp der Cicaden. Mich überlief ein sonderbares Doppelgefühl, ein sehn= suchtsvolles Verlangen mit einem schreckhaft anschauern= den Bangen vor meiner Umgebung gepaart, und ich stieg eilig weiter zu meiner Tenuta hinunter.

*　　　　　*

*

Dergestalt befand ich mich nun schon seit einem
Monat in Ch—e und die Weiterführung meiner Auf=
gabe nahm erfreulichen Fortgang; die Wasserzufuhr
erwies sich mehr als ausreichend, ich hatte noch andre
Quellen aufgefunden, durch Rohrabzweigungen ver=
einigt, an den beiden Aquäbucten warb schon fleißig
gemauert, wiederholte Prüfungen ergaben die Richtig=
keit aller Vermessungen, und der sichere Erfolg des
ganzen Werks stand außer Frage. Nur die Sprache
bereitete mir häufig Unannehmlichkeit, Mißverständnisse
und daraus entspringende störende Verzögerungen; es
blieb mir bei manchen Dingen unmöglich, den Dialekt
meiner Leute richtig aufzufassen und ihnen wieder aus
meinem Munde die technischen Ausdrücke verständlich
zu machen. Ein wechselseitiges genaues Begreifen
hätte fraglos die Arbeit schneller gefördert, mir viel
Mühe der stätigen Ueberwachung gespart. Doch ließ
sich dem Mangel nicht abhelfen; wesentlich lag die
Schuld an der Ungelenkigkeit meiner Zunge und Kehle,
die Worte in der mundartlich entsprechenden Klang=
farbe herauszubringen, und Jemanden, der mich darin
belehrt hätte, gab es im Städtchen nicht. Es ging
mir eben wie Jedem, der mit theoretischer Sprachkundig=
keit nach Süditalien auf's Land gelangt, die Praxis

versagte nur zu oft in höchst unliebsamer Weise. Be=
sonders die schnell gesprochenen Gerundivformen mit
ihren Suffixen machten mir beim Verstehensollen viel
zu schaffen.

Das mußte indeß, so gut oder schlecht es ging, über=
wunden werden, doch bei einem andern, einem mensch=
lichen Mangel fiel dies auf die Dauer noch schwerer. Ich
war an jedem Morgen beim Aufwachen nicht nur immer
noch über meinen Aufenthaltsort verwundert, sondern
ein Gemüthsdruck, der langsam an mich heranzuschleichen
begonnen, verstärkte sich mit jedem Tag. Die Abschieds=
worte des Intendanten hatten mich freilich auf viel
Langeweile vorbereitet und mir zugleich indirect eine
Warnung ertheilt, mich nicht um die Mädchen und Frauen
im Ort zu bekümmern. Diese Mahnung war durch=
aus unnöthig gewesen; zwar zeichnete, im Gegensatz zu
Neapel, das weibliche Geschlecht sich hier vielfach durch
wirklich schöne Gestalt und Gesichtsbildung aus, doch
meiner Natur war es völlig fremd und unbegreiflich,
wie ein Deutscher sich ernstlich in eine Italienerin ver=
lieben könne. Die Augen mochten ein künstlerisch=ästhe=
tisches Gefallen an ihr finden, für das Herz, das Ge=
müth, wie man es benennen will, fehlte Allen gleich=
mäßig das Innerliche, ein sich auch im Aeußern kund=

gebender und dies · verklärender seelischer Reiz, ohne
den ein Erwachen von Liebe oder auch nur einer Zu=
neigung mir nicht denkbar fiel. Die funkelnden heißen
Augensterne der Sicilianerinnen ließen mich vollkom=
men gleichgültig und kalt; ich konnte ihre Schönheit,
die offenbar häufig von griechischem und saracenischem
Blut herstammte, bewundern, aber nur gleich der eines
Marmorbildes oder des Gemäldes einer orientalischen
Haremsfavoritin. Keine Regung, kein Wunsch der An=
näherung erfaßte mich daraus; keine Brücke führte mein
Gefühl zu ihnen hinüber.

Gleich anregungslos aber war der Verkehr, den ich
mit dem männlichen Theil der Bevölkerung pflog, und
der sich darauf beschränkte, daß ich täglich eine halbe
Stunde im Café an der Piazza verbrachte. Man be=
trug sich allgemein durchaus artig gegen mich und
schätzte merkbar die von mir erwartete Leistung hoch;
von einem Wegrücken aus meiner Nähe war nicht mehr
die Rede, ich bildete eine vertraute Erscheinung, Jeder
ließ sich bereitwillig auf eine Unterhaltung mit mir
ein. Doch solche Gespräche hatten nichts Erwärmen=
des, fröstelten mich im Gegentheil zweck= und inhalts=
los an; es war die kalte Fremde, die mich mit Land
und Leuten umgab. Eine Zeitung kam nicht bis hier=

her; die kleinen localen Tagesneuigkeiten, die ich, von
Mund zu Mund ausgetauscht, um mich hörte, interessir-
ten mich nicht. Selbst daß Pietro Castaletto einmal
in der Nähe von Licata nächtlich einen vornehmen
Großgrundbesitzer überfallen, in's Gebirge weggeschleppt
und nur gegen Zahlung von hunderttausend Liren frei-
gegeben hatte, besaß nichts Aufregendes für mich, so
lebhaft dies Ereigniß die um mich Sitzenden auch beschäftigte. Sie redeten eifrigst von einer Kasse, in die
das große Lösegeld geflossen sei, wie anzunehmen war,
derjenigen der Räuberbande, deren Oberhaupt er bildete.
Deutlich empfand ich nur, daß niemand deshalb einen
Stein auf ihn warf; einige Carabinieri von der kleinen
Truppe, die zur Aufrechthaltung der Sicherheit in der
Stadt lag, waren anwesend; sie enthielten sich eigner
Aeußerungen, doch es weckte fast den Anschein, als ob
sie innerlich mit der Erpressung durch den „Bravo"
sympathisirten.

Tag für Tag klangen so nur italienische Laute um
mich, das Fremdgefühl, das sie über mich mit sich
brachten, cumulirte immer mehr, wuchs zu einer Angst
in mir an, daß ich nie im Leben wieder eine deutsche
Stimme hören würde. Ich stand ein paarmal im Begriff, das Gewehr in den Graben zu werfen und heim-

lich von meinem unvollendeten, jedenfalls noch ein halbes Jahr in Anspruch nehmenden Werke davonzugehen. Ein Schamgefühl, die Voraussicht nachfolgender schwerer Reue hielten mich von der Ausführung ab, aber ich konnte nicht hindern, daß ich täglich mehr von einer trübsinnigen Heimweh-Melancholie überwältigt wurde und meine jugendliche Bedachtlosigkeit, die mich in diese frostig-anschauernde Fremde geführt, verwünschte.

* *

*

Inzwischen war in der Witterung eine vollständige Veränderung vor sich gegangen. Nach einigen am Ende des October eingetretenen überaus heftigen Gewittern hatte die Regenzeit, der Winter Siciliens, begonnen, freilich ohne größere Kälte als die eines kühlen deutschen Sommertags mit sich zu bringen. Keineswegs aber erinnerte das Ganze sonst an die oft wochenlange Trübsal deutscher Regenperioden. Aus schwarzen, tief-hängenden schwarzen Wollen stürzte es täglich eine oder zwei Stunden lang mit unglaublicher Wucht herunter, dann spannte sich in beinah jähem Uebergang wieder flecken-los blauer Himmel aus. Niemals schleppte ein Wolken-bruch sich zu trostlosem „Landregen" fort, und das alte Wort Cicero's, daß die Sonne an jedem Tag auf

Syrakus scheine, bewährte sich noch immer wie vor zwei
Jahrtausenden. Dazu war die Wirkung, welche sich
dem Auge jetzt überall darbot, nicht die des Winters,
sondern die des nordischen Sommereintritts. Wohl
bedeckte der Aetna sich mit einer strahlenden weißen
Schneekappe, doch aus dem Boden schoß es jetzt, selbst
zwischen dem nackten Gestein in kaum faßbarer Hast
und Ueppigkeit herauf, überkleidete Alles mit frischem
Grün und leuchtenden Blüthen. Pflanzen und Men=
schen hatten gleich sehnsüchtig auf diese Erlösung ge=
wartet; die freudigste, herrliche Zeit des Jahres hub
an. Die Schnelligkeit, mit der sich Früchte ansetzten
und entwickelten, besaß etwas Märchenhaftes. Kurze
Wochen zeitigten den Weizen zu manneshohem Wuchs,
Bohnen und Erbsen blühten, die grünen Olivenfrüchte
dunkelten sich und verliehen den Bäumen völlig ver=
wandeltes Aussehen, im dunklen Laub begannen die
Goldorangen zu glüh'n. Jetzt, wo im Norden Alles
unter Eis und Schnee zu erstarren anfing, bereitete
dies glückliche Land sich zur reichhaltigen, ihm zweimal
vom Jahr gebotenen Ernte. Eigentlich war also dem=
nach immer auch jetzt noch Sicilien kein armes, son=
dern wie in alten Tagen ein an Korn und Frucht
überreiches Land, hätte ein solches wenigstens sein

können, wenn sich ihm die Möglichkeit geboten, seine
Bobenerzeugnisse zu verschicken und auf dem Weltmarkt
zu verwerthen. Doch dazu gebrach es an Allem; es
waren keine befahrbaren Straßen vorhanden, und die
Küste im Süden besaß keine Häfen und Landungs-
plätze, wie in den Zeiten, als Sicilien die Kornkammer
Roms gebildet. Immer augenfälliger drängte es sich
mir auf, wie grenzenlos die neapolitanische Regierung
die Wohlfahrt der schönen Insel, wenigstens im Innern,
vernachlässigte, verwahrloste und zu Grunde gehen ließ.
Es konnte nicht anders sein, als daß sie eine Saat des
Mißtrauens und der Mißachtung gegen sich in die Gemüther ausstreute.

Noch ein Anderes aber stellte sich mir glänzend
wie nie zuvor in seiner Wahrheit heraus, der Spruch
des alten Weisen: „To ἄϱιϛτον μεν ὕδωϱ." Nur
der Zauberkraft des Wassers entsprang diese wunder-
same Verwandlung todter Oede zu einem prangenden
Paradies, und andrerseits war es jetzt schwer zu begreifen, daß die Stadt an jenem ersten Lebensbedürfniß
Mangel leiden könne. Ueberall rauschte, strudelte und
schäumte es durch die Schluchten und Schrunden; aber
freilich, nur so lang die Regenzeit anhielt. Mit dem
Frühling hörte sie auf, und dann lagen die gegen-

wärtig hochangeschwellten Berggewässer wieder für viele
Monate mit tropfenlos ausgebörrten Geröllbetten.

Die täglichen Wetterstürze stellen sich fast immer
mit genauer Regelmäßigkeit in den ersten Nachmittags-
stunden ein, so daß die Arbeit an der Wasserleitung
sich danach richten konnte. Eine starke Beeinträch-
tigung und Verkürzung der sonst ausnutzbaren Zeit
war freilich nicht zu vermeiden, denn der Novembertag
endete jetzt bereits um fünf Uhr, und es verlohnte bei
dem frühen Dämmerungseinbruch nicht, wenn das Gewitter vorübergegangen, noch wieder mit der Thätigkeit
anzufangen. So verwendete ich den nach dem Aufhören
des Regens noch verbleibenden Helligkeitsrest zu Umherwanderungen auf den Höhen und entdeckte dabei
einmal eine Stelle, an der es doch ohne erhebliche
Schwierigkeit möglich fiel, auf großem Steingeblöck über
die Schlucht, die nach Osten meine Umgebung begrenzte.
hinwegzugelangen. Auch das Wiederhinaufsteigen an
der andern Seite ging überraschend leicht von statten,
es schien, daß mein Fuß sich auf einer Art von Pfad
bewegte, den Ziegenhirten dann und wann benutzen und
ausgetreten haben mochten. Drüben zeigte der Abhang
des Berges ebenfalls einige vereinzelte kleine Gehöfte,
zwischen ihnen war alles wie von einer lichten grauen

Walbung mit Oliven bedeckt. Die Aussicht gestaltete
sich hier etwas verschieden von derjenigen auf meiner
Seite der Schlucht; ich stieg aufwärts, um von der Höhe
aus umzuschauen. Dichte Macchie übergrünte dort das
sich nach Nordwesten weiterziehende Gebirg, es erstreckte
sich in eine einsame, weitleere Welt hinaus. Doch
nahm ich seitwärts noch eine letzte Tenuta gewahr
oder schloß vielmehr auf das Vorhandensein einer
solchen, denn ein Gebäude ließ sich nicht erblicken. Aber
ein abgezäuntes Grundstück wies darauf hin, daß sich
vermuthlich hinter dem dunklen Laub von Johannis=
brobbäumen und Steineichen ein Haus berge. Die Lage
besaß Absonderes und zog mir den Blick an, so daß ich
mich unwillkürlich dort hinüber wandte; ein eigen=
thümliches, nicht unterscheidbares Gewirr hatte mein
Interesse geweckt.

Nun stand ich davor und erkannte, was ich mir
von weitem nicht zu deuten vermocht. Wie eine ge=
waffnete Wildniß erschien's, doch war sie zweifellos von
Menschenhand angelegt, eine über doppeltmanneshohe
undurchbringlich verflochtene Hecke von Opuntiencactus,
dessen aus den dickfleischigen, dichtbestachelten Blättern
hervorwachsenden großen säuerlichen Früchte eine Lieb-
lingsnahrung des süditalischen Volkes bilden und von

4*

ihm ,Figbe d'India' benannt werden. Gewaltige Aloë=
pflanzen brängten sich dazwischen, trieben zum Theil
haushohe, mastbaumgleiche Blüthenschafte in die Luft;
in solcher Mächtigkeit hatte ich die beiden für die
Küstengegenden Siciliens charakteristisch gewordenen, aus
Amerika eingewanderten Gewächse noch kaum gesehen.
Kein mit künstlicher Strategie hergestellter Pallisaden=
verhau hätte selbst für den Ansturm einer Büffelherde
den Zugang sicherer verrammeln können, als die süd=
liche Triebkraft der Natur es hier zu Stande gebracht.
Einem Deutschen mußte der Anblick den Wall um
Dornröschens Schloß in's Gedächtniß rufen, doch wäre
der Königssohn vermuthlich auch mit seinem guten
Schwert durch diesen nicht hindurchgelangt. Der immer=
hin zahme Dornenhag des Märchens war hier in's
Riesenhafte, phantastisch Wilde ausgeartet.

Das tropenhaft Gigantische dieses ungastlichen Gür=
tels bewundernd, schritt ich daran entlang, um zu sehen,
wie weit er sich forterstrecke, doch als er dann ein
Ende nahm, trat ein anderer, kaum minder festungs=
artiger Abschluß an seine Stelle. Eine natürliche Fels=
wand, ab und zu durch da und dort eingeschichtetes
Bruchgestein ausgebessert, hob sich weit über meiner
Kopfhöhe mauergleich vom Boden; droben wucherten

Feigen, Myrthen und Lorbeer, und blühende Granat-
büsche durchstickten die dunkle Laubwand wie mit schar-
lachrothen Flämmchen. Vom nachmittägigen Regensturz
hingen überall noch Wassertropfen daran, in denen sich
die Strahlen der untergehenden Sonne mit einem Far-
benspiel brachen, daß es aussah, als ob Diamantge-
winde von Zweig zu Zweig hinüber aufgehängt seien.
Das war noch märchenhafter, als auch die verzaubertste
deutsche Wildniß um Dornröschens Schloß es sein gekonnt; ich stand wie vor einem Traumbild, das lautlos
dalag. Nur die unvermeidlichen Cicaden durchschrillten
auch hier unisono überall die Blätterwände. Durch eine
kleine Lücke sah ich jetzt den hellen Schimmer einer
Hausmauer im Hintergrunde hervortauchen.

Da kam auf einmal ein Klang aus der Luft, daß
mein Kopf in die Höh' flog. Ich mußte in Wirklichkeit bei offenen Augen geträumt haben und sah mit
ihnen nun sinnverloren zu der Felswandbrüstung hinauf. Offenbar hatte mich ein trügerisch vom Ohr auf-
gefaßter Ton einen Moment täuschend über hundert
Meilen in die deutsche Heimath entrückt gehabt. Durch
die Erinnerung an das Dornröschen-Märchen war wohl
meine Einbildungskraft aufgeweckt und erregt worden.

Und doch — unter welchem Zauberbann standen

hier plötzlich meine Sinne? Da hörte ich es abermals
— ganz deutlich — von einem hellen Stimmchen
singen:

> „Ringe, ringe, reihe!
> Sind der Kinder zweie,
> Sitzen unter'm Myrtenbusch,
> Machen beide husch — husch — husch —
> Husch!"

Das war kein Traum, nicht nur das Ohr, auch das
Auge bezeugte mir's jetzt. Unter dem Laubwerk dro=
ben flimmerte in der Abendsonne goldblondes Haar
um das schmächtige Köpfchen eines kleinen Mädchens
hervor, das ein noch kleineres Geschöpf an beiden Hän=
den hielt und bei dem letzten Ausruf mit sich zum
Niederducken auf den Boden herunterzog. Dazu lachte
es nun und rief auf italienisch: ‚Devi metterti abasso,
Cecco!'

Unwillkürlich war ich einige Schritte zurückgetreten,
konnte so den Raum über mir besser überblicken und
sah jetzt beide Kinder klar erkennbar an der Erde
kauern. Sie waren in ihrer Erscheinung so verschieden
wie echtes Germanenthum und reinste romanische Rasse.
Das Mädchen mochte etwa vier Jahre alt sein, der,
den sie Cecco — die übliche Abkürzung von Francesco
— genannt, vielleicht anderthalb, doch sichtlich schon

überraschend fest und geschickt auf den Beinen. Unter seinem vollkommen schwarzen Haar trug er bereits scharf ausgeprägte Züge mit keckblickenden, schwarzen Augensternen.

Ich staunte noch so ungläubig auf das lebendige Bild vor mir, daß ich halb unbewußt etwas ziemlich Thörichtes hinaufrief: „Woher kennst Du das deutsche Kinderlied?"

Dadurch geschah's, daß die Befragte mich jetzt auch wahrnahm. Sie stutzte ein wenig bei meinem Anblick oder wohl mehr wegen meiner Anrede, doch dann versetzte sie unbefangen: „Das spielen wir jeden Tag. Wie kommst Du dahin?"

Ich dachte vergeblich einige Augenblicke nach und wußte zunächst nichts zu erwidern, als: „Du singst es nicht richtig, es heißt: ‚Sind der Kinder dreie.'"

Doch sie schüttelte verneinend den Kopf: „Nein, wir sind nur zwei."

„Und ‚sitzen unter'm Holderbusch', heißt's," fügte ich noch ebenso gedankenabwesend nach.

Sie wiederholte: „Holderbusch? Was ist das?" Danach indeß schüttelte sie abermals das Köpfchen: „Nein, unter'm Myrtenbusch heißt's, die Mama sagt's und sie weiß es besser als Du."

Ein reizendes Ding war's, der Sprache nach irgend=
woher aus Mitteldeutschland, wohl einer fränkischen
Gegend stammend. Das Gesichtchen, den Hals und
die bloßen Arme hatte die Sommerglut braun ver=
brannt, aber trotzdem redete aus der Haut die feine
nordische Art in deutlichem Gegensatz zu der südlich=
gelben ihres kleinen Spielgefährten. „Wohnt der auch
mit Dir zusammen im Haus?" fragte ich unwillkürlich.

„Wen meinst Du?" antwortete sie, mich nicht gleich
verstehend. Doch dann setzte sie hinzu: „Meinst Du
Cecco? E mio fratello."

Es klang eigenthümlich, daß sie das Letzte auf
italienisch sagte. Ich erwiderte wohl mit einem Ton
von Verwunderung: „Dein Bruder ist's?" denn sie
nickte und wiederholte: „Si signor, è mio fratello."
Danach fügte sie hinterdrein: „Poverello, er kann nicht
deutsch sprechen. Aber ich habe ihn doch lieb und er
lernt es von mir."

„Und wie heißt Du?" fragte ich.

Sie wollte die Lippen zur Entgegnung aufthun,
doch im selben Augenblick kam die Antwort von einer
andren Seite, denn aus einiger Entfernung klang ein
Ruf: „Gertrud!" Und da die Gerufene, mit mir be=
schäftigt, nicht gleich darauf erwiderte, tönte es noch=

mals näher: „Gertrud!" Eine weibliche Stimme war's,
hörbar von Unruhe bewegt; das Mädchen rief nun:
„Hier sind wir, Mama!" Zugleich sah ich diese aus
dem Buschwerk hervortauchen, ihr Gesicht sprach noch
lebhaft aus, daß sie sich in Angst um die Kinder be=
funden habe. Sie mußte nach dieser Richtung sehr
leicht erregbar sein, denn das Ausbleiben einer Ant=
wort auf ihren ersten Ruf hatte offenbar hingereicht,
sie in eine schreckhafte Besorgniß zu versetzen.

Eine noch junge Frau war's, wenn auch älter
schon, als das Vorhandensein des kleinen Mädchens
erforderlich machte; ich schätzte sie etwa auf fünf bis
sechs Jahre über mein Alter hinaus. Eine gewisse
Aehnlichkeit gab sie wohl als die Mutter ihrer Tochter
kund, blondes Haar und hellgraue Augen, vielleicht
besaß auch die Bildung der Züge manches Gleichartige.
Doch im ganzen Eindruck erschien die Kleine weit lieb=
licher, von einem wundersamen poetischen Zauber um=
kleidet; nur die feine, schlanke Gestalt der Frau war
sehr schön, hatte noch völlig Mädchenhaftes, und ich
erinnerte mich kaum, jemals so schmale, langbefingerte
Hände gesehen zu haben. Dagegen fehlte dem Gesicht
etwas, ich wußte mir's nicht anders zu benennen, als
daß ihm ein eigentlicher, deutlich auffaßbarer Ausdruck

mangelte; bei'm ersten Anblick bedünkte es mich nichts=
sagend. Dann traf solche Bezeichnung doch wohl nicht
das Richtige, aber der Ausdruck des Gesichtes sagte.
etwas, was sich nicht verstehen ließ. Ihre Kleidung
mischte sich halb aus deutscher Art, halb aus landes=
bräuchlicher zusammen und that sofort kund, daß die
Trägerin nicht in ländlich=ärmlichen Verhältnissen lebe.
Im Zuschnitt von geschmackvoller Einfachheit, bestand
das Gewand und der Ueberwurf drüber aus kostbaren
Stoffen, wie nur die ersten Kaufläden Palermos sie
enthalten mochten. Die ganze Erscheinung stellte mir
auf der einsamen Bergtenuta zunächst ein nicht lös=
bares Räthsel vor Augen, doch gab ich mich keinem
Versuch seiner Aufhellung hin. Eines hielt mir Gehör
und Blick vollbewältigend gebannt: deutsche Stimmen
tönten über mir, und unzweifelhaft war die Frau dro=
ben eine deutsche Landsmännin.

Beim Erblicken der Kinder beschwichtigte sich jetzt
in ihren Augen die Unruhe, allein hastig nach der
Hand des Mädchens fassend, sagte sie: „Gertrud weiß
doch, daß sie nicht allein nach dieser Seite gehen darf,
wo sie von der Felsmauer herunterfallen kann. Was
sollte ihre Mama anfangen, wenn sie da drunten läge,
sich nicht mehr rühren könnte und nicht nach Haus

käme?" Haft Du die Mama denn nicht lieb, daß Du
sie so erschreckst?"

Mit vorwurfsvoller Zärtlichkeit kam's der Spreche=
rin vom Munde, während sie sorglich das Kind weiter
vom Rand des Absturzes fortzog. Auf den Knaben
erstreckte sich ihre Aengstlichkeit offenbar nicht in gleicher
Weise, obwohl er um so viel jünger und noch uner=
fahrener war. Sie mußte ihm mehr Bedachtsamkeit zu=
messen, oder wahrscheinlicher hatte ich doch die Ant=
wort, daß er ein Bruder der Kleinen sei, irrig aufge=
faßt; ‚fratello‘ war im Kindesmund muthmaßlich nicht
wörtlich zu nehmen, sondern in einer übertragenen Be=
deutung als Spielkamerad oder Hausgenosse. Die Frau
rief nur kurz: „Cecco, veni qua!" Der kleine Schwarz=
kopf drehte sich halb nach ihr um, jedoch ohne zu ge=
horchen. Eine niedrig hängende Granatblüthe reizte
ihn mehr, auf die stapfte er zu, und die Frau be=
gnügte sich damit, zu sehen, daß er dergestalt weiter
vom Mauerrand abgerieth. Gertrud dagegen hob jetzt
zärtlich die Aermchen zu ihrer Mutter auf, sichtlich that's
ihr weh, dieser Kummer gemacht zu haben, sie antwor=
tete halb schluchzend: „Sei nicht bös, Mama — ich
hab' Dich so lieb — aber der Mann da — er fragte
mich, und da bin ich und hab' ihm —"

Die Worte veranlaßten ihre Mutter, zum ersten
Mal den Kopf nach der Richtung zu wenden, wo ich
mich befand. Ein Stutzen ging durch ihre Augen, wie
sie meiner ansichtig ward; ich lüftete zum Gruß mei=
nen Hut und sagte: „Schelten Sie die Kleine nicht,
Frau Landsmännin, ich war schuld dran, wenn sie ein
Verbot nicht gehalten hat.“

Augenscheinlich stand die Angesprochene von meiner
Gegenwart wortlos überrascht und unschlüssig, was sie
erwidern oder sonst thun wolle. Eine erste Bewegung
von ihr hatte den Anschein erregt, daß sie zunächst von
einem Antrieb gefaßt worden, sich stumm abzukehren
und zum Hause davonzugehen. Doch sie folgte dieser
Anfangsregung nicht nach, sondern behielt die Augen
mir mit einem prüfenden Ausdruck entgegengerichtet.
Ich hatte das Gefühl, wohl eine Minute lang; es wird
kürzer gewesen sein, aber in meiner Empfindung haftete
der sonderbare schweigsame Blick unglaublich andauernd
auf mir. Er bekam dadurch zuletzt etwas mich beinah
unheimlich Anrührendes, als spreche nicht völlige Geistes=
klarheit der droben Stehenden aus ihm. Wenigstens
ließ er mir kaum Zweifel, meine unvermuthete Erschei=
nung sei ihr etwas durchaus Unliebsames, und ich stand
im Begriff, mich ohne eine weitere Aeußerung fortzu=

begeben. Doch bei meiner Bewegung, die solche Ab=
sicht kundgab, fuhr die Fremde wie erschreckend leicht
zusammen, und zugleich klang von ihrem Munde die
Frage: „Wie kommt ein Deutscher hierher?"

Ueber meine Zunge wollte das Gleiche als Erwide=
rung gleiten, mir gelang jedoch, es noch in die Form
zu bringen: „Eine Fügung der schönsten Art führte
mich, denn sie ließ mich das hören, wonach ich mich
lange vergebens gesehnt, die Stimme eines deutschen Kin=
des. So verzeiht seine Mutter wohl, daß sich das Auge
nicht mit der Freude des Ohrs begnügte, sondern sich auch
ein liebliches Bild mit nach Hause zu nehmen suchte."

Die junge Frau glitt mit ihrer schönen Hand lieb=
losend über das blonde Haar des Mädchens; ich hatte
ohne alle Absicht gesprochen, allein es gehörte wenig
Menschenkenntniß dazu, nachträglich aufzufassen, daß ich
den richtigen Weg eingeschlagen, wenn ich eine Um=
stimmung ihres ablehnenden Verhaltens erzielen ge=
wollt. Unverkennbar bewog die Theilnahme, die ich
für ihren Liebling kundgegeben, sie zu einer Fort=
setzung des Gesprächs, denn sie antwortete nun rasch:
„Ich freue mich auch, eine deutsche Stimme zu hören.
Kommen Sie vom Gebirge herunter und bringt eine
Fußreise Sie durch diese weitentlegene Welt?"

Darauf erwiderte ich mit kurzer Auskunft über
den Anlaß und Zweck meines Aufenthalts in der Stadt.
Sichtlich hatte sie nichts von der Anwesenheit eines
Deutschen in derselben erfahren, wie ich bisher nicht
von der ihrigen. Ihre Augen erweiterten sich groß
bei meiner Mitteilung, und sie sah mich wieder wie
zuvor mit dem absonderlichen, stumm suchenden Blick
an. Aber als ich ausgesprochen, versetzte sie diesmal
hastig:

„Wenn Sie weiter entlang gehen — komm, Gertrud,
lauf' voran bis an die Treppe und gieb dem freundlichen Herrn die Hand zum Dank dafür, daß er Dich
gern hat."

Die Kleine sprang hurtig-bereitwillig davon, es
war zu merken, nachdem ihre Mama in solcher Weise
mit mir und von mir gesprochen, hatte sie alle Scheu
verloren. Ich folgte der erhaltenen Weisung und schritt
unter der Felswandung, die bald in eine künstliche
Mauer überging, entlang. Naturgemäß begleitete mich der
Gedanke, wie mochte die deutsche Frau mit ihrem Kinde
in's Innere von Sicilien und hierher auf das einsame
Landgehöft gerathen sein? Dies letztere erschien einer
kleinen Festung gleich, wie ich's allerdings schon da
und dort in der Gebirgsverlassenheit ähnlich gesehen.

Offenbar war das ganze Grundstück rundum mit einem
Gürtel von Feigencactus, Agaven, Fels und Stein=
gemäuer verwahrt, durch den einige aus dem Boden
gehauene Treppenstufen, an die ich jetzt gelangte, den
einzigen Zugang bildeten; aber auch dieser zeigte sich
für die Nacht mit einem starken Thor verschließbar.
Gegenwärtig stand es geöffnet, und in ihm wartete
schon das Mädchen, mir zutraulich die Hand entgegen=
haltend, auf mich. Ich nahm diese und sagte: „Bist Du
nicht mehr bange vor mir, Gertrud?" Sie schüttelte den
Kopf: „Nein, garnicht." — „Aber warum, Du kennst
mich ja nicht." — Ihre Augen sahen mich halb fröh=
lich, halb ernsthaft an, und mit einer gleichen Mischung
des Ton's gab sie Antwort: „Weil Du auch solches Haar
hast, wie die Mama."

Diese kam nun ebenfalls, der kleine Cecco lief
hinter ihr. Ich befand mich etwas in Verlegenheit;
es war naturgemäß, daß ich, nach der Auskunft, die
ich von mir gegeben, mich auch erkundigte, wie die
Landsmännin hierher in die Fremde gekommen sei, und
doch hielt mich etwas Ungewisses zurück, die Frage
herauszubringen, ließ mich eine Mittheilung von ihr
darüber abwarten. So entgegnete ich statt dessen auf
die Aeußerung des Mädchens:

„Also hast Du die Leute mit blondem Haar lieber als die mit schwarzem? Aber Cecco hast Du doch auch gern, sagtest Du."

„Si, perchè è mio fratello," antwortete sie, wie sie's vorher gethan, wieder auf italienisch.

Ich lachte halb. „Warum sagst Du nicht auf deutsch ‚mein Bruder‘, wenn Du ihn so nennst?"

„Nein, das ist er nicht, è mio fratello," wieder-holte sie abermals ebenso.

„Das bedeutet in hiesiger Sprechweise wohl einen Kameraden oder Derartiges?"

Ich richtete diesmal die Frage an ihre Mutter, welche dieselbe indeß nicht zu hören schien, denn ich erhielt wenigstens unmittelbar keine Antwort drauf. Dann jedoch, als ich eine solche nicht mehr erwartete, erwiderte sie dennoch:

„Wie kommen Sie zu der Meinung, ‚fratello‘ be-deute etwas anderes, als was sein Wortlaut besagt? Der Knabe ist der Bruder Gertruds, und sie hat sich nur, ich weiß nicht warum, gewöhnt, ihn auf italie-nisch zu benennen. Kinder, die in einem fremden Lande aufwachsen, gerathen leicht dahin, ihre Muttersprache mit der, die sie um sich hören, wunderlich durchein-ander zu mengen. Ich bin die einzige, die deutsch

mit ihr spricht, da mein Mann den größten Theil des
Jahres hindurch abwesend ist. Ein kaufmännischer
Betrieb hatte ihn hierhergebracht, jetzt aber nöthigen
ihn die Geschäftsangelegenheiten zu dauerndem Aufent=
halt in Palermo, und von dort hierher zu gelangen,
ist mit vielen Schwierigkeiten und Zeiteinbuße ver=
knüpft." Die Sprecherin machte eine kurze Pause,
dann fügte sie nach: „Wir würden ebenfalls nach Pa=
lermo übersiedeln, aber der Gesundheitsstand drüben
ist schon seit geraumer Zeit kein guter und macht mich
Gertruds halber besorgt. Darum sind wir bis jetzt in
der vortrefflichen Luft, die wir hier auf der Höhe
haben, zurückgeblieben."

Derartig also erklärte sich ihr Hausen auf dem ein=
samen Landgehöft, das der Familie als Eigenthum
anzugehören schien. Sie hatte es merkbar für schicklich
empfunden, den deutschen Landsmann auch von den
Verhältnissen, in denen sie hier lebte, in Kürze zu
unterrichten, und eine Gelegenheit wahrgenommen, diese
Mittheilung, wie sich durch einen natürlichen Ueber=
gang von selbst ergebend, an ihre Bemerkung über die
Sprechweise der Kleinen anzuknüpfen. Alles an ihr,
besonders die Art ihres Ausdrucks, legte Zeugniß von
feiner Bildung ab, man hätte keine Kaufmannsfrau in

ihr vermuthet, ihr Mann mußte jedenfalls nicht den
unteren Schichten des Handelsstandes angehören. Was
mich aber hauptsächlich mit einem anheimelnden Gefühl
überkam, war, daß ihr Benehmen deutlich kundgab, sie
habe die Scheu, mit der sie mich im Beginn betrachtet,
überwunden. Das Mißtrauen einer jungen, ohne männ=
lichen Schutz schon halb in der Gebirgsöde hier woh=
nenden Frau einem plötzlich auftauchenden, mit ihren
Kindern redenden Fremden gegenüber lag allerdings
begreiflich auf der Hand. Unverkennbar hatte unser
Gesprächsaustausch sie zum Ablegen jeglicher Besorgniß
gebracht, und ihre Miene verhehlte nicht, daß auch ihr
jetzt die Anwesenheit eines Landsmannes in der Nähe
willkommen sei. Wir setzten unsre Unterhaltung noch
eine Zeit lang weiter fort; sie befragte mich über den
Stand meiner Arbeit, nach der Unterkunft, die ich ge=
funden, und zeigte sich erfreut, daß wir, nur durch die
Schlucht getrennt, gewissermaßen Nachbarschaft mitein=
ander hielten. Ihre Unkenntniß von meinem Vorhan=
densein erläuterte sich daraus, daß sie in keinerlei Be=
ziehung zur Stadt stand, niemals in diese hinunter=
kam; zwei italienische Mägde besorgten ihr drunten die
nöthigen Einkäufe und die Hausführung, während ein
weiter abwärts wohnender Contadino das Gartenland

um das Haus bewirthschaftete, für guten Ertrag an
Gemüsen, Früchten und Trauben bedacht war. Doch
ließ sich heraushören, über dem Ganzen wachte und
schaltete die ordnende Hand einer deutschen Hausfrau,
die selbst für die Kinder in der Küche auf die Zu=
bereitung der Speisen achtete und keineswegs nach
dem Brauch wohlbemittelter italienischer Frauen un=
thätig und untüchtig das Hauswesen den Dienstleuten
überließ.

Im Gange des Gesprächs hatte ich einmal erwähnt,
daß ich meine Sprachkundigkeit überschätzt habe und
meine mangelhafte Kenntniß der Landesmundart doch
oft nicht ausreiche, mich in erwünschter rascher Weise
mit meinen Arbeitern zu verständigen; dies wurde jetzt
zum Anlaß einer näheren Anknüpfung. Die Sonne
war inzwischen untergegangen, die Dunkelheit, vor der
ich über die Schlucht zurückgelangen mußte, nahte
schnell heran, und auch die Schicklichkeit hieß mein
Bleiben nicht mehr verlängern. Beim Abschied nahm
ich Gelegenheit, mich noch mit meinem Namen vorzu=
stellen; meine Landsmännin, auch im engeren Sinne,
denn sie stammte, wie ich erfahren, in der That gleich
mir aus einer fränkischen Maingegend, erwiederte dies,
indem sie sich mir als Frau von G. bekannt machte.

5*

Mir war's, daß ich den Namen einmal als den eines
österreichischen Abelsgeschlechtes gehört hatte, und mir
erklärte sich bisher noch Unbegriffenes, wie sie hinzu=
setzte: „Mein Mann war früher Offizier, ehe er —
durch Zufall — an die Betreibung eines Handels=
unternehmens gerieth.“

Dann reichte sie mir die Hand: „A rivederci!
Wir sagen das Gleiche ja auch in Deutschland bei'm
Auseinandergehn, wenn wir es in Wirklichkeit so mei=
nen. Ich habe seit vier Jahren vielfach Gelegenheit
gehabt, von meinen Mägden den hiesigen Dialect zu
erlernen, vielleicht kann ich Ihnen für die Verstän=
digung mit Ihren Arbeitsleuten etwas von Nutzen
sein. Wenn Sie auch nicht grade Gertrud's Bruder
zu sein vermöchten, finden Sie doch eine Lehrmeisterin
so gesetzten Alters in mir, daß Sie dem Unterricht
wohl einiges Vertrauen entgegenbringen dürfen.“

Es enthielt eine Erlaubniß und Einladung, sie
wieder aufzusuchen, und deutete zugleich darauf hin,
daß in einem solchen Zusammenkommen des jüngeren
Mannes mit der älteren Frau nichts Anstoß= oder
Bedenken=Erweckendes zu sehen sei. Der schattenhafte
Anflug eines Lächelns ging allerdings bei den Worten,

welche fast die Möglichkeit, sie könne meine Mutter sein, ausgedrückt, um ihren Mund, doch er verschwand oder erlosch sofort wieder; ihre Lippen waren offenbar an eine derartige Regung nicht gewöhnt.

Mit aufrichtiger Freude nahm ich dankbar ihre Einladung an, verband damit indeß wohl ziemlich un= geschickt ein Compliment, das die Anspielung auf ihr Alter als mir unverständlich zurückzuweisen suchte. Darauf aber versetzte sie jetzt mit einem Ausbruck tiefen Ernstes: „Die Zahl der Jahre thut es nicht; man kann viel älter sein, als man dem Blick erscheint, und auch als man es ist. Also auf Deutsch: Auf baldiges Wiedersehen, Herr Landsmann! Kommen Sie gut über die Felsblöcke der Schlucht; ich kenne den Uebergang auch, er ist nicht so gefährlich, wie er aus= sieht.“

Sie bot mir freundlich nochmals die Hand, und Gertrud streckte ebenfalls die ihrige nach mir: „Du kommst doch wieder, Herr Gerhard?“ Sie hatte, als ich mich vorgestellt, meinen Vornamen gehört und redete mich damit an. Auch dem kleinen Cecco wollte ich zum Weggang die Hand geben, allein er sah mir, ohne die seinige zu rühren, nur befremdet in's Gesicht, und seine Mutter bekümmerte sich nicht darum, daß er bei meinem Abschiedsgruß völlig gleichgültig blieb. Ich hatte unwillkürlich das Gefühl, sie würde das Mädchen, wenn dies sich gleicherweise verhalten hätte, ermahnt haben, mir die Hand zu reichen; freilich, er war noch ein winziger Knirps und verstand wohl nicht, was ich von ihm wollte.

So ging ich, nach etwa einem halben Hundert von Schritten mich noch einmal umwendend und den Hut lüstend, da Frau von G., Gertrud an der Hand haltend, noch unter dem Thor stand und mir nachzublicken schien. Doch es täuschte, sie sah mich nicht, oder wenn ihre nach meiner Richtung gekehrten Augen auch über mich hingingen, war sie so mit irgend einem Nachdenken beschäftigt, daß sie meinen Gruß nicht gewahrte und mit keiner Bewegung darauf erwiederte.

*   *

*

Wenn ich mir — ohne den nachfolgenden Anhalt — jene November- und Decemberwochen des Jahres 1847 in die Vorstellung zurückzurufen suche, verschwimmen die Tage mir eigenthümlich ineinander. Sie haben etwas von einer Landschaft, die sich unter hin- und herziehendem Nebel verbirgt. Da und dort lockert ein Windhauch ihn auf und läßt einzelne Gegenstände mehr

ober minder deutlich vor den Blick treten, während um
sie her der undurchsichtige Schleier ausgebreitet bleibt.
Aber von oben her lichtet sich langsam-leise das graue
Gewebe, ein Schimmern dringt zuweilen herab, ver=
schwindet wieder und kehrt zurück. Man empfindet,
dort liegt warm und hell die Sonne über dem Nebel
und gewinnt mit dem Tagesvorschritt eine verstärkte
Macht über ihn. Vielleicht wird sie ihn plötzlich ein=
mal vollständig zerreißen, doch möglicherweise leistet er
ihr auch Widerstand, läßt sich über eine gewisse Halb=
durchsichtigkeit hinaus nicht zerstreuen. Für den kun=
digsten Meteorologen ist es unmöglich, vorher zu sagen,
wie es geschehen wird.

Gegenwärtig noch, da ich um vierzig Jahre später
diese Erinnerungen aus der Jugendzeit niederschreibe
— obgleich jetzt so lange schon Alles von tagesklarem,
scharfem Licht überhellt hinter mir liegt — empfinde
ich das Zutreffende des eben gebrauchten Gleichnisses
für jene seltsam und geheimnißvoll von ab und zu sich
halb lüftenden Schleiern umwallten Tage. Doch nicht
nur die Dinge um mich her überwob der Nebel zur
Unerkennbarkeit, auch in mir selbst trieb er ebenso hin
und wider, hielt mir, was in meinem Innern vor=
ging, geraume Zeit lang in der Wolke verborgen.

Es fällt vielleicht am schwersten, etwas darzu=
stellen, was man selbst erlebt, aber während es geschah,
nicht mit klarem Bewußtwerden aufgefaßt hat. Plötz=
lich steht ein Ergebniß da, das natürlich erst aus einer
allmählichen Entwicklung erwachsen sein muß; Tag um
Tag trug neue Nahrung dazu herbei, das eigentliche
Wachsthum indeß vollzog sich gleich dem eines keimen=
den Samens nicht wahrnehmbar unter einer lange
nichts davon kundgebenden Oberfläche. Ich versuche,
den Weitergang der folgenden Monate, die ich in Th—e
verbrachte, zu schildern, doch mit dem Gefühl, Andere
nicht in ein Verständniß des Gemüthszustandes hinein=
versetzen zu können, zu dessen Begreifen ich durch eine
Reihe von Wochen hindurch bei mir selbst nicht ge=
langte. Mir war zur Gewohnheit geworden, Abends
öfter in kürzerer oder ausführlicherer Aufzeichnung das
am Tage oder in den letzten Tagen Geschehene und
Erlebte niederzuschreiben; die Blätter haben sich —
schon von den Jahren vergilbt — zum Theil erhalten,
und ich benutze einige derselben, durch sie wiederzu=
geben, was ich mir damals zum Ausdruck brachte.

*　　　*

*

10. Nov. 1847.

Der Arbeitsfortschritt befriedigt mich täglich mehr. Alles noch Erforderliche liegt klar übersichtlich vor mir, so daß ich kein Auftreten einer unberechneten Schwierigkeit mehr zu befürchten brauche. Wenn nicht etwa eine höhere oder hierzulande vielmehr tiefere Gewalt, ein tremoto, meine Zuversicht wörtlich über den Haufen wirft, wird die Leitung bis zum Ende des März in allen Theilen vollendet sein und kann ich gottlob bestimmt darauf zählen, in gut vier Monaten aus meiner freiwilligen Verbannung erlöst zu werden. Sibirisch ist sie zwar nicht, aber ich glaube, zur Abwechslung wäre ich lieber einmal in Irkutsk oder Kamtschatka. Für die Dauer bleibt der Mensch doch mit Nothwendigkeit auf den gleiche Sprache redenden und gleichempfindenden Menschen hingewiesen; die eigenartigste Landschaftsscenerie und selbst ein sich in tropenhafter Fülle und Schönheit entwickelnder Pflanzenwuchs reichen nicht aus, dem schließlich unwiderstehlichen Aufdrängen eines Verlangens nach geistigem und gemüthlichem Austausch zu wehren. Zwischen der gedanken- und empfindungsleeren sogenannten gebildeten Gesellschaft im Heimatlande geräth man allerdings leicht zu der Meinung, daß einzig Erstrebenswerthe sei, ihr völlig entkommen

und nur auf sich selbst zurückgezogen leben zu können.
Doch in Wirklichkeit ist der nicht total stumpfsinnige
Mensch, jedenfalls in der Jugend, nicht von der Art-
beschaffenheit des Einsiedlerkrebses, und die Anachoreten
des Mittelalters nahmen vermuthlich nicht viel Geistes-
und Herzensbedürfnisse zum Vergraben in ihre from-
men Waldlöcher mit. Unablässig klingen mir seit meinem Hiersein einige Verse aus Goethe's ‚Iphigenie'
im Gedächtniß nach, mit denen ich vordem wenigstens
keinerlei realen Sinn verknüpft hatte. Aber im Innern
Siciliens lernt man's:

> ‚Der letzte Knecht,
> Der an den Herd der Vatergötter streift,
> Im fremden Land ist er uns hochwillkommen,'

oder vielmehr, man lernt's aus praktischer Erfahrung
leider nicht, denn hierher verirrt sich auch kein schnaps-
seliger Kutscher, dessen Geschwätzigkeit man in Deutschland zehn Meilen aus dem Wege laufen würde.

Wasser haben wir übrigens gegenwärtig mehr, als
wir wünschen. Auch nach einem Goethe'schen Wort,
wäre ich die Geister, die ich zu rufen gekommen, zunächst gern wieder los, denn die täglichen Wolken-
brüche fordern auf der ganzen Arbeitslinie beständig
Ueberwachung und Bereitschaft, damit das flüssige Element uns nicht in ironischer Weise überall Possen spielt.

12. Nov.

Heute nach dem Gewitter machte ich einen, gewissermaßen formellen ‚Antrittsbesuch‘ bei Frau von G.
Das Wort nimmt hier einen halbkomischen Klang an,
es fehlte nur noch eine Visitenkarte mit p. f. v. in
der Ecke dazu, aber als Sohn des neunzehnten Jahrhunderts begiebt man sich doch mit einem gewissen
ceremoniellen Anstrich zu solchem Zweck auf den Weg,
auch wenn er nicht auf Trottoirsteinen vor eine Entree-
thür, sondern über das Geblöck ein Schluchtschrunde zu
einer einsamen Bergtenuta führt. Ich hatte trotz der
erhaltenen Aufforderung mit meinem Wiederkommen
einige Tage gezögert, richtiger gezaudert; im Gefühl
war's mir doch nicht recht unbestritten, ob die Einladung wirklich eine ernstlich gemeinte, nicht vielleicht
nur aus Höflichkeit gesprochene gewesen sei, und trotz
meiner anfänglichen Erfreuung durch die Entdeckung
der deutschen Nachbarschaft hielt mich selbst etwas, mir
nicht deutlich ein ‚Warum‘ Kundgebendes von der
Wiederholung des Wegs über die Schlucht zurück.
Doch bereue ich diesen Ausgang meiner Unschlüssigkeit
keineswegs.

Frau von G. — sie heißt mit Vornamen Irene
— hatte mich schon gestern wieder erwartet und sprach

dies unverhohlen aus; die Befürchtung, daß sie mich
nur aus Artigkeit eingeladen habe, schwand mir in der
ersten Minute. Sie begrüßte mich wie einen ihr
bereits seit Jahren als vertrauenswürdig Bekannten
und ich fühlte mich in ihrem Hause bald wie auf
ein Stückchen deutschen Bodens versetzt. Höchlich überrascht freilich war ich zunächst bei'm Eintritt. Die
Tenuta nimmt sich von außen nicht anders als die
sonstigen Bauerngehöfte im Umkreis der Stadt aus,
ist auch ohne Frage nur für den gleichen Zweck erbaut und bestimmt gewesen. Drinnen aber in den
Räumen empfängt eine völlig verwandelte Welt, eine
Einrichtung, die eigenthümlich aus deutscher Be-
haglichkeit und fremdartigem Luxus zusammengemischt
ist. Die Wände sind, wie mit Gobelins, ganz mit kostbaren orientalischen Stoffen verhängt. Teppiche bedeckten jetzt in der kühleren Zeit überall den Stein-
boden, und in den Zimmern sahen von Tischen und
Borden die sonderbarsten, vielfach entschieden äußerst
werthvollen Geräthe und Schmuckgegenstände aus allen
Ländern der Erde dem Blick entgegen. Frau von G.
oder vielmehr wohl ihr Mann muß sich in sehr reichen
Verhältnissen befinden, doch scheint sie mir auf diese
prächtige Umgebung kaum einen Werth zu legen. Ihr

Denken und Leben concentrirt sich offenbar vollkommen auf die Fürsorge für ihre Tochter; man kann nicht in Zweifel bleiben, daß sie für diese in jedem Augenblick nach dem Sprüchwort durch Wasser und Feuer gehen würde. Ich hatte seit dem ersten Tage mehrfach über den merkwürdigen Gegensatz in der Erscheinung des Mädchens und ihres kleinen Bruders gedacht, eine Verschiedenheit, die ich mir nur daraus erklären konnte, daß die Eine ganz nach der Mutter, der Andre dagegen ebenso nach dem Vater geartet sein müsse. Das bestätigte sich mir auf eine Frage, ob Herr von G. nicht germanischer Abkunft sei. Frau von G. erwiderte: „Cecco bringt Sie wohl zu der Vermuthung; ja, er besitzt die Haare und Augen seines Vaters." Kurz anhaltend, fügte sie nach: „Die Familie meines Mannes stammt, wie viele in Oesterreich, aus der Lombardei oder Venetien; diese Herkunft hat auch den ersten Anlaß dazu gegeben, uns hierher nach Italien zu bringen. Doch lernte ich ihn in Deutschland kennen, wie er als Offizier bei der Festungsbesatzung von Mainz stand." Es wollte mir aus dem Ton ihrer Worte heut' vorkommen, als ertrüge sie die Trennung von ihrem Manne nicht allzuschwer; fraglos jedenfalls hängt ihr Herz inniger, es läßt sich fast sagen leidenschaftlicher,

an der kleinen Gertrud, als an ihm. Ihr Wesen ist
seltsam aus Erregbarkeit und Passivität gemischt. Sie
hat etwas gezwungen Gelassenes, ich möchte es beinah
fatalistisches nennen, wie Jemand, der Schweres erfahren und dies für sich selbst als unabänderlich und
nnabwendbar kennen und tragen gelernt hat. Den
obersten Zweck ihres Lebens sieht sie, wie mir vorkommt, darin, ihre Kinder oder ihre Tochter vor ähnlichem Geschick zu behüten. Jedenfalls liegt irgend
etwas Drückendes auf ihr, was sie verbirgt; sie vermag wohl einmal lebhaft zu reden, mit Interesse an
einem Gegenstand theilzunehmen, aber dauernd heiter
kann man sie sich nicht vorstellen, und zuweilen besitzt
sie in ihren Zügen, Bewegungen und ihrer Sprechweise etwas, das an die Art und die Regung von
Automaten erinnert.

Das sind die Eindrücke, die ich von ihr gesammelt;
nach meinen eignen Erfahrungen ist es wohl möglich, daß
eine wesentliche Ursache ihrer seelischen und gemüth-
lichen Beschaffenheit durch ihre lange Vereinsamung im
fremden Lande gebildet und eine von Hause aus froh-
müthig angelegte Natur so zur Melancholie geneigt
worden. Denn auch das tritt ab und zu hervor, und
ich glaube, mein öfteres Kommen wird im Stande

sein, eine aufheiternde Wirkung auf sie zu üben. Augen=
scheinlich thut das Bewußtsein, einen Landsmann in
der Nähe zu besitzen, ihr wohl; ich brachte scherzend
die vorgestern von mir niedergeschriebenen Verse aus
der ‚Iphigenie‘ vor, sie nickte und wiederholte: „Ja,
hochwillkommen — auch wenn es nicht der ‚letzte
Knecht‘ ist." Dazu versuchte sie zu lächeln, doch das
gelang ihr nicht. Aber sie zeigte, daß sie die Goethe'=
sche Dichtung genau kenne und zum Theil im Gedächt=
niß trage, denn als Erwiederung auf mein Citat sprach
sie mir auch einige Verse, zunächst die schönen:

> ‚Denken die Himmlischen
> Einem der Erdengeborenen
> Vielfach Verwirrungen zu,
> Dann erziehen sie ihm
> Einen sicheren Freund!'

Hinterdrein fügte sie: „Und auch das ist mir immer
geblieben:

> ‚Weh der Lüge! Sie befreiet nicht,
> Wie jedes andre, wahrgesprochene Wort —'"

Dann brach sie ab: „Aber ich bin eine schlechte Lehre=
rin, welche die Zeit versäumt und nicht an ihre
Obliegenheit denkt. Denn Sie sind doch gekommen,
um einen Nutzen für den Verkehr mit Ihren Arbei=
tern heimzunehmen; der Vortheil ist die Triebfeder
alles menschlichen Thuns, und ich freue mich, daß Sie

einem solchen bei mir nachgehen können und durch ihn
zu mir geführt werden. Auch ich handle nur aus
Selbstsucht damit, denn ich hoffe mir von Ihnen einen
Gegengewinn einzutragen — welcher Art, weiß ich
noch nicht, vielleicht Kenntnisse in der Wasserleitungs=
kunst, mein Garten bedarf in den Sommermonaten oft
sehr der Bewässerung — so lassen Sie uns einen Ver=
trag zu wechselseitiger Förderung schließen, zu der
ich heut' mit meinem Dialect=Unterricht den Anfang
mache." Die Worte hätten einen leicht humoristischen
Anflug besessen, wenn ihr Klang und die Miene der
Sprecherin andere gewesen wären. Doch sie blieben
ernsthaft, wie bei Allem, was Frau von G. sagte. Sie
bewies sich in der sicilianischen Mundart wirklich außer=
ordentlich gut bewandert, so daß ich in der That aus
ihrer Belehrung einen nützlichen Gewinn für mich mit
nach Hause gebracht habe. Als die Dämmerung mich
zum Fortgang nöthigte, sagte sie, mir die Hand reichend:
„Eine Schulstunde muß regelmäßig sein, wenn sie zu
einem Fortschritt führen soll; also, nicht wahr, morgen
um dieselbe Zeit, Herr Zögling?" Ich bejahte es
gern, denn die Stunde, die ich bei ihr zugebracht,
war sicherlich die angenehmste und anheimelndste mei=
nes bisherigen hiesigen Aufenthalts.

Das Gewitter trat heut' fast um eine Stunde
später als gewöhnlich ein, so daß ich erst kurz vor
dem Beginn der Dämmerung hinübergelangte. Aber
wir haben erstes Mondviertel, das auch nach Anbruch
der Nacht den Rückweg durch die Schlucht ermöglicht,
und mit Bezug darauf lud Frau von G. — „falls ich
mich nicht fürchte" — mich ein, zum Abendessen bei ihr
zu bleiben. Es knüpfte sich ein Gespräch zwischen uns
über den Muth daran, den sie unverkennbar als höchste
Eigenschaft am Manne schätzt, als das Wesentliche,
wodurch er sich vom weiblichen Geschlecht unterscheibe,
dessen Natur einer Bedrohung gegenüber zaghaft, zu
muthiger Entscheidung unfähig angelegt sei. Die Wechsel=
rede brachte sie wiederum dazu, Verse aus der „Iphi=
genie" anzuführen:

,Wie eng gebunden ist des Weibes Loos!
Schon einem rauhen Gatten zu gehorchen,
Ist Pflicht und Trost; wie elend, wenn sie gar
Ein feindlich Schicksal in die Fremde führt.'

Sie wendete unsere Unterhaltung so, daß ich ihr ge=
wissermaßen über mich in dieser Hinsicht Auskunft
geben mußte. Das konnte ich, ohne in einen Anschein
von Ruhmredigkeit zu verfallen; Jeder, der gleich mir
jung und kräftig allein in der Welt steht, hätte sich

wohl zu der nämlichen Antwort berechtigt gefühlt. Ich
sagte, Furcht sei mir nur begreiflich, wenn es sich um
eine Gefahr für Andere handle, die man mehr als sich
selbst liebe, um deren willen man dazu gerathe, ängst=
lich abzuwägen, was ein kühner Entschluß für sie wagen
dürfe oder nicht. Das belaste auch einen Mann nicht
mit dem Vorwurf der Feigheit, wie wenn er in einer
kritischen Lage davor zurückbange, sein eignes Leben
auf Gewinn oder Verlust einzusetzen. Frau von G.
erwiderte nichts, doch ihre Miene bekundete, daß sie
eine derartige Aeußerung bei mir vorausgesetzt habe;
mich rührte ein Gefühl an, als ob sie vielleicht bei
ihrem Manne eine Erfahrung des Gegentheils gemacht,
die etwa mit der Aufgabe seiner militärischen Lauf=
bahn in Verbindung gestanden. Die Mahlzeit, die wir
nachher zusammen einnahmen, muthete mich heimathlich
an, ließ keinen Zweifel, meine freundliche Wirthin sei
selbst in der Küche mitthätig gewesen; auch eine hoch=
füßige, schöngeformte, wie es scheint aus Paris stam=
mende Kugellampe, von dem vorzüglichen Olivenöl hell
brennend, breitete ein ganz anderes, deutschtrauliches
Licht über den Eßtisch, als das südliche Italien es sonst
kennt oder wenigstens ich es irgendwo angetroffen.
Nur die ab und zu hereinkommende schwarzhaarige

Domenica erinnerte an die Fremde. Sie muß sich in ihrem Dienst sehr gut stehen, denn ihr Benehmen war ein äußerst unterwürfiges. Mir kam's einmal vor, daß sie einen beobachtenden Blick auf mich gerichtet hielt, und als ob sie, freilich nutzlos, suche, etwas von unserm deutschen Gespräch zu verstehen. Frau von G. ist achtundzwanzig Jahre alt, die Tochter eines höheren Beamten; ihre Eltern sind gestorben und sie scheint auch keine Blutsverwandten zu besitzen. Die Art ihres Verhaltens gegen mich läßt mich aber oft ihrer Worte gedenken, die sie bei unserm ersten Zusammentreffen gesprochen, man könne viel älter sein, als man ist. Dagegen macht ihr Aussehen, bei intimerer Betrach=tung einen weit jüngeren Eindruck, man würde sie auf eben erst in die Zwanziger eingetreten schätzen.

Mein Heimweg über die Schlucht ging sehr leicht von statten. Die Blöcke sind mir schon alle so ver=traut, daß es sogar keines Mondlichtes bedürfte, son=dern ich mich getrauen würde, in tiefstem Dunkel auch mit einer kleinen Handlaterne sicher hinüberzukommen.

15. Nov.

Eine Stockung in der Arbeit, durch unvorherge=sehenen Wassereinbruch verursacht. Die Sache wäre an sich verdrießlich, denn die Beseitigung wird minbestens

acht Tage erfordern und meinen Aufenthalt hier um diese
länger ausdehnen. Doch auf solche Zwischenfälle muß
ein Techniker immer gefaßt sein, und das einzig Richtige ist, sie möglichst leicht zu nehmen. Das thue ich
auch, so daß ich nicht im geringsten über den Mißfall
verstimmt bin. Vis major, der man sich fügt.

Die Mondnächte werden mit jedem Tage herrlicher.
Welch' ein Zauber in dem weißen Licht, das überall
rieselt, blinkt, Funken in's Lorbeerdickicht, die Oliven,
die Wildniß der Opuntien und Agaven hineinwirft.
Ich ging heute, nachdem ich in meiner Wohnung zu
Abend gegessen, von der hellen Nacht verlockt, nochmals über die Schlucht und stieg bis zur Tenuta der
Frau von G. hinauf. Dort lag Alles in lautlosem
Schlaf, das Thor war fest geschlossen, nur vom Hause
kam ein matter, geisterhafter Schimmer durch das Gebüsch. Es lag in der That wie ein verzaubertes,
unnahbares Schloß; ein Zugang wäre bei Nacht, wenn
Niemand auf einen Ruf hört, von nirgendwo möglich.

Frau von G. hat mich gebeten, während der Mond-
lichtzeit des Abends bei ihr zu bleiben. Ich thäte
es gern, wenn ich ihr damit nicht auch für den abendlichen Tisch zur Last fiele; das hielt mich ab, ihre
Einladung anzunehmen. Doch könnte ich ihr vielleicht

von Nußen sein und ihr freundliches Anerbieten mit
etwas vergelten. Die Bodenverhältnisse ihres Besitz-
thums scheinen mir von nämlicher Art, wie um meine
Tenuta, d. h. daß auch drüben eine Lagerung vulkanischen Gesteins unter der Mergelschicht das Regenwasser
sich ansammeln läßt und diese feucht erhält. So ließe
sich wahrscheinlich eine Anbohrung bewerkstelligen und
das Haus vermittelst einer Röhrenleitung mit gutem
Trinkwasser versorgen, woran es ebenso wie die ganze
Stadt im Sommer Mangel leidet, denn sie sind dann
völlig auf Cisternen angewiesen.

20. Nov.

Schöne Tage und noch köstlichere Abende, denen
eines deutschen Mai's ähnlich; wie trostlos nebelschwer
und naßkalt mag es gegenwärtig jenseits der Alpen
aussehen. Der Schaden, den der ungeheure Wettersturz neulich angestiftet, ist beinah schon wieder aus-
geglichen; seit gestern untersuche ich den Boden um das
„Dornröschenschloß" auf seinen Wasseruntergrund und
die Möglichkeit einer kleinen Leitungsanlage. Meinem
ersten Hinweis darauf stimmte Frau von G. mit lebhafter Freude bei, ward merklich von dem Wunsch erfüllt, ich möchte schon am nächsten Tag die Prüfung
anstellen. Ganz allein schien ihr Verlangen nach ge-

sundem Trinkwasser für die Kinder sie nicht anzutreiben;
ich glaube, es ist ihr auch willkommen, daß mein täg=
licher Besuch im Hause für die Auffassung von Seiten
der beiden Mägde eine Erklärung findet. Sie theilte
es der einen sogleich in meiner Gegenwart mit: „Der
Herr wird dafür sorgen, Domenica, daß wir besseres
Trinkwasser bekommen, wie er es auch der Stadt drunten
verschafft. Er ist ein mago, es muß ihm gehorchen,
und dazu hat er die weite Reise von Germania hier=
her gemacht." Seitdem sieht Domenica den ‚Zauberer'
anders als bisher, mit einer unverkennbaren geheimen
Scheu an. Wer in Sicilien fieberfreies Wasser für
den Sommer aus der Erde nöthigen kann, muß mit
übernatürlichen Mächten, wenigstens einem Heiligen,
wenn nicht der Madonna selbst in Verbindung stehen.

So aber bin ich zu der Entscheidung gelangt, der
Aufforderung Frau von G.'s, während der Mondhelle
zum Abendessen bei ihr zu bleiben, nachkommen zu
dürfen, und habe es heut' gethan. Wir waren nachher
noch zusammen draußen und genossen den wundersamen
Glanz der Nacht. Es ist in Wirklichkeit eine Märchen=
welt; wir sprachen lange von Deutschland, und ich
fühlte, in ihr lebt eine unendliche Sehnsucht, dorthin
zurückzukommen. Wenn sie es könnte, glaube ich, würde

sie in jeder Stunde mit der kleinen Gertrud aufbrechen, um zu Fuß davonzugehen. Aber ihr Mann will es nicht, sie fühlt sich wie in einem Käfig gefangen und daß sie ohne seine Einwilligung durch das fremde Land nicht fortzukommen vermag. Den Eindruck machten ihre Worte mir, wie auch den andern noch, daß sie sich in ihrem Wollen und Handeln von den beiden Mägden überwacht empfindet.

Bei mir ist darin eine völlige Veränderung vorgegangen. Ich weiß nicht warum, aber ich sehne mich durchaus nicht mehr nach Deutschland. Oder der Grund liegt wohl auf der Hand, wenn man sich die gegenwärtige spätherbstliche Wolken= und Wintertrübsal dort vorstellt.

23. Nov.

Ich habe schon öfter nach einem Gleichniß für den seltsamen Gegensatz der beiden Kinder Frau von G.'s gesucht; heute ist mir eines aus der Pflanzenwelt gekommen. Sie unterscheiden sich wie ein Fleckchen eines sonnigen Rainhangs, an dem Frühlings=Ehrenpreis gemischt mit zart röthlich überhauchten Anemonen blüht, und wie ein verschatteter Winkel, aus dem schwarz= glitzernd eine Einbeere oder die eines Belladonna=Zweiges aufsieht. So funkeln die immer beweglichen Augen=

sterne des kleinen Cecco, der sich in den vierzehn
Tagen, seitdem ich ihn kenne, zusehends weiter ent=
wickelt hat. Ich bin überzeugt, in einem Jahre wird
er selbstständiger vorgeschritten sein, als seine Schwester,
die offenbar keinen Tropfen romanischen Blutes in sich
trägt, wie er keinen germanischen bekommen. Wie ich
gestern mit der Gertrud einmal ein Weilchen allein
war, fragte ich sie, ob ihr Vater auch ebenso
tiefschwarze Augen und Haare habe, aber sie wußte
nicht darauf zu antworten, denn er kommt so selten,
daß sie ihn sich eigentlich garnicht vorstellen kann. Nur
ein einziges Mal erinnert sie sich, ihn gesehen zu haben,
und daß er Cecco lieber gehabt, als sie. Doch darüber
scheint wenigstens auch schon ein halbes Jahr vergangen
zu sein, und ihr ist nichts weiter im Gedächtniß ge=
blieben, als daß er sehr groß gewesen, mit der Mama
nur italienisch gesprochen und sie — Gertrud — sich
vor ihm gefürchtet habe. Dann setzte die Kleine nach=
denklich hinzu: „Er hat die Mama viel geküßt, aber
ich glaube, sie fürchtet sich auch vor ihm." Natürlich
fragte ich nichts weiter, denn es wäre unehrenhaft, wenn
ich das Vertrauen, das Frau von G. in mich setzt,
mißbrauchte, hinter ihrem Rücken etwas auszukund=
schaften, was sie selbst mir nicht mittheilen will.

Uebrigens hat es auf einem mangelhaften Auffassungs=
vermögen meiner Augen beruht, anfänglich die außer=
ordentliche Aehnlichkeit zwischen ihr und dem Mädchen
nicht zu erkennen. Jetzt tritt mir bei jedem Anblick
klar entgegen, daß die Kleine ihr wie aus dem Gesicht
geschnitten ist. Nur vergrößert, besitzt die Mutter ganz
die nämlichen Antlitzlinien, die Anmuth und auch noch
die weiche Rundung der Züge mit der darüber ge=
breiteten vielleicht weniger malerischen als poetischen
Lieblichkeit; woher hätte Gertrud dies Alles sonst auch
erhalten sollen? Daß mir die völlige Gleichartigkeit
der Beiden bei der ersten Begegnung so entgangen,
entsprang offenbar dem besonderen, scheuen oder schreck=
haften Ausdruck, den meine damalige plötzliche Erscheinung
ihr aufprägte. Heut' begreife ich nicht, wie ich mir
ihr Gesicht „nichtssagend" benennen konnte; mich däucht,
aus keinem, das ich je gesehen, spricht so viel, und
nur darin ergeht es mir noch gleicherweise, daß Manches
sich als vorhanden kundgiebt, doch unverständlich, ge=
wissermaßen überschleiert bleibt. Ich empfinde mich
überhaupt ihr gegenüber als Anfänger in der psycho=
logischen Erkenntniß. Vor kaum mehr als einer Woche
schrieb ich, daß Niemand mir weniger zu einer leiden=
schaftlichen Erregung veranlagt vorkomme; aber auch

mit diesem Urtheil dürfte ich vorschnell daneben gegriffen
haben. Die zwischen uns geführte Unterhaltung giebt
selbstverständlich keinen Anlaß, einen Beweis für die
Irrigkeit meiner früheren Meinung zu liefern; trotzdem
faßt mich ab und zu ein Gefühl an, daß ihre innerste
Natur keineswegs eine kühl-vernunftgemäße, geschweige
denn eine eine kalte ist. In ihren Augen kann einmal
etwas flimmern, wie das zitternde Wellenspiel mittägiger
Luft über einem sonnenheiß durchglühten Grunde; mir
ist der Gedanke gekommen, daß verhaltene Leidenschaft
für ihren Mann in ihr lebt, obwohl sie ihn als einen
Unwürdigen kenne, der um einer andern Leidenschaft
willen sie nicht zu sich nach Palermo nehmen will.
Freilich dem widerspräche, daß er sie nach der Aussage
der Kleinen bei seinem letzten Hiersein so viel geküßt
habe. In ihrem Verhältniß zu ihm liegt etwas Un-
klares, das ein Dritter sich nicht aufzuhellen vermag.
Aber fraglos birgt jenes den Schlüssel zu ihrem Wesen,
wie zu ihrer einsamen hiesigen Existenz. Mir ist, als
sähe ich geheim in ihr Vorgehendes manchmal auch im
bläulichen Schimmer des Adergeflechts ihrer wundersam
schönen Hände sich kundgeben. Bei'm Sprechen biegt
sie dann und wann die langen, schlanken Finger übereinander, als ob sie sich unterredeten, befragten und

antworteten. Wer verstehen könnte, was sie sich in ihrer lautlosen Sprache sagen. Jedenfalls Andres, als die Lippen während dessen laut ausdrücken. Mich ergreift zuweilen ein schreckhaftes Mitleid mit ihr; aus ihrem Blick kommt eine Hülfsbedürftigkeit, doch sonderbar, wie wenn sie weniger einen Beistand gegen Andre, als gegen sich selbst suche.

Das Auffinden von Wasser unweit des Hauses ist mir nach einigen fruchtlosen Versuchen richtig gelungen; der Druck zeigte sich bei'm Anbohren zwar nicht übermäßig, doch immerhin stark genug, auf eine nachhaltige Ansammlung schließen zu lassen, die wenigstens für einige trockne Sommermonate ausreichen wird; der Geschmack verräth eine ganz leise Spur von Schwefelbeimischung, ist sonst gut und rein. Es bedarf nur einer Leitung von etwa hundert Fuß, um in einer Einkerbung des Bodens ein kleines Brunnenstübchen herzurichten, dessen Rohr mit einem Hahn verschlossen wird. Domenica gerieth bei'm Erblicken des hervorsprudelnden Strahles in halbe Verzückung, und daß der Quell ein bischen nach Schwefel schmeckt, verbürgt ihr noch mehr seinen Ursprung aus Zauberei. Denn solche Gewässer stammen nach der Meinung des Volks alle aus dem Aetna und bilden das sicherste Fieber-Gegenmittel.

Der Mond geht jetzt erst so spät auf, daß ich mir
morgen eine kleine Handlaterne verschaffen will, um
mit meinem abendlichen Heimweg nicht von ihm ab=
hängig zu sein.

25. Nov.

Gestern Abend führte unser Gespräch uns auf
Musik; ich sagte, daß mein Verständniß derselben ein
sehr beschränktes sei und eigentlich nicht weiter reiche,
als mir Freude an dem Gesang eines Liedes mit
schönem poetischem Text zu bereiten. Es ergab sich,
daß Frau von G. ziemlich im gleichen Verhältniß zur
Tonkunst stehe; sie benannte sich im Grunde unmusi=
kalisch, wenn sie auch selbst ein wenig singe, oder viel=
mehr früher in Deutschland gesungen habe. Hier, wo
ihr ein Instrument zur Begleitung fehle, sei sie ganz
davon abgekommen. Das letzte war indeß nicht voll=
wörtlich zu nehmen, denn die kleine Gertrud, die sich
noch zugegen befand, kam von ihrem Tischchen heran
und sagte: „Bitte, Mama, sing' uns etwas, ich hör's
so gern. — Thust Du's nicht auch?" fragte sie mich
danach. Ich bejahte und bat gleichfalls; Frau von G.
meinte jedoch, ihr Gesang, obendrein ohne jede Be=
gleitung, sei höchstens für Kinderohren. Indeß war's
ihr mit der Weigerung nicht ernst, denn als ich scherzend

erwiderte, dann passe er auch für mich, da ich von ihr
beinah wie ein ältester Sohn im Hause am Tisch auf=
genommen worden, antwortete sie: „So will ich Ihnen
den besten Beweis liefern, daß ich keine Sängerin bin,
erstens indem ich mich nicht ziere, und hauptsächlich durch
meine Leistung selbst, für die ich dann keine Verantwortung
habe." Im Zimmer lag ein letztes Dämmerlicht, sie nahm
halb abgewendet einen Sitz wie vor einem Clavier ein,
und nach kurzer Pause hub eine schöne, weiche Alt=
stimme an, gedämpft durch den Raum zu klingen.
Doch in eigenthümlicher Weise, fast mehr sprechend, als
singend; es bildete eigentlich nur einen klangreicher er=
höhten Ausdruck der Worte. Diese waren volkslied=
mäßig und prägten sich, äußerst deutlich vorgebracht,
mir bei'm Hören in's Gedächtniß; aus ihnen redete
eine unbestimmt in die Ferne zerschwebende, ich weiß
es nicht anders zu bezeichnen, als traumhafte Sehnsucht:

> „Fliegen sah ich eine weiße
> Möve durch den Sonnenglanz,
> Eine weiße Blume fallen
> Aus dem nächtigen Sternenkranz.
>
> Sagt, wohin ist sie gefallen,
> Denn sie suchen muß ich gehn,
> Wo die weißen Wasser fließen,
> Wo die weißen Lilien stehn.

Ach, das Meer hat so viel Wellen,
So viel Blumen trägt das Feld,
Und die eine muß ich finden
In der weiten irren Welt."

Es war ein schimmernder Märchenton von trüb=
sehnsüchtigem Klang; ich kannte das Gedicht nicht und
fragte, woher es stamme. Frau von G. antwortete,
es sei ein sicilianisches Volkslied, das sie gehört und
sich übersetzt habe. Warum, vermag ich nicht anzu=
geben, aber ihre Auskunft wollte mir nicht recht glaub=
haft vorkommen, und jetzt, wie ich die Verse aus der
Erinnerung niedergeschrieben, erscheinen sie mir noch
weniger italienischen Ursprungs. Das plastisch Aus=
geprägte fehlt ihnen, das dieser bei allem raschen
Durcheinanderschwirren der Gedanken doch nie verleugnet;
wie Mariengarn leis flatternd in der Luft schwebt, so
ziehen sie aus einer deutschen Traumstimmung, dünkt
mich, durch die Seele. Frau von G. hat wohl recht,
sie ist keine Sängerin, die wirklich Musikkundigen würden
sie nicht dafür gelten lassen. Aber ich bin fest über=
zeugt, sie hat die Worte, die sie gesungen, selbst gedichtet,
und zu mir hat noch niemals etwas so in meinem
Innern mit= und nachklingend gesprochen, wie ihr kunst=
loser Gesang. Den ganzen Abend lang hörte ich, wenn
sie sprach, noch immer den weichen Ton desselben fort.

Bei'm Weggang zündete ich für den Nachhauseweg
zum erstenmal meine mitgebrachte neue Laterne an,
hatte aber kein Glück damit, denn ein ungewöhnlich
heftiger Südwind blies vom Meere her und löschte sie
mir, als ich kaum aus dem Thor getreten war, aus.
Ich wollte nicht durch Klopfen Lärm machen und zum
Wiederanzünden zurückkehren; da sich indeß in der
Finsterniß ohne Licht unmöglich über die Schlucht ge=
langen ließ, beschloß ich das Kommen des späten Mondes
abzuwarten, umschritt die Tenuta und setzte mich ein
wenig oberhalb von ihr auf eine mir bekannte bank=
artige Felsrippe, die ich auch im Dunkel zu finden
vermochte, so viel Helligkeit gaben die Sterne. Der
Wind wuchs zum Sturm an, die Oliven um mich und
die Bäume des Gehöfts unter mir sausten, es knatterte
ab und zu im Gestein von einem rutschenden Geröll=
stück; ein Nachtconcert war's, wie ich es so hier noch
nicht angehört. Dabei strich die Luft weich über mich
hin; eine Zeitlang schimmerte durch das wehende Ge=
zweig von der Tenuta her noch ein Lichtschein, wie ein
Stern, der bald aufblinkt, bald von Wolken überflogen
wird; dann losch es aus, vermuthlich im Schlafzimmer
der Frau von G. Doch um eine Weile später schoß
am klaren Himmel über dem Hause wirklich ein großer

Stern herunter, ein langsam lange Lichtbahn hinter
sich dreinziehendes Meteor, der ganz wie eine fallende
weiße Lilie aussah. Mir war's zugleich, als nehme
der Wind eine klagende Stimme an und singe mit ihr:

„Sagt, wohin ist sie gefallen,
Denn sie suchen muß ich gehn,“

und sonderbar kam aus der Richtung, wohin die Stern=
schnuppe verschwunden, eine leis schimmernde Helle, als
ob sie sich dort wagerecht zu einem matten Glanzbande
verwandelt habe. Meine Augen sahen's wohl, ohne
daß sich meine Gedanken dabei befanden, aber das
Ganze hielt mich in einem Gefühl einer meinen Sitz
umgebenden Märchenwelt von Klang und Geleucht der
Nacht befangen. Dann gelangte mir zum Bewußt=
werden, das letztere sei in Wirklichkeit vorhanden, der
Mond, einen Helligkeitsgürtel voraufschickend, gegen den
Horizont hinangestiegen und tauche jetzt, wie ein vom
Meer in die Höhe schwimmender Silberkahn drüber
empor. Nicht weit von mir löste sich ein Stein und
rollte knatternd am Abhang hinunter; ich vermuthete vom
Sturm, wie es schon mehrmals so geklungen. Doch ein
andrer Ton folgte hinterdrein, offenbar der eines Fuß=
trittes auf felsigem Grund; er ließ mich den Kopf wenden
und eine seltene Erscheinung, einen nächtlichen Wanderer

gewahren, der aus nordwestlicher Richtung noch über
das Gebirge herabkam. Das erst zwitternd beginnende
Mondlicht verstattete nichts zu unterscheiden, als den
Umriß einer sehr hoch gewachsenen, wie es schien von
einem landesüblichen Bließmantel überdeckten Gestalt;
ich saß im Schatten eines Olivenstammes, so daß der
Vorüberkommende meiner augenscheinlich nicht ansichtig
ward. Er ging sehr rasch, wie von großer Eile ge=
trieben; mechanisch hielt ich ihm den Blick nachgewandt
und nahm ihn dann deutlicher noch als vorher gewahr,
da er vor dem hohen Opuntiengeflecht der Tenuta eine
völlig baumfreie Stelle überkreuzte. Dazu vernahm
ich noch immer seinen Schritt; aber mit einem Schlage
war er plötzlich spurlos verschwunden, wie vom Boden
verschlungen, und auch kein Ton sprach mehr von
ihm.

Ich habe mir dies zur Erinnerung und Be=
herzigung niedergeschrieben, daß ich meine Sinne
besser in Zucht halten muß und mir kein Gaukelspiel
von ihnen vortäuschen lasse. Denn offenbar beruhte
das Ganze nur auf einer Vision und Hallucination,
von denen ich durch eine mich überlaufende Schauer=
empfindung befreit wurde. Mir scheint, es war nicht
zum ersten Mal in letzter Zeit, daß Auge und Ohr mir

solche Streiche zu machen versuchen, mein Nervensystem
befindet sich jedenfalls nicht ganz in normaler Ver=
fassung. Sollte etwas vom Malariafieber in mir stecken?

Die Mondhelle verhalf mir über die Schlucht heim.
Uebrigens hatte das vom Wind wie ein Vorhang hin
und her bewegte Laub mich getäuscht, denn als ich,
auf meiner Seite emporgestiegen, einmal zurücksah,
brannte zweifellos das Licht im Hause Frau von G.'s
doch noch und flimmerte wie ein Sternlein durch eine
Blätterlücke bis zu mir herüber. Der Sturm verstärkte
sich noch mehr, sauchte, heulte und winselte die Nacht
hinburch um mein klapperndes Fenster wie die wilde
Jagd. Ich glaubte zu wachen, doch habe ich unverkennbar
in einem Halbschlaf gelegen, der mich aus einem un=
sinnigen Traum in den andern warf, mir das Wind=
getöse in menschliche Stimmen umwandelte. Sie rangen
gegeneinander, wehklagten und stöhnten, dann klang ein
schmetternder Jubelton dazwischen. Wie aus einer
Ferne herüberhallend, hörte ich ein heftig lauthämmern=
des Herzklopfen, kam endlich zur Besinnung und fühlte,
daß es in mir selbst sei. Erst gegen Morgen fiel ich
in einen bumpfbetäubenden, schweren Schlaf. Auch
diese Nacht zeigte, es ist nicht so in mir, wie es bei
richtiger Gesundheit sein soll.

25. Nov. Abends.

Da heute zur Abwechslung schon der Vormittag
einen tropenhaften Wetterregen brachte und keine Ar=
beitsthätigkeit zuließ, benutzte ich die Zeit, das Vor=
stehende aufzuschreiben. Als ich kaum damit fertig
geworden, kam ein halbwüchsiger und natürlich nicht
nur barfüßiger, sondern auch sonst halbnackter Junge
aus einem der ärmlichen Gehöfte von jenseits der
Schlucht und brachte mir ein zusammengefaltetes, vom
Regen durchgeweichtes Papierstück. Frau von G. hatte
darauf mit Bleistift, so daß es kaum mehr lesbar ge=
blieben war, kurz geschrieben, sie sei mit heftigen Kopf=
schmerzen aufgewacht, wolle im Bett bleiben und könne
mich deshalb heute nicht sehen. Ihre Schrift mochte
an sich eine schöne und charaktervolle sein, aber ab=
gesehen davon, daß sie verwischt und zerflossen war,
merkte man ihr an, die Hand der Schreiberin sei nicht
sicher gewesen; der ungeregelte Zusammenhang der Buch=
staben machte den Eindruck von solchen, die im Dunkel
auf ein Blatt hingeworfen worden, wahrnehmbar hatte
der Kopfschmerz ihr die Sehschärfe getrübt. Ich be=
fragte den Jungen, durch wen er das Blättchen erhalten
habe, und erfuhr aus seiner mir nicht ganz verständlich
werdenden Antwort, daß er etwas zur Tenuta hinauf=

7*

gebracht, und ‚la bella signora‘ sei rasch aus einer
Thür gekommen, habe ihm das Stück Papier gegeben
und ihn geheißen, es mir zu bringen. Mich verwunderte
das Beiwort, das er ihr gab, so daß ich fragte, warum
er sie denn so schön finde. Dadurch stellte sich ein
besonderer Grund für seine Aeußerung heraus; ihr
herrliches blondes Haar war nicht geflochten, sondern
ganz aufgelöst gewesen und ihr bis an die Knie her-
untergefallen; etwas dem Aehnliches hatte er noch
niemals gesehn. Außerdem schien sie noch ein weißes
Nachtkleid getragen zu haben; sie war also wohl nur
flüchtig, schon mit dem Vorsatz, sich wieder zu Bett zu
begeben, aufgestanden. Ich wollte ihr durch den Ueber-
bringer der üblen Nachricht einen Gruß mit meiner
Theilnahme zurückschicken, doch der Junge sagte, das
Thor sei hinter ihm von der Magd verriegelt worden,
und er könne nicht hinein. So gab ich ihm eine
Belohnung, zu der er große Augen machte; was über
einen Soldo hinausgeht, besonders wenn es aus dem
kleinsten Silberstück besteht, ist für die Kinder der
Gegend ein unglaublicher Schatz. Er sprang in seinem
offnen Hemd und seiner Hose, die beide tropfnaß waren,
jubelnd davon: wie beneidenswerth, wem die Seligkeit in
Gestalt einer halben Lire vom Himmel herunterfallen kann.

Nachher blieb es heute den Tag hindurch trocken,
und die am Morgen versäumte Zeit konnte von meinen
Leuten bis zum Dämmerungseintritt nachgeholt werden.
Zum erften Mal seit mehr als zwei Wochen habe ich
den Abend einsam in meinem Zimmer zugebracht und
zum erften Mal auch seit meinem Hierfein kommt es
mir winterfroftig in der Stube vor. Wie schnell man
sich doch gewöhnt! Im Gefühl ist's mir, als sei ich
heute aus einer Heimath jählings in troftlos leere
Fremde verfetzt worden. Wenn ich keine deutsche Stimme
wieder hören sollte, ertrüge ich's nicht länger, sondern
ließe meine Arbeit im Stich und liefe fort, auf's Grabe=
wohl in die Welt hinaus. In die ‚weite, irre Welt'.

26. Nov.

Es wäre wohl bräuchlicher und in den Augen der
Meisten ‚taktvoller' gewesen, daß ich heute noch gewartet
hätte, ob Frau von G. mir eine Benachrichtigung über
ihr Besserbefinden zugehen lasse und mich dadurch zum
Wiederkommen auffordere. Das war auch den Tag
hindurch mein Vorsatz, aber als die gewohnte Zeit
herankam, ertrug ich's nicht länger, und unsere Be=
freundung legte es mir doch wohl als Pflicht auf und
gab mir damit zugleich auch das Recht, mich wenigftens

bei den Mägden zu erkundigen, wie es ihr gehe. So begab ich mich, nur zu diesem Zweck, hinüber, ohne meine Laterne mitzunehmen. Jedenfalls wollte ich nicht den Eindruck erregen, daß ich mit dem Gedanken käme, länger als bis zum Dunkelwerden dort zu bleiben. Die Vorabendstunde war schön, ein wundervoll frischer Duft empfing mich, wie ich durch das offenstehende Thor eintrat, hinter dem Gertrud sich im warmen letzten Sonnenlicht damit beschäftigte, vom Sturm umgeknickte Blumen aufzurichten. Ihr ernst niederschauendes Gesichtchen hob sich gegen die schrägen Strahlen vor mir vom Boden wie ein auf röthlichen Goldgrund gemaltes Bild; sie kam auf mich zu, gab mir die Hand und sagte: „Die Mama war krank, ich habe sie gestern garnicht gesehen." Ihre Stimme klang betrübt, oder eigentlich mehr nach einer ängstlichen Unruhe; ich fragte: „Wie geht's ihr denn heute? Liegt sie noch zu Bett?" Dazu schüttelte sie den Kopf: „Warum meinst Du? Zu Bett hat die Mama nicht gelegen, aber ich durfte nicht zu ihr, nur Cecco war bei ihr." Das stand in einem Widerspruch zu dem, was ihre Mutter mir geschrieben; vermuthlich hatte diese, um die Kleine nicht zu ängstigen, ihr es so von den Mägden sagen lassen. Domenica trat aus dem Hause, und ich erkundigte mich

bei ihr, ob ich ihre Herrin für einen Augenblick be=
grüßen könne, oder ob dieselbe noch zu unwohl sei.
Die Befragte entgegnete: „Warum sollte die Signora
unwohl sein? Ich wollte, daß ich es so gut hätte, wie
sie. Aber ich will fragen." Sie lachte bei ihrer Ant=
wort und ging; ich konnte mir die sich widersprechenden
Aussagen nicht zusammenbringen. Domenica kehrte
mit der Erwiderung zurück, die Signora leide aller=
dings an ‚mal di capo' und bitte mich, mit meinem
Besuch lieber bis morgen zu warten. Doch fast un=
mittelbar danach erschien die andre Magd und richtete
aus, es gehe der Signora plötzlich besser, so daß sie
wünsche, mich zu sehen. Das Ganze nahm immer mehr
Unverständliches an.

Ich begab mich in's Haus; das Zimmer, in dem
Frau von G. mich empfing, sprach davon, daß sie sich
in einem Zustand der Augenempfindlichkeit gegen den
Lichteinfall befinden müsse, denn die Vorhänge waren
dicht zugezogen. Doch lag von draußen noch die Abend=
sonne auf ihnen; so erfüllte den Raum ein zwitternder
goldener Dämmerschein, hell genug indeß, um mich er=
kennen zu lassen, daß die mir halb Entgegentretende
von blühenderer Gesichtsfarbe sei, als ich es bisher je
an ihr gesehen. Ebenso umschlossen ihre Augenliber

einen fremdartigen, hin und her flackernden Glanz; der
Ausdruck ihrer Züge besaß etwas Gedankenabwesendes.
Sie stand ein paar Secunden ungewiß, sagte dann
haftig, sie freue sich, mich zu sehen; die Stimme klang
von innerlicher starker Erregung. Dazu gab sie mir
nach dem kurzen Zaudern jetzt in herkömmlicher Weise
die Hand, die sich heiß anfühlte und mir nun in Ver=
bindung mit den andern Anzeichen kundthat, daß sie
sich in einem fieberhaften Zustand befinde. Das sprach
ich aus und fügte hinzu, sie hätte sich noch schonen,
mich nicht annehmen sollen; mit Kopfschmerzen bleibe
man am besten allein, in völliger Ruhe. Sie
wiederholte: „Kopfschmerzen? Die habe ich nicht, noch
niemals gehabt — ja so, gestern ein bißchen, aber das
ging rasch vorbei." Mir zeigte indeß Alles, sie zwinge
sich und suche zu verbergen, daß sie leide; so stand ich
nach Kurzem auf, um mich heimzubegeben. Doch sie
wollte mich nicht fortlassen. sondern für den Abend
dabehalten; dagegen weigerte ich mich aber auf's Ent=
schiedenste, es sei mir auch nicht möglich, da ich keine
Laterne mit mir hätte und nicht mehr wie vorgestern,
wo der Wind sie mir ausgelöscht, auf den Mond warten
könne. Sie fiel erregt ein: „Ja, der Sturm — er
kam plötzlich, wie ein Orkan. Wenn er so unerwartet

hereinbricht, ist's mir immer ein paar Tage lang so —
davon hatte ich die Kopfschmerzen. Also Ihnen hat er
auch mitgespielt, daß Sie nicht hinüber konnten? Wo
warteten Sie denn? Und wie lange? Ich hätte in
der Nacht nicht draußen sein mögen. Es war, als ob
böse Geister drin losgelassen seien. Ist Ihnen nichts
Erschreckendes, kein Gespenst begegnet?"

Sie sprach hastig, in kurz abgerissenen Sätzen, wie's
Leute im Fieber thun. Um ihr etwas zu antworten,
erzählte ich von der Sinnestäuschung, die aus dem
nächtlichen Sturm über mich gerathen, daß ich einen
großen Mann in einem Vließmantel an mir vorüberkommen und in die Erde einsinken zu hören und zu
sehen geglaubt. Frau von G. stieß aus: „Das war
der Nachtmar — ein Glück, daß er Sie nicht gesehn!
Er haust drüben in der Provinz Caltanisetta um
den Pizzo di Cammarata. Von dort kommt er zuweilen in der Nacht herüber — das weiß jedes Kind
hier —"

Ihre Exaltation offenbarte sich darin noch deutlicher als zuvor. Sie schien es selbst zu fühlen, denn
sie stand auf und rief Domenica, Wein zu bringen.
„Sie müssen wenigstens erst ein Glas trinken, um sich
zu kräftigen und sicher über die Schlucht zu kommen.

Mir thut es auch gut — jedesmal, wenn der Sturm meine Nerven in überreizten Zustand gebracht hat —"

Sie schenkte aus dem gebrachten Gefäß in zwei Gläser ein und leerte das ihrige auf einen Zug aus. „Das kühlt und danach schläft man; morgen werden Sie mich wieder völlig wohl finden. Man sollte sich eigentlich immer in einem Rausch erhalten, das wäre das beste Mittel. Aber wenn Sie um der Dunkelheit willen zurück müssen, ich will nicht Schuld tragen, daß Ihnen etwas zustieße."

Sie füllte sich ein zweites Glas; der Nachteinbruch drängte in der That stark, und ich ging. Was ich mir denken soll, weiß ich nicht. Mir ist heut' Abend eine erschreckende Vorstellung aufgetaucht — aus all' den Widersprüchen, dem instinktiven Kummer Gertrud's, dem Lachen der Domenica, sie möchte es so gut haben — daß Frau von G. durch die Einsamkeit ihres Lebens dahin gerathen ist, sich — wenigstens zu Zeiten — übermäßig dem Weingenuß zu ergeben. Was ihr von dem Rausch über die Lippen gekommen, in dem man sich am besten immer erhalte, klang aus dem Munde einer Frau zu sonderbar. Freilich bei der Abend= mahlzeit hat sie sich sonst stets in gleicher Weise auf's Mäßigste bewiesen. Aber Leute, die solcher Leiden=

schaft verfallen find, wissen diese oft lange klug zu verheimlichen, bis sie sich einmal verrathen. Und das ist mir heute zweifellos geworden, falscher hat nie Jemand über einen Menschen geurtheilt, als ich, wie ich sie für eine kühle, leidenschaftslose Natur hielt.

27. Nov.

Es ist, als ob sie es darauf abgesehen hätte, mich täglich neu von der Mangelhaftigkeit meines Erkenntniß= vermögens zu überzeugen, während sie offenbar ein solches in außerordentlichem Maße besitzt. Als ich heute zu ihr kam, prüfte sie kurz meinen Gesichts= ausdruck und sagte danach: „Soll ich Ihnen aussprechen, was Sie gestern von mir gedacht haben?" Ich suchte mich unbefangen zu stellen und erwiderte, ich wisse nicht, wie sie zu der Frage komme; doch sie fiel ein: „Warum wollen Sie verhehlen, daß Sie mit dem Glauben fortgegangen sind, ich sei im Geheimen zu sehr eine Freundin des Weins? Wenn das der Fall, und Ihre Meinung also richtig wäre, so dünkt mich, hätten Sie als Landsmann und Freund die Pflicht, mir das gradeaus vorzuhalten und mich zu warnen. Denn ein offenes Wort ist immer zwischen Menschen das Beste und der sicherste Beweis ihrer Theilnahme."

Die Art, in der sie sprach und mich dabei anblickte,
ließ keine Möglichkeit für eine Annahme, daß sie mich
in die Irre zu führen trachte; so konnte nur das
ruhige Bewußtsein der völligen Grundlosigkeit des Ver=
dachtes eines Andern reden. Ich fühlte, daß ich roth
wurde wie ein Schuljunge, der sich klug vermeint und
dem man seine Einfältigkeit vor Augen geführt; nach
irgend einer Antwort suchend, brachte ich, wohl halb
stotternd, eine Zustimmung zu ihrer letzten Aeußerung
hervor, daß Offenheit gewiß immer das Beste sei, ohne
die keine wirkliche Freundschaft und kein Vertrauen
bestehen könne. Darauf flog ihr kurz vom Mund:
„Das heißt also, Sie haben kein Vertrauen zu mir.“
Ich hatte bei meinem Erwidern an nichts Weiteres
als an eine Bestätigung ihrer Worte gedacht und mußte
mir erst zurechtlegen, wodurch sie zu diesem Vorwurf
für mich komme. Aber dann ging mir ein Verständ=
niß auf, das mich unwillkürlich zurückgeben ließ: „Wenn
von Offenheit gesprochen wird, so glaube ich freilich,
findet sie doch mehr von meiner Seite statt.“

Es entfuhr mir, ich hätte es lieber zurückgenommen,
doch Frau von G. antwortete nichts darauf, sondern
entgegnete gleichmüthig: „Ich sagte Ihnen, ein Glas
Wein sei für den Zustand, in dem Sie mich gestern

fanden, die beste Medicin, und Sie sehen, daß es mir
heute wieder vollständig wohl geht." Das hatte sich
mir bereits offenbart; alle Zeichen der Erregung waren
von ihr gewichen, sie fieberte sichtlich nicht mehr, ihr
Gesicht erschien eher noch blasser als sonst, und sie
sprach mit ihrer gewöhnlichen Ruhe. Nur in ihrem
Blick lag eine gewisse müde Abspannung, die wohl als
Reaction nach der Nervenüberreizung eingetreten.

Auch heute war ich ohne mein künstliches Beleuch=
tungsmittel für die Nacht gekommen und verließ die
Tenuta bei'm Herannahen der Dunkelheit, doch unter
dem Versprechen, morgen meine Laterne mitzubringen.
Frau von G. bestand darauf; sie gab mir bei meinem
Fortgang die Hand und bat, ich solle nicht Uebles von
ihr denken, wenn mir zuweilen etwas an ihr nicht
ganz erklärlich sei. Das Leben könne in wunderliche
Zustände versetzen, und der Mensch bringe durch seine
eigne Natur wohl Unverständliches mit hinein, so daß
er sich manchmal selbst nicht begreife. Es war allgemein
ausgedrückt, nicht speciell zu deuten, doch ich vernahm
wieder aus diesen Andeutungen eine Hülfsbedürftigkeit,
einen Drang, mir etwas zu vertrauen und doch eine
stärker überwiegende Scheu, dies zu thun. Ich werde
mich hüten, mir nochmals eine vage Hypothese zu bil=

den, sonst könnte mich der Gedanke beschleichen, was sie
mir verschleiert angedeutet, nicht klar ausdrücken wolle,
sei, daß sie an epileptischen Zufällen leide. Wenigstens
würde sich so vielleicht das Räthselhafte der letzten
Tage und auch sonst Manches in ihrem Wesen erläu=
tern. Aber ich will mich nicht mehr auf einen der=
artigen Weg des Muthmaßens begeben; sie sähe mir
morge nan, was ich gedacht, und ich möchte um Nichts
vor ihren Augen so dastehen wie heute.

28. Nov.

Meine Leitungsarbeit nöthigte mich heute früh zur
Beschaffung einiger Geräthe in die Stadt, die ich wohl
seit vierzehn Tagen nicht mehr betreten. Als ich hin=
unterkam, glaubte ich zuerst, es müsse ein Festtag sein,
denn wie an solchen stand die Piazza Kopf an Kopf
von lautredenden und lebhaft dazu gestikulirenden Leu=
ten angefüllt. Aber es war nichts Andres, als das
oft auch an Werkeltagen Landesübliche; der Italiener
wartet, ob ihm, nach dem deutschen Sprüchwort, eine
gebratene Taube in den Mund fliegt, das heißt, ob
Jemand ihm irgend einen Auftrag ertheilt, durch den
er zu einem Verdienst gelangt. Dann zeigt er sich
keineswegs, wie er sonst scheint, träg und arbeitsscheu,

unterzieht sich vielmehr auch der beschwerlichsten körper=
lichen Mühsal mit größter Bereitwilligkeit, Ausdauer
und Pflichttreue, und wenn ihm sein Haupttrachten
gelingt, eine zumeist nur winzigste Kleinigkeit über
den ausbedungenen Lohn hinüber herauszuschlagen, ist
er zufrieden wie ein Kind, das seinen Willen bekom=
men, und fängt das zuwartende Herumstehen und
Schwatzen wieder an. Dabei verhält er sich im höchsten
Grade mäßig, übertrifft nach dieser Richtung ohne
Frage auf's Vortheilhafteste den Durchschnitt deutscher
Arbeiter, denen es als Oberstes gilt, sich in eine
Schenke zusammenzupferchen und möglichst viel von
ihrem Gewinn in Wein, Bier oder Schnaps wieder
durchzubringen. Es kann nicht in Zweifel sein, daß
die Romanen sich darin von den Germanen außer=
ordentlich zu ihren Gunsten unterscheiden und Manches
daburch ausgleichen, worin sie sonst gegen die Letzteren
zurückstehen.

Von den ohne Unterlaß beweglichen Lippen klang
mir bei'm Gehen über die Piazza eine Menge italie=
nischer Namen an's Ohr — Grammonte, Pantellaria,
Ruggiero Settimo habe ich als oftmals wiederkehrend
behalten — es schienen Leute in Palermo zu sein,
doch mir sämmtlich unbekannt; einen Begriff verband

ich nur mit ‚Pio nono‘, der vor anderthalb Jahren
zum Papst gewählt worden und unverkennbar in der
allgemeinen Schätzung sehr hoch stand. In einer Gruppe
hörte ich eine äußerst lebendige Unterhaltung über den
‚Vespro siciliano‘; ein Sprecher schilderte mit Zunge,
Augen, Händen und Füßen den Vorgang, eigentlich
gegen sonstigen Brauch des sicilischen Volks, das sich
wenig um seine Vergangenheit, sondern nur um die
Dinge des Tags bekümmert. Auch Pietro Castaletto,
kam mir vor, hat wieder etwas ausgerichtet, und es
machte den Eindruck, als habe sein Ueberfallen eines
großen Grundherrn sich diesmal nicht in den Bergen von
Caltanisetta, sondern nur einige Meilen von unsrer
Stadt entfernt zugetragen. Doch mich interessirte alles
Das wenig, und sobald ich mein Geschäft besorgt,
ging ich wieder davon. Dabei nutzte ich indeß meine
Anwesenheit im Ort, den mir bisher unbekannten Weg
von ihm aus zur Tenuta der Frau von G. kennen zu
lernen, und es war ein glücklicher Einfall — die
Pastoren würden sagen, eine Fügung der Vorsehung
— der mich dies thun ließ. Denn ich traf droben
die kleine Gertrud allein neben einem von duftenden
Kräutern überwachsenen Felsstück im Garten mit etwas
spielend, das aus der Entfernung wie ein gekrümmter

grauer Rindenzweig aussah. Doch wie ich näher ge=
rieth, bewegte er sich, und mit Schreck erkannte ich, es
sei ein Viper, die das Mädchen als ein harmloses
Thier gleich einer Eidechse betrachtete, nach dem sie ohne
Scheu die Hand vorstreckte. Ich rief ihr zu, sich nicht
zu rühren; bei meinem Ruf bog ihre Mutter, die sich
nur für wenige Minuten von ihr fortbegeben, um einen
Myrtenrand, und ich kam noch rechtzeitig, die mit
tödtlichem Biß drohende Giftschlange durch einen Stock=
hieb unschädlich machen zu können. Frau von G. be=
griff im ersten Moment nicht, was vorgegangen, aber
dann sah sie die todte Viper, und ich werde nie im
Leben vergessen, mit welchem Ausdruck des Entsetzens,
der nachträglichen Angst sie die verdutzte Kleine fort=
riß, aufhob, die Arme um sie schlug und wortlos das
Kind an sich gedrückt hielt. Auf meine Frage, ob sie
noch nie vorher eine Schlange um das Haus herum
bemerkt habe, konnte sie gleichfalls nur stumm noch
den Kopf schütteln, bis sie nach einer Weile sich so
weit beruhigte, meine beiden Hände zu fassen und
hervorzubringen: „Wie soll ich es Ihnen danken? Ich
kann nicht mehr, wie als Kind, sagen: Der Himmel
hat Sie zu uns in's Haus geführt, aber Besseres ist
mir auf Erden nicht geschehen, als daß Sie hier=

her gekommen! Sie haben nicht Gertrud allein, son=
dern auch mir das Leben erhalten, denn ohne sie
würde ich nicht länger in der Welt bleiben können und
wollen."

Ihre Finger hielten sich fest, beinah krampfhaft um
meine Hände zusammengeschlossen; ich weiß nicht mehr,
was ich geantwortet habe, daß ich drüben in der Stadt
gewesen und zufällig den Rückweg hierherauf einge=
schlagen. Ich müsse wieder fort, denn meine Arbeiter
warteten auf mich. Sie rief mir nach: „Also heut'
Abend, und mit Ihrer Leuchte!"

Doch ich bin nicht wiedergekommen, sondern habe
einen Jungen mit einigen aufgeschriebenen Worten ge=
schickt, ich fühlte mich nicht wohl. Ich will nicht mehr
hinüber, nie mehr; die Schlucht soll zwischen uns liegen.
Sie ist die Frau ihres Mannes, und ob er sie um
eine Andre in Palermo vernachlässigen mag, meine
Pflicht bleibt dieselbe. Die habe ich heute erkannt,
eine Gefahr, die sich unvermerkt seit Wochen Tag um
Tag gleich einer Schlange näher an mich herange=
schlichen und mich zu umringeln droht. Ich will meine
Arbeit vorschützen, mein Fortbleiben zu erklären, und
ich habe dieselbe in der That in letzter Zeit stark ver=
nachlässigt. Wenn sie jünger wäre, als ich, glaube ich,

würde die Gefahr weniger groß sein, oder vielmehr, ich
hätte diese früher empfunden und ihr rechtzeitig vor=
gebeugt. Aber bei der älteren Frau kam mir kein
Bedenken — ehe es zu spät geworden. Doch das ist's
ja nicht, denn mein Pflichtbewußtsein und Ehrgefühl
sind gottlob noch die stärkeren. Das war's, was ich
manchmal als Fieber in mir zu fühlen meinte; jetzt,
da ich seinen Ursprung erkannt — aus dem Druck
ihrer warmen Hände heut' Morgen — soll mein Wille
mir das Heilmittel liefern.

30. Nov.

Wille — Wille — wie spöttisch sieht das Wort
mich aus der letzten Zeile an. Welch' ein unter=
thäniger Vasall des Herzens ist das, was sich stolz
Haupt benennt! Oder vielmehr, wie läßt der Kopf sich
von jenem überreden, was er sich vorgesetzt, sei thöricht,
der Menschenvernunft widersprechend und von keinem
höheren Gebot vorgeschrieben.

Doch ich bin über mein Thun nicht beunruhigt,
kann mich nicht verurtheilen und als Schwächling schel=
ten, wenn ich auch meinem Entschluß von vorgestern
zuwider gehandelt habe. Er entsprang nur aus der
ersten Verwirrung durch die mir plötzlich aufge=
gangene Erkenntniß eines Zustandes, der sich in meinem

Innern ausgebildet hatte. Aber was geht denn das
darin Vorhandene die Fortsetzung meines Verkehrs drü=
ben an, wenn ich es in mir verborgen trage? Bei
ruhigerer Ueberlegung hätte ich von selbst zu diesem
Ergebniß gelangen müssen und auch zu dem, es sei
um Frau von G.'s und um der Mägde willen meine
Pflicht, nicht plötzlich eine so befremdliche Aenderung
eintreten, meine in Angriff genommene Brunnenleitung
drüben unvollendet zu lassen. Diese muß ich unbedingt
fertigstellen; danach kann ich meine Besuche unauf=
fällig vermindern. Wenn ich ihrem Scharfblick ent=
ziehen will, was in meinem Herzen vorgegangen —
und ich wüßte nichts, wonach ich mehr trachtete —
so hätte ich kein ungeeigneteres Mittel wählen können,
als bei meiner unbedacht vorschnell gefaßten Absicht zu
beharren.

Denn, gottlob, sie hat aus meinem Fortbleiben
noch keinen Verdacht geschöpft. Gestern war ich noch
nicht zur richtigen Auffassung gelangt, kam dem Vor=
satz, nicht mehr hinüberzugehen, nach. Doch heut' Vor=
mittag brachte mir der ragazzo von neulich abermals
eine briefliche Botschaft von ihr — diesmal in ein
Couvert eingeschlossen und mit sicherer, schöner Hand=
schrift — die mir keinen Zweifel mehr ließ, wie ich

mich vernünftiger und allein richtiger Weise ihr gegen=
über verhalten müsse. Sie sprach mir zunächst mit
einfachen Worten, doch denen man anfühlte, daß sie
aus tiefstem Herzen geflossen, nochmals ihren Dank für
das aus, was ein glücklicher Zufall mir zum Besten
Gertruds zu thun vergönnt; mehr noch zwischen den
Zeilen, als offen von ihnen gesagt, stand zu lesen, daß
der Vorgang sie mit einem unbegrenzten Vertrauen zu
mir erfüllt habe und sie einen Freund in mir sehe,
ohne dessen hülfreiche Nähe sie sich ihr Leben im frem=
den Land nicht mehr denken könne. Sie erkundigte
sich auf's Theilnahmvollste nach meinem Befinden, ob
sie mir nicht zum Mittag Speisen nach deutscher Art
zubereiten und herüberschicken dürfe; mit Ungeduld er=
warte sie die Antwort, daß ich wieder so wohlauf sei,
zum Abend zu kommen. Das ganze Schreiben durch=
klang ein warmer Ton herzlicher Freundschaft, die den
vorgeschützten Grund meines zweitägigen Ausbleibens
gläubig aufgenommen und aufrichtigst für mich und für
sie selbst bedauerte. Es löste mich vollständig aus den
letzten Zweifeln, zeigte mir klar den Weg, den ich zu gehen
hatte — daß es kein von ihr fortführender Weg, son=
dern der in hergebrachter freundschaftlicher Weise mich
zu ihr bringender sei. Mit der kurzen schriftlichen Er=

wiederung, ich fühlte mich· wieder so gut, am Abend
kommen zu können, gab ich für seinen Botendienst dem
Jungen eine Lire, der vor ungemessener Seligkeit draußen
nicht auf den Füßen, sondern mit ihnen über den Kopf
Rad schlagend, davonflog. Die sicilianischen Buben sind
leibesbehend wie die Lacerten; ich glaube, wenn er
mir ein Vergnügen damit zu machen hoffte, würde er
sich nicht bedenken, auch die Schlucht mit solchen Pur=
zelbäumen zu überqueren.

Ein schöner, heimathlicher Abend war's heut, der
deutlich bewiesen, wie richtig ich gehandelt. Ich suchte
mir vorzustellen, die schöne Frau jenseits des Tisches
sei meine Schwester, die mir das Liebste auf der Welt
sein dürfe. Manchmal gelang's mir sogar, denn sie
sah mich mit einem vertraulichen Blick wie einen Bru=
der an. Ihr Wesen ist wieder ganz das frühere,
ruhige, nichts mehr von der Nervenerregung geblieben,
in welche die Sturmnacht sie für zwei Tage versetzt
gehabt. Wir sprachen lange von Deutschland; sie fragte,
wann ich dorthin zurückkehren würde, und mich überkam
das Gefühl, sie beschäftige sich mit einem Gedanken,
ob sie vielleicht unter meinem Schutz Sicilien mit ver=
lassen könne. Nur einmal gerieth sie doch in Auf=
regung; die Kleine hatte im Zimmer herumgespielt,

etwas in einer Ecke am Boden gefunden, kam damit
und fragte: „Hat der Papa Dir das neulich mitge=
bracht?" Es war ein kunstvolles goldenes Armband,
mit kostbaren Smaragden besetzt; Frau von G. griff
heftig danach, beinah als sei es wieder eine Viper, die
dem Kinde Gefahr drohe, und schleuderte es von sich
in einen Winkel. Danach sagte sie erklärend: „Rühr
es nicht wieder an, Gertrud, das Schloß ist scharf wie
ein Messer, Du kannst Dich daran schneiden." Es
regte mir den Eindruck, als ob sie die Begründung
ihres wunderlichen Thuns mehr um meinetwillen, als
für das Mädchen nachgefügt habe; ich fragte mecha=
nisch, auf welchem Wege ihr Mann von Palermo hier=
her zu kommen pflege, durch das Innere der Insel
oder zu Schiff bis nach Siracosa. Sie antwortete
darauf: „Das weiß ich nicht," und nach kurzem Inne=
halten setzte sie hinzu: „Das heißt, er ist von Palermo
aus noch niemals hierher gekommen, seit" — sie be=
sann sich einige Augenblicke — „wohl zwei Jahren
nicht." Mir war's, sie hätte bei unserer ersten Be=
gegnung nur gesagt, ihr Mann sei den größten Theil
des Jahres hindurch abwesend; ich konnte mich indeß
nicht genau an den Wortlaut erinnern, dagegen wohl
an die Erzählung Gertrud's, ihr Vater sei einmal ge=

kommen und habe die Mama viel geküßt. Es war
überraschend, daß das Gedächtniß der Kleinen über
zwei Jahre zurückreichte, und noch sonderbarer klang
mir ihre vorherige Frage im Ohr nach, ob der Papa
das Armband neulich mitgebracht habe. Mir ver=
band sich etwas Anderes damit; Frau von G. hatte
vor ihrer letzten Aeußerung kurz nachgedacht, seit wie
lange ihr Mann nicht mehr bei ihr gewesen — oder
hatte sie sich besonnen, wie lang sie die Zeit angeben
wolle, in der sie ihn nicht gesehn? Wenn dies der Fall
war — und nach den Reden Gertrud's konnte es kaum
anders sein, als daß sie erst aus kürzerer Vergangen=
heit von ihm wissen mußte — aus welchem Grunde
machte denn ihre Mutter mir gegenüber eine offenbar
bedacht falsche Angabe? Das gehörte in das Gebiet
der wunderlichen, nicht aufklärbaren Räthsel, vor denen
ich in letzter Zeit öfter gestanden. Sie schien zu füh=
len, daß ich im Stillen über etwas nachsann, und
hegte vermuthlich Besorgniß, Gertrud könne noch weiter
von ihrem Vater zu sprechen anfangen, denn sie warf
einen Blick auf die Uhr, fand, es sei höchste Zeit, das
Mädchen zu Bett zu bringen, — sie thut dies stets
selbst — und bei ihrer Rückkehr begann sie sogleich
mit ungewöhnlicher Lebhaftigkeit eine Unterhaltung, die

völlig von dem Vorhergegangenen ablenkte. Wenn sie
eine Ahnung von meinen Empfindungen für sie be=
seffen und dieselben mit dem bestrickendsten Zauber
hätte nähren wollen, würde sie es nicht erfolgreicher
vermocht haben, als die Stunden, die ich noch bei ihr
zubrachte, es bewirkten. Vielleicht würde sie in Deutsch=
land nicht so überwältigende Macht auf mich üben,
aber der wunbersame Gegensatz, in den sie hier in der
Frembe zu den eingeborenen Frauen tritt, läßt sie als
ein Wesen höherer Art erscheinen. Nicht erscheinen,
sondern sie ist es; sie besitzt Alles, was den Sicilia=
nerinnen fehlt, den Deutschen für die vollendetste körper=
liche Schönheit ihrer Gestalt und Gesichtszüge unem=
pfänglich und gleichgültig macht. Doch ich war Herr
über mich und werde es bleiben. Kein Wort, kein
Blick soll mich je verrathen; so scharfsichtig sie oft die
Gedanken meines Kopfes zu lesen versteht, in mein Herz
werden ihre Augen nicht eindringen.

1. Dec.

Frau Irene — es ist eine bittere Ironie, mit der
das Leben ihr diesen Namen beigelegt, denn sie trägt
Alles eher in ihrem Innern als Frieden. Der Früh=
morgen schon brachte mir abermals einen Brief von
ihr; in ihm steht:

„Ich las gestern in Ihrem Gesicht, daß Sie mich
einer Unwahrheit beschuldigten, über einen Widerspruch
zwischen meinen Aeußerungen nachdachten. Es wäre
unklug von mir, ihn hehlen zu wollen, deshalb schicke
ich Ihnen heut' diese Worte. Die Feder spricht sie
leichter, als der Mund; mein Mann ist ein Unwür=
diger, ein — wählen Sie die stärkste Bezeichnung,
welche die Sprache besitzt, und Sie werden ihm kein
Unrecht anthun. Ich stehe seit — seitdem ich Ihnen
gestern angegeben, außer aller Verbindung mit ihm,
und niemals seh' ich ihn wieder. Die Unbesonnenheit,
daß ich seine Frau geworden, hat sich furchtbar an mir
gerächt, doch tragen meine Eltern mehr Schuld daran,
als ich. Freilich war ich blind, als er unehrenhafter
Handlungen halber seinen Abschied als Offizier nehmen
mußte; sein Charakter kam darin zu Tage, und ich
hätte mich weigern sollen, ihm mit Gertrud hierher zu
folgen. Aber ich glaubte seiner Darstellung der Sache,
daß ihm Unrecht zugefügt sei, denn ich glaubte ihn zu
lieben. Für diese Verblendung bin ich unsagbar be=
straft worden; hätte ich den unerschütterlichsten Glauben
an eine Gerechtigkeit der Vorsehung besessen, dagegen
würde er doch nicht bestanden haben. Nur mein Kind
— wenn es auch zugleich das seinige ist, doch es hat

äußerlich und innerlich keinen Zug von ihm — hält mich im Leben zurück, sonst hätte ich schon lange meinem Dasein ein Ende gemacht. Aber für Gertrud muß ich bleiben; nichts kann mich dabei beirren, das weiß ich gewiß, kein Opfer, denn ich habe ihr eines gebracht, nach dem es kein schwereres mehr geben kann. Sie können nicht wissen, was es heißt, sein Kind zu lieben, wessen die Natur eine Mutter fähig gemacht; die Redensart, daß sie für ihr Kind dem Tode trotze, klingt leer und nichtssagend, denn sie ist im Stande, für dasselbe fortzuleben. Ich schreibe Ihnen dies, da- mit Sie mich richtiger beurtheilen, doch ich bitte Sie, wenn wir beisammen sind, es — nicht zu vergessen — aber als nicht geschehen zu betrachten. Veranlassen Sie mich nicht, weiter davon zu sprechen; das ist meine Bedingung für die Fortsetzung unseres Verkehrs, den ich dringend wünsche, der mir allein Trost und Hoff- nung bietet. Sollte Ihnen noch Unverständliches bei mir oder an mir begegnen, wenn ich Sie einmal etwas thun oder lassen heiße, so erfüllen Sie's, ohne nach einem Grund zu fragen! Aber bleiben Sie, seien Sie mein und Gertrud's Freund, den ein hoffnungsloses Geschick uns gegeben. So blind ich früher war, jetzt ist mein innerer Blick besser, und ich weiß, daß Sie

auch für mich ein freundschaftliches Gefühl gewonnen
haben.

Also kommen Sie heute Abend wie sonst, sprechen
Sie wie sonst, als hätte ich Ihnen dies nicht mit=
getheilt. Ich verlasse mich darauf, daß Sie dies Blatt
sogleich vernichten.

Ihre Freundin Irene."

Ich habe ihr Vertrauen erfüllt und den Brief
verbrannt, doch ihn vorher für mich abzuschreiben, hat
sie mir nicht verboten. Was in ihm steht, wußte ich
eigentlich schon, oder ahnte es wenigstens: daß sie völlig
mit ihrem Mann zerfallen sei. Klarer ist mir daraus
nichts geworden, eher Vieles, Alles noch dunkler, un=
begriffener. Woher stammen die reiche Ausstattung
ihrer Wohnung, die Mittel, mit denen sie ihr Haus=
wesen führt, wenn sie ganz von ihrem Manne getrennt
lebt? Was hat er ihr so Unsagbares angethan? Eine
Untreue von seiner Seite kann doch sie, die ihn nicht
mehr liebt, nie wirklich geliebt zu haben scheint, nicht
so im Tiefsten, bis zur Todessehnsucht verwundet haben.
Und seltsam, sie schreibt, daß sie außer Verbindung
mit ihm stehe, „seit — seitdem sie mir gestern ange=
geben." Das erste „seit" ist ihr aus der Feder ge=
flossen, als ob sie etwas Anderes nachfügen gewollt,

aber dann hat sie sich besonnen und den Satz mit
einer Wiederholung ihrer gestrigen Angabe beendigt.
Mir kam bei'm ersten Lesen der Eindruck, als hätte sie
im Begriff gestanden, zu schreiben: „Seit der Geburt
Gertrud's." Doch das war widersinnig, denn der kleine
Cecco ist ja noch um mehr als zwei Jahre später nach=
gefolgt. So wollte sie vermuthlich sagen ‚seit seiner
Geburt'. Aber warum setzte sie das Andere an die
Stelle? Und wieder das Armband! Es erklärt sich
mir jetzt wohl, weßhalb sie dasselbe der Kleinen heftig
fortriß und es von sich warf; sie will nicht, daß ihr
Kind einen Gegenstand berührt, der aus den Händen
des ihr so verhaßt gewordenen Mannes stammt. Doch
noch räthselvoller als zuvor ist mir durch den Brief
die Frage Gertrud's geworden, ob der Papa das Arm=
band neulich mitgebracht habe. Ueberhaupt Alles, was
das Mädchen mir früher von ihm erzählt hat. Da ist
vollständig Unentwirrbares.

Aber sie will nicht, daß ich daran zu lösen ver=
suche, und Eines bleibt meinem vergeblichen Denken,
wie noch mehr meinem Gefühl außer Zweifel: Was
es sein mag, das sie mir — trotz ihrer scheinbaren
heutigen Offenheit — doch noch immer verschließt, es
kann nichts ihr zur Unehre, zur Schande Gereichendes

enthalten. Sie ist eine Glücklose, wie ich's seit Langem empfunden, eine Hülfsbedürftige, der ich keinen Beistand zu leisten im Stande bin, weil sie nicht sagt, gegen was und zu welchem Ziel. Aber unter den Schleiern birgt ihr inneres Wesen sich mir als makellos; rein und edel sehe ich es vor mir, wie die reine, edle Schönheit ihrer äußeren Züge. Ich glaube nicht an sie — von meinem eignen Vorhandensein bin ich nicht gewisser überzeugt, als von der Schuldlosigkeit ihres Lebens an dem, was sie betroffen.

Soll ich zum Abend hinübergehn? Warum sollte ich es nicht? Natürlich — sie bittet mich darum, es ist die Pflicht eines Freundes.

Und Eines ist durch ihren Brief doch anders geworden, völlig anders. Wie unverstanden, begründungslos war das, was ich vor ein paar Tagen als meine Pflicht ansah! Sie ist nicht die Frau ihres Mannes; was ich geheim in mir trage, verletzt keines Andern Recht. Nur die Vernunft heißt mich es verbergen, nicht mehr das Ehrgefühl. Ich darf mein Herz rascher klopfen lassen, zu meiner eignen Beglückung wenigstens — und vielleicht mit — schreibe ich es hin? — mit Hoffnung.

Was ich geheim in mir trage? Ist das wirklich

der Fall, nicht etwa auch eine Täuschung? Ihr Auge
liest die Gedanken meines Kopfes, sollte mein Herz
ihm unburchbringlich verschlossen sein? Der Schluß des
Briefes sagt, früher sei sie blind gewesen, doch jetzt ihr
innerer Blick besser, und sie wisse, sehe mit ihm, daß
auch ich ein freundschaftliches Gefühl für sie gewonnen
habe. Wenn sie das erkannt hat, täuscht da ihr
Scharfblick sie in Wahrheit über die Art dieses Gefühls?

Das sind Fragen an die Zukunft; ich mache es
wie die Kinder, die vor dem Dunkel die Hände auf
die Augen drücken und nicht hineinsehen wollen. Der
Mensch soll sich begnügen, in der Gegenwart zu leben,
vor Allem, wenn sie so schön ist. Und der heutige Tag
ist der glücklichste meines bisherigen Lebens.

*   *

*

Die letzten Worte stehen am Ende eines Blattes
und bilden den Schluß des in jener Zeit von mir ge=
führten Tagebuchs, wenigstens des von mir nach Deutsch=
land mitgebrachten. Zu lange Jahre sind vergangen,
als daß ich mich noch entsinnen kann, ob ich damals
in gleicher Weise Weiteres über das täglich von mir
und in mir Erlebte niedergeschrieben habe. Mir kommt

es so vor, und vermuthlich ist es geschehen. Aber in
dem späteren Wirbelsturm sind die weiteren Blätter
wahrscheinlich abgerissen, hierhin und dorthin zerstreut
worden.

Bei'm heutigen Ueberlesen der erhaltenen sagen sie
mir mit bräunlich=vergilbter Schrift, wie jung, wie
knabenhaft=unerfahren, immer ganz dem nächsten Ein=
druck hingegeben ich damals gewesen. Welche Fülle von
irrigen Meinungen, von vorschnellen falschen Schlüssen!
Die Jugend hält sich leicht für so scharfsichtig und
tappt in der That zumeist wie ein Kind mit verbundenen
Augen im Dunkel, besonders dem weiblichen Geschlecht
gegenüber, und vor Allem, wenn das Herz — oben=
drein zum ersten Mal — mit in's Spiel geräth. Das
ist der kurzsichtigste Pfadsucher, dem der Mensch sich
anvertrauen kann.

Freilich das Schleiergespinnst, das Frau Irene von G.
um sich gezogen hielt, halten mußte, hätte auch wohl
der geübteste Blick reiferer Jahre nicht durchdrungen.
Ihr Geschick hat mich gelehrt, daß phantastische Romane
ihre Gestalten nicht in irr=seltsamere Verhältnisse zu setzen
vermögen, als das Leben, die Wirklichkeit selbst sie
herbeiführen kann. Noch weit befremdlicher darüber
hinaus aber lernte ich die zwiespältige Natur eines

Menschenherzens — oder richtiger eines weiblichen
Herzens — kennen, die Widersprüche, die es, wenn
auch nicht zu vereinigen, doch zu erzeugen und neben=
einander in sich zu tragen, fähig ist. Mir sind sie,
auch nachdem Alles sonst sich aufgehellt hatte, ein
Räthsel geblieben, und ich glaube, ihr selbst, die es
mir dargeboten, kaum minder. Aber daß es war, legt
Zeugniß dafür ab, daß es zu sein vermag und wie
ungenügend manchmal die Schlüssel sind, die unsere
psychologische Kenntniß und Logik zu den Kammern
eines Frauenherzens zu besitzen glaubt.

Im dichtesten Nebel befand ich mich noch am Tage,
mit dem die erhaltenen Tagebuchblätter endigten, wie
bei ihrem Beginn. Nur über mich selbst, daß ich
Frau Irene liebte, sie lieben durfte und — wenn auch
noch so anhaltlos — in einer Zukunft auf das Er=
wachen von Gegenliebe bei ihr hoffte, war ich zur
Klarheit gelangt. Ueber die Einzelheiten der zunächst
nachgefolgten Wochen des Decemberverlaufs giebt mir
keine Niederschrift mehr Auskunft; ich fasse kurz zu=
sammen, was mir von ihnen im Gedächtniß geblieben.
Doch jetzt nicht mehr, wie während meiner damaligen
Aufzeichnungen, von ihren Nebeln umwogt, sondern mit
der Kenntniß des Ruhlosen, Fabelgleichen, Mitleids=

würbigen unb — Unglaublichen, was sich unter ihnen
barg.

*　　　*

*

Was die äußeren Umstände meiner Lebensführung
betraf, so blieben sie die nämlichen. Die Wasserleitungs=
Arbeit schritt ohne Störung gleichmäßig fort; ich war
wohl nicht mit der Seele bei ihr, doch in den ihr zu=
gewandten Tagesstunden suchte ich einem Abschweifen
meiner Gedanken zu wehren und dem berechnenden
Verstand wenigstens so lange seine Herrschaft zu sichern.
Daß es anders geworden, als im Anfang, und das
Gelingen oder Mißlingen des Bau's mich innerlich
gleichgültiger beließ, konnte ich nicht ändern. Mir war
wichtiger, die kleine Anlage im Garten Frau Irenes
zu vollenden, obwohl ich auch das nicht übereilte. Denn
so lange ich mich daran beschäftigte, hatte ich Grund,
auch während des Tages mich einige Stunden drüben
aufzuhalten. Abends ging ich stets hinüber und kehrte
mit meiner Laterne, später wieder im Mondlicht zurück.
Der December brachte ab und zu kühlere Tage, doch
höchstens leise daran erinnernd, daß in Deutschland die
Winterwelt mit Schnee und Eis starre; nach Regen=
güssen, Wolkengetriebe und Morgennebeln kehrte die

Sonne stets balb zurück, und wohin ihre Strahlen
fielen, war frühlingslinde, um Mittag sogar oft heiße
Wärme; die Triebkraft der Pflanzen entwickelte sich
immer üppiger. Selten, nur von Nöthigungen geführt,
kam ich in die Stadt hinunter, in der sich fast zu jeder
Zeit beinahe die ganze Bevölkerung jetzt beständig,
herumstehend und redend, auf den Straßen und Plätzen
befand. Ein Gegenstand von allgemeinem Interesse
schien gleichmäßig und unablässig ihre Köpfe, Sprach=
werkzeuge, Augen und Arme in Anspruch zu nehmen;
ich ging ohne Theilnahme an ihrem Bereden und Be=
treiben durch sie hin und Niemand gab auf mich Acht.
Einmal nur, erinnere ich mich, blieb ich eine Weile
zuhörend stehen, wo ein Redner einem dicht um ihn
gedrängten Haufen mit begeistertem Ueberschwang vor=
trug, daß Sicilien keinen zweiten Lebenden wie Rug=
giero Settimo besitze; genau mit der nämlichen Ekstase
hatte ich manchmal von einem umgestürzten Faß herab
Händler Wundsalben, unzerreißbare Tücher, steinzer=
schneidende Messer und ähnliche noch nie dagewesene
Wunder anpreisen gehört. Danach erging der Panegy=
riker sich in nicht minder superlativischen Lobsprüchen
über eine andere Persönlichkeit, von deren Namen ich
jedoch nichts erfuhr, oder eigentlich wuchsen seine

Hyperbeln noch tropischer als zuvor an. Wer auf der
ganzen Insel — das italienische Festland kam dem
Sprecher, als Sicilianer, nicht weiter in Betracht —
sei tapfrer, furchtloser, von glühenderer Vaterlandsliebe
beseelt? Wer ritterlicher gegen Frauen, kraftvoller an
Gliederbau und schöner gebildet an Gesichtszügen, so
daß jeder ragazza und jeder signora das Herz rascher
klopfe, wenn sie von ihm reden höre! Feuriger ströme
nicht die Lava aus den Tiefen des Aetna, als das
Blut in seinen Adern; furchtbar stürme er im Zorn
empor, gleich dem afrikanischen Meer, dessen Brandung
der Scirocco drüben an's Felsgeklipp peitschte, aber in
schmeichelnder Sanftmuth könne er sich zu den Füßen
einer schönen Donna hinstrecken, die sein Herz bezwungen,
wie die wilden Wellen, wenn der süße Glanz aus den
Goldwimpern der Sonne sie ausglätte und zu leis=
athmender Ruhe beschwichtige.   Dann gemahne seine
Stimme an das Summen des weichen Südwindes, der
flüsternd die rothen Blumenkronen des Frühlings rege;
zauberischer den Sinn bestrickend füge kein Zweiter die
schmiegsam ihm gehorchenden Worte der Sprache, lieb=
lichem Blüthenduft ähnlich, zu Stanzen und Ritornellen
aneinander. Wer ihn als einen Feind ansehe und ihn
tödtlich zu hassen glaube, täusche sich selbst nur, denn

im innerſten Gefühl müſſe er dennoch heimliche Liebes-
ſehnſucht für ihn bergen. Aber in wem, der für das
Edle, das Recht, die Freiheit erglühe, könne ſich Haß
gegen ihn entflammen? Einzig bei Solchen, die ihn
fürchteten, weil ſie Diebe, Räuber und Miſſethäter am
fremden Eigenthum, an der Habe der Armuth, an der
Wohlfahrt des Volkes ſeien. Denn wer habe ſich, der
Madonna gleich, erbarmungsvoller an Großmuth gezeigt, wer lindere ſorglicher die Noth der Bedrängten,
ſei ihnen Schutz und Beiſtand, theile nach der Vor-
ſchrift des Gotteswortes ſeinen Beſitz mit den Hungern-
den und Darbenden! Was die Kirche nach ihrem
heiligen Beruf thun ſolle, doch ſeit Langem, Hand in
Hand mit den Widerſachern des Gemeinwohls gehend,
verſäume, das vollbringe er. In ihm ſei ein wahrer
prete und Salvatore für das zeitliche Heil des Volkes
erſtanden, um es vom Untergang zu erretten, und an
dem Tage, wann Ruggiero Settimo als das Haupt
Siciliens für die Inſel denken werde, da werde Er
die Rechte deſſelben bilden, auszuführen, was geſchehen
müſſe und was in den Lüften ſchwebe, wie der Adler,
der ſich bereite, ſeine Fänge niederzuſtoßen auf die
Giftſchlange unter dem Schatten des Aetna.

So ungefähr ließ der Redner, bald ſchmetternd,

bald sanft herabgeminderten Tons, seine Worte über
die dichten Köpfe der Zuhörer hinfunkeln; sie sind mir
ziemlich genau im Gedächtniß verblieben, weil sie mich
unwillkürlich an die Rede Marc-Antons vor der Leiche
Cäsar's und an all' die Tugenden, die er dem letzteren
zuschrieb, erinnerten; mit ganz ähnlichem, landsmän-
nischem Pathos mußte jener damals in der That die
Masse in Erregung gebracht und sich stürmische Bei-
fallszurufe, blitzwerfende Augen und in der Luft herum-
fuchtelnde Arme eingeerntet haben. Unvergeßlich sind
mir besonders die leuchtend beipflichtenden Gesichter der
Frauen und Mädchen, wie er in den überschwangstrotzen-
den Wendungen und Gleichnissen die unwiderstehliche
Herrschaft seines unbenannten Helden — den sie übrigens offenbar Alle kannten — über jedes weibliche
Herz schilderte. Dagegen ist es mir bezeichnend für
den damaligen Zustand meines eigenen Herzens, die
Gleichgültigkeit und Gedankenlosigkeit, in der es mich
allem Andern gegenüber erhielt, daß ich dem ganzen
Gerede keinerlei weitere Bedeutung beimaß, sondern es
mir lediglich als eine landesbräuchliche rhetorische
Leistung in die Ohren klingen ließ. Doch erkundigte
ich mich nach dem Schluß bei einem mir bekannten
Handwerker, neben den ich zufällig gerieth, von wem der

so unmäßig Begeisterte gesprochen habe, und hatte Mühe
über die Antwort nicht herauszulachen. Der Befragte
sah mich einen Augenblick ungewiß an und versetzte
dann kurz: „Ha discorso di Pietro Castaletto, signor."
‚Das war des Pudels Kern‘; als ich das Gedränge
verlassen, ‚machte der casus mich allerdings lachen‘.
Ein Räuberhauptmann zum Prototyp des Edelsinns,
aller Schönheit, eines Wohlthäters der Menschheit und
fast eines Heiligen ausgeputzt. Es erinnerte mich an
den Edelmuth, der in Kinderbüchern dem Löwen zu=
geschrieben wird, doch ich verspürte ebenso wenig Lust,
den Einen wie den Andern auf die Probe zu stellen.
Nur war mir’s ein neuer Beleg, daß die Sicilianer
große Kinder seien, und auch das vorher Ruggiero
Settimo so reichlich gespendete Lob ward mir höchst be=
denklich. Wenn der Bandit aus den Bergen von Cal=
tanisetta zu etwas seine rechte Hand bieten sollte —
wozu, wußte ich freilich nicht und dachte auch nicht
darüber nach — dann erschien das ‚denkende Haupt‘
Siciliens jedenfalls in äußerst fragwürdigem Licht. Am
Abend erzählte ich Frau Irene von dem hochtrabenden
rednerischen Panegyricus, dem ich am Morgen durch
Zufall beigewohnt. Sie hörte mich wortlos an, bis
ich zu Ende gesprochen, dann indeß stieß sie mit einer,

ihr sonst fremden Heftigkeit aus: „Glauben Sie nicht,
was dies Volk spricht! Ich habe es kennen gelernt und
weiß, das Gegentheil ist immer die Wahrheit. So
wird es auch mit ihm, mit dem, den Sie nannten sein;
Ihr Gleichniß von dem Löwen trifft genau das Richtige. Von Leuten, die den Pietro Castaletto besser kennen,
ist mir gesagt worden, er sei ein erbarmungsloses
Raubthier, wie's kein schlimmeres auf der Erde giebt;
er tödte seine Opfer nicht, sondern lasse das Leben
in ihnen fortzucken, um sie zu martern und ihnen immer
auf's Neue das Blut aussaugen zu können. Ich hasse
ihn, wie nichts in der Welt, denn seit Jahren lebe ich
in der beständigen Todesangst, er könnte einmal wie
ein Tiger bei Nacht in unser Haus brechen und Gertrud
von mir fortreißen. Das heißt — ich kenne ihn selbst
ja nicht — doch ich hasse das Volk, das so von ihm
spricht, ihn bewundert, liebt, den Teufel zu einem Gott
macht. Wer mich von der Angst vor ihm befreien
könnte! Ich habe des Nachts immer eine geladene
Pistole an meinem Bett liegen — wenn er käme —
aber ich weiß, sie hülfe mir nichts, eine Frau kann
nicht mit ihr umgehen, würde nicht den Muth haben,
die Entschlossenheit, wie ein Mann auf ihn zu zielen."

Ich glaube, wenn meine Tagebuchblätter sich weiter

erhalten hätten, würde ich diese seltsamen Aeußerungen
Frau Irenes an dem Abend fast wörtlich so darin
finden. Ich hörte ihr stumm, halb verdutzt zu; daß
ihre stete Besorgniß für Gertrud zu einem derartigen
Uebermaß ausarten könne, machte mir fast einen krank=
haften Eindruck, zumal sie früher noch nie mit einem
Wort von solcher Furcht vor Pietro Castaletto oder
einem sonstigen ‚Bravo' Erwähnung gethan hatte. Ich
schob es auf eine momentane Erregung, in der sie sich
aus anderem Anlaß befinden möge, und sie schien auch
zu fühlen, daß sie sich zu einem thörichten Ausbruch
nervöser Ueberreizung habe fortreißen lassen, denn sie
brach ab und lenkte schnell zu etwas Anderem über.
Doch immerhin mußte ihre Angabe von der Pistole,
die neben ihr am Bett liege, auf einer Thatsächlichkeit
beruhen, und wenn sie sich dieselbe auch wohl nicht
zum Schutz grade gegen den weit entfernten Pietro
Castaletto angeschafft hatte, ging doch daraus hervor,
daß ihre leicht erregbare Phantasie sonst irgend einen
nächtlichen Ueberfall befürchtete. Aber allerdings konnte
ich sie mir auch nicht die Waffe gegen Jemanden hand=
habend vorstellen, wenn es nicht in blinder Verzweif=
lungsangst um ihres Kindes willen geschehe. Ich kannte
wohl Frauen, denen ich solche Entschlossenheit zugetraut

hätte, doch auch aus ihren Augen sprach, was ihr
Mund zuvor gesagt, sie würde im entscheidenden Mo=
ment vielleicht den Willen, aber nicht die Kraft, die
Herrschaft über sich selbst besitzen, einen derartigen Vor=
satz, zu dem sie sich vorbereitet und die Pistole zur
Hand genommen, auszuführen. Sie war ein Weib und
keine Italienerin, sondern eine Deutsche.

    *   *

     *

  Was immer den vollständigen Zerfall und Bruch
zwischen ihr und ihrem Manne verursacht haben mochte,
— ihrer Forderung gemäß rührte ich nie mit einem
Wort daran — darüber konnte mir kein Zweifel be=
stehen bleiben, etwas Ungeheuerliches, über die Grenzen
sonst vorkommender Treu= und Ehrlosigkeit Hinaus=
gehendes mußte es gewesen sein, das einen Durchriß
nicht nur in ihrem Leben, auch in ihrem Gemüth und
ihrer Geisteskraft mit sich gebracht hatte. So klar sie
meistens dachte und sprach, einen harmonischen Eindruck
ihres Empfindens regte, ihr Kopf glich einem Instru=
ment, an dem eine Saite zersprungen; wenn diese durch
einen Zufall, der sich nicht vorausahnen ließ, berührt
ward, gab sie einen fremdartigen, ich konnte mir's
nicht anders nennen, als irren Klang. Doch nur hin

und wieder einmal geschah's und übte keine Wirkung,
meine Liebe zu verringern, vielmehr diese, durch Mit=
leid erhöht, noch mehr zu verstärken. Das seelische
Leiden, das sie in sich verschloß, ohne es verbergen zu
können, trug etwas von einem geheimnißvoll ihr Wesen
von innen heraus durchschimmernden Lichte an sich,
tauchte mir auch ihre körperliche Erscheinung immer
mehr in einen ätherischen Zauber, den meine Augen
früher nicht wahrgenommen. Die Regung meines
Herzens war langsam entstanden und großgewachsen,
aber mir kam zur Erkenntniß, eine leidenschaftlicher
veranlagte Natur mußte bei'm ersten Erblicken ihres
Liebreizes von diesem überwältigt und vielleicht blitz=
artig zu glühendem Begehren entflammt werden. Von
ihrer Hand allein schon ging Sinnberückendes aus, an
den blassen Schimmer und narkotischen Duft einer
Orangenblüthe in tiefer Abenddämmerung erinnernd;
die Vorstellung, daß diese reglos auf dem Tisch liegende
Hand sich emporheben, weich und warm um Stirn und
Wange eines Beglückten legen könne, überfloß mit einem
traumhaft=beseligenden, süßbetäubenden Gefühl. Welch'
ein Nichtswürdiger mußte Der sein, der diese Seligkeit
genossen und fähig gewesen, durch ruchloses Verschulden
die Liebe in Abscheu vor ihm zu verwandeln. Es war

ein Widerspruch; mein Hoffen hätte ihm dankbar dafür sein müssen, aber ich haßte den Elenden, dessen Namen sie noch forttrug.

War ihr Blick in dieser einen Richtung wirklich kurzsichtig, oder wußte, ahnte sie wenigstens, was in mir vorging, wenn ich den langen Abend hindurch mit ihr zusammen saß? Eine Antwort konnte ich mir nicht darauf geben, ober der eine Tag hob auf, was der andre mir zu erwidern geschienen. Doch zuweilen verließ ich das Haus mit einer mich überschauernden Empfindung, und heimgekehrt benannte ich in schlaflosen Nachtstunden Irene eine Sirene. Aus einem Blick ihrer Augen, der Darreichung ihrer Hand bei'm Abschied war's mir gewesen, als wisse sie nicht nur, daß ich sie liebe, sondern sie trachte nicht danach, mein Gefühl für sie zu dämpfen. Dann rief ich mir Alles zurück, jedes ihrer Worte, jede heimliche Regung in ihren Zügen, und mein Herz klopfte wie berauscht: Ja, sie weiß es, sie duldet es nicht allein, sie will meine Liebe nicht auslöschen, sondern vermehren. Doch am nächsten Abend bedünkte Alles mich wieder wie Selbstbetrug, als ein anhaltloser Wahn; eine Freundin, der ich einen Trost in ihrer Einsamkeit bildete, kam mir mit herzlicher Begrüßung entgegen, nichts

weiter. So vergingen die Tage, die Wochen des De=
cembermonats.

* *

*

Wenn es gewesen, kann ich genauer nicht mehr
bestimmen, aber ich weiß, daß ich in jenen Wochen
eine andere Meinung oder Anschauung von Pietro
Castaletto bekam. In meiner Vorstellung — wenn ich
mir überhaupt eine von ihm gemacht — war er ein
süditalienischer Brigant der im Kirchenstaat wie dem
Königreich beider Sicilien zahlreich vertretenen Art,
ursprünglich ein Bauer, Hirte oder auf der Gasse herum=
lungernder Tagedieb, der arbeitsunlustig eine lohnendere
Beschäftigung darin gefunden, sich in unzugänglichen
Bergschluchten ein Quartier zu suchen und von diesem
sicheren Versteck aus mit einer Handvoll verwegenen
Gesindels die Taschen und Geldtruhen seiner Landsleute
zu erleichtern. Damit stand traditionell im Einklang,
daß er sich nur an die Reichen hielt, die Gering=
bemittelten dagegen unbelästigt ließ, ja ihnen unter Um=
ständen aus Klugheit sogar etwas von seiner Beute
zutheilte, um gelegentlich auf ihre wenigstens passive
Unterstützung bei einer Gefahr rechnen zu können. In
den Augen Solcher wurde er dann zum Wohlthäter

der Armuth, wegen seiner Großmuth bewundert, schließlich verehrt, und es entstand so die Legende von dem
edlen, sein Handwerk eigentlich nur aus Gerechtigkeits-
sinn betreibenden Räuberhauptmann, wie sie schon von
Geschlecht zu Geschlecht überliefert worden und, weiter-
gedrungen, zum Entzücken von Dienstmädchen und
Ladenjungfern auch Eingang in die niedrigste Sorte
deutscher Volksbücher gefunden hatte. Deshalb überraschte es mich nicht, eines Tags in dem kleinen Laden
des einzigen ‚legatore‘ der Stadt, der sich natürlich
‚libraio‘ bennnnte, eine Art in Palermo gedruckter Zeit-
schrift oder Kalender wahrzunehmen, worin ich bei'm
Blättern unter anderen, zum Vorlesen für das beinah
durchweg analphabetische Landvolk bestimmten Dingen
auch eine ‚Lebensgeschichte‘ Pietro Castalettos antraf.
Ich nahm das fast löschpapierne Heft zur Sprachübung
mit mir, erkannte indeß bald, daß der Artikel über den
‚Bravo‘ nicht für gemeines Sensationsgelüst von einem
Winkelscribenten, sondern in vortrefflicher Form von
einem wirkliche Bildung kundgebenden Schriftsteller ver-
faßt sei, und noch unerwarteter nahm der Inhalt des
Aufsatzes mein Interesse in Anspruch. Der, den ich
der untersten Volksklasse angehörig gehalten, stammte
aus einer hochangesehenen Familie in Catania, hatte in

Palermo die gelehrte Schule und Universität besucht, war dann ein wegen seiner Beredtsamkeit und muthigen Selbstständigkeit bald zu bedeutendem Ruf gelangter ‚avvocato‘ gewesen, doch durch kühnes Auftreten gegen Willkürmaßregeln der napolitanischen Regierung im Auftrag derselben nächtlicher Weise heimlich aufgehoben und ohne gerichtliches Urtheil zu zwanzigjähriger Galeerenstrafe fortgebracht worden. Es gelang ihm nach Ablauf von fünf Jahren zu entkommen, doch er sah nicht nur das Königreich, sondern ganz Italien sich verschlossen, und nachdem er längere Zeit auf dem Festland von Ort zu Ort umgeirrt und sich verborgen gehabt, hatte er, von glühender Liebe für seine Heimathinsel unwiderstehlich getrieben, sich in's Innere Siciliens zurückgeflüchtet, eine Anzahl Genossen, die um ihrer freiheitlichen Gesinnung willen ein ähnliches Schicksal getroffen, um sich versammelt und mit ihnen von der Wildniß um den Pizzo di Cammarata aus einen offenen Kampf gegen die Regierung begonnen, der ein redendes Zeugniß für die Schwäche der Staatsgewalt und ihre Wurzellosigkeit in der Bevölkerung bloßgelegt. Seit einer Reihe von Jahren schon überfiel er, blitzschnell sich hierhin und dorthin wendend, die königlichen Beamten, reiche Großgrundbesitzer, die ihren Unterthanen

das Blut entpreßten, um ihre Einkünfte am Hof in
Neapel zu verprassen, Kirchen= und Klostergüter; seiner
habhaft zu werden, fiel trotz hohem, auf seinen Kopf
gesetzten Preis unmöglich, denn nirgendwo unter den
Bauern und Hirten der Provinz Caltanisetta und wohl
auf der ganzen Insel fand sich ein Verräther, den
Lohn zu verdienen. Ausgesandte Carabinieri und Sol=
daten waren noch stets abgehetzt und erfolglos heim=
gelehrt; mancher von ihnen auch nicht mehr, sondern,
von einer sicher treffenden Kugel in eine Felsschrunde
niedergestürzt, den Geiern und Adlern zur Beute ge=
fallen. Castaletto führte allerdings das Leben eines
Räubers und fast täglich Thaten eines solchen aus,
doch er betrieb kein Brigantenthum gewöhnlicher Art,
da er seine Anschläge lediglich gegen eine bestimmte
Kategorie von Personen richtete und, was er diesen ab=
nöthigte, nicht zu seiner und seiner Genossen Bereiche=
rung nutzte. Nur der nothwendige Lebensunterhalt
ward davon bestritten, doch alles darüber Hinaus=
reichende an erbeutetem Geld und Werthsachen in einer
Truhe angesammelt, zu der er allein einen Schlüssel
besaß. Von dem einmal in ihr Geborgenen kam nichts
wieder hervor; der sich in ihr häufende Schatz sollte
einem Zweck dienen, den indeß der Urheber des Ar=

tikels nicht angab, obwohl er davon unterrichtet zu sein
schien. Doch mit äußerster Strenge überwachte der
Hauptmann die Ablieferung jeder Kostbarkeit in die
Truhe, hatte einmal im Begriff gestanden, Einen seiner
Truppe, der einen Goldschmuck unterschlagen, kurzweg
mit dem Dolch niederzustoßen, und ihm nur das Leben
geschenkt, weil herausgekommen, daß der Schuldige das
Halsband nicht für sich zurückbehalten habe, sondern
um den Nacken eines von ihm leidenschaftlich angebeteten
Mädchens damit zu zieren. Das hatte den Zorn
Pietro Castaletto's beschwichtigt, so daß er den Unbot=
mäßigen begnadigte. In Manchem erinnerte er ent=
schieden an den Carl Moor der „Räuber"; nur war
er keine von der Phantasie des Dichters erschaffene
Gestalt, sondern lebte in Wirklichkeit so, ein Dutzend
Meilen von uns entfernt, in der Gebirgseinsamkeit
Caltanisettas.

Aus den Angaben des Schreibers über seinen
Helden — denn als solchen betrachtete er diesen offen=
bar und bestrebte sich, dem Leser oder Hörer ihn so
darzustellen — entnahm ich, daß Pietro Castaletto erst
in der Mitte der Dreißiger stehe. Doch beschönigte
der Aufsatz keineswegs Alles an ihm, suchte nur manche
seiner Eigenschaften als aus dem ihm zugefügten Un=

recht erwachsen und als ein Erbtheil seines leiden=
schaftlichen Blutes zu erklären. Er zeigte sich im
Jähzorn gefährlich und zu Aeußerstem fähig, wenn
seinem Willen ein Widerstand entgegentrat; wie an ihm
Gewalt geübt worden, scheute er dann nicht zurück,
seine gewaltige Körperkraft ebenfalls zur Erzwingung
des von ihm Gewollten zu benutzen. Doch meistens
bedurfte er ihrer nicht, denn sanft redend und bittend,
war er, Männern und Frauen gegenüber, nicht minder
unwiderstehlich, als fordernd und drohend; er mußte in
der That von der Natur mit leiblichen und geistigen
Vorzügen reich bedacht worden sein, und es erschien wohl
begreiflich, daß der ihm angeborene Freiheitsdrang sich
durch sein herbes Lebensgeschick zu schrankenloser Selbst=
herrlichkeit gesteigert habe. Im Ganzen entsprach die
Schilderung, mit der ihn der Redner auf der Piazza
gekennzeichnet, durchaus derjenigen, die ich jetzt von ihm
las; nur gewann die letztere durch ihre eher nüchterne
als überschwängliche Ausdrucksweise ein Gepräge der
Glaubwürdigkeit, verstärkte dies noch durch Mittheilung
mancher von ihm in Handlungen kundgegebenen Charakter=
züge, die jedenfalls eine innerste Grundlage edler und
zugleich romantischer Sinnesart bewährten. Er half
Bedrängten aus der Noth, ohne irgend einen Gegen=

gewinn dabei im Auge zu halten; Todesgefahr schlug
er für nichts an, wo es einem ihm Nahestehenden Beistand zu leisten galt, aber ebenso gleichmüthig=furchtlos
hatte er auch schon sein Leben eingesetzt, ihm völlig
unbekannte Kinder aus den Flammen eines brennenden
Hauses zu retten. Sein Wort stand unerschütterlich
fest, wie seine Freundestreue; daß die letztere sich
‚Freundinnen‘ gegenüber nicht grade ebenso wandellos
bewähre, verschwieg sein Biograph nicht und war von
einem heißblütigen Sicilianer, besonders bei seiner
Lebensführung, auch kaum vorauszusetzen. Doch es legte
ein redendes Zeugniß von der Macht ab, die er über
das weibliche Geschlecht ausübte, daß einmal eine junge
Dirne, deren er überdrüssig geworden, ihn vergiften
gewollt, indeß im Augenblick, wo er arglos das dar=
gereichte Glas an den Mund gesetzt, ihm dies fort=
gerissen, selbst ausgeleert hatte und todt vor seine Füße
hingefallen war.

Ein andrer Beweis aber ging mir aus der ano=
nymen Schrift hervor, der für die Ohnmacht der Re=
gierung, der Verherrlichung eines in offenem Kampf
mit ihr begriffenen Gegners zu wehren. In den we=
nigen größeren Städten mochte sie vielleicht dazu im
Stande sein, doch zweifellos war dies Heit im Innern

der Insel zu Tausenden von Exemplaren durch die
Landorte verbreitet, konnte unbeanstandet überall aus=
geboten werden und eine Wirkung auf das Volk üben.
Das warf ein eigenthümliches Licht auf die Vertreter
der Staatsgewalt in den kleinen Städten; entweder
wollten sie nichts davon wahrnehmen, oder sie drückten
ein Auge zu, weil sie sich zu schwach fühlten und nicht
getrauten, gegen etwas, womit die Masse der Bevölke=
rung heimlicher oder offener sympathisirte, einzuschreiten.
In beiden Fällen erschien mir die Regierung ziemlich
gleich übel berathen, und ich begann nachträglich die
Aeußerung des Intendanten von Siracosa zu verstehen,
daß „die drüben, auf dem Festland, in Manchem merk=
würdige Ansichten hätten, die sie vielleicht etwas be=
richtigen würden, wenn sie einmal mit eignen Augen
zu einer Anschauung herüberkämen".

Doch ich konnte mir Zweierlei nicht verhehlen, daß
durch meine Lektüre mir auch die Rechtszustände oder
vielmehr die Willkür der Gewalthaber im Königreich
beider Sicilien in eine recht fragwürdige Beleuchtung
gerathen seien, und daß ich andrerseits eine durchaus
veränderte, jedenfalls richtigere Vorstellung von dem
‚Brigantenthum' und der Persönlichkeit Pietro Castalettos
gewonnen habe. Zu welchem eigentlichen Zweck er die

Ausbeute seiner Raubüberfälle in der Truhe ansammle,
blieb mir zwar unter dem Schleier, den der Artikel=
schreiber offenbar absichtlich darüber zog, undeutlich;
aber meine bisherige Abneigung oder Gleichgültigkeit
gegen ihn konnte nicht umhin, sich zu einem gewissen
Grad von Sympathie sowohl für den ‚Bravo‘, als für
den Menschen umzuwandeln. Er gemahnte mich an
Michael Kohlhaas, der jedem deutschen Gemüth trotz
seiner Auflehnung gegen die geschriebene Satzung doch
Antheilnahme einflößt. Ihm war schweres Unrecht
widerfahren — wenn ihn nicht eine glückliche Fügung
begünstigte, schmachtete er noch jetzt für ein Jahrzehnt
auf der Galeere, vermuthlich als ein für immer körper=
lich und geistig gebrochener Mann — und er hatte, da
ihm keine Wahl geblieben, sein Naturrecht an sich ge=
nommen, tyrannischer Bedrückung mit Gewalt Trotz zu
bieten. Das jedoch augenscheinlich nicht so sehr um
seiner selbst willen, aus Haß und Rachsucht gegen die
Zerstörer seines Lebens, als aus glühender Liebe für
sein von Neapel aus verwahrlostes Heimathland und
seine von Habgier und Willkür mißhandelten Lands=
leute. Ich hätte ihn gern einmal mit Augen gesehen,
mich auch von den ihm so allseitig zugeschriebenen ge=
winnenden und imponirenden menschlichen Eigenschaften

zu überzeugen. Dazu freilich bot sich schwerlich eine
Gelegenheit, und nach andrer Richtung wäre eine Be=
gegnung mit ihm doch auch für mich wohl nicht grade
als wünschenswerth zu betrachten gewesen.

Zweckdienlich dagegen bedünkte es mich, Frau Irene
am Abend das Heft mitzubringen, um ihrer eingebil=
deten Furcht vor dem „blutdürstigen Räuber" damit
abzuhelfen. Doch sie kannte die Schrift bereits —
Domenica hatte sie ihr vor einiger Zeit einmal aus
der Stadt mitgebracht — und war so von dem ihr
eingewurzelten krankhaften Gedanken bewältigt, daß
meine Vorstellung, vor einem Briganten dieser Art
brauche sie gewiß weder für sich noch für ihre Kinder
Angst zu hegen, keinerlei Wirkung bei ihr erzielte. Sie
wollte merkbar nicht wieder auf den Gegenstand, der
sie damals in eine thörichte Aufregung versetzt hatte,
eingehen, sondern erwiderte nur kurz: „Ich weiß es
besser — sie lügen Alle, mit der Feder wie mit dem
Mund — und wenn sie es nicht thun, desto schlimmer!"
Aber daß sie dabei doch wiederum innerlich in einen
ähnlichen Zustand gerieth, wie bei unserm ersten Ge=
spräch über den ihr zum Schreckbild Gewordenen, gab
sich darin kund, daß sie mit zitternden Händen das von
mir mitgebrachte Blatt zerriß und in die Kaminflammen

warf, die für die kühle Abendluft angezündet worden.
Ich hütete mich seitdem, wieder an dieser fixen Idee
bei ihr zu rühren.

* *

*

Zu der Zeit bekundete Frau Irene öfter ein früher
nicht oder wenigstens nicht so zu Tage getretenes In=
teresse an dem Fortschritt meiner Arbeit. Sie wieder=
holte mehrfach die Frage, wann jene beendet sein werde,
knüpfte einmal daran, ob die technische Anlage noch
Schwierigkeiten zu überwinden habe, oder ob die Leitung
auch von einem Andern nunmehr fertiggestellt werden
könne. Ich hätte das Letztere eigentlich zu bejahen ver=
mocht; meine Arbeiter hatten sich mit dem Plan des
Ganzen völlig vertraut gemacht, waren der Mehrzahl
nach nicht nur tüchtige, auch intelligente Leute und
hätten im Nothfall vermuthlich das noch Erforderliche
selbständig und zweckmäßig zu Stande gebracht. Doch
gab ich diese Erwiderung nicht, sondern beantwortete
die Frage damit, daß ich glücklich sei, noch mindestens
ein Vierteljahr bis zur Vollendung meiner Aufgabe
vor mir zu sehen, und nichts gegen die freudige Er=
wartung eintauschen würde, den Frühling auf der Insel
zu erleben. Zwischen den Worten gerieth wohl wider

mein Wollen und Wissen zum Ausdruck, mit welcher
Hoffnung ich jener kommenden Zeit entgegenblicke; zum
ersten Mal, daß ich mich nicht vor einer derartigen
Kundgabe behütete. Ich empfand, gleich nachdem mir
die Aeußerung entflogen, Frau Irene habe das darin
Verborgene aufgefaßt; sie schwieg kurz und versetzte
dann: „Man bemerkt hier vom Eintritt des Frühlings
kaum etwas; Sie sehen, wir kennen keinen Winter, das
ändert sich auch im Januar nicht. Unvermerkt gewinnt
die kühlere Luft mehr an Wärme, und überrascht em=
pfindet man eines Tags, daß der Sommer da ist."
Es war eine einfach=sachliche Antwort auf das von mir
Gesagte, doch mein Herz klopfte schneller dazu. Ich
hörte mehr in ihr und im Klang der Stimme: daß ich
nicht erwarten müsse, ein Freundschaftsgefühl wandle
sich plötzlich zur Liebe um. Mir konnte kein Zweifel
bleiben, ihr Blick drang auch in mein Herz hinein; sie
hatte verstanden, was ich nicht mit Worten ausgesprochen,
und sie hatte sich vor ihrer Erwiderung bedacht, was
sie entgegnen könne und wolle. Jedenfalls nichts, das
mir die Hoffnung nehmen sollte.

So kam der Weihnachtabend. Den Italienern be=
deutet er nichts, sie kennen seine Feier nach deutschem
Brauch nicht, er ist ihnen jedem andern gleich. Doch

ich wußte schon vorher, daß wir ihn drüben heimath=
lich begehen würden, hatte bereits dabei geholfen, aus
Gold= und Silberpapier Sterne und Figuren zum Auf=
putz eines Bäumchens für Gertrud herzustellen. Tannen
und Fichten giebt es auf Sicilien nicht, an Nadelholz
kommt nur um den Aetna eine Kiefernart vor, die der
Entfernung halber sich nicht beschaffen ließ. Wir hatten
deshalb eine Myrte mit da und dort ausgelichteten
Zweigen an die Stelle gewählt und die gleichfalls
mangelnden dünnen Wachskerzchen durch möglichst kleine
Lämpchen aus buntem Papier ersetzt. Obwohl ich so
alle Vorbereitungen mit getroffen, war es doch ein
überraschend = lieblicher Augenblick für mich, als der
fremdartige lichtumglänzte Weihnachtsbaum plötzlich und
dennoch deutsch anheimelnd vor mir stand. Ich hatte
das Zimmer nicht vorher betreten dürfen, sondern selbst
wie ein Kind mit den beiden Kindern warten müssen,
bis Frau Irene, welche die Lämpchen angezündet, kam,
um uns zu rufen. Sie faßte Gertrud an der Hand,
und führte sie vor ihr mit allerhand Spielzeug bedecktes
Tischchen; ein Weilchen ging die Mutter ganz in dem
Glück der Kleinen auf, und schattenlose Freude lag in
ihrem Gesicht. Der Unterschied in den Naturen der
beiden Geschwister trat charakteristisch hervor; Gertrud

stand reglos, die großstaunenden hellen Augen nicht
von dem Lichtgewimmel zwischen den Zweigen ab=
wendend, sagte wohl nach fünf Minuten nur leis=
stimmig: „Sind das die Sterne, die vom Himmel
heruntergekommen sind, Mama?" Es war ein Kind
aus einem deutschen Märchen; der kleine Cecco da=
gegen stürzte mit seinem schwarzen Pupillengefunkel
sofort unter lautem Freudengeschrei auf etwas unten
an der Myrte hängendes Eßbares zu, riß es herunter,
daß der Baum umzufallen drohte, setzte sich zu Boden
und ließ hastig seine scharfen Zähnchen in das süße Ge=
bäck hineinkrachen. Die Lämpchen hielten etwa eine halbe
Stunde aus, dann erloschen sie, ein's um's andre; als
das letzte verglühte, war der Knabe bereits eingeschlafen,
und Domenica trug ihn fort. Aber auch Gertrud fielen
nicht lange nachher die Augen von der ungewohnten
Herrlichkeit ermüdet zu, so daß ihre Mama die Kleine
zärtlich auf den Arm hob und, wie sie's stets selbst
that, gleichfalls zu Bett brachte.

Ich blieb so lange allein zurück, das Zimmer hatte
etwas Traumhaftes für mich. So strahlten gegen=
wärtig überall, in jedem Hause jenseits der Alpen die
Lichterbäume; ich dachte hinüber, in meine Kindheits=
vergangenheit, doch zugleich auch in die Zukunft voraus

und, einer Vision gleich, sah ich Gertrud's blondes
Köpfchen in stummem Entzücken unter einer hohen
deutschen Weihnachtstanne vor mir schimmern. Als
Frau Irene wieder eingetreten, nahm unser Gespräch
naturgemäß die Wendung, der jetzigen Feier des Abends
und der millionenfältigen Kinderfreude in Deutschland
zu gedenken, doch die vorherige mütterliche Freudigkeit
lag nicht mehr in ihren Augen, Schatten waren hinein=
gerathen, wechselten rasch zwischen den Lidern hin und
her. Manchmal saß sie eine Zeitlang verstummt, mit
abwesenden Gedanken; ich kannte sie genugsam, um zu
wissen, es beschäftige sie innerlich etwas mit einer an=
wachsenden Erregung. Was es sei, verschwieg sie jedoch;
nur hin und wieder begegnete ihr Blick einmal dem
meinigen, oder vielmehr, es regte mir den Eindruck,
als suche sie ihn auf, ihn zu halten, weiche indeß stets
nach kurzem Verharren ungewiß wieder von ihm zur
Seite. Wir saßen später, die Mahlzeit miteinander
einnehmend, bei Tische; sie hatte für den Abend einen
vorzüglichen, feurigen Marsalawein aufsetzen lassen,
schenkte mir öfter davon ein, ohne selbst ihr gefülltes
Glas zu berühren, leerte dies indeß dann einmal mit
einem Zuge aus. Nachdem die Schüsseln abgetragen
worden, kam sie auf das vorher von uns Veredete

zurück, knüpfte in einem Uebergang daran, ihr höchster
Lebenswunsch sei, Gertrud das nächste Mal und immer
ein deutsches Weihnachtsfest bereiten zu können. „Helfen
Sie ihr dazu, und lassen Sie uns mit Ihnen, unter
Ihrem Schutz nach Deutschland zurückkehren!" Das
sagte sie ruhig, doch mit plötzlicher Bewegung griff sie
nach meinen beiden Händen, hielt sie fast krampfhaft
umklammert und fügte erregt hinzu: „Aber nicht im
Frühling — jetzt — so bald als möglich; ich kann
das neue Jahr hier nicht mehr erleben, es würde mich
tödten. Wenn ich Ihnen so viel werth bin, daß Sie
Ihre Arbeit für mich im Stich lassen —"

Ich fühlte in ihren schlanken heißen Fingern das
Blut klopfen, ihre Glieder durchlief ein Zittern und
sie sah mir bei den letzten Worten mit ihren Edelstein-
augen in's Gesicht, daß ich besinnungsverloren erwiderte:
„Wenn Sie mit mir nach Deutschland gehen wollen,
Irene — was gilt alles Andre mir dagegen — was thäte
ich nicht für Sie!" Mehr brachte ich nicht hervor; sie
antwortete hastig: „Ja, ich weiß — ich wußte es,
darum — doch nein, Sie sollen nicht um meinetwillen —." Ihre Hände rissen sich dabei ebenso
plötzlich von den meinigen los, aber wie ich dann
wieder nach ihnen faßte, ließen sie sich mir, und ich

flüſterte wohl mit glücktrunkener Stimme: „Zu jeder
Stunde, Irene, wann Sie bereit ſind! Mein Leben
hat keinen andern Zweck mehr, als für Sie da zu
ſein — auch wenn Ihres es nicht für mich wäre. Aber
ſagen Sie mir, daß es das iſt, werden kann — laſſen
Sie mir von Ihren Lippen ein Gedächtnißzeichen an
dieſen Weihnachtsabend in der Fremde kommen, an das
ich Sie, wenn wir in der deutſchen Heimath ſind
— wenn es Sommer geworden — erinnern darf!
Dann bringe ich Sie dorthin, wär's über glühende
Lava, mitten durch einen Ausbruch des Aetna!“

Das, oder ähnlich Ueberſchwängliches habe ich vom
Mund geſtoßen und ſehe noch ihre Haltung, ihre Züge
dabei vor mir. Bei dem, was ihre Lippen mir geben
ſollten, hatte ich vielleicht noch an mehr als ein be-
jahendes Wort, an einen Kuß gedacht, doch ſie ſtand
unbeweglich, nur noch ſtärker als zuvor ſichtbar am
ganzen Körper von einem Beben überlaufen. Ihre
Augen ſchloſſen ſich zu, als gerathe nach der heftigen
Erregung eine ſchwindelnde Ohnmachtsanwandlung über
ſie; ſo wiederholte ſie wie mit einer halb bewußtloſen
Stimme: „Ein Gedächtnißzeichen verlangen Sie?“
Aber danach drehte ſie ſich um, brach einen kleinen
Zweig von dem Weihnachtsbaum und reichte ihn mir:

„Hier ist eines". Ein Myrtenzweig war's; seine
Sprache schien meinem klopfenden Herzen mehr als
Worte zu reden, für die zagende Scham ihr den Mund
verschließe, und stumm beseligt küßte ich die Hand, die
mir das köstliche grüne Sinnbild der Zukunft gab.
Nun fand sie auch Worte und fügte nach: „Lassen Sie
sich heut' damit genügen; Sie haben mir schon einmal
etwas erfüllt, was mein Brief von Ihnen erbeten —
versprechen Sie mir noch Eines, daß Sie von diesem
Abend nicht mehr reden, nichts weiter von mir fordern
wollen, ehe wir auf deutschem Boden sind." Ich stand
willenlos unter ihrem Bann und gelobte es; heimlich
durchzitterte mich ein Wonnegefühl dabei. Unser Weg
führte viele Tage und Nächte lang durch einsame
Gegenden oder nöthigte uns, Unterkunft in engem Gelaß zu suchen. Sie verlangte mein Wort, daß ich sie
so lange gleich einem Bruder geleiten werde, auch
dann — ja, auch dann, wenn sie fürchte, vielleicht
selbst einmal nicht stark genug zu bleiben, ihre heutige
Bedingung zu wiederholen.

Vom weiteren Verlauf des Abends weiß ich nur
noch, daß wir lange berathend beisammen gesessen, und
daß aus jedem Wort, das sie kundgab, hervorging, der
Plan oder Entschluß sei ihr nicht heut' erst plötzlich

gekommen, sondern seit geraumer Zeit bereits langsam
in ihr gereift. Sie hatte Alles überlegt, mit klarstem
Vorausblick in Berechnung gezogen; die Hauptsache
bildete, daß wir raschmöglichst an's ‚mare Jonio' gelangten, und sie hielt für besser, dies in der Richtung
nach Noto, als nach Siracosa zu erreichen. Der Weg
zum ersteren sei zwar etwas länger und führe durch
beschwerlicheres Gebirgsland, aber dafür sei es weniger
bewohnt, setze nicht so vielen Begegnungen aus, und in
Noto biete sich wahrscheinlich schneller eine Schiffsgelegenheit nach Messina. Außerdem würden die Verfolger muthmaßen, wir hätten uns Siracosa oder Catania
zugewendet und uns dorthin nachsetzen.

Das ließ mir verständnißlos zum ersten Mal eine
Frage vom Mund kommen, wer und warum denn Jemand sie verfolgen solle? Sie schlug ein paarmal un-
gewiß-hastig mit den Lidern und erwiderte dann rasch:
„Mein Mann — er würde mich tödten, ehe er mich
aus seiner Macht fortließe. Ich besitze doch einen
Werth für ihn, einen hohen — das hängt mit Verhältnissen zusammen, die Sie nicht — die ich Ihnen
später — ich bin eine Gefangene in diesem Hause,
die Mägde, besonders Domenica überwachen mich und
haben in den Nachbargehöften drunten Helfer, die mich

gewaltsam zurückbringen würden, wenn sie bemerkten,
daß ich fortzugehen suchte, um nicht wieder zu kehren.
Sonst hätte ich längst mit Gertrud — wenn ich allein
gewesen, trotzdem, eine Gefahr hätte es dann nicht für
mich gegeben — aber wie sollte ich allein das Kind
bei Nacht, im Dunkel, auf unbekannten Wegen — wir
wären nicht weit genug gelangt, wenn der Morgen
gekommen, sie würden uns eingeholt, im Versteck ge=
funden haben, ich hätte nicht Nahrung genug für Ger=
trud mit mir führen können — und was dann ge=
schehen wäre —"

Sichtlich trat ihr dabei eine Vorstellung vor die
Augen, die sie mit tödtlicher Angst um die Kleine
überwältigte; doch dann ward sie wieder ruhiger und
kam mit der vorigen, Alles sorglichst erwägenden Ver=
standesthätigkeit auf ihren Entwurf und das für ihn
Nöthige zurück. Keinen leisesten Verdacht. bei den
Mägden zu erregen, war das erste Erforderniß; ich
sollte in den nächsten Tagen nur zu einem kurzen
Nachmittagsbesuch vorkehren, dann bis zum Schluß der
Woche ganz fortbleiben; sie wollte fallen lassen, ich sei
durch Krankheit abgehalten. Während dessen rüstete
sie Alles für die lange Fußwanderung; wir mußten
das Haus bei Nacht verlassen, wenn die Mägde in

festem Schlaf lagen; an eine Beförderung zu Wagen
war wenigstens im Anfang von unsrer Stadt aus
nicht zu denken, da nach Irene's Ueberzeugung auf
Niemanden unter der ganzen Bevölkerung Vertrauen
zu setzen sei. Ich bemühte mich vergeblich, mir irgend
eine Erklärung oder Vorstellung davon zu bilden, wie
der Einfluß ihres Mannes, dessen Namen ich nie von
einem Munde drunten nennen gehört, so weit reichen
und welches hohe, offenbar materielle Interesse er an
ihrem Hierverbleiben besitzen könne; ein unerhellbares
Dunkel lag darüber, wie über seiner ganzen Persönlichkeit und Allem, was mit ihm zusammenhing. Da
mir daran zu rühren verwehrt war, beschränkte ich
mich auf die Frage, weshalb sie sich nicht unter den
Schutz der Carabinieri in Ch—e stelle, dies nicht
schon früher gethan habe, um mit sicherem Geleit fortzukommen. Doch sie zuckte kurz die Schulter: „Damit
hätte ich uns die Flucht am sichersten unmöglich gemacht; glauben Sie, daß Einer gegen ihn oder gegen
seinen Willen die Hand heben würde? Ihre Frage
zeigt mir, daß Sie wenig von dem ahnen, was um
uns ist und vorgeht — und dann, ich war mittellos.
Vielleicht würde ich es doch versucht haben, wenn ich
so viel an Geld besessen hätte, um damit bestechen zu

können. Aber es fehlte mir an Allem — ich mußte
mit gebundenen Händen warten, ob mir eine Hülfe
komme — und auch das muß ich von Ihnen erbitten,
annehmen, daß Sie unterwegs für unsern Unterhalt
sorgen, die Kosten unsrer Schiffahrt von Noto aus be=
streiten. Erst in Neapel, vielleicht auch erst später in
Deutschland kann ich es Ihnen zurückerstatten."

Mich überkam es daraus mit einer Glückesempfin=
dung; sie ruhte mit allen ihren Hoffnungen, ihrem
Zukunftsleben völlig auf mir. Doch zugleich war ich
von einer neuen Ueberraschung oder Unbegreiflichkeit
angefaßt worden, und unwillkürlich ließ ich die Augen
über die kostbare Ausstattung des Zimmers hingehen.
Wie jede meiner Regungen, verstand sie indeß auch
diesen stummen Blick von mir sogleich, denn sie sagte rasch:
„Nichts von Allem gehört mir — oder wenn ich es
verwerthen wollte, könnt' ich's nicht, ohne den gefähr=
lichsten Argwohn zu wecken. Aber auch sonst verfüge
ich kaum über mehr, als ein Schulmädchen an Taschen=
geld besitzt; man hat mir die Flugfähigkeit gut ge=
nommen, wie einem Vogel in vergoldetem Käfig. Alles,
was der Hausstand erfordert, wird von Domenica be=
zahlt; sie gehorcht jedem Auftrag von mir, denn sie
ist stets auf's Reichlichste versehen. Aber ich hätte

meine Magd bestehlen, berauben müssen, um selbst
Geld in die Hand zu bekommen, und sie ist klugbe=
dacht. Mir ist einmal der Gedanke aufgestiegen, sie
im Schlaf zu tödten —"

Ein Schauder überrüttelte Irene und sie brach ab;
den vielen Räthseln hatte sie mir ein neues, doch zu=
gleich eine Erklärung ihrer hülflosen Gebundenheit hin=
zugefügt. Sie kam nun auf unsere Nöthigung, nächt=
lich aufzubrechen, zurück und sie bestimmte den vor=
letzten December dazu. Mir entflog's, warum nicht
eher, nicht morgen; doch auch das hatte sie schon vor=
bedachtsam erwogen. Wir bedurften unumgänglich
einiger Helle für unsere Wanderung, um nicht zu lang=
sam vorwärts zu gelangen, und früher reichte das
Mondlicht, das erst grad' mit feinster Sichel heut' be=
gann, nicht aus, um gefährliche Felsabstürze deutlich er=
kennen zu lassen; das Kleinste zog sie mit der Umsicht
eines erfahrenen Fußgängers, die ihr unverkennbar aus
mütterlicher Sorge erwuchs, in Rechnung. Gertrud
sollte vom Mittag vorher bis zum späten Abend schlafen,
um mit möglichst frischer Kraft zu beginnen. Doch
trotzdem werde sie nach einigen Stunden ermüdet sein
— und was dann? Irene blickte mich bei der Frage
an; ich versetzte: „Dann trage ich die Kleine, bis sie

selbst wieder weiter kann." Sie hatte meine Antwort
vorher gewußt, die ihre Augen mir gleichsam an einem
Strahlenbande über die Lippen heraufgezogen, und
reichte mir stumm dankend die Hand; ich konnte nicht
widerstehen, diese mit Küssen zu bedecken. Eine kurze
Weile lang ließ sie mir schweigend die Hand so, doch dann
drängte sie mich fort; es seit spät geworden, um der
Mägde willen müsse ich gehn, und auch sie sei müde,
bedürfe der Ruhe. Das bestätigte ihr Gesicht, nach
der mannigfachen Erregung des Abends trug es deut=
liche Zeichen der Ermattung. Mit einem schwachen
Lächeln grüßte sie mir nach, als ich ging, hielt mich
noch einmal an: „Sie haben Ihre Christkindbescheerung
nicht mitgenommen, ist sie's Ihnen nicht werth?" Ihre
Hand deutete nach dem Myrtenzweig, den ich auf den
Tisch gelegt und dessen ich im Abschiedsaugenblick nicht
gedacht. Hastig ergriff ich ihn, um ihn an die Lippen
zu drücken; noch leiser als vorher ging dabei wieder
das matte, von Uebermüdung sprechende Lächeln ihr
um die Mundwinkel, dann befand ich mich draußen.

Domenica brachte mich an's Thor, das sie vor mir
aufschloß und hinter mir verriegelte; meine Augen be=
maßen sie mit andrem Blick als bisher. In ihrer
Unterwürfigkeit war sie die Hüterin eines Gefängnisses,

das Geschöpf, das wir am meisten zu fürchten hatten. Doch ich dachte ihrer nicht lange; in einem taumelnden Zustand kam ich durch das tiefe Nachtdunkel mit meiner kleinen Leuchte halb unbewußt über die Schlucht und in meine Behausung. Einen Weihnachtsabend wie diesen hatte ich noch nicht erlebt; um mich kreisten die Wände, in mir die Gedanken und Empfindungen. Ich erinnere mich, daß ich den Myrtenzweig nahm und seine Blättchen zählte. Sie hätten eine Bedeutung, sagte ich mir traumhaft; ihre Zahl sei derjenigen der Wochen gleich, die mich noch von der Vollerfüllung des Glückes trennten. Und mit zitternden Händen rechnete ich sie zusammen, wieder und wieder; sechsundzwanzig waren es, ein halbes Jahr, von der Wintersonnenwende bis zu der des Sommers, zu seiner „Hochzeit'. Das gleiche Wort war's mit Hochzeit.

Aber dann kam ich zum Nachdenken, zur verstandesthätigen Ueberlegung. Zweifellos drohte dem Entkommen Irene's aus ihrem Hause eine mir in Dunkel gehüllte, doch darum nicht minder wirkliche Gefahr, der bei einer unglücklichen Fügung auch meine Beihülfe nicht gewachsen sein konnte. Heiß und kalt überlief es mich bei dieser Vorstellung; zum ersten Mal faßte mich ein unheimliches Gefühl zwischen dem fremden Volk an,

von deſſen geheimem Thun und Trachten ich nach der
Aeußerung Irene's nichts ahnte. Ich ſann vergeblich
umher, meine Gedanken nahmen die wunderlichſte Richtung. Mir kam's, mich um Beiſtand an Pietro Caſtaletto
zu wenden, ihn in ſeinen Bergen aufzuſuchen. Nach
Allem, was ich über ihn erfahren, war er hülfbereit
und edlen Regungen zugänglich, beſonders wo es ſich
um den Schutz einer Frau und eines Kindes handelte.
Doch ich verwarf den Plan wieder; die Ausführung
war zu ſchwierig, vor Allem zu unſicher, den ‚Bravo'
aufzufinden. Endlich ſchoß mir etwas auf, das ich
gleich in's Werk ſetzte, indem ich raſch einen Brief an
den Intendanten von Siracoſa ſchrieb. Er hatte ſich
äußerſt zuvorkommend, ja freundlich beſorgt für mich
erzeigt, mir ſeine Unterſtützung in einem Nothfall angeboten. So theilte ich ihm mit, ich befinde mich in
einer dringlichen Gefahr und bäte ihn, wenn es ihm
irgendmöglich falle, mir eine kleine Truppe zuver-
läſſiger Carabinieri zum Beiſtand zu ſchicken; ich ſei
gern alle Koſten dafür zu tragen bereit. Hoffentlich
werde das Eintreffen derſelben bis zum Abend des
30. December noch ſtattfinden können; ich beſchrieb die
Lage der Tenuta Irene's, wo ich die Hülfsmannſchaft
nach dem Einbruch der Dunkelheit erwarten würde.

Am Schluß meines Schreibens zuckte mir ein plötz=
licher Einfall durch den Kopf, die Angelegenheit in
den Augen des Intendanten wichtig zu gestalten, und
ich fügte schnell nach, es handle sich um Großes, um
nichts Geringeres als die Ergreifung des Briganten
Pietro Castaletto. Die Sicherung Irene's war wohl
eine Lüge werth.

Fast hatte ich bis zum Morgen gewacht, und als
der erste Lichtschimmer kam, begab ich mich über die
Schlucht zurück, um in einem der Gehöfte drüben den
schnellfüßigen Jungen ausfindig zu machen, der mir
zweimal die Nachrichten von Irene herübergebracht. Es
gelang mir bald, und ich versprach ihm dreißig Lire,
wenn er in zwei Tagen den Brief nach Siracosa be=
sorge, da ich Nothwendiges für meine Wasserleitungs=
arbeit darin bestellt hätte. Der *ragazzo* fiel beinahe
vor Schreck über die Summe, die ich ihm verhieß,
hintenüber, stürzte dann in's Haus, kam im Nu mit
einem großen Stück Maisbrob in der Hand zurück und
sprang in der gleichen Minute schon davon. Ich war
überzeugt, daß er ohne Anhalt Tag und Nacht laufen
werde, um in der Zeit, die ich ihm zur Bedingung
gemacht, bis nach Siracosa hinzukommen.

*   *

*

Ja, ich stand willenlos unter ihrer Macht, unter
der meines Hoffens, meines Herzschlags. Um sie nicht
durch ein Zeichen, daß auch mir Befürchtung gekommen
sei, zu ängstigen, verschwieg ich ihr mein Beistands=
gesuch an den Intendanten, das mir außerdem bei
ernüchterterer Ueberlegung wenig aussichtsvoll mehr
erscheinen wollte. Auch wenn jener im Stande und
gewillt war, meinem Wunsch Folge zu leisten, ward
mir's höchst unwahrscheinlich, daß eine rechtzeitige An=
kunft noch möglich fallen werde. Der Bote konnte mit
der größten Geschwindigkeit kaum in achtundvierzig
Stunden die Stadt erreichen, Unberechenbares eher eine
Verlängerung herbeiführen; dann verging unabwendbar
Zeit, ehe der Intendant einen Entschluß faßte, den
Carabinieri Befehl ertheilt und diese zum Aufbruch
bereit wurden. Ihren Marsch bis zu uns mußte ich
auf drei Tage veranschlagen; so ergab sich, daß jede
Verzögerung genüge, sie zum Abend des 30. December
nicht mehr hergelangen zu lassen. Von diesem Termin
aber wollte Irene, obwohl ich sie zu bestimmen trach=
tete, unsern Fortgang einen Tag später anzusetzen,
durchaus nicht abweichen. Sie erklärte, es müsse sein,
bis zur Neujahrsnacht dürften wir nicht warten, was
man in dieser unternähme, gelinge nicht. Das klang

abergläubiſch, allen ihren ſonſtigen, auf Vernunft be=
gründeten Anſchauungen fremd entgegengeſetzt, aber ſie
beſtand feſt darauf, und den Grund, der mich zum
Aufſchub drängte, konnte und wollte ich nicht kund=
geben. Obendrein nicht, da ich mehr und mehr Zweifel
in ſeine Stichhaltigkeit ſetzte, vermuthlich nur ein zweck=
loſes längeres Warten anrieth. Und ich ſtand in Allem,
was ſie erwog und anordnete, unter ihrem Bann, der
kein eignes Denken in mir Geltung gewinnen ließ. Ich
hatte am Weihnachtsabend völlig vergeſſen, in Betracht
zu ziehen, in welcher Weiſe wir außer Gertrud auch
den kleinen, überhaupt zum Gehen unfähigen Cecco
mit uns führen ſollten. Wie ich dies zur Rede brachte,
antwortete ſie raſch, hörbar gleichfalls von ihr vorbe=
dacht: „Ich kann ihn nicht tragen und Sie ebenſo=
wenig, da Sie genug Bürde an Gertrud haben wer=
den, wenn ſie nicht weiter kann. Wir müſſen ihn
zurücklaſſen, und das flößt mir auch kein Bedenken
ein, denn Domenica liebt ihn und wird gut für ihn
ſorgen. Sind wir Andern in Sicherheit gelangt, findet
ſich wohl eine Möglichkeit, ihn nachkommen zu laſſen.“
Ich mußte ihr Recht geben, ein andrer Ausweg blieb
unter den vorhandenen Umſtänden wohl kaum übrig,
doch ich fühlte, die letzte Nachfügung kam ihr nicht

vom Herzen, galt mir, einem Vorhalt, den ich ihr sonst
machen könne, zu begegnen. Sie trachtete nicht da=
nach, den Knaben wirklich wieder zu erhalten, denn sie
liebte ihn nicht; er war der Sohn seines Vaters, den
sie haßte. Einen Augenblick schoß mir der Gedanke
auf, Ceceo sei vielleicht doch nicht ihr Kind, sondern
das Domenica's, die von ächt sicilianischem Typus war,
schön an Wuchs und Gesichtszügen, mit heiß funkeln=
den, schwarzen Augensternen. Die Vermuthung hätte
ein Licht in manches Dunkle geworfen, traf indeß doch
wohl nicht zu. Warum sollte sie es mir verhehlt haben,
statt ihr unmütterliches Handeln an dem Kleinen da=
durch zu begründen?

So verblieb es also bei dem festgesetzten Tag oder
vielmehr seiner Nacht, und ich verwendete so viel Zeit
als möglich fiel darauf, stundenlang die Richtung nach
Noto über's Gebirg zu verfolgen und den Weg, den
wir einschlagen mußten, sorglich auszukundschaften. Von
einem solchen war indeß kaum die Rede; südwärts
über Ragusa führte eine verwahrloste, zur Nothdurft
befahrbare Straße nach unserm Hafenziel, doch wir
konnten uns nur einem oft kaum wahrnehmbaren Berg=
pfad geringster Art vertrauen. Dafür freilich ging er
durch fast vollständig unbewohnte Leere, berührte keine

einzige größere Ortschaft, wie ich auf vorsichtige Er=
kundigung von einem Hirten in Erfahrung brachte, und
verbesserte sich, sobald er das Bett des kleinen Flüß=
chens Tellaro erreichte, um dann verhältnißmäßig gut
und sicher bis nach Noto hinzubringen. Mit Gertrud
mußten wir uns gefaßt halten, vier Tage zu gebrauchen,
und uns für so lange mit Lebensmitteln ausrüsten. Ich
vergewisserte mich, daß meine Pistole, die ich von
Neapel mitgenommen, in Ordnung sei, kaufte mir in
einer Handlung der Stadt einen Dolch. Alle diese
Dinge führte ich mit Ueberlegung aus und doch in
einem halb traumartigen Zustande, in dem Tag und
Nacht meine Sinne mich festhielten. Um wie immer zu
erscheinen, setzte ich täglich nach hergebrachter Weise die
Anleitung meiner Arbeiter fort, doch ertheilte ihnen
dabei manche erst für später in Betracht kommende
Weisungen und verschaffte mir die Ueberzeugung, sie
würden auch ohne mich die Anlage jetzt zweckentsprechend
zur Vollendung bringen. Aber selbst die Vorstellung,
daß durch mein Fehlen dennoch etwas daran mißglücken
könne, berührte mich kaum. Das Werk, an dem ich
beinahe ein Vierteljahr lang thätig gewesen, war mir
so geringfügig und bedeutungslos gegen die mir be=
vorstehende wichtigere Aufgabe geworden, von der meine

Lebenshoffnung abhing, daß ich leichten Herzens das
halb Vollbrachte im Stich ließ. Schlimmsten Falls konnte
jeder beliebige italienische Techniker es mit Leichtigkeit
zu Ende führen, und der materielle Lohn für meine
Arbeit kam mir nicht in Betracht. Die Möglichkeit
eines Mißlingens hatte mir schon, ohne mich zu sehr
zu beunruhigen, bei meiner Hierherkunft vorgeschwebt,
sich nur in seltsam anderer Weise erfüllt, als ich sie
damals in Anschlag zu bringen vermocht.

Nach der Abrede schränkte ich meinen Verkehr bei
Irene auf kurze Tagesbesuche ein, nur einmal bat sie
mich, bis zum Dunkelwerden zu bleiben, weil sie mei=
ner Hülfe bei etwas bedürftig sei, und führte mich im
letzten Dämmerlicht an den oberen Rand ihres Gar=
tens, wo diesen die undurchdringliche lebendige Wand
von Opuntiencactus und Agaven begrenzte. Doch zu
meiner Ueberraschung zeigte sie mir eine unter dem
wilden Stachelgeflecht verborgene niedrige Thür, die
einen von draußen her durch den Boden gegrabenen
Zugang hier einmünden lasse; ein früherer Eigen=
thümer der Tenuta müsse ihn als Ausweg für irgend=
welche Fälle hergestellt haben, sie besitze keinen Schlüssel
zu der Thür, doch es sei nothwendig oder wenigstens
höchst wünschbar, diese zu öffnen, damit wir durch sie

in der Nacht möglichſt geräuſchlos fortgelangen könnten.
So ſuchte ich am nächſten Tag auf der andern Seite
des dornenſtarrenden Bollwerks nach dem dortigen Eingang, entdeckte ihn erſt nach ziemlich langer vergeb-
licher Mühe zwiſchen den dickfleiſchigen Blättern des
fico d'India‘ verſteckt und kam dann mit einem Dutzend
von Schritten im Dunkel an die mir von innen ge-
wieſene Thür. Meine mitgenommene Handlaterne ließ
erkennen, daß jene ein ſehr künſtliches Schloß beſitze
und mit keinem gewöhnlichen Schlüſſel zu öffnen ſei;
es blieb nichts Andres übrig, als ſie mit Werkzeugen,
die ich für ſolchen Fall bei mir führte, in dem ein-
gemauerten Pfoſtenrahmen zu lockern und gewaltſam
aufzuſprengen. Die Arbeit war der Enge des Ganges
halber und beſonders, weil ich möglichſt bis zum Hauſe
hinüberbröhnenden Lärm vermeiden mußte, zeitraubend
ſchwierig; doch endlich gelang ſie, ich kehrte nach außen
zurück und ſetzte mich erhitzt und etwas abgemattet auf
eine bankartige Felsrippe. Das brachte mir unwillkürlich die Sturmnacht in's Gedächtniß, in der ich hier,
jedenfalls nicht weit entfernt, auf das Kommen des
Mondes wartend, auch ſo geſeſſen, und blitzartig fuhr
mir plötzlich durch den Kopf, der hochgewachſene, jählings vor meinem Blick wie in die Erde hineingeſun-

kene Mann im Weißmantel sei damals kein visionäres
Gaukelspiel meiner Augen gewesen, sondern ein wirklicher, hier in den ihm bekannten geheimen Zugang zu
der Tenuta niedergetauchter Mensch. Dann konnte es
sich aber um Niemand anders dabei gehandelt haben,
als um den Mann Irene's; dem entsprach sowohl die
Frage Gertrud's, ‚ob der Papa das Armband neulich
mitgebracht habe,‘ als ebensosehr der hastig geschriebene
Zettel, den ihre Mutter mir zugeschickt, ich möge an
dem Tage nicht hinüberkommen. Wie ich mir Alles
noch weiter zurückrief, konnte kein Zweifel bleiben. Ich
halle richtig vorher das Licht in ihrem Schlafzimmer
auslöschen gesehn, doch jenes nachher, als ich über die
Schlucht gekommen, wieder gebrannt. Sie war von
ihrem Manne, der einen Schlüssel zu der unterirdi-
schen Thür besaß, nächtlich überrascht worden, und er
war den nächsten Tag über bis zur folgenden Nacht
bei ihr im Hause geblieben, doch offenbar so, daß Gertrud ihn nicht zu Gesicht bekommen. Dagegen wußte
jedenfalls Domenica davon, und ich verstand jetzt nachträglich ihre von einem Lachen begleitete Antwort auf
meine Frage nach dem Befinden ihrer Herrin: „Warum
sollte die Signora unwohl sein? Ich wollte, daß ich es
so gut hätte, wie sie." Herr von G. war vermuthlich

der äußeren Erscheinung nach ein schöner Mann, und sie hätte gern die Stelle seiner Frau bei ihm einge= nommen.

Also während meines Hierseins, erst vor etwas mehr als einem Monat war er noch einmal drüben gewesen, um einen Tag und zwei Nächte lang dort zu bleiben. Mir stieg das Blut bei der Erinnerung an jene Antwort Domenica's heiß in die Schläfen, mehr indeß noch, wie ich mir Irene vorstellte, als ich sie zuerst wiedergesehn, sie angegriffen und blaß erwartet, doch statt dessen von blühenderer Gesichtsfarbe und mit einem fremdartig zwischen den Augenlidern hin und her flackernden Glanz angetroffen hatte. Vom Fieber hatte ich bei'm Anfühlen ihrer heißen Hand gemeint, und zweifellos waren ihre Nerven, ihr ganzes Wesen auch in einer fieberhaften Erregung oder wohl richtiger Nachwirkung gewesen. Wie in einem sinnebetäubenden Rausch — das Gleichniß hatte sie selbst auch seltsam an dem Abend gebraucht, „man solle sich eigentlich immer in einem Rausch erhalten," und dazu so be= fremdlich mehrmals ihr Glas ausgeleert.

Da lag Unerklärbares, ein neues, größtes Räthsel — oder wenigstens wich ich scheu, zum Wollen unfähig, vor einer Deutung zurück. Irene hatte mir, wie in so

Vielem, die Wahrheit damals verhehlt; warum? — ich
ließ die Frage nicht an mich herankommen, wehrte ihr
gewaltsam, Macht über mich zu gewinnen. Auch damit mußte ich warten, bis sie selbst mir eine Antwort
geben werde; Eines, das Wichtigste, war unzweifelhaft:
sie haßte, verabscheute ihren Mann, trachtete um jeden
Preis seiner Macht zu entkommen. Ob sie diesen Entschluß schon früher gefaßt hatte oder erst durch sein
letztes Erscheinen bei ihr dazu gedrängt worden war,
das blieb gewiß, sie fürchtete als das Schlimmste, in
seiner Hand zu bleiben und nochmals hülflos von ihm
so überfallen zu werden.

*   *

*

So näherte sich die letzte Decemberwoche ihrem
Ende, und ich beobachtete allabendlich das Anwachsen
der schmalen Mondsichel. Auf ihr ruhte unser Unterfangen; mit einer gewissen Bewunderung erkannte ich,
wie genau Irene gerechnet habe. In der That mußte
die Helligkeit zum ersten Mal in der festgesetzten Nacht
ausreichend werden, um uns den selbst bei Tage nicht
leicht innezuhaltenden Pfad erkennen und verfolgen zu
lassen; ein Aufschub von vierundzwanzig Stunden wäre
selbstverständlich auch zum letzteren Zweck vortheilhafter

gewesen. Aber sie ließ sich von ihrem Vorsatz nicht
abbringen, hegte offenbar wirklich eine abergläubische
Scheu vor der Neujahrsnacht. Ober entsprang ihr
Beharren bei dem Termin einem andern Grund, den
sie mir verschwieg? Jedenfalls vermochte ich auf keinen
zu gerathen, und nach meiner Erfahrung stand das
oftmals sich Widersprechende zwischen klar=vernünftigem
Denken und einem sensitiv=mystischen Empfinden mit
ihrer ganzen Natur so im Einklang, daß es allerdings
auch keiner anderen Erklärung für ihr Festhalten an der
vorletzten Decembernacht bedurfte.

Durch Mancherlei, was mir in der jüngsten Zeit
zu halber Kenntniß gekommen, war ich aber doch auf
die uns umgebenden öffentlichen und geheimen Zustände,
die mir zuvor nur sehr geringes Interesse eingeflößt,
aufmerksamer geworden, und in einer absichtlich mit
einem meiner Arbeiter angeknüpften Unterhaltung er=
kundigte ich mich jetzt einmal in unauffälliger Weise
nach seiner Ansicht von der Regierung des Königreichs
und der Meinung, die das Volk über sie hege. Ich
stand auf sehr gutem Fuß mit ihm, schätzte ihn als den
Intelligentesten unter meinen Leuten, und wahrnehmbar
legte er auch zu mir das Zutrauen an den Tag, un=
verhohlen auf meine Fragen zu antworten. Dennoch

warb ich bei einem Manne seines Standes von dem
in's Einzelnste sich erstreckenden Wissen überrascht, das
er über die Verhältnisse und alle maßgebenden Per=
sönlichkeiten besaß. Aus seinem Munde hörte ich zum
ersten Mal die Namen der napolitanischen Minister,
von denen er jeden mit kurzen Worten scharf kenn=
zeichnete. Schmeichelhaft waren die entworfenen Bilder
für keinen; wer noch am besten fortkam, zwei oder drei,
trug den Stempel völliger Unfähigkeit oder augen=
bienerischer Charakterschwäche auf sich. Die meisten
Namen sind mir entfallen, nur die des Ministers des
Innern, Santangelo und des Polizeichefs del Carretto,
im Gedächtniß geblieben, weil ich erfuhr, daß sie die
Allmächtigen seien und Alles, was geschehe, von ihnen
herstamme. Außerdem noch der Name des Monsignore
Celestino Cocle, der als Beichtvater des vollständig
bigott=pietistischen Königs diesen ganz und gar beherrsche
und die dadurch erlangte Gewalt mit jenen beiden
Andern theile. Die Drei belegte mein Gewährsmann
mir gegenüber scheulos mit den stärksten Bezeichnungen
der darin reichen italienischen Sprache; das deutsche
Wort „Schurken" hätte äußerst matt dagegen geklungen.
Es gab für Niemanden Gesetz und Recht, als für
Solche, die mit ihnen gemeinsame Sache machten; die

Willkür, geradezu das Verbrechen führten überall die
Herrschaft, jedes Amt wurde mit einem Günstling der
Machthaber besetzt oder an einen Meistbietenden ver=
kauft, der sich dann durch verdoppelte Erpressung für
seinen Preis bezahlt machte. Tausende schmachteten in
Gefängnissen; das leiseste mißliebige Wort oder persön=
liche Feindschaft reichten hin, heimlich verhaften, ein=
kerkern, auf die Galeeren schleppen zu lassen. Spione
der Regierung horchten allerorten, hoch für ihre Denun=
cirungen belohnt; wenn je Leute den Namen von Bri=
ganten verdient hätten, seien es die gegenwärtigen
Minister. Nur hielten Räuber gemeiniglich noch unter=
einander Treu und Glauben, während jene sich gegen=
seitig mißtrauten und betrögen. So ging es schon seit
Langem fort; vor fast zwei Jahren bereits hatte in
einem von einer geheimen Druckerei verbreiteten Flug=
blatt gestanden, bei Carretto eifre Nero nach, Santan=
gelo raube, der König sage Gebete her und Monsignore
öffne täglich die Pforten des Himmels und der Erde.
Das brachte mein Berichterstatter nicht mit der sonst
üblichen exaltirten italienischen Lebhaftigkeit vor, sondern
in ruhig ernst gehaltener, durch nichts als maßlos be=
rührender Sprache, so daß an der vollen Wahrheit seiner
Mittheilungen nicht wohl zu zweifeln war. Obgleich

12*

ich mich im Auftrag der Regierung in Ch—e befand,
fürchtete er unverkennbar keinen Angeber seiner Aeuße=
rungen in mir; ich schien mir bei meinen Arbeitern
volles Vertrauen erworben zu haben. Aber ich gelangte
jetzt erst zu einer Erkenntniß, mit welchen Augen man
mich bei meiner Ankunft, wie in den Ortschaften, durch
die ich unterwegs gekommen, angesehen hatte; fraglos
als einen Spion, und Maso hatte mich klüglich als
‚Svizzero‘ ausgegeben, weil ‚Tedesco‘ für seine Lands=
leute ‚Austriaco‘ bedeutete und man nicht ohne Grund
Oesterreich als Beschützer und Forterhalter der Miß=
herrschaft in Neapel und ganz Italien betrachtete.

Ich erfuhr noch, daß Francesco Saverio del Car=
retto der Vorgänger des gegenwärtigen sicilischen Vice=
königs Duca Luigi di Maio in Palermo gewesen sei,
und daß der Letztere — selbstverständlich ein Napoli=
taner, wie alle Beamte auf der Insel — an der
gleichen allgemeinen Mißachtung theilnahm. Er hatte
grade in letzter Zeit mehrere Willkürverfügungen er=
lassen, die besondere Entrüstung hervorgerufen, darunter
auch erst vor einigen Tagen einen erhöhten Preis von
fünftausend Lire auf die Einlieferung Pietro Castaletto’s,
lebendig oder todt, gesetzt. Dessen that der Erzähler
freilich nur mit einem spöttischen Lachen Erwähnung;

sichtlich hegte auch er keinerlei Besorgniß, daß sich irgend
Jemand auf Sicilien finde, um den Lohn zu verdienen.
Ich trennte mich von ihm mit einem eigenthümlichen,
neu über mich gerathenen Gefühl. Daß es mit Vielem
unter dem bourbonischen Regiment in Neapel übel be=
stellt sein müsse, hatte ich mir allerdings selbst bereits
sagen können. Aber zum ersten Mal war mir ein
Empfinden gekommen, der Kraterschlund des Aetna
berge nicht das einzige auf der Insel glühende unter=
irdische Feuer, und ein baldmögliches Fortgelangen von
ihr sei vielleicht auch noch aus anderem Grund, als
dem, der Irene dazu antrieb, für uns rathsam.

*   *

*

Demgemäß war Alles für die Nacht des 30. De=
cember vorbereitet, nur Eines hatten wir nicht in
Rechnung gezogen, ob der Himmel mit unserm Beschluß
einverstanden sei, und er bewies uns, daß die Aus=
führung des Beschlusses nicht allein von unserm Wollen,
sondern sogar in erster Reihe von seinem Verhalten
abhänge. Der Tag begann wie gewöhnlich, nur stellte
der Regen sich etwas früher als sonst ein und nahm
nach einigen Stunden nicht ab, vielmehr an Heftigkeit

noch immer mehr zu. Das ganze Firmament lag von
einer bewegungslosen schweren, schwarzen Wolkenmasse
überdeckt; wenn es so blieb, drang voraussichtlich auch
nicht der leiseste erhellende Mondschimmer hindurch.
Und es änderte sich mit dem Fortschritt des Nach-
mittags, dem Eintritt des Abends nicht. Mehrfach
begab ich mich hinüber, um Rücksprache mit Irene zu
nehmen, die mich jedes Mal bei der aufgebrochenen Thür
des geheimen Ausganges erwartete. Sie hoffte immer
noch auf eine Besserung und Klarwerden des Himmels,
doch traf ich sie bei jeder Wiederkehr merklich in ge-
steigerter Unruhe an. Als ich etwa um die siebente
Stunde, der Abrede gemäß, noch einmal mit meiner
Leuchte den vertrauten Weg machte, fiel es mir kaum
mehr möglich, durch die Schlucht zu gelangen. Das
Wasser überschäumte in einer Fülle, die ich noch nie
zuvor gesehen, tosend die natürliche Brücke des Felsen-
geblöcks, es war ein Wagniß, auf dem schlüpfrigen
Gestein der strudelnden Wucht des unbändigen Ge-
wässers zu trotzen. Der Versuch glückte indeß noch
eben; ich fand Irene meiner harrend und in einer, aus
dem Klang ihrer Stimme vernehmbaren zitternden Aufregung. Aber sie mußte mir beipflichten, daß die Nacht
aussichtslos, ein Verschieben unsrer Absicht bis zur

nächsten unumgänglich geboten sei. Man gewahrte nichts
über zwei Schritte hinaus, einen Pfad zu finden, war
undenkbar. Wie ich ihr obendrein die Gefahr für
Gertrud, auch die, welche eine völlige Durchnässung mit
sich führe, zu lebhafter Vorstellung brachte, stand sie
zuletzt schreckerfüllt von dem Unausführbaren ab. Es
war vis major, die den Aufschub bis zur nächsten Nacht
gebot; der Aufforderung Irene's, für den Abend mit in
ihre Wohnung zu kommen, folgte ich nicht nach, sondern
fand für rathsamer, wie in den letztvergangenen Tagen
um der Mägde willen das Haus nicht mehr zu be=
treten. Eine Vorgabe enthielt's nur, die mir schwer
fiel, da sie meinem eignen Verlangen entgegenstand;
doch die von mir erbetene Schutzmannschaft aus Sira=
cosa konnte in diesen Stunden eintreffen, mußte dann
durch mich empfangen und unterrichtet werden. Wenn
es geschah, wollte ich trotzdem noch diese Nacht benutzen,
vermittelst des Ganges unbemerkt zur Tenuta zu gelangen,
der muthmaßlich noch Wachenden ein Zeichen geben und
sie veranlassen, unter dem sichernden Geleit doch den
Weg anzutreten. Wir konnten Gertrud ganz in Decken
einschlagen, abwechselnd einer der kräftigen Männer sie
tragen, so daß ich mit der Leuchte den Pfad aus=
zukundschaften vermochte, dessen Verlauf mir im Anfang

durch mehrfaches Begehen wenigstens nicht fremd war.
Derartig ward es möglich, in etwa zwei Stunden eine
kleine, im leeren Gebirg belegene Steinhütte zu erreichen, bis zu der meine Wanderungen sich erstreckt
hatten, sie als Schutzdach zu verwerthen und im ersten
Morgengrau zum Weitermarsch aufzubrechen. Außerdem
übrigens war es am besten, die beiden Mägde im
Schlaf zu überraschen, zu binden und zu knebeln, daß
sie vorderhand jedenfalls unfähig blieben, durch die mir
unbekannten, aber ihnen offenbar zu Gebot stehenden
Mittel Leute zu unserer Verfolgung zusammenzu-
bringen.

Dies Vorhaben behielt ich für mich, nahm von
Irene bis zum Morgen Abschied und begab mich, als
sie in's Haus zurückging, zum Abwarten an den Außen-
rand des Ganges. Doch eine Stunde um die andre
verfloß, ohne einen Klang vom Herannahen der Er-
harrten vernehmen zu lassen. Als meine Uhr Mitternacht zeigte, sagte ich mir, es sei unmöglich, selbst wenn
sie sich auf dem Weg hierher befänden, daß sie in der
Finsterniß den von mir bezeichneten Weg auffinden
könnten. Das Wahrscheinliche oder eigentlich Zweifel-
lose aber bilde, sie kämen überhaupt nicht, da der Intendant sich nicht bemüßigt gesehen habe, meinem

Schreiben zu willfahren. Was ging ich ihn denn im
Grunde an? Er hatte sich mit der italienischen Höf=
lichkeit, die keinen Inhalt unter sich barg, angeboten,
mir eventuell behülflich zu sein, aber es war kindlich
einfältig gewesen, darauf Hoffnung zu setzen und einen
Plan zu bauen. Zumal da ich, nach meiner jetzigen
Kenntniß einer allgemeinen dumpfen Volksgährung auf
der Insel, mir sagen mußte, er selbst werde vermuth=
lich eine größere Anzahl von Carabinieri aus Siracosa
nicht entbehren können. Vieles war mir aufgegangen,
darunter auch eine fast zur Gewißheit gewordene Hypo=
these, die Macht, deren Herr von G. sich durch die
Domenica zu bedienen vermögen würde, müsse darauf
beruhen, daß er in einer geheim=intimen Verbindung
mit etwas stehe, was alle Gemüther innerlich erfülle.
Fraglos hielt er dabei nur einen Selbstsuchtszweck im
Auge, doch anders konnte es nicht wohl sein; sie waren
ihm botmäßig, weil sie eine hohe Erwartung auf ihn
setzten.

Die meinige auf den Intendanten dagegen hatte
mich sichtlich und selbstverständlich enttäuscht, doch die
Verzögerung unseres Wegganges durch die Witterung
bedauerte ich eigentlich nicht. Sie war mir vorher um
der morgen verstärkten Mondhelle willen erwünscht ge=

wesen, und der Himmel begann Anzeichen einer Besserung
für den nächsten Tag zu geben. Die Dunkelheit blieb
zwar die nämliche, aber der Regensturz nahm an Heftig=
keit ab, da und dort deutete einmal ein leiser Schimmer,
der vom Mondlicht herrühren mußte, daß die Wolken=
decke anfange, zu einer Auflösung hinzuneigen. Um
durch Schlaf Kraft und Ausdauer für die morgige
Nacht zu gewinnen, beschloß ich, nach Hause zu gehen,
und es wurde dringliche Zeit dazu, denn über die
Schlucht zurückzukommen war jedenfalls des noch mehr
erhöhten Wassers halber nicht mehr möglich, sondern ich
mußte sie über die Berghöhe hin umholen, und meine
schon seit so vielen Stunden brennende Leuchte konnte
schwerlich noch lange aushalten. So begab ich mich
auf den mir zwar nicht völlig unbekannten, doch wenig
vertrauten weiten Umweg, hatte indeß den obersten
Verlauf der Felskluft noch nicht erreicht, als ich mehr
mit einem Gefühl, als mit dem Gesicht etwas Dunkles
vor mir wahrnahm oder empfand. Ich hielt es für
den Rand der hier sich von der Bergwand herunter=
ziehenden macchia, doch plötzlich warf es sich über mich,
daß ich rücklings zu Boden schlug, ein halbes Dutzend
von Händen hielt mich niedergedrückt, mir den Mund
verschlossen, daß ich keinen Laut auszustoßen vermochte,

Jemand ergriff die mir entriſſene Laterne, die offenbar
meine nächtliche Anweſenheit in der einſamen Gegend
kundgegeben hatte, und bei ihrem Schein unterſchied ich
undeutlich die Geſichter mehrerer über mich gebückter
fremder Männer. Mein erſter Gedanke war, ich ſei
in die Hände von Räubern gerathen, welche eines der
Gehöfte zu überfallen beabſichtigten; ich vernahm ſie
in mir kaum verſtänblich werdender Mundart Muth=
maßungen über mich austauſchen, von denen ich indeß
doch ſo viel auffaßte, daß ſie mich als einen ‚emissario'
betrachteten und rathſchlagten, ob ſie mich von der
Felswand in die Schlucht hinunterſtürzen ſollten. Dann
hörte ich eine Stimme halblaut meinen Namen nennen,
was den über mich gehegten Verdacht nicht zu beſſern,
im Gegentheil zu verſchlimmern, ſie zu beſtärken ſchien,
daß ich ein ‚Spion' ſei, und ich machte mich für den
nächſten Augenblick auf die Ausführung ihres Vorhabens
gefaßt, denn zugleich griff eine Hand nach meinem
Hals. Aber, wie ich, da der verſchloſſene Mund mich
zu erſticken drohte, mit halb vergehendem Bewußtſein
noch faßte, nicht um mir die Kehle zuzuſchnüren, ſondern
ich fühlte nur kurz etwas an mir zerren, ſah danach
das Licht der Laterne ſich näher über mich bewegen
und hörte dann eine Stimme mit artigem Ton ſagen:

„Scusi, signore, sbagliammo!" Ueber das, worin sie
sich getäuscht hatten oder woran sie dies auf einmal
erkannt, gaben sie mir nicht weiter Aufschluß, ver=
schwanden im nächsten Augenblick, die Leuchte neben
mir auf dem Boden lassend, so jählings, als sie er=
schienen. Noch ziemlich wie betäubt von dem Sturz und
dem ganzen, kaum mehr eine Minute langen Vor=
gang, richtete ich mich, mechanisch an mir niedersehend,
halb auf, traf mit dem Blick auf etwas fremdartig an
meiner Brust Herabhängendes und erkannte erst nach
einigem Besinnen, daß es das kleine, mir von Maso
bei'm Abschied gegebene Ledersäckchen mit dem wunder=
kräftigen ‚abitino' darin sei, das ich gewohnheitsmäßig
an der Seidenschnur um den Hals fortgetragen. Es
war mir von diesem bei'm Ringen, meinem instinktiv
geleisteten Widerstand herausgeglitten, oder, mir kam's,
wahrscheinlicher hatte die Hand, die sich nach meiner
Kehle gestreckt, es heraufgerissen, und zwar so gewalt=
sam, daß es dabei aufgegangen war. Etwas Farbiges
schimmerte mir draus entgegen, das kein bräuchliches
Amuletbild der Madonna oder eines Heiligen sein
konnte; unwillkürlich beleuchtete ich es und gewahrte
verwundert, das Täschchen enthalte statt eines solchen
ein Stückchen dreifarbigen Bandes; näher betrachtet,

erwies dieses sich als ein winziges Abbild der mir in
letzter Zeit einmal zufällig zu Gesicht gerathenen Landes=
tricolore Siciliens. Das hatte Sonderbares, aber plötz=
lich ging mir ein Verständniß seiner Bedeutung auf.
Das Bändchen mußte von Tausenden so als Abzeichen
eines geheimen Bundes getragen werden, zu dessen
Mitgliedern auch die Leute zählten, von denen ich über=
fallen worden. Sie hatten hier eine nächtliche Zusammen=
kunft getroffen, hielten vielleicht in der macchia etwas
Wichtiges verborgen, zu dessen Auskundschaftung sie mich
gekommen glaubten, und ich dankte mein Leben dem
Umstand, daß Einer die Schnur an meinem Hals ent=
deckt und getäuscht worden, auch ich gehöre jenem Bunde
an. Zu solchem Zweck hatte offenbar der gute Maso
mich mit dem absonderlichen ‚abitino‘ versehen, sich von
mir versprechen lassen, es zu tragen und nur bei einer
dringenden Gefahr zu öffnen.

Etwas unsicheren Ganges setzte ich meinen Weg
fort, der Boden schien mir unter den Füßen zu schwanken,
aber noch mehr, fühlte ich, that er dies in übertragener
Bedeutung. Was ich gewissermaßen nur theoretisch aus
den Mittheilungen meines Arbeiters entnommen, hatte
sich mir eben praktisch bestätigt; es war auf der Insel
etwas im Werke, das gleich einem jähen Ausbruch des

Aetna drohen konnte; als wahrscheinlich kam mir, der
kleine nächtliche Trupp habe in einer Felshöhlung
zwischen dem Gesträpp Waffen zusammengehäuft. Was
beabsichtigt werden mochte, so befand sich zweifellos die
Hand des Herrn von G. mit dabei im Spiele, dadurch
war er vor einem Monat hierhergeführt worden, und
ein gleicher Anlaß ließ vielleicht täglich einmal seine
Wiederkehr befürchten. Aus dieser Besorgniß mochte
auch Irene's unruhvolles Fortdrängen entsprungen sein;
meinen Gedankengang begleitete im Stillen ein er-
lösendes Gefühl, daß sich der neuliche Besuch ihres
Mannes bei ihr dahin erkläre, er habe sich im Hause
verborgen gehalten, um bei Nacht in der Stadt geheimen politischen Zwecken nachzugehen. Sie kannte
diese, bangte vor ihnen, vielleicht um Gertrud's willen,
und solcher Furcht hatte die fieberhafte Nachwirkung zu
Grunde gelegen, in der ich sie damals, als er sie wieder verlassen gehabt, angetroffen.

Im Dunkel tappend, wörtlich und figürlich, ging
ich weiter. Meine Laterne erlosch, doch der Regen
hatte völlig aufgehört, und ein ganz matter, die Wolken
durchdringender Schimmer ermöglichte mir, mich Schritt
für Schritt in der die Schlucht umholenden Richtung
fortzutasten. Droben in der Luft fuhr es ab und zu

wie ein Stoß mit eigenthümlichem Gebrause einher, zwei
miteinander ringende Winde mußten dort in heftigem
Kampf liegen; obwohl die Nacht in ihre zweite Hälfte
getreten, ward es nicht, wie sonst gegen den Morgen
hin, kühler, sondern wärmer. Ich brauchte wohl fast
noch eine Stunde, um bis zu meiner Wohnung zu
gelangen, suchte im Dunkel mein Bett und fiel schwer=
ermüdet rasch in tiefen Schlaf.

*　　　　*

*

Als ich aufwachte, wußte ich zunächst nicht, wo ich
sei. Ich hatte geträumt und als Knabe am Berghang
hinter dem Gehöft meiner Eltern Quellen in Röhren
geleitet, um drunten Holzmühlen von ihnen treiben zu
lassen. Noch vor den geöffneten Augen drehten sich
mir ihre Räder herum, ich sah das spritzende Wasser
vom Sonnenauffall in Regenbogenfarben blinken.

Dann kam mir mit einem Schlage die Besinnung.
Blitzende Sonne fiel auf mein Bett; ich sprang jäh
auf, durch's Fenster sah mir wolkenloser Himmel ent=
gegen. Und doch stand ich unter dem Bann eines
seltsamen Gefühls, von dem ich mich wohl eine Minute
lang nicht frei machen konnte. Mir war's jetzt umge=
kehrt, als seien die Opuntien, Agaven und Oliven

braußen, ganz Sicilien und Alles, was ich drauf erlebt, nur ein phantastischer, noch andauernder Traum
gewesen, aus dem ich gleich zur Wirklichkeit jenes Hei-
maththales meiner Kindheit aufwachen müsse. Wie
wildfremd, unbegreiflich, mit einer Schreckempfindung
überschauernd, lag Alles vor meinem Blick da.

Doch dann wußte ich's, es war wirklich und ich
kein spielender Knabe, sondern der, welcher heute seine
ernsthaft begonnene Wasserleitungsarbeit in Ch—e unvollendet im Stich lassen wollte, um eine Frau, die
er liebte, vor einer dunkel drohenden Gefahr für sie
und für sich selbst zu behüten. Der Uebergang, der
sich zu diesem Bewußtwerden, dieser Erkenntniß in
meinem Gefühl vollzog, bildete vielleicht den verwunder-
samsten und verworrensten Zustand, in den das Leben
mich jemals versetzt.

Ein hoher Lorbeer draußen, dessen Spitzen sich
flatternd hin- und herbogen, ließ mich erkennen, daß
heftiger Wind gehe; wie ich das Fenster öffnete, schlug
mir eine gegen gestern wohl um zehn Grade erhöhte
Lufttemperatur entgegen. Ich begab mich zu meinen
Wirthsleuten, um Alles, was ich ihnen schuldete, zu
berichtigen; am Schluß des alten Jahres, gab ich vor,
sei das in meiner Heimath so Brauch. Die Wasser-

masse in der Schlucht hatte sich verringert, ermöglichte
wieder das Hinüberkommen; Irene wartete schon an
dem nämlichen Platz, wo wir uns getrennt, auf mich.
Sie nicht unnöthig zu beunruhigen, verschwieg ich, was
mir in der Nacht begegnet war; ob ich auch kurz da=
von bedroht gewesen, stand es doch in keinem Zusam=
menhange mit unserm Vorhaben, wenigstens nicht in
einer dies direct bedrohenden Weise. Sonst allerdings
empfand ich, daß der Vorfall doch nicht ganz wirkungs=
los an mir vorübergegangen sei, vielmehr etwas meiner
Natur Unbekanntes, eine nervöse Erregbarkeit hinter=
lassen habe. Es ward mir nicht leicht, sie Irene, die
es möglichst in der ihrigen zu beschwichtigen galt, zu
verbergen; ich sprach ihr mein volles Vertrauen auf
eine gesicherte Mondnacht aus und daß diese, um der
Helligkeitszunahme willen, günstiger sein werde, als
die vorige gewesen wäre. Eine erneuerte Abrede hatten
wir kaum zu treffen, die Bestimmungen von gestern
wurden nur auf heute übertragen. Alles war gerüstet;
um zehn Uhr sollte ich mich am Hause einfinden und
dort im Schatten eines großen Lorbeerstrauches warten,
bis Irene mir durch ein Lichtzeichen kundgäbe, die
Mägde lägen im Schlaf und sie komme mit Gertrud
auf dem Arm. Sie wollte vorher dafür sorgen, daß

die Thür nur angelehnt sei und, gleichfalls um kein
Geräusch zu verursachen, ihre Schuhe ablegen, bis sie
in's Freie gelangte. Wenn sie sich auch sichtlich ge=
waltsam beherrschen mußte, ihre abergläubische Furcht
vor der Neujahrsnacht jetzt, da wir zum Aufbruch in
dieser genöthigt worden, zu verhalten, so erwog und
beschloß sie doch alles Nothwendige mit der klaren
Verstandesumsicht, die sie von Anfang an bei der Ent=
werfung des Planes gezeigt. Um nicht bemerkt zu
werden und damit auch ihre Abwesenheit vom Hause
Domenica nicht etwa auffällig erscheine, kehrte ich nach
kurzer Besprechung in meine Wohnung zurück und be=
gab mich von dort zu einer letzten Besichtigung der
Thätigkeit meiner Arbeiter. Der Tag war noch lang,
ich mußte seine Stunden ausfüllen und ertrug's nicht,
sie beschäftigungslos in meinem Zimmer zuzubringen.

Denn — so seltsam es war und ich es mir durchaus
grundlos nannte — aber auch ich vermochte einer seit der
Nacht über mich gerathenen Unruhe nicht Herr zu wer=
den. Durch was sie eigentlich veranlaßt sei, oder
worauf sie sich richte, mußte ich mir nicht zu beant=
worten; doch sie war da und ließ sich nicht abschüt=
teln, ein unbestimmtes Mißgefühl, halb gemüthlicher,
halb körperlicher Art. Die letztere Hälfte fand aller=

dings mit dem Weitergang des Tages eine Erklärung und dadurch wohl zu einem Theil wenigstens gleichfalls die mit ihr verknüpfte geistige Bedrückung. Bei unbewölktem Himmel verstärkte der Wind sich noch, wuchs zum Sturm an, und zugleich ward die Luft immer heißer, als ob sie von einem überheizten Ofen ausströme. Offenbar begann ein Scirocco hereinzubrechen; in geringerem Maße hatte ich einen solchen schon zweimal erlebt, ohne indeß an mir selbst zu erfahren, daß er einen lähmenden Einfluß auf die leibliche und seelische Energie der Menschen ausübe. Aber diesmal faßte unverkennbar auch mich seine Wirkung an, er regte auf und verminderte dabei die Kraft, den Nerven die Herrschaft des Willens und des Verstandes aufzuzwingen. Bald nach der Mittagsstunde kam der afrikanische Wüstenwind hohltönig rollend von Süden herüber, wie wenn er einen dumpfbrausenden Wellenschwall gekochter Luft vor sich aufpeitsche. Dazwischen klang's gleich dem Fauchen und Zischen eines Raubthiers, und es war, als lauere dies sich auf wenige Schritte Entfernung zum Ansprung nieder, stoße einen Glutathem aus dem drohend aufgerissenen Rachen hervor. Binnen Kurzem hingen alle Blätter schlaff an den Zweigen herunter, die Thiere verkrochen sich, oder

13*

lagen wie leblos am Boden ausgestreckt, die Hühner
drückten sonderbar ihre Schnäbel so tief als möglich
in Erdritzen und Löcher hinein, in denen noch kühlere,
zum Athmen brauchbarere Luft vorhanden schien. Bisher
war der Himmel klar geblieben, doch allmählich fing
er an, sich zu trüben. Nicht von Wolken, aber sein
Blau ward bleifarbig, wo die Sonne stand, röthlich;
ein Staubnebel breitete sich über Allem aus, raubte die
Fernsicht oder ließ wenigstens jeden Gegenstand nur
mehr unsicher, wie durch einen Schleier wahrnehmen.
Mir klopfte ängstlich das Herz; von Minute zu Mi=
nute verdichtete das Grau sich, schwand auch für diese
Nacht die Hoffnung auf Mondhelle. Schon um vier
Uhr regte der Tag den Eindruck, in Abenddunkel aus=
zulöschen. Trotzdem ward die Hitze noch unerträglicher,
die Lippen verdorrend und die Brust zusammenschnü=
rend; eine Mattigkeit fiel auf die Glieder, daß sie den
Dienst verweigerten, völlig erschlafft gleich den Blät=
tern, hingen die Arme mir an der Seite nieder.
Ich war in Schweiß gebadet, und doch mehr noch,
als von der Schwüle, von einer immer höher an=
schwellenden inneren Bangniß. Sichtbar stand der
Himmel uns feindselig entgegen, wollte abermals die
Ausführung unsrer Absicht vereiteln. Mir kam, daß

ich gehört, der Scirocco gehe zuweilen in Stunden vor=
über, könne jedoch auch drei Tage lang andauern.

Dann geschah plötzlich etwas, was ich im ersten
Augenblick nicht begriff, so daß es mich bei meiner
psychischen Erregung mit einem heftigen Schreck durch=
fuhr. Aus der Luft schlug jählings ein dichter, trock=
ner, der Farbe reifer Vogelbeeren gleichender Regen
herunter, in einem Nu das Hausdach, den Erdboden,
alles Laub mit einem mehlartigen rothen Ueberzug
bedeckend. Gespenstisches lag in seinem Niederschießen
aus der dämmernd verfinsterten Atmosphäre, zu unheim=
lichem Anblick erschien die Nähe und Weite umher in
eine einzige riesenhafte Blutlache verwandelt. Ich be=
durfte eines festen Zusammenrasiens meiner Sinne,
um mir zu sagen, es sei der ‚Blutregen‘, von dem ich
ebenfalls vernommen, daß der afrikanische Sturm ihn
als einen besonders gefärbten Staub mancher Stellen
der Sahara aufraffe, zu ungeheurer Höhe emporwirble
und dann und wann bis nach Sicilien hinübertrage.
Eine einfache meteorologische Erklärung für die Ver=
nunft war's, doch meine Nervenreizung ließ sich nicht
dadurch beschwichtigen; ich konnte ein Zittern am ganzen
Körper erst mit Mühe zur Ruhe bändigen.

Dazu half mir indeß jetzt der Himmel. Der rothe

Wüstenstaubregen dauerte nur einige Minuten hindurch
an, endete fast wie mit einem Schlage, und unmittel=
bar danach begann ein helleres Licht zurückzukehren.
Der Tag war doch noch nicht zu Ende, die Sonne
stand noch über dem Horizont, drang bald als glühen=
der Feuerball durch den sich rasch wieder verdünnenden
Nebel und ging, beinah noch zu strahlenwerfender Klar=
heit gelangend, unter. Ich stand in athemloser Erwar=
tung; die Wucht des Windes mäßigte sich allerdings
nicht, aber seine uns bedrohende Beigabe, die Luftver=
dunkelung, löste sich augenscheinlich, mählich immer
wesenloser zerrinnend, auf. Was unser Vorhaben wie=
der gefährdet hatte, schwand hin, das Fortbestehen des
Scirocco selbst konnte uns nicht hindern.

Die Dinge, die ich leicht in den Kleidertaschen zu
tragen im Stande war und deßhalb mit mir nehmen
wollte, lagen schon seit dem vorigen Abend bereit; mit
meinen Waffen, dem Dolch und der ziemlich kurzen,
noch neuartigen geladenen Percussionspistole steckte ich,
eh' das Dunkel einbrach, Alles zu mir und wartete
dann ab, daß der Mond, der bereits am Himmel stehen
mußte, seine Wirkung geltend mache. Dies dauerte
meiner Ungeduld länger, als ich erwartete, die Luft war
offenbar doch noch nicht so staubrein, seinem schwächeren

Licht nicht mehr an Widerstand entgegenjetzen zu
können, als dem der Sonne; nach und nach indeß be=
gann wieder ein Helligkeitsschimmer um die Oliven
vor meinem Fenster zu weben, allmählich stark genug
werdend, um mich die Zeiger auf dem Zifferblatt meiner
Uhr unterscheiden zu lassen. Aber die Zeit schien mir
unglaublich langsam zu schleichen, in mir selbst jeden=
falls ging eine viel schleunigere Bewegung vor. Jetzt
diente die Lautlosigkeit des Raumes um mich dazu,
meine Sinne in Aufregung zu erhalten; ich hörte Ge=
räusche, die zweifellos nicht wirklich waren, dazwischen
meinen eignen, mir an's Ohr heraufklopfenden Herz=
schlag. Wie ich einmal den Finger auf die Pulsader
legte, fühlte ich die Blutwelle sich mit fieberhafter Ge=
schwindigkeit fortschnellen. Anormales war in mir,
mein immer wiederholtes auf die Uhr Sehen ein
Zeichen hochgradiger Nervenspannung. Ebenso, daß ich
zwecklos berechnete, wie weit wir gegenwärtig sein
könnten, wenn wir in der gestrigen Nacht aufgebrochen
wären. In einer Gebirgsöde stand das Bild Irene's
und Gertrud's mir visionär greifbar vor den Augen;
die Einbildungskraft behauptete merkbar Uebergewalt
über meine Sinne und meinen Willen. Um etwas zu
thun, ging ich im Zimmer umher und ordnete an

den Gegenständen darin, als ob ich es noch morgen, noch Wochen und Monate bewohnen würde.

Damals ist mir wohl nachträglich eingefallen, auch meine Tagebuchblätter mitzunehmen, und ich muß in dem ungewissen Mondlicht nur einen Theil derselben ergriffen haben; wenigstens kommt mir das wahrscheinlicher vor, als daß die verlorengegangenen später aus der Tasche geglitten sein sollten. Mein an Verworrenheit gren= zender Zustand in jenen Stunden macht mir das Erstere sehr glaublich; ob er einer Zusammenwirkung des auf mich geübten nächtlichen Ueberfalls und des Scirocco entsprungen sein mochte, oder Irene ihre mystische Scheu vor der Neujahrsnacht auf mich übertragen hatte, ich unterlag einem Einfluß, der stärker war, als meine geistige Beherrschungskraft. Das steht mir in deutlichem Erinnerungsgefühl, wenn ich an jenen Abend zurückdenke.

*   *

*

Endlich war die schleichende Zeit so weit vorge= schritten, daß ich mich, wenn auch etwa um eine halbe Stunde früher, als verabredet, auf den Weg machte; ich ertrug das Bleiben in meiner Wohnung nicht länger, konnte jedenfalls ebensowohl drüben ein Abwarten fort= setzen. Vielleicht lagen die Mägde heut' doch schon

etwas zeitiger im Schlaf, Irene wollte ihnen zur Feier des
,San Silvestro' einen schweren Marsalawein zum Abend=
trunk gestatten, den die Sicilianerinnen als besondere
Köstlichkeit schätzten; es war zu hoffen, daß sie sich dem
Genuß rasch hingeben und er bald eine einschläfernde
Wirkung auf sie üben würde. Als ich an die Schlucht
kam, stand der Mond klar, beinah schon vollgerundet
am Himmel, aller Staub war aus der Luft abgesunken
oder vom Wind, der mächtig noch immer um mich
jauchte, weggekehrt. Mit sonderbarer Empfindung über=
schritt ich zum letzten Mal die Steingeblöckbrücke, jeder
Fußtritt darauf bedünkte mich wie schon aus Knaben=
zeit her vertraut. Wie ahnungslos hatte ich vor noch
nicht ganz zwei Monaten den ersten Uebergang hier
versucht und mit welchen dunkelumnebelten, allmählich
sich aufhellenden, bangenden und von Hoffnung belebten
Gefühlen war ich später so oftmals im Mondlicht oder
bei dem Schein meiner Leuchte herüber und hinüber ge=
kehrt. Mich rührte als undankbar an, daß ich die letztere,
die mir so viel Hülfe zu meinem künftigen Lebensglück
geleistet, einsam drüben zurückgelassen, doch sie wäre
mir auf der Wandrung nutzlos und behindernd gewesen.
Von meiner Stube hatte ich gleichgültig Abschied ge=
nommen, hier in der Mitte der Schlucht blieb ich wohl

eine Minute lang stehen. Sie machte mir einen sym=
bolischen Durchschnitt; auf der einen Seite hinter mir
lag meine Vergangenheit, vor mir auf der andern die
Zukunft.

Dann war ich durch den Gang unter den Opuntien
an die Tenuta gelangt, stand im schwarzen Schatten
des Lorbeerbusches geborgen und hielt den Blick un=
verwandt auf das Haus geheftet. Nichts regte sich in
ihm, die Fenster der Wohnstube Irene's zeigten sich
wie gewöhnlich erhellt, doch das festgesetzte Lichtzeichen
erschien nicht. Zu früh war's, ungefähr noch eine
halbe Stunde, bis die italienische Thurmuhr drunten
in der Stadt ihre zweiundzwanzigste Stunde schlagen
konnte. Der von Süden herstehende Wind mußte mir
den Schall herübertragen, einstweilen rüttelte er nur
die Bäume zu unablässigem Gebrause und Geknarr.
Manchmal klang's wie das Stöhnen und Seufzen einer
Stimme, öfters knackend, als ob ein schwerer Fußtritt
sich auf einen dürren Zweig niedersetze. Unter Mit=
wirkung des weißen Glanzes und der tiefschwarzen
Schatten war's einbildnerisch=aufregend, so zu stehn
und zu warten, hier noch mehr als in der Stille mei=
nes Zimmers. Ich sagte mir, daß ich meine Nerven
fest in der Gewalt zu halten trachten müsse, damit

sie mir keine Sinnestäuschung vor Augen und Ohr brächten.

Und trotzdem geschah's, ich hörte einmal wieder einen knackenden Ton, und mir war's, als tauche vom oberen Gartenrand, aus der Richtung des geheimen Zuganges her eine Gestalt auf, die, nur einen Augen= blick vom Mond angestrahlt, gleich wieder unter dunkel überhängendem Buschwerk verschwinde. Offenbar war das der Beginn eines Gaukeltrugs meiner Sinne.

Und nun noch verstärkter. Greifbar deutlich sah ich die Gestalt abermals zum Vorschein kommen, kaum zehn Schritte vor mir rasch über einen hellbeglänzten Fleck gehen und vor der Hausthür spurlos auslöschen. Nur ein leises Knarren der Thür klang noch.

Plötzlich durchschoß es mich wie mit einem elektri= schen Schlag. War das wirklich eine Täuschung der Augen, meiner überreizten Nerven gewesen? Die hoch= gewachsene Gestalt hatte einen landesüblichen großen Bließmantel getragen, genau wie jene, die ich schon einmal da draußen so in die Erde versinken zu sehn geglaubt und deßhalb für eine Vision gehalten. Aber fraglos war es damals nicht Täuschung, sondern Wirk= lichkeit, war der Mann Irene's gewesen.

Ihr Mann — und wieder war er's — das hatte
sie in dieser Nacht befürchtet —

Klar stand's vor mir, doch ein Schrei, den ich
droben im Zimmer ausstoßen hörte, bestätigte es noch
voll. Alle Besinnung verließ mich, ich sprang auf die
Hausthür zu, die bekannte Treppe im Dunkel hinan
und riß die Stubenthür auf.

Ein Bild, unauslöschlich meinem Blick eingegraben.
An der andern Seite des Zimmers gewahrte ich einen
jetzt baarhäuptigen und vom Mantel entkleideten kraft=
voll hohen und breitschultrigen Mann mit geistig be=
lebten, feinen Zügen von einer antik klassischen Schön=
heit. Ihm gegenüber, jenseits eines Tisches stand
Irene, Alles in ihrem Gesicht sprach von einer irren
Sinnverworrenheit. Gegen seine Brust hielt sie die
Pistole aufgehoben, deren sie mir einmal Erwähnung
gethan; ihre Lippen rangen mühsam hervor: „Zurück
— sonst tödte ich Dich! Um seinen Mund ging ein
anmuthsvoll bezauberndes Lächeln, aus seinen schwarzen
Augensternen flammte ihr Glut halbverhaltener Leiden=
schaft entgegen, und er antwortete sorglos in italie=
nischer Sprache: „Närrchen, ist das Deine Bescheerung
dafür, daß ich in der Sylvesternacht zu Dir komme?
Glaubst Du, ich fürchte mich, Täubchen? Du willst

vielleicht, aber Du kannst nicht. Versuch's doch — Deine Kugel wird zum Kuß, den meine Lippen auf= fangen."

Ich sah ihren Finger sich nach dem Drücker biegen, doch er führte die Bewegung nicht zu Ende. Ihre Hand zitterte plötzlich, löste sich ohnmächtig von dem Griff der Waffe, die zu Boden fiel. Mit einem freu= digen Lachen streckte ihr Mann, um den Tisch tretend, die Arme nach ihr: „Komm, meine weiße Taube, Du haßt mich nicht!" Sie wich schwankend zurück, stieß nur aus: „Hülfe —!"

In dem Augenblick sah sie mich an der Schwelle, raffte alle Kraft zusammen und lief auf mich zu: „Hilf mir — hilf mir!" Auch er nahm mich jetzt erst ge= wahr — ich hatte die kurze Zeitspann hindurch halb betäubt starr dagestanden — ein jäher Blitz schoß unter seinen schwarzen Brauen hervor, aus einem Leibgurt riß seine Rechte eine aufblitzende Dolchklinge. In= stinktiv that ich das Gleiche mit meiner Pistole, hob sie, ihr Schuß krachte, und ich sah seinen aufgereckten Arm, von der Kugel getroffen, herunterfallen. Mecha= nisch Irene umfassend, riß ich sie mit mir, die Treppe nieder, in's Freie. Nur mit dem Hemd bekleidet schoß Domenica aus der Thür ihrer Schlafkammer; auch

Gertrud kam, angstvoll „Mama!" rufend, aus ihrem
Bett.

In meiner Erinnerung geschah das Alles wie im
selben Moment. Hinter uns dröhnte der Fuß des
offenbar nicht schwer Verwundeten, nur kurz Zurück=
gehaltenen über die Stufen herab, ein anderes dumpfes
Gepolter klang von dem Gartenthor her dazwischen.
Der nächtliche Schuß hatte wahrscheinlich Begleiter des
Herrn von G., Mitglieder des Geheimbundes, wie sie
mich gestern überfallen, aufmerksam gemacht, und sie
erbrachen gewaltsam das Thor.

Ich fühlte, daß wir uns nicht retten konnten, zog
nur unwillkürlich Irene mit mir in einen der schwar=
zen Buschschatten hinein. Ohne Laut kauerte sie sich
zu Boden; sie noch umfaßt haltend, empfand ich, daß
zitternde Stöße ihr den Körper durchrüttelten. Vor
uns lag der Platz um das Haus jetzt fast tageshell
vom Mond überglänzt, unser Verfolger, den Dolch statt
in der Rechten in der Linken führend, hielt kaum ein
Dutzend Schritte von uns an und blickte suchend um=
her. Mich ihm zu einem Kampf entgegenzustellen, war
sinnlos, seine herzukommenden Gefährten mußten mich
von rückwärts überwältigen. Die einzige Zuflucht be=
stand darin, uns reglos im Dunkel zu halten; vielleicht

suchte er uns weiter entfernt, und wir vermochten
durch das Gebüsch irgendwohin zu entrinnen.

Die einzige schwache Möglichkeit, und sie zeigte gleich,
daß sie trog. Woran der gleichfalls spähende Blick
Domenica's uns entdeckte, weiß ich nicht, aber sie rief,
nach unserm Schattenversteck deutend: „Eccola!" Un=
mittelbar danach indeß stieß sie, jäh mit dem Kopf
herumfahrend, einen fürchterlichen Schrei aus: „Angelo
mio!" Hinter ihr sah ich blinkende Gewehrläufe auf=
tauchen, hörte einen Ruf: „Questo è Pietro Castaletto! Fucilatelo!" Im Nu krachten drei oder vier
Schüsse; die gleichfalls verdutzt herumgefahrene hohe
Mannesgestalt stand noch einen Augenblick aufgerichtet
da, dann schlug sie ohne Laut, wie ein umgefällter
Baumstamm, vornüber zu Boden. Mit einem Jammer=
geheul, doch in der Bewegung einem sich in rasenden
Sprüngen fortschnellenden Panther gleich, schoß Dome=
nica an einem kleinen Haufen buntfarbiger Uniformen
vorbei dem Gartenthor zu.

Das war in höchstens einer Minute vorgegangen,
seitdem wir uns in den Schatten geflüchtet, und ich
noch nicht zu einer Besinnung gelangt, was das Ganze,
vor Allem was der Ruf „Pietro Castaletto!" bedeute,
als Irene, sich von mir losreißend, einen irren Schrei

vom Mund stoßend: „Du haft ihn getödtet — er ift
tobt!" in's Mondlicht hinausflog. Sie wiederholte noch
zwei Mal mit markdurchdringendem Ton: „Tobt —
tobt!" und warf sich über den reglosen Leichnam, die
Arme krampfhaft um seinen Nacken klammernd, hin.

*   *

*

Sich jäh Ueberstürzendes und Unbegriffenes in jener
Stunde. Heut' liegt Alles meiner Erkenntniß klar nach
Ursache und Wirkung aufgehellt und kurz fasse ich sie
zusammen.

Ein Spiel seltsamsten Zufalls, der unglaublichen
Bewahrheitung einer falschen Vorgabe war's gewesen.
Um meinem Gesuch in Siracosa weiter reichende Bedeutung zu verleihen, hatte ich am Schluß des Schreibens mit plötzlichem Einfall hinzugefügt, es handle sich
um Pietro Castaletto, auf dessen Ergreifung, ohne daß
ich es damals wußte, der Vicekönig in Palermo um
dieselbe Zeit den hohen Preis gesetzt. Das bewog den
Intendanten, meiner Bitte in der That zu willfahren,
die Regierung strengte in jenen Tagen ihre letzte Kraft
an, sich zu behaupten. Doch, wie meine nachträgliche
Berechnung richtig besorgt, war es nicht mehr für die
abgesandten Carabinieri möglich gewesen, zu der von

mir angegebenen Zeit einzutreffen. Die lichtlose Regen=
nacht, in der sie anhalten mußten, brachte noch Ver=
zögerung. Sie konnten erst um vierundzwanzig Stun=
den später ankommen, jetzt, von der Mondhelle begün=
stigt, die in meinem Brief bezeichnete Stelle aufzu=
finden. Dort hatten sie sich, unter den Oliven verborgen
und mich erwartend, daß ich ihnen Anweisungen er=
theile, schon seit einer Stunde befunden; dann alar=
mirte plötzlich der Schuß sie, so daß sie ohne längeres
Zaudern das Thor, hinter dem er die Nacht durch=
hallt, aufbrachen. Gleich danach sahen sie den Gesuchten,
ihnen von Abbildungen genau Bekannten vor sich stehn,
und ihnen galt als Wichtigstes, sich des reichen Lohnes
sofort zu versichern; den Todten hatten sie gewiß, der
Lebende konnte ihnen noch entkommen. So erreichten
sie den Zweck, zu dem sie abgeschickt worden, denn der
von ihren Kugeln durch Brust und Herz Getroffene
war nicht Herr von G., sondern Pietro Castaletto, dessen
Anwesenheit hier in der Tenuta ich erdichtet hatte.

Das zu fassen waren meine überwältigten Sinnes=
kräfte in jener Nacht nicht fähig, und noch weniger,
daß Irene sich mit einem so herzerschütternden Schrei
über den von ihr im Leben so angstvoll gefürchteten
Todten hingeworfen. In bewußtloser Ohnmacht lag

sie da, nur von ihren Lippen brach stoßweise ein krampf-
haftes Schluchzen.

Zu einem Versuch des Begreifens aber ließen auch
die Carabinieri mir nicht Zeit. Sie frohlockten wohl
über den erworbenen Preis, doch sie wußten offenbar
genau, was dieser sie selbst kosten könne und auf
welchem unterminirten Boden sie hier im Innern der
Insel ständen. Ihre Schüsse mußten bis zur Stadt
hinunter gehört worden sein, von den abwärts belege-
nen Gehöften her scholl ein wildes Geschrei Domenica's,
die Bewohner aufzuwecken, zum Beistand zu rufen. Ein
Gefühl wenigstens durchbrang meine Verworrenheit,
binnen Kurzem könnten Hunderte mit hastig zusammen-
gerafften Waffen heraufdringen, um den Tod des von
ihnen begeistert verehrten Brigantenführers zu rächen;
auf die Beamten und ihre Organe drunten war schwerlich zu zählen. Besser noch als ich kannten augenscheinlich dies Alles die Soldaten; sie rathschlagten kurz,
standen jedoch rasch davon ab, die Leiche Pietro Castaletto's auf ihrem unumgänglichen eiligen Rückzug mitzunehmen. Nur durch hohe Versprechungen gelang es
mir, zwei Leute zu bewegen, daß sie die reglose Irene
aufhoben und forttrugen; ich sprang in's Haus hinauf,
den kleinen Cecco aus dem Bett zu holen, ergriff

Gertrud an der Hand und zog sie haftig mit mir den
schon aufgebrochenen Carabinieri nach. In dumpfem
Bewußtsein eines Müssens, einer Pflicht that ich Alles;
es können nicht mehr als fünf Minuten seit dem plötz=
lichen Auftauchen unsrer Reiter vergangen gewesen sein,
als wir bereits mit ihnen die Tenuta hinter uns ließen.
Sie schlugen den ihnen bekannten Rückweg gegen Sira=
cofa ein, den Marsch so schnell als möglich beschleu=
nigend. Gertrud war bald außer Stande, mit Schritt
zu halten, und einer der Kräftigsten nahm sie auf den
Arm, während ich den Knaben trug.

Ob wir verfolgt worden sind und es den kundigen
Carabinieri gelungen ist, die Nachsetzenden über die
von uns eingeschlagene Richtung zu täuschen, habe ich
nicht erfahren. Jedenfalls gelangten wir, ohne ange=
griffen zu werden, fort; ich vermuthe, die Leiter des
Geheimbundes in Ch—e scheuten sich, vorzeitig, ehe
von Palermo aus das Zeichen gegeben worden, auf
eigne Hand einen offenen Kampf, obendrein vielleicht
zweifelhaften Ausgangs, gegen eine Truppe der Regie=
rung zu beginnen, ordneten ihr Verlangen, Rache zu
üben, dem höheren Gesichtspunkt unter und besaßen
ausreichende Macht, die zweifellos leidenschaftlich er=
regten Gemüther der Menge zum Ablassen von ihrem

14*

erſten Naturbrange zu beſtimmen. Der Tobte war
burch nichts in's Leben zurückzurufen, unb es war über=
haupt nichts geſchehen, was eine gewaltthätige Auf=
lehnung ruhiger, bem beſtehenden Recht gehorſamer
Unterthanen begründen konnte. Die Solbaten hatten
nur ihre Pflicht erfüllt, einen Briganten, ber ſich im
Kriegszuſtanb gegen bas Geſetz unb bie Regierung be=
fanb, auf ben von bieſer ein hoher Preis geſetzt wor=
ben, erſchoſſen. Es wäre offener Aufruhr geweſen,
ihnen beshalb ein Haar zu krümmen.

In meiner Erinnerung ſehe ich Irene nachher, aus
ihrer Ohnmacht zu ſich gekommen, ſelbſt burch bie
Mondnacht gehen. Sie ſteht ähnlich vor mir, wie man
heut' vermittelſt Spiegelwirkungen ein Geiſterbilb auf ber
Bühne erzeugt, weißenfärbten Geſichts, gleichmäßig,
boch automatenhaft ſich vorbewegenb. Manchmal mit
geſchloſſenen Augen, ſo hielt ſie ſich ſtets bicht an ber
Seite bes Trägers ihrer Gertrub. Einmal fragte ich,
ob ich ſie führen bürfe; ſie ſchüttelte ben Kopf unb
verſetzte banach mit einer traumhaften Stimme: „Nein,
ich kann allein gehen.“ Das ſinb bie einzigen Worte
geweſen, bie ich aus ihrem Munbe gehört habe; wenn
ich ſie ſpäter anrebete, erwiberte ſie nicht anbers, als
burch ein bejahenbes ober verneinenbes Zeichen. Sobalb

wir Halt machten, sorgte sie, daß Gertrud zu essen er=
hielt; sie selbst berührte kaum etwas, führte höchstens
mechanisch einige Bissen an die Lippen. Doch war sie
jetzt auch anders als früher für Cecco bedacht, den
sie von meinem Arm einem der Carabinieri übergeben.
Auf's Genaueste gab sie Obacht, daß er ebenfalls aus=
reichende Nahrung bekam.

So gelangten wir durch die Ortschaften, die ich
auf meinem Herweg kennen gelernt; man sah uns ver=
wundert, die Köpfe zusammensteckend, doch scheu nach
und Niemand bereitete uns ein Hemmniß. Wir hatten
allmählich unsere Hast vermindert, da unverkennbar
keine Verfolgung mehr zu besorgen stand. Wenn ich
mich irgendwo bei'm nächtlichen Rastmachen zum Schla=
fen auf eine Bank legte, kam's mir wohl bisweilen,
wie anders ich mir in der Einbildung unsre Wande=
rung nach Noto vorgestellt habe, doch ein dichterer
Nebel, als je zuvor, lag über Allem, was mich um=
gab, in mir, noch undurchdringlicher vor mir, als hin=
ter mir. Wir übernachteten drei Mal, erst gegen Abend
es vierten Tages erreichten wir Siracosa. Ich sorgte
für die Unterkunft Irene's und der Kinder in einem
albergo; schwer ermattet, mehr gemüthlich, als körper=
lich, fiel ich nach einer trotzdem bis über die Hälfte

durchwachten Nacht gegen Morgen in tiefen Schlaf, aus
dem ich erst zu mir kam, wie die Sonne schon seit
Stunden am Himmel stand. Mechanisch machte ich
mich auf den Weg zum Intendanten, ihm für seine
Hülfsleistung zu danken; er erwiderte mit artiger
Liebenswürdigkeit, doch augenscheinlich zerstreut: „Ich
stehe in Ihrer Schuld, denn Sie haben uns einen
größeren Dienst geleistet; freilich vorhalten wird er
nicht lange, die Augen der Leute drüben leiden etwas
zu sehr an Kurzsichtigkeit, und man rottet einen
Schwarm von Hornissen nicht damit aus, daß man
eine mit dem Blaserohr umbringt. Dazu müßte man
alle Nester verbrennen, und es sind ihrer ein bischen
zu viele dafür." Er hatte merklich bereits genaue Be=
nachrichtigung empfangen, doch war er ohne Ahnung, daß
mir in Wirklichkeit kein beabsichtiges Verdienst um die
Regierung zukam, dessen ich mich sicher nicht schuldig
gemacht haben würde. Ihn darüber aufzuklären, hielt
ich indeß für überflüssig, sondern bat nur um Aus=
kunft, wann ein Schiff nach dem Norden abgehe, da
eine deutsche Dame, die mit von Ch—e gekommen,
baldmöglichst abzureisen wünsche. Lächelnd entgegnete
der Intendant mir, er sei davon unterrichtet, da er schon
heute in der Frühe das Vergnügen gehabt habe, Frau

von G. zum Zweck der nämlichen Erkundigung bei sich
zu empfangen, aber er bedaure mir antworten zu
müssen, daß grade vor einer Stunde ein Dampfer nach
Neapel abgefahren sei und voraussichtlich erst in einigen
Tagen sich wieder eine Schiffsgelegenheit dorthin biete.
Er werde sich aber angelegen sein lassen, mich von
dieser rechtzeitig zu benachrichtigen, und bitte mich, über
Alles in seinen Kräften Stehende zu verfügen.

Warum ich meine Wasserleitungsarbeit unvollendet
verlassen habe, fragte er nicht; es schien ihm selbstver=
ständlich und ebenso gleichgültig zu sein. Ich fühlte,
daß er, von wichtigeren Dingen in Anspruch genom=
men, mich fortwünschte und ging zum albergo zurück,
mich zu erkundigen, ob Irene sich noch auf ihrem
Zimmer befinde. Denn ich ertrug's nicht länger, hatte
den Entschluß gefaßt, um jeden Preis das Schweigen,
in das sie sich gehüllt, das Dunkel um sie und in
mir zu lichten. Der cameriere sah mich erstaunt an
und erwiderte, wie etwas, das ich nur augenblicklich
vergessen haben müsse, die Signora sei schon vor zwei
Stunden aus dem Gasthof aufgebrochen, um mit dem
Dampfschiff nach Napoli abzufahren, nachdem sie ihre
Rechnung berichtigt und ihm eine gute ‚mancia' ge=
geben.

Das Letztere fügte er hörbar zur Nachahmung für mich hinzu. Ich habe sie niemals wieder gesehen.

*　　　　*

*

Später erfuhr ich von dem Intendanten, daß sie auf ihren Wunsch durch ihn mit Geldmitteln versehen worden war. Herr von G. mußte von der napolitanischen Regierung großer Dienstleistungen halber sehr geschätzt sein, wie es mir den Eindruck erregte, als ein besonders zu wichtigen und ebenso unehrenhaften Zwecken verwerthbarer emissario. Von seinem Verhältniß oder vielmehr dem völligen Auseinanderbruch zwischen ihm und seiner Frau war meinem Berichterstatter nichts bekannt, und er hatte ihr bereitwillig auf die Verdienste des Ersteren hin das zur Fahrt nach Neapel Erforderliche ausgehändigt. Zugleich war er — ich vernahm's nicht direct aus seinem Munde, aber konnte es unschwer heraushören — ihrem Wunsche nachgekommen, daß er Niemandem etwas von ihrer Abfahrt mit dem bereitliegenden Schiffe mittheilen möge. Mit dem Lippenspiel eines feinen Bonvivants äußerte er, leicht seufzend: „Una signora bellissima, una madonna, der auch das Alter wohl zu Willen sein mußte. Nur ein wenig

zu bleich — ahimè, wie müßte sie mit liebeglühenden
Wangen die Jugend entflammen! Oh la giovinezza
passata — passata come il governo reale di Sicilia!"

Das fügte er mit einem zweiten, doch wie es
schien ihm nicht sehr aus dem Herzen kommenden Seuf=
zer nach. Er hatte mir um acht Tage später Nachricht
zustellen lassen, daß wieder ein Dampfer zur Abfahrt
nach Neapel bereit sei, und überrascht fand ich auf dem
Schiff den Intendanten selbst mit der Mehrzahl seiner
ihm untergebenen Beamten vor. „Facciamo una pic-
cola passeggia alla città dei piaceri!" (das bedeutete
nach volksthümlicher Bezeichnung Neapel) lächelte er
mir als Gruß entgegen. Mit seinen Begleitern ge=
hörte er zu den Ratten, die noch rechtzeitig das sinkende
Schiff verließen. Am nächsten Tage, dem 12. Januar
1848, dem Geburtstage des Königs Fernando, ward
von allen Glocken Palermo's Sturm geläutet; unter der
Führung Ruggiero Settimo's und mehrerer mit ihm
vereinigten Herren des höchsten Adels erhob sich die
ganze Bevölkerung der Hauptstadt Siciliens wie ein
Mann, erklärte den König als abgesetzt, das Haus
Bourbon für immer des Thrones verlustig, und blitz=
schnell folgten alle Städte und Ortschaften der Insel bis
auf die letzte dem ertheilten Signal nach. Der überall

verbreitete Geheimbund der „Tricolore," dem auch ich
durch Maso's Vorsorge angehörig erschienen, hatte dem
Spinngeweb unter einem Strohdach geglichen, das einen
hineinsprühenden Funken im Nu zum Brande des ganzen
Hauses auflodern läßt. Doch die Augen Pietro Casta=
letto's gewahrten dies Abbild eines Aetnaausbruches
nicht mehr, obwohl derselbe von ihm mit am eifrigsten
vorbereitet worden. Er war kein gewöhnlicher ‚brigante‘ gewesen, sondern Alles, was er den Anhängern
der napolitanischen Regierung als Räuber abzunehmen
vermocht, in eine Schatztruhe zur Befreiung seines Vater=
landes von brutalster Mißherrschaft geflossen. Aber
tragisch büßte er kurz vor dem Ziel seines patriotischen
Trachtens durch meine unwillentliche Veranlassung eine
Schuld, deren er sich wirklich theilhaft gemacht.

Das lag mir damals freilich noch in unerhellbares
Dunkel gehüllt, und Jahre vergingen, ehe es sich mir
lichtete. Als ich in Neapel landete, durchwogte eine
unermeßliche, wie Meeresbrandung tosende, zischende,
heulende, donnernde Volksmenge mit dem Ruf: „Sicilia! Sicilia!" den Toledo, stürzte sich gleich brüllenden
Wildwassern aus allen Bergstraßen der Felsenstadt her=
unter; vom Castell Sant Elmo flatterte ein riesiges
blutrothes Banner. Die Minister waren abgetreten,

der Polizeichef bei Caretto zu seinem Schutz verhaftet und bei Nacht heimlich auf ein nach Livorno ab= segelndes Schiff gebracht worden. Der Verlauf der muthvoll und ruhmvoll auf Sicilien gegen eine un= menschliche Bedrückung begonnenen Revolution, ihre schließlich trotzdem und in fast unbegreiflicher Weise erfolgte nochmalige Niederwerfung durch die Waffen der alten Soldknechte Europa's, welche das Schand= regiment wieder einsetzten und noch für länger als ein Jahrzehnt aufrecht erhielten, das gehört der Geschichte an. Sie lehrte mich nachträglich, daß es noch weniger wünschenswerth sei, in Italien den Namen eines Svizzero, als den eines Austriaco zu tragen.

Auch ich benutzte eine der nächsten Fahrgelegen= heiten, von Neapel weiter zu gelangen, und befand mich eine Woche später auf deutschem Boden.

*   *

*

Etwas über zwei Jahre nachher empfing ich eines Tages durch die Post einen Brief, dessen Ueberschrift bereits ein Datum vom Sommer 1848 trug. Er ent= hielt keine Anrede und lautete:

„Ich schulde Ihnen und mir selbst diese Erklärung,

denn durch meine Schuld sind Sie zur Aufgabe Ihrer Arbeit veranlaßt worden und in höchste Lebensgefährdung gerathen. Sie haben mir ohne zu zaubern die größten Opfer gebracht, und ich hätte Ihnen gern anders gedankt, wenn ich dazu fähig gewesen wäre. Es ist ein schweres Bewußtsein für mich, daß ich Ihre Zuneigung genährt und zu einem Zweck, den ich für mein Kind und für mich allein nicht zu erreichen vermochte, benutzt habe. Aber ich konnte nicht anders, das soll Ihnen das Nachfolgende aufhellen. Und ich war zu jener Zeit nicht Herrin meines Denkens und Wollens — zwiefach nicht — bin es auch heute noch nicht.

Meinem Mann bot sich, nachdem er seinen Abschied nehmen gemußt, durch alte Familienverbindung Gelegenheit zu einem einträglichen Unternehmen in Sicilien. Ich hätte ihn erkannt haben, mich weigern sollen, ihm zu folgen; doch ich war jung, unerfahren und leichtgläubig, ließ mich von den Versicherungen seiner Schuldlosigkeit, einer glänzenden Zukunft für Gertrud, die damals zwei Jahre alt ward, bethören. Er wußte, wie mein Leben als an meinem Höchsten an dem Kinde hing, und verstand es zu benutzen. Ich bin überzeugt, daß er mich nur deshalb durchaus mit sich nehmen wollte, weil er sein späteres Thun bereits

im Gedanken trug, in irgend einer Weise ausführen
zu können hoffte. Wirkliche Liebe für mich hat er nie
besessen; solchen Gefühls war er nicht fähig. In ihm
lebte nichts als die niedrigste Selbstsucht, die vor
keiner Schändlichkeit, vor keinem Verbrechen zurück=
schreckte.

Wir wohnten zuerst ein Vierteljahr lang in Pa=
lermo; er besaß dort bald Beziehungen mir nicht
deutlicher Art zu manchen Leuten, die oft in unser
Haus kamen. Einer darunter erregte mehr als die
Andern meine Aufmerksamkeit; er besuchte meinen Mann
stets nur zur Nachtzeit, und es mußte eine besondere
Bewandtniß mit ihm haben, denn der Name, unter
dem er mir einmal vorgestellt wurde, machte mir den
Eindruck, nicht sein wirklicher zu sein. In seiner Er=
scheinung, einem seltsamen Zauber seiner Sprache, seines
ganzen Wesens übertraf er weit alle mir sonst bekannt
gewordenen, meistens wenig anziehenden Italiener,
doch bekam ich eine Scheu vor ihm durch seine heiß=
funkelnden Augen, die er bei häufigem Wiederkommen
manchmal sonderbar und erschreckend auf mich geheftet
hielt. Das äußerte ich meinem Mann und bat ihn,
den Herrn nicht mehr mit mir zusammen zu bringen.
Aber er entgegnete, gerade dieser sei ihm für sein Vor=

haben besonders wichtig, und es würde beleidigend für
ihn sein, wenn ich mich aus seiner Gesellschaft zurück=
zöge. Ich müsse durchaus, schon zu Gertrud's Bestem,
meine, übrigens völlig grundlose Abneigung über=
winden.

Eines Tags, es war im Anfang des April, hielt
ein Wagen vor der Thür, und mein Mann überraschte
mich damit, daß er uns auf eine Geschäftsreise mit
in's Innere der Insel nehmen wolle. Ich freute mich
über dies Zeichen seines Bedachtseins, mir eine Freude
zu bereiten, auch darauf, die Natur draußen im Früh=
ling kennen zu lernen; so traf ich arglos rasch An=
stalten, uns für die Fahrt bereit zu machen. Sie war
sehr schön und dauerte sechs Tage, bis wir nach Ch—e
kamen; dort führte er mich in die Ihnen bekannte,
reich eingerichtete Tenuta, fragte ob sie mir gefalle und
sagte plötzlich danach, sie gehöre mir, er habe sie zum
Sommeraufenthalt für Gertrud und mich ausstatten
lassen, doch bis hierher davon geschwiegen, um mich
nicht unnöthig zu erschrecken. Palermo sei nämlich seit
einigen Wochen von einer überaus bösartigen Kinder=
krankheit, an der täglich Hunderte stürben, heimgesucht
und deshalb unumgänglich geboten gewesen, uns mög=
lichst weit von der Ansteckungsgefahr in Sicherheit zu

bringen, bis die Epidemie erlösche. Hier würden wir
in gesündester Luft und zwischen schönster Pflanzenwelt
ruhig leben können, so daß er uns unbedenklich zurück=
lasse, um, so oft es ihm möglich werde, zum Besuch zu
uns herüber zu kommen; seine Geschäfte führten ihn
häufiger in die Nähe. Ich erschrak nachträglich dennoch
heftig über die Gefahr, in der ohne mein Wissen und
Hören davon Gertrud geschwebt, und glaubte ihm
Alles. Er hatte bis in's Kleinste jede Vorsorge ge=
getroffen — durch einen Geschäftsfreund in der Stadt,
gab er an — zwei Mägde gemiethet, und auf mein
Staunen über den Luxus der Zimmereinrichtung er=
wiederte er, ihm sei in letzter Zeit eine Speculation
glänzend eingeschlagen und für mein Behagen, sobald
die Umstände es erlaubten, ihm nichts zu kostspielig ge=
wesen. In meiner Einfalt fiel ich ihm dankbar und
beglückt um den Hals; er sagte, daß er heut' noch nach
Ragusa müsse, doch am nächsten Tag auf dem Rückweg
nach Palermo noch wieder zu mir komme. So ver=
ließ er uns; ich habe ihn nicht wieder gesehen.

Meine geographischen Kenntnisse vom Innern
Siciliens waren sehr gering, ich besaß keine Vorstellung
davon, wo wir uns eigentlich befänden. Doch galt
das mir vorderhand auch gleich, unser Garten in der

vollen Frühlingsblüthenpracht entzückte mich und noch
mehr durch Gertrud's Jubel darüber, und mit Hülfe
der beiden Mägde rüstete ich mich zunächst, meinen
Mann bei seiner Wiederkehr am folgenden Tage mit
einer festlichen Bewirthung zu empfangen. Der Garten
stand zu Tausenden voll Rosen, ich pflückte sie zu
Sträußen und Kränzen, schmückte mich selbst damit;
doch es ward Abend, ohne daß der Erwartete kam, ich
mußte schließlich für wahrscheinlich annehmen, er sei
zurückgehalten worden, werde erst um einen Tag später
eintreffen. Gertrud schlief schon lange, die Mägde
waren ebenfalls zu Bett gegangen und das Thor verschlossen; so bereitete ich mich auch zur Nachtruhe.
Aber dann klang plötzlich durch die Stille draußen
auf dem Flur doch noch ein Fußtritt; es konnte kein
anderer sein, als der meines Mannes, der einen
Schlüssel zum Thor besitzen mußte, und ich erhob mich,
ihm entgegenzutreten. Die Thür ging auf, und nicht
er, sondern Er, der Gast, den ich in Palermo instinktiv zu vermeiden gesucht, stand auf der Schwelle.
Seine schwarzen Glutaugen flammten mich noch
heißer als je zuvor an, und er sagte: „So dachte ich
Dich zu finden — Du hast mich erwartet und Dich
mit Rosen für mich geschmückt."

Ich flog vor ihm zurück, begrifflos, wie betäubt.
Wie viel Zeit verronnen, weiß ich nicht, bis mir aus
seinen Worten aufging, das Haus und Alles drin gehöre ihm, von Leidenschaft zu mir entbrannt, hatte
er es verschwenderisch für mich ausgestattet, und mein
Mann hatte mich für eine hohe Summe an ihn
verkauft.

Ich muß schreiben, was in der Stunde geschah,
denn es bedingte die nachgefolgten Jahre, enthält den
Schlüssel zu meinem Leben in ihnen. Er — Sie
haben im letzten Augenblick erfahren, wen ich damit
bezeichne — er machte kein Hehl, daß er die Nieder-
tracht meines Mannes voll empfinde, ihn auf's Tiefste
verachte und sich bewußt sei, selbst an mir eine uner-
hörte Frevelthat begangen zu haben. Aber er suchte
die Ehrlosigkeit meines Mannes als Waffe zu ver-
wenden, meine Liebe für ihn zu tödten — das war
nicht mehr nöthig, als ich begriffen, wie mit mir verfahren worden — und er strebte danach, seine eigne
Schuld, den Mißbrauch der Hülflosigkeit, in die er
mich gebracht, zu mildern, für mich auszulöschen durch
glühende Schilderung einer unbezwinglichen Leidenschaft,
die schon bei meinem ersten Anblick in ihm erwacht
und rasch bis zum Vergessen jedes andern Gedankens,

als mich zu erringen, angewachsen sei. Er glaubte, nicht nur das Gefühl für meinen Mann ertöbten, sondern wie bei einer schimpflich verrathenen, wild= erregbaren Italienerin mich durch einen inneren Sturm überwältigen und für sich gewinnen zu können. Ich brauche nicht zu sagen, daß es ihm nicht gelang, daß er nicht wußte, was deutsche Frauennatur sei.

Aber etwas Andres wußte er, zweifellos hatte mein Mann ihn davon unterrichtet. Als er sein Trachten umsonst erkennen mußte — das Blut war ihm zu immer heißerem Roth in die Schläfen geschossen, ich sah die Abern in ihnen hämmern — da sprang er, plötzlich die Lampe ergreifend, jäh auf und stürzte in's Nebengemach. Ich wollte seine Abwesenheit nutzen, um zu entfliehen, doch eine dunkle grauenvolle Angst hielt mir den Fuß, die Seele gelähmt — und da kehrte er auch schon zurück, Gertrud, aus dem Bette gerissen, mit sich tragend. Irrlobernden Blicks trat er auf mich zu, seine andre Hand zog einen Dolch aus dem Gurt und vom Mund kam ihm: „Wenn Du mich verschmähst, thust Du's für das Leben Deines Kindes."

Ich weiß heute nicht, ob es ihm ernst gewesen oder ob er mich nur schrecken gewollt und das sicherste Mittel dazu kannte. Unmöglich ist das erstere nicht, denn ich

erfuhr später, daß seine Natur zu Handlungen be=
sinnungsloser Uebermannung fähig sei — damals sah
ich ihn im nächsten Augenblick seine Drohung aus=
führen, ein Schrei zersprengte mir die Brust und ich
fiel ohnmächtig vor seinen Füßen zu Boden. Als ich
zu einer halbdämmernden Erkenntniß zurückgelangte, lag
ich auf einer Ruhbank ausgestreckt und fühlte meine
Hände, meine Lippen mit Küssen bedecken. Während
ich der Sinne beraubt gewesen, hatte mich doch das
Bewußtsein einer ungeheuren, wie in einem Ent=
setzenstraum mich umkrallenden Todesangst nicht ver=
lassen — ich hörte ein wimmerndes Schluchzen meines
Kindes und weiß, daß ich mit einem irren Ruf auf=
gefahren bin: „Sie lebt noch —"

Sie werden nicht von mir fordern, daß ich Weiteres
hinzufüge. Er blieb den nächsten Tag hindurch und
verließ mich vor dem Anbruch des zweiten Morgens.
Als er ging, wußte ich noch nicht, wer er sei, aber
daß ich mich vollständig in seiner Hand befinde, die
von ihm angestellten Mägde, ihm blind ergeben, mich
in einem Gefängniß bewachten. Scherzenden Tones
sagte er bei'm Abschied: „Du wirst nicht von hier fort
wollen, denn ich weiß, wie Du für Gertrud bangst,
und draußen vor dem Thore hält sich ein Adler

15*

auf, der auf sie niederstoßen würde, sobald sie hinaus=
käme."

Sie haben mich um mehr als zwei Jahre ebenso
gefunden, wie damals am ersten Tage, nur in der
immer unabweisbarer mir gewordenen Erkenntniß, daß
ich machtlos sei, ohne Hülfe von außen zu entfliehen.
Um Gertrud's willen; ich hätte keine Gefahr, den
sicheren Tod nicht gescheut.

Mir schienen es nicht zwei, sondern zwanzig Jahre;
ich sagte Ihnen, daß ich viel älter wäre, als man
mir ansähe. Wie ein Knabe noch kamen Sie mir gegen
mich vor.

Für Gertrud mußte ich leben, und im Gang der
Zeit stieg meine Angst um sie immer höher, zu krank=
hafter Ueberspannung an; ich zitterte in Unruhe, wenn
ich nicht ihre Hand in meiner hielt. Auch das haben
Sie manchmal erfahren.

An keinem Tage war ich vor seinem plötzlichen
Kommen sicher. Einmal jedenfalls erschien er in jeder
Woche, um kürzer oder länger zu bleiben, stets durch
den verborgenen Gang, und immer kam er und ging
er wieder im Nachtdunkel. Dann erfuhr ich auch
weßhalb, wer er sei, woher seine geheime Macht über
seine Landsleute stamme. Jeder hätte ihm willenlos

gehorcht, wie Domenica, für die er mehr als ein
Heiliger, ein Gott war. Ein neuer Schauder faßte
mich vor ihm an, in der Vorstellung sah ich Blut an
seinen Händen. Wenn er vielleicht auch kein gewöhn=
licher Brigant war, mußte das, was er that, ihn doch
zu Allem, jeder Grausamkeit fähig machen.

Bald nachdem das neue Jahr angebrochen, gab ich
einem Kinde das Leben, seinem Sohn. Ich fragte
nicht nach ihm, als ich zu mir kam, überließ ihn Do=
menica. Monate sind vergangen, eh' ich den Knaben
gesehen; es war nicht meiner, ein fremdes, verhaßtes
Geschöpf.

Mein einziges Denken ging auf die Flucht mit
Gertrud. Doch sie heimlich zu bewerkstelligen oder
Beistand bei der Behörde in der Stadt zu finden, war,
wie ich mir klar sagen mußte, gleich unmöglich. Wie
sollte ich mit der Kleinen allein viele Tage lang durch
das fremde Land entkommen? Unfehlbar hätte ‚der
Adler' uns erspäht, mit seinen blutigen Fängen gepackt,
in seinen Horst zurückgeschleppt.

Ich mußte auf Anderes sinnen, und langsam reifte
ein Gedanke mir. Es gab kein Mittel, uns zu be=
freien, für dessen Anwendung ich nicht ein Naturrecht
in mir trug; das durchdrang mich allmählich zur un=

erschütterlichen Ueberzeugung. Nach fruchtlosen Ver=
suchen gelang's, mir unbemerkt eine Pistole zu ver=
schaffen, und ich war entschlossen. Als er das nächste
Mal gekommen und in Schlaf gefallen lag, stand ich
vor dem Bett, bereit, die That auszuführen. Ich hatte
ein Licht angezündet, um meines Zieles sicher zu sein;
allen in mir angehäuften Haß und Abscheu vor ihm
rief ich mir wach, die Ruchlosigkeit des Verbrechens,
das er an mir begangen und fortbeging, und ich richtete
die Waffe gegen seine Stirn. Doch zugleich ließ wohl
der Lichtstrahl ihn die Augen aufschlagen, daß ich
schreckdurchzuckt zusammenfuhr. Er sah mich groß an,
ohne sich zu regen, und ich blieb ebenso unbeweglich,
von der Furcht festgebannt, er werde, sobald ich den
Finger rühre, aufspringen und ich ihn verfehlen. Dann
indeß schloß er ruhig die Lider wieder herab, und nun
konnte ich ihn sicher treffen. Aber wie ich im Begriff
stand, abzudrücken, durchbebte mich plötzlich vom Kopf
zum Fuß ein Gedanke, etwas vorher nicht von mir Be=
dachtes, erst auf einmal Kommendes. Sein Tod war
nur eine rächende Vergeltung, brachte uns keine Frei=
heit. Im Gegentheil — die Mägde mußten von dem
Schuß erwachen, riefen Leute herbei, man ergriff uns,
tödtete uns, nicht nur mich, sondern in blinder

Wuth auch Gertrud. So nicht — so ging es nicht —
zu besserer Zeit, wenn die Mägde einmal fortgeschickt
waren — auf andre Weise — vielleicht durch ein
Gift —

Zitternd löschte ich das Licht, verschloß die Pistole.
Am Morgen lächelte er mich an: „Heut' Nacht hatte
ich einen närrischen Traum, Du standest vor mir und
wolltest mich erschießen. Aber mein Täubchen that's
nicht, das ist nicht Taubenart. Es weiß, wie ich
es liebe — küsse mich für den thörichten Traum,
Liebste!"

Als er mich vor dem Ausgang der folgenden Nacht
verlassen, fiel ich haltlos auf die Knie. In meinem
Kopf hämmerte es wie beginnender Irrsinn, denn in
mir schrie's, es sei ein Betrug, nicht wahr gewesen,
daß ich aus Furcht vor dem Erwachen der Mägde
meine Absicht nicht vollbracht habe. Umsonst suchte ich
mich zu übertäuben, ich sei davor zurückgeschaudert,
einen Menschen zu ermorden, zur Mörderin zu werden.
Auch das war Lüge — ich hatte es nicht gekonnt.

Wie ich das letzte Wort hinschreibe, liegt in ihm
das Entsetzliche, die Lösung des Räthsels, als das ich
Ihnen bis heute in der Erinnerung sein muß, die
Marter, die von jenem Tag für mich begann, gegen

die alles Vorhergegangene gering gewesen. Mit aller
Kraft nahm ich's mir vor, bei dem Leben Gertrud's
leistete ich mir einen Schwur, den Vorsatz, bei dem
mich die Schande jener Schwäche übermannt, dennoch
auszuführen; rastlos ersann ich Pläne, wußte Umstände
zu bewirken, die sicher und für uns gefahrlos das Ziel
zu erreichen verhießen. Aber im Augenblick, wenn es
geschehen sollte, konnte ich nicht. Denn ich haßte, ich
verabscheute ihn, wie nichts Zweites in der Welt, mehr
noch als meinen Mann. Doch tödten konnte ich ihn
nicht, weil ich ihn liebte.

Verurtheilen Sie mich nicht nach gewöhnlichem
Brauch, denn es war nicht Gewöhnliches, von andern
schon Erlebtes, was mir zugemessen worden und mich
unter seinen Zwang band. Ich weiß nicht, wie andere
Frauen ihr Innerstes dagegen behauptet hätten. Meine
Natur war zu schwach, Jahre hindurch bei ihrem
Widerstand zu beharren, und ich glaube, sie sprach die
Natur unsres Geschlechtes aus. Ich will nichts verhehlen; mein Trachten, ihm zu entkommen, mein Haß
gegen ihn und der Abscheu über die Gewalt, die
Schmach, die er mir angethan, blieben immer die
gleichen, aber ich bebte bei der Vorstellung, es könne
eine seiner schönen Landsmänninnen, wär's auch nur

flüchtig, eine Leidenschaft in ihm entflammen, daß er
sie mit sich in seine Bergwildniß führe. Und wie ich
vor seinem Kommen bangte, so befiel mich ein Zittern,
wenn er länger als gewöhnlich von mir fortblieb. Daß
ich Ihnen dies ausgesprochen, enthält eine Abbüßung
der Schuld, die ich an Ihnen begangen. Es offenbart
Ihnen zugleich, mit welchem Gefühl ich Ihre wachsende
Zuneigung zu mir erkennen, was es mich kosten mußte,
sie zu fördern.

Vergeben Sie mir! — ich brauchte Hülfe — gegen
mich selbst, und für Gertrud hatte Sie mir der Himmel
zugesandt. Und ich fühlte, daß es letzte Zeit sei, daß
meine Kraft, mein Wille zu Ende gingen; noch kämpften
sie, doch mein Herz wußte, was das Blatt, das Sie
mir brachten, von Ihm sprach, sei wahr. Um Monate,
vielleicht um Wochen später, wäre ich auch nicht mehr
zu dem Entschluß fähig gewesen, ihm zu entfliehen —
selbst für Gertrud nicht.

Ich ahnte, daß er, da seine politischen Zwecke zu
jener Zeit ihn länger als je sonst ferngehalten hatten,
in der Neujahrsnacht kommen werde, sie bei mir zu=
zubringen, deßhalb drängte ich so zu unserm Aufbruch
in der Nacht vorher. Der Himmel wollte es nicht,
sonst wäre Alles anders geworden; heute danke ich's

ihm. Doch hätte ich damals geahnt, was Sie ohne
mein Wissen gethan — ich glaube, daß ich mich nicht
bezwingen gekonnt haben würde, ihn rechtzeitig zu
warnen, auf die Gefahr, Gertrud, mich und Sie in's
Verderben zu stürzen. In der ungeheuren Aufregung
der letzten Nacht, als ich durch sein plötzliches Er=
scheinen unsre Flucht vereitelt sah, versuchte ich be=
sinnungslos und sinnlos noch einmal mit der Waffe
in der Hand ihm zu trotzen. Sie wurden Zeuge, um=
sonst; und Sie hörten, daß er wußte, ich könne
es nicht.

Dann lag er todt da, und mein Herz schrie auf,
was es dem Lebenden nie gesprochen, daß ich ihn ge=
liebt. Und ich that, was ich dem Lebenden nie ge=
than, meine Arme schlangen sich um ihn.

Sie selbst hatten ihn nicht getödtet, aber durch Ihr
Thun war es geschehen. In jenem Augenblick, in
jenen Tagen fühlte ich mich durch Sie zur Witwe
geworden.

Mehr nicht — ich wollte nur meine Pflicht er=
füllen, die ich bei'm Gedanken an Sie empfand —
und habe keinen Vorwurf für Sie, nur Dank. Auch
dafür. daß Sie Cecco — ich nenne ihn Franz heut'
— mitgenommen und mir erhalten haben; ich hätte

in jener Nacht nicht an ihn gedacht. Aber seit ihr
ist er mir zu meinem Vermächtniß, zu meinem Kinde
geworden, und ich will ihn lieben wie Gertrud. Das
ist der einzig gebliebene Inhalt meines Lebens. Ein
kleines Besitzthum, das mein Mann nicht an sich zu
bringen vermochte, habe ich noch in Deutschland vor=
gefunden; für meine Kinder suche ich hinzuzuer=
werben.

Ja, vergeben Sie, und leben Sie wohl! Finden
Sie besseres Glück, denn ich wäre keines für Sie ge=
wesen. Ich gedenke Ihrer in dankbarer Freundschaft,
aber Sie wiedersehen könnte ich nicht. Versuchen Sie
nicht, mich aufzufinden, es wäre vergeblich; ich habe
einen anderen Namen angenommen, und dieser Brief
wird nicht aus dem Ort abgehen, in dem ich lebe.

In irrer Stunde gab ich Ihnen einen Myrten=
zweig. Wenn Sie ihn noch besitzen, möge er der
Myrte, von der ich hoffe, daß sie Ihnen im Leben
beschert wird, herzlichen Glückwunsch sagen von

Irene.

Erst wie ich endige, kommt mir zum Bewußtsein,
daß auch ich nicht weiß, wo in der Welt Sie sind.
Ich muß mich bemühen, es zu erfahren; so mag viel=
leicht noch lange Zeit vergehen, ehe der Brief in Ihre

Hand geräth. Doch ich werde nicht ruhen, Nach=
forschungen anzustellen, bis er Sie erreichen kann.
Denn er hat nicht nur eine Schuld an Ihnen abzu=
tragen, sondern kommt mit der Hoffnung, in Ihnen
auch für mich Freisprechung von meiner Schuld zu er=
langen."

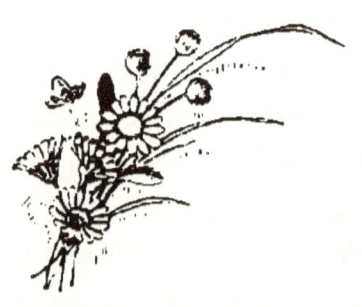

Alt-Florentinische Tage.

Wobei waren und saßen wir nicht schon, wir Erdenbürger?

Bei Großem und Kleinem, Erhabenem und Jämmerlichem, bitter Ernsthaftem und Hochdrolligem. Bei Dem, was die sogenannte Weltgeschichte in ihre sogenannten Marmortafeln eingegraben, wie bei Dem, was sie — d. i. wir — aufzuschreiben vergessen hat. Bei Allem, was je geschehen, waren wir zugegen; denn es geschah nur, weil wir es thaten, oder wenn das nicht, weil wir es sahen und hörten, fühlten und dachten.

Vor fünf Jahrtausenden bauten wir an der Pyramide des Chufu und lauerten uns zur Ausrast von der Sonnenglut=Arbeit in den Schatten der Sphinx, die unsre Hände schon um ferne Tage verschollener Geschlechter zuvor aus dem Stein gehauen. Mit indogermanischen Hirtenstämmen trieben wir, besseres Weide=

land suchend, Rinderherden gegen Sonnenuntergang, gründeten ihrem Aufgang zu mit Fo—Hi, dem Sohn des Regenbogens, das Reich der Mitte, und wir klopften uns Steinhämmer im deutschen Urwald, um das Elenn damit zu schlagen. Im Kraal der Busch= männer saßen wir vor Hunderten von Geschlechtern; unter phönizischen Segeln suchten wir mit Hiram die Wunderküsten von Ophir. Höchste Göttertempel sahen wir wundersam vollenden und als menschenlos ver= ödete Trümmerreste der Wüste; wir sahen Hasdrabul ruhig den Giftbecher an die Lippen setzen, hörten Aspasia's Beredtsamkeit, daß sie die Götter nicht ge= lästert, und das Lächeln der Richter über die anmuth= reiche Ironie ihres Mundes. Unsre Ohren lauschten der Verfluchung der Arianer auf dem ersten niläischen Concil und vernahmen die ehrenvolle Anerkennung der Mosaikbildnisse von verdienstvollen Heiligen auf dem zweiten; wir standen neben dem Connetable von Bour= bon, wie er, zu Tod getroffen, von der schon damals mehr denn jahrtausend alten Mauer der urbs orbis herabstürzte, und wir waren dabei, als in dieser Tullia d'Aragona in einer Bodenkammer der ärmlichen Gast= wirthschaft drüben über'm Tiber den letzten Athemzug that. Den roi du soleil sahen wir, nachdem er sich

selbst überlebt, unter dem Genäsel einer verwelkten
Puhl= und Betschwester sterben und den Weisen von
Sanssouci menschheitverachtend die Ableraugen zu=
schließen. In Stratford geleiteten wir den Schwan
vom Avon zur Ruh, und einfach und menschlich, ohne
irgend ein besondres Vorgefühl, freuten wir uns mit
der Frau Rath, als sie einem Söhnlein Johann Wolf=
gang zum Leben verholfen.

Aber trotz der unermeßlichen Mannigfaltigkeit dessen,
was wir mit sahen, hörten, fühlten und dachten, war
es im Grunde doch nur eine rastlose Wiederholung des
immer Gleichen. In welche Zeit auch die Vorstellung
zurückgeht, von der Sonne, ihrem Morgen= und Spät=
licht, ihrem Mittagstraum und ihren Abendschatten,
kann sie stets sich das nämliche Bild gestalten. Und
ebenso von uns, den Kindern der Sonne, die wir zu
kommen und zu gehen scheinen und doch immer gleicher=
weise da sind. Ein bißchen verschieden an Gestalt und
Gesichtszügen, Haar und Augen, Gedanken und
Empfindungen, wie an Gewändern und Bräuchen. Doch
das, wonach die Sonne in Allen den Saft des
Lebens schwellen läßt, ist immer dasselbe, Leid zu
meiden und Glück zu suchen: Unsere ganze Ge=
schichte liegt in wenig Worten enthalten: Entbehrung

und Befriedigung, Sorge und Tröstung, Trauer und
Freude.

*   *

*

Und wie wir's auch seit länger als einem Jahr-
tausend gethan haben, sitze ich heut' auf einem der
Hügel über Florenz und schaue auf den glitzernden
Arno hinunter.

Der April neigt zum Ende; wie blühen und
leuchten die Rosen um Florenz! Es ist, als habe auch
ihr Duft sich seit einem Jahrtausend angesammelt, die
Sonnenluft und die Menschensinne traumhaft zu um-
weben.

Unter den silbergrauen Oliven die grüne Saat:
zwischen ihren Halmen flammt die hohe, schöngebogene
Blüthenähre des rosigen Frühlingsgladiolus. Eine
Feldblume — ‚un' fiore cattico' nennt der Italiener
sie — doch anmuthreich in Form und Farbe, wie es
die padronessa der florentiner Welt, die Grazie, Allem,
auch den Kindern der Natur zum Gebot macht.

In unermeßlichem Rundbogen umschließt der
Apennin die Arnostadt. Aus der Weite gesehen, gleicht
sie einem großen iribisirenden Chalcedon, den ein dicht
mit Perlen besetztes Geschmeide einfaßt. So schlingt

der nächste Hügelkranz sich um sie, überall von weißen
Villen und grauem bethürmtem Gemäuer blitzend und
blinkernd. Wohin der Blick geht, staffeln sich an den
Olivengeländen Menschenbehausungen empor, tausend=
fältig, unzählbar, erst neuer entstanden oder schon lang
so gewesen. Sie hängen an den grünen Lehnen und
krönen die Gipfel, alle in Gärten gebettet, aus denen
Cypressen wie schwarze Flammenzungen aufsteigen. Da
und dort wölbt die Pinie ihren Dachschirm dazwischen;
aus dem dunklen immergrünen Laub des Lorbeers, der
Myrte, der Magnolien hebt sich das Hellere, Neuent=
sprossene der Akazien und Linden, der Edelkastanien
und Nußbäume, der Mandeln und Pfirsiche hervor;
silbernen Schimmer streuen die Agave, die Dracäne,
die Tamariske hinein, goldenen der Ginster. Hin und
wieder streckt eine Palme die Blätterhände aus; süßer,
oft fast zu starker Duft entströmt auch unschein=
barem Kraut. Die Sonne ruft in jedem Winkel
liebliche, lachende, leuchtende Blüthenköpfe aus dem
Erdschooß.

Um dies weitgedehnte Glanzbild legt der Apennin
rundhin seinen schirmenden Wall von Bergketten und
Kuppen, langgewölbten Rücken und vielgegliederten
Gipfeln. Alle Linien fügen sich, wie von Künstler=

16*

hand entworfen, zu weichem, harmonischem Uebergang
aneinander, die letzten verschwimmen gleich duftigem
Gewölk oder nebelnden Schatten den Meeren im Westen
und Osten entgegen. Von einem alten Thurm steigt
ein goldbrauner Fall senkrecht empor und steht, dem
Auge nur mehr wie ein winziges Insect erscheinend,
in hoher Sonnenluft. Zur Rechten und zur Linken
sieht er beide blaustrahlende Flächen, blickt nach dem
mare Ligure und dem mare Adriatico hinüber.

* *

*

Es rauscht der Regen auf Florenz;
Sein Sonnenkleid that ab der Lenz
Und hüllt sich in dunkle Flöre.
Blau flammt der Blitz vom Apennin,
Und nebelnde Gestalten ziehn;
Der Wind murrt dumpfe Chöre.

So düster regt der alte Thurm;
Es wiegen seufzend rings im Sturm
Tiefschwarz sich die Cypressen;
Gebettet um sie stumm und weit
Entschwundenes Glück, entschlafenes Leid,
Vergangen und vergessen.

Von meinem Thurm schau' ich hinab
Auf jener fernen Tage Grab;
Drob ziehen die Nebelgestalten.

Grau rauscht der Regen auf Florenz,
Doch über der Gruft lacht einstiger Lenz —
Ich such' ihn zu fassen, zu halten.

*   *

*

Der alte Thurm, den ich aus dem von mir be=
wohnten Hause nur noch mit der oberen Spitze über einen
Hügelrücken aufsteigen sehe und der bei schwer ver=
hängtem Himmel so düster ragt, ist der des Palazzo
vecchio, des alten Schloßthrones der Signoria oder
mehr Castells von Florenz. Ein gewaltiger, hoher,
finsterer, wehrhafter Bau, den keine heitre Muse sich
zum Sitz errichtet hat, sondern die dira necessitas
des Lebens in fernen, wilden Tagen des Mittelalters.
Sein machtvolles Quadergemäuer, wie ein einziges
Granitfelsstück, bot jedem Ansturm einer nicht mit
Feuerwaffen gerüsteten Zeit unerschütterlich Trotz. Eine
Veste war's, von der aus Jahrhunderte lang die
wechselnden republikanischen, oligarchischen und fürst=
lichen Oberhäupter des Gemeinwesens die Stadt be=
herrschten; zahlreich, fast zahllos drohten andre burg=
artige Behausungen auf die Straßen nieder, doch keine
zweite reichte an das Cyklopenwerk des „alten Palastes'
hinan. Viel buntes Leben verschollener Geschlechter,

viel Ueberschwang jauchzender Lust, auch der Narrethei,
und viel an rothen Blutströmen hat er auf der Piazza
unter sich gesehen. Besonders an dem wilden Tage,
als das tobende Volk da droben aus seinen Fenstern
herab die Mord=Verschwörer gegen Lorenzo di Medici,
Jacopo und Francesco di Pazzi aufhenkte und ihnen
den Erzbischof von Pisa als Dritten im Todes= wie
im Mörderbunde zugesellte. In getreulicher Folge
lösten stets die stürmischen Tage die friedlichen ab,
und dem palazzo vecchio, der sie alle gesehn und an=
gehört, läßt sich seine ernste Miene nicht wohl ver=
denken.

Ein mit wechselvoller Menschengeschichte gedrängt
angefüllter kleiner Erdenfleck ist die piazza della Signoria, an deren Rand es sich eigen .sitzt, besonders
am Abend, wenn schon die Dämmerungsschatten drüber=
gehen und nur ein letzter rother Anglanz noch auf dem
seltsamen breiten Oberstück des Thurmes verblaßt.
Gleich einem riesenhaften Schneemann leuchtet über
den grauen Steinplatten des Bodens ‚il biancone‘, der
gliedergewaltige Neptun, seine ungestüm mit den Nüstern
schnaubenden Brunnenrosse lenkend; überall trifft der
Blick auf alte marmorne oder erzene Gestalten von
Göttern, Menschen und Thieren. Am dichtesten drängen

sie sich aus den weiten Hallenbögen der Loggia dei
lanzi hervor, an deren Rückwand zwischen den leer=
eitlen Gesichtern römischer Cäsarinnen die stolze ‚Bar=
barin‘, das Standbild der ‚besiegten Germania‘, in
ihren Zügen tiefste Trauer mit einer düstren Erhaben=
heit vereinigend, als Ueberwundene den Blick zur Erde
senkt und doch das Gefühl weckt, Zukunft kündend,
als eine Herrin unter hohlprunkenden, schon der
Schattenwelt verfallenen Scheingrößen des Tages da=
zustehen. Der Urheber dieses wundersamen Bildwerkes
muß eine prophetische Empfindung und von dem Ver=
ständniß des Tacitus in sich getragen haben. Er wollte
die ‚devicta Germania‘ in Stein verkörpern, aber er
brachte das Gegentheil zum Ausdruck, die innere Ge=
müthskraft des deutschen Volkes, die als Siegerin heran=
nahte, eine überlebte Welt des nichtigen Scheines zu
stürzen.

Friedlich belebt liegt der weite Platz, der Mittel=
punkt der Stadt, jetzt im Abenblicht da, doch oftmals
überwogte ihn einst das tausendköpfige Getümmel der
Bürger von Florenz, der Granden, Popolanen, Zünfte
und des niederen Volks, wenn mit stürmischem Schwung
die Glocke vom Thurm des palazzo vecchio alle
Männer der Republik zur Versammlung auf's Forum

berief. Hier schollen die Losungsrufe der Ghibellinen und der Guelfen, und wenn sie zwischen den Zähnen heraussprangen, rasselten die Schwerter und Streit= kolben nach, und ein ungeheures Getöse klirrender und zerschmetterter Eisenrüstungen lief an den hohen Palast= wänden des Platzes um. Ueber ihn schritt vor bald sechs Jahrhunderten an einem Märztag, aus seiner Vaterstadt vertrieben, der Ghibelline Dante Alighieri ,al divino dall' umano, all' eterno dal tempo, e di Fiorenza in popol giusto e sano' in die Verbannung.

Das Zwielicht ward schon so grau, daß mein Blick die piazza della Signoria nicht mehr deutlich über= sieht; unerkennbar hebt sich da drüben gegen das über= ragende Mauerwerk hin etwas Dunkles, Schattenhaftes vom Boden. Doch ich brauche nicht hinanzugehen, um es zu unterscheiden, wohlbekannt steht es mir vor dem geistigen Auge, auf hohem, bildreichem Sockel ein von grüner Patina überzogenes Reiterstandbild Cosimo's des Ersten. Ich bin in der Stadt der Medicäer.

*   *

*

Ein Tag steht vor mir, an welchem dies Denk= mal sich noch nicht dort in die Luft hob. Beinahe zwei Jahrhunderte waren nach der Verbannung Dantes

verflossen, der Sohn Genua's rüstete sich, auf westlichem
Wege Indien zu erreichen und fand unterwegs eine
unbekannte Welt. Da trug sich hier auf der piazza
Seltsames zu, wie die vielerfahrene Menschengeschichte
es wohl zuvor doch noch nirgendwo gesehen.

Auch der biancone stand noch nicht drüben über
dem gewaltigen Brunnen, die große loggia ward noch
nicht 'dei lanzi', sondern 'dei signori' benannt, und
keine Marmorbilder leuchteten unter den Bogen ihres
Kreuzgewölbes; auch Baccio Bandinelli hatte noch nicht
den unglücklichen Ehrgeizversuch gemacht, vor dem
Portal des palazzo vecchio mit seinem Hercules die
Gestaltungswucht Michelangelo Buonarrotis zu über-
treffen. Unter der alten Burg erhob sich nur das
Wappenthier von Florenz, der marmorne Löwe aus der
Bildhauerwerkstatt Donatello's und, von der Hand desselben Meisters geschaffen, aus dem Palast der Medici
hervorgeholt, daneben das Erzbild der Judith, deren
Schwert das Haupt des Holofernes vom Rumpf schlägt.
Darunter sprach die Umschrift: 'Exemplum salutis
publicae cives posuerunt MCCCCXCV.' Denn bild-
lich hatten die Bürger von Florenz in dem Jahre ein
Gleiches gethan, wie die Tochter vom Stamme Juda,
ihrer Stadt das Oberhaupt von den Schultern ge-

schlagen, Piero de' Medici, den Urenkel Cosimo's des
Alten, des „pater patriae" mit Waffengewalt vertrieben
und verbannt, und nachdem das Geschlecht der Medicäer
zwei Menschenalter lang dem Gemeinwesen vorgestanden,
war wieder eine vom Volk gewählte demokratische
Signoria im palazzo vecchio eingezogen. Dabei hatte
vor Allem ein seltsamer Mann seine Hand oder mehr
seine Stimme im Spiel gehabt, der Dominikanermönch
Girolamo Savonarola, aus der wunderlichen Gattung
„Mensch" eins der sonderbarst zusammengesetzten Exem-
plare. Als nichtsbedeutend verschrumpfte ihm das Zeitliche gegen das Ewige, und doch glühte er nicht minder
für die weltliche Freiheit des Volks, als sein Eifer sich
darauf richtete, diesem die Freuden des Himmelreiches
zu sichern. Daß der römische Papst die Thürschlüssel
des letzteren zu handhaben behauptete, entflammte ihn
zu höchstem, heiligstem Zorn, doch mit dem Wider-
streit, den er gegen den Stellvertreter Gottes anhub
— schon er war nicht abgeneigt, den Nachfolger Petri
eher als den Statthalter des Teufels zu bezeichnen —
verband er zugleich seinen Predigtkampf gegen den
irdischen Herrn von Florenz, den „Lorenzo il Magnifico',
der Stadt in seinem Sohn Piero hinterlassen. In
Einem war er ein hoher, weitblickender reformatorischer

Geist und ein engherziger, dumpfer, fanatischer Zelot,
seinen Ordensbrüdern, den ‚domini canes‘, den schwarz=
weißen „Hunden des HErrn‘ mit Recht angehörend.
Er haßte das Haus der Medici, weil es Florenz zu
einem Tempel der Schönheit emporgeschaffen hatte, denn
die Schöpfungen der Künste, die Dichtung und Wissenschaft
waren ihm zum Abscheu, ein heidnischer Gräuel und
Baalsdienst, vom höllischen Erzfeind der Menschheit
erzeugt, diese tückisch um ihr Seelenheil zu betrügen.
Und die Macht seiner Ueberzeugung, seiner Donner=
worte und flammenden Augen über die Gemüther wuchs
so allbeherrschend an, daß am Faschingsdienstage des
Jahres 1497 die piazza della Signoria das vielleicht
erstaunlichste und unglaubhafteste Schauspiel sah, das
unter der Sonne jemals von Menschen aufgeführt
worden. Denn auf das Geheiß des schwarzen Kutten=
trägers schleppte, einem vorgetragenen Crucifix Dona=
tello's folgend, unter rothen Kränzen und Oliven=
zweigen die ganze Bevölkerung von Florenz in taumelnd
begeisterter Hast dorthin Alles zusammen, was ihre Häuser
an seelenmörderischen Trugschöpfungen des Teufels ent=
hielten: Gemälde und Bildwerke aus Marmor und
Erz, kunstvollen Hausrath und Teppiche, ruhmvolle
Banner und unersetzliche Bücher, Maskenanzüge, Flöten

und Geigen, Alles thürmte sich zu einem chaotischen Gebirge übereinander — der Pyramide der ‚Vanità‘ — aus der es nach einer Weile zu knistern und züngeln und rauchen begann, bis das Ganze, dem aus= brechenden Vesuv ähnlich, mit einer Flammengarbe zum Himmel loderte. Da stürzten, bacchantisch jauchzend, die Frauen, die Jungfrauen, die Kinder herzu, jede mit ihrem kostbarsten Besitzthum beladen, und sie warfen Brokatgewänder und seidene Decken, goldene Ketten, Armspangen und Edelsteinringe in die prasselnde Glut. Wer nicht freiwillig seinen irdischen Schatzland zur Gewinnung des Himmelreiches bringen wollte, ward zu seinem Heil gezwungen, denn glaubenseifrige Rotten durchstürmten die Stadt, durchwühlten jede Wohnung und brachten in Karren und Körben immer neue Hekatomben von Brandopfern herbei. Unter einer der hohen Bogen= wölbungen der loggia de’ signori, mit dem Strick um die Hüften gegürtet, stand der Veranstalter des unge= heuren Feuerwerks; machtvoller noch als dies strahlte ein überirdisches Glanzlicht unter seinen buschigen Brauen hervor, und der Wink seiner breiten Hand trieb die Lässigen, die Zaudernden zur Eile, zum Entschluß. Dicker Qualm überlagerte das Quartier am Arno, stieg lis über die Thurmhöhe des palazzo vecchio empor.

der durch den Rauch- und Funkenschleier unverwan-
delten Ausdrucks auf das Treiben unter ihm niederblickte, wie auf Alles, was er schon seit Jahrhunderten,
kaleidoscopisch wechselnd, an sich vorüberziehn gesehen.

An jenem Tage waren wir ziemlich hirnverrückt
in unsern Köpfen, wir Erdenbürger.

Um ein Jahr später hob sich an der nämlichen
Stelle ein beträchtlich niedrigerer Scheiterhaufen in die
Luft. Darauf verbrannten wir an einem schönen Tage
gegen das Ende des Mai unter großem Jubel der
Zuschauer den Dominikanermönch Girolamo Savonarola
nebst zweien seiner Ordensbrüder, denn der heilige
Vater Alexander der Sechste war nicht nur ein großer
Freund von Kunstwerken, sondern auch aus dem klugen
Geschlecht der Borgia. Er wußte, daß man unsre
Köpfe nicht zu lange auf die Probe stellen dürfe, und
er verstand sich auf die Heilmittel bei Gehirnkrank-
heiten, die ihren Ansteckungsstoff bis in den Lateran
verbreiten konnten. Quod adhortatio non sanat, ignis
sanat — des ‚ferrum‘ bediente die Kirche sich, als eines
blutvergießenden Remediums, nicht — und so stäubte
der Wind die Asche des Vorgängers des Augustiner-
mönches am palazzo vecchio empor. Der aber sah
auf den schwarzen Kohlenhaufen hinunter, wie er es

ein Jahr zuvor an dem närrischen Faschingsdienstag
gethan. Für seinen Quaderbau war beides Zeitliches,
über dem er als Ewiges, Bleibendes ragte.

*   *

*

Doch von jenen Tagen blieb für lange noch ein
Rauchdunst über Florenz, die Heiterkeit seines Him=
mels umflorend. Die Freudigkeit des Sinnenlebens,
die mit dem steigenden Glanz des Mediceerhauses her=
aufgediehen, um unter Lorenzo dem Prächtigen ihre
Blüthe zu entfalten, wollte nicht wiederkehren; düster
fiel der mahnende, aller weltlichen Lust feindliche
Schatten des Dominikaners noch in die Straßen der
einst so weltfrohen Stadt und in die Seelen ihrer
Bewohner hinein. Ein neues Geschlecht mußte auf=
wachsen, dessen Sinne nicht von dem Brand= und
Grabesgeruch umdumpft worden, das eine Empfängniß=
fähigkeit für die Schönheit und den Liebreiz des irdi=
schen Daseins erst neu wieder aus sich herausgebar.
Und ihren Tag abwartend, saßen die Heraufbringer
einer neuen herrlichen Zeit auch schon in der Stille,
als Knaben und Jünglinge noch in den Lernstuben
und Werkstätten, unbeachtet und unbekannt. Ihre Na=
men sollten das beginnende Jahrhundert erfüllen, doch

um ein Jahrzehnt später erst begann man zu ahnen und zu wissen, was Mariotto Albertinelli, Giacomo Pontormo und Andrea del Sarto seien, was Michel= angelo Buonarroti und Raffaello Santi da Urbino für die Welt zu bedeuten im Schilde trugen. Das Wort, das ein Papst schon vor Jahrhunderten ge= sprochen, die Florentiner seien ein fünftes Element der Schöpfung, hatte sich wohl bereits unter Lorenzo reich bewährt, doch seiner höchsten Bestätigung ging es noch entgegen.

Weiter dehnte das Geschlecht der Medicäer von kleinem Anfang seine Kreise. Aus der Zunft der „Aerzte und Apotheker", der medici, war es hervor= gegangen, trug sechs Kugeln in seinem Wappen, welche die alte Wappenlilie von Florenz schon verdrängt hatten und, sei's im Spott, sei's im Ernst, auf das Gewerbe seines Ahnherrn als Pillen gedeutet wurden. Doch wem es seinen Ursprung danken mochte, fraglos war es trotz seiner bürgerlichen Herkunft seit dem Beginn des 15. Jahrhunderts an Reichthum, Ansehn und Macht weit über alle alten Adelsgeschlechter der Stadt her= aufgewachsen, hatte diese, ohne den Namen von Fürsten zu führen, mit fürstlicher Gewalt beherrscht. Nun zwar war es vertrieben, kehrte in den nächsten Jahr=

zehnten nur zurück, um in wildem Wechsel der Kriegs-
geschichte die wiedergewonnene Herrschaft auf's Neue
wieder zu verlieren. Aber die Zeit nahte heran, in
der Giovanni de' Medici als Leo X. und nach ihm
sein Vetter Giulio als Clemens VII. den päpstlichen
Thron besteigen sollten, und in Florenz hub man an,
sich nach dem goldenen Zeitalter unter dem pater patriae, Cosimo dem Alten, und Lorenzo il Magnifico
zurückzusehnen. Ein Albdruck und ein Angsttraum war
es gewesen, den der eifernde Dominikanermönch als
etwas Fremdes über die lebensfreudige Stadt gebracht;
wer das leichte Blut eines Künstlers und Dichters in
sich trug, wandte sich mit Widerwillen von der Erinnerung an die düstre, tolle Askese ab, und das florentiner
tiner Volk hatte sich lange gewöhnt, in ihnen die
Hohenpriester seiner weltlichen Daseinsführung zu sehen.

Da gewahrte die piazza della Signoria wiederum
einmal sehr Merkwürdiges, noch nie Geschautes; die
Geschichte hat es überliefert, doch ohne eine sichere Deutung des Vorganges zu hinterlassen.

Wie in Rom, waren unter den Medicäern in Florenz die Fastnachtsspiele und -Aufzüge zur Hauptfest-
lichkeit des Jahres geworden. Freigebig öffneten die
reichen Lenker des Staatswesens ihre Schatztruhen, um

die Schaulust der städtischen Bevölkerung durch Ver=
anstaltungen voll Pracht und Glanz zu überraschen,
und mit Jenen verbanden sich die Maler, Bildhauer
und Dichter, dem Faschingsgetriebe Form= und Farben=
reichthum, Geist und Witz zu verleihen. Alles der
Art hatte der „Triumphzug des Bacchus und der Ariadne"
überboten, dessen Urheber Lorenzo il Magnifico ge=
wesen. Er war selbst Dichter, besang die Liebe und die
Natur, die er gleich jener liebte, in schönen Ottaven und
Terzinen, suchte in heitren oder von leiser Schwermuth
überhauchten Idyllen Erholung von den Staatsgeschäften
und streute zwischen diesen leichte flatternde Lieder in
seine Tage. So verfaßte er auch ‚canti carnecialeschi'
und hatte den Personen des von ihm dargebotenen
Trioufo di Bacco e d'Arianna die Verse, die sie
sprachen, selbst in den Mund gelegt. Ein an herr=
lichen Gestalten und zauberischen Gewandungen über=
reiches Wagengepränge war's, das der Verherrlichung
der Liebe, Schönheit, Jugend, des „freudigen genuß=
frohen Augenblicks" Tribut darbrachte, und lange noch,
zum Volkslied geworden, klangen in Florenz von tau=
send Lippen die melodischen Worte der Lebenslust und
süßer Wehmuth nach:

Quant' é bella giovinezza.
Che si fugge tuttavia!
Chi vuol esser lieto, sia:
Di doman non c'é certezza.
Quest' è Bacco e Arianna
Belli, e l'un dell altro ardenti:
Perchè 'l tempo fugge, e'nganna,
Sempre insieme stan contenti!

— — — — — — —

Ciascun soni, balli, e canti.
Arda di dolcezza il core.
Non fatica, non dolore.
Quel c'ha esser, convien sia:
Chi vuol esser lieto, sia,
Di doman non c'è certezza;
Quant' è bella giovlnezza,
Che si fugge tuttavia!

Vergangen und verhallt. Ueber diese heiter dem
„Heute" huldigende Welt der Anmuth war die plumpe
Bärentatze des Domikaners, ein wildes Unwetter mit
Donnergepolter und Blitzschlag, gefahren, der die hirntolle
Faschingspyramide der ‚Vanità' in Flammen gesetzt und
brandigen Qualm über den Dächern und in den Köpfen
von Florenz gelagert. Anderthalb Jahrzehnte unge=
fähr waren seitdem verflossen, und im palazzo vecchio
saß als lebenslänglich erwähltes Oberhaupt der Republik
der nicht mit übermäßigen Geisteskräften von der Natur
ausgestattete Gonfaloniere Piero Soderini. Doch es

grollte weitum von neuen drohenden Gewitterausbrüchen, heimlich und offen kündeten prophetische Stimmen die herannahende rächende Wiederkehr der Medicäer. So kam auch die Carvenalszeit wieder, und in dem Kloster von Santa Maria Novella, im sogenannten Saal des Papstes, saß bei verschlossenen Thüren der florentiner Maler Piero di Cosimo oder Pitro di Lorenzo und schuf mit Beihülfe seiner jungen Schüler Andrea del Sarto und Andrea di Cosimo an einem öffentlichen Aufzug für den Faschingsdienstag.

Dann brach dieser an, und die Straßen der Stadt gewahrten ein unheimlich=befrembliches Bild. Schwarze Büffel zogen langsam einen gewaltigen, mit Todten= gebeinen und weißen Kränzen auf dunklem Untergrund bemalten Triumphwagen, auf dem hoch oben in riesiger Gestalt mit einer Sense in der Knochenhand ein Todten= gerippe thronte. Unter biesem sah man verdeckte Grä= ber, boch wo der ‚carro della Morte‘ anhielt, thaten sie sich auf, und aus ihnen stiegen lange Gestalten empor, in schwarze Leinwand gekleidet, die mit den Todtenknochen der Brust und Rippen, Arme und Beine bemalt war; grausige Masken stierten um sie herum, Fackeln tragend, deren blutiger Schein über den Wagen loderte. Hinter biesem folgte auf hagerknochigen Schind=

mähren mit schwarzen, weißbekränzten Schabracken ein
Geleit von andern Todten, dann eine lange Reihe
schwarzer Fackeln und schwarzer Stanbarten. Von allen
Lippen scholl unausgesetzt ein zitternd dumpfes ‚Mi-
serere‘; harttönige Trompeten klangen bei'm Anhalten
des Gefährtes. Dann richteten die Todten darauf sich
halb aus ihren Gräbern in die Höh', setzten sich auf
den Rand derselben und sangen hohltönig:

Dolor, pianto o penitenza
Ci tormentan tuttavia;
Questa morta compagnia
Va gridando penitenza.
Fummo già come voi siete,
Voi sarete come noi;
Morti siam', come vedete,
Cosl morti vedrem' voi.

— — — — — — —

Se vivendo ciascum muore,
Se morendo ogn' alma ha vita :
Il Signor d'ogni Signore
Questa legge ha stabilita:
Tutti avete a far partita
Penitenza, penitenza!

Die Verse hatte Antonio Alamanni gedichtet, seinem
Namensklang nach von deutscher Abstammung. Was
bezweckte der grabesdumpfe Gesang und der unheimlich-
gespenstische Faschingsaufzug? Wollte er eine mahnende

Erinnerung an die Flammenpredigten Savonarola's von
der Vergänglichkeit und Nichtigkeit alles Irdischen auf=
wecken? Wollte er unter einer Maske androhen, was
Florenz zu erwarten habe, wenn es nicht alle Kraft
daransetze, einer Rückkehr der Medicäer und neuer Ge=
waltherrschaft derselben vorzubeugen? Oder entsprang
das Ganze im eigensten Grunde nur einer parodistischen
Künstlerlaune, die mit souveräner Carnevalsfreiheit
schaltend, Belustigung daran fand, einmal an die Stelle
der Schönheit und Sinnenfreudigkeit ihr Widerspiel,
Tod und Grufthauch zu setzen? Welche Bedeutung die
Urheber unter ihrem Faschingsschaustück geborgen, ist
nie klar zu Tage gerathen, doch seine Wirkung auf die
Einwohnerschaft der Stadt war eine mächtige. Nicht
mit lärmendem Jubel wie sonst begleiteten die Zu=
schauer den „Wagen des Todes“; scheu und stumm
drängten Tausende und Abertausende sich ihm nach auf
die piazza della Signoria, starrten auf den dort am
längsten Halt machenden grauenvollen Anblick und hör=
ten verhaltenen Athems dem düstren Gesang der
Todten zu:

> Dolor. pianto e penitenza
> Ci tormentan tuttavia;
> Questa morta compagnia
> Va gridando penitenza.

Aus dem ungeheuren Gedränge hatte sich eine in römische Tracht gekleidete Frau mit einem etwa sieben= jährigen Mädchen die Stufen der loggia de' signori hinangeflüchtet und die Beiden standen unter dem hohen Bogen auf der Steinplatte, von dem aus einst Savo= narola zu dem Brandopfer seiner Bußpredigten ange= feuert hatte. Einen Augenblick war es jetzt todtenstill auf dem weiten Platz geworden; da sagte, durch die Lautlosigkeit klar vernehmlich, die Kleine mit einer silberhellen Stimme:

„So heißt's ja nicht, Mutter, wie's die häßlichen Leute da singen; es heißt:

> Quant é bella giovinezza,
> Che si fugge tuttavia!
> Chi vuol esser lieto, sia:
> Di doman nou é certezza."

Ueberrascht wendete ein unfern daneben stehender junger Mann, der eben in die Zwanziger getreten sein mochte, sich zu ihr und erwiderte:

„Du hast wohl recht, Kleine, Dein Spruch klingt besser. Wenn ich auch an den Karren da mit Hand angelegt habe, muß ich Dir doch beistimmen."

Der's sprach, hieß Andrea d'Agnolo, doch begann sich als Maler Andrea del Sarto zu benennen. Er richtete an die Mutter des Kindes eine Frage nach:

„Ihr seid wohl fremd bei uns, Signora?"

„Ja," nickte die Angesprochene, „wir sind nur auf der Reise von Siena durch Florenz gekommen."

„Und wie heißt die Kleine?"

„Tullia," gab diese zur Antwort, der ihre Mutter mit einem gewissen stolzen Nachdruck einfallend beifügte: „Tullia d'Aragona."

Der junge Künstler warf noch einen Blick über das reiche rothe blonde Haar, das schon in schwerer Fülle das eigenartige Gesicht der Kleinen umrahmte, aus dem zwei große, dunkle, seltsam leuchtende Augen hervorsahen, und sagte halblaut zur Mutter gewendet: „Sarà bella."

*   *

*

Es ist ein heißer Maitag, und im schmalen Mittagsschatten der alten Häuser mich haltend, kehre ich von San Lorenzo aus den Gruftcapellen des Medicäergeschlechtes zurück. Um mich wogt und lärmt das heutige Straßenleben von Florenz.

Ein bißchen anders nahm sich die Art der Verkaufsläden und die Gewandung der an ihnen vorübertreibenden Menschen aus, doch im Großen und Ganzen war Alles ebenso, als wir an einem glutdurchwirkten

Augusttage unter der Kuppel der genannten Kirche
Cosimo den Alten nach seinem Willen ohne Prunk und
Pomp unter den schlichten Gruftstein legten, wohin wir
ihm um zwei Jahre später seinen greisen Zeitgenossen
Donato di Niccolò, genannt Donatello, zur ewigen Ruh-
gemeinschaft nachbestatteten. Der Raum erscheint als
ein fast vier Jahrhunderte älteres Ab- oder Vorbild
einer Grabstätte im deutschen Weimar. Der große
Künstler liegt zum großen Schlaf neben dem Fürsten
gebettet, der sich zwar nur den ersten Bürger seiner
Vaterstadt benannte, doch der Begründer eines Fürsten-
hauses war, das ein leuchtendes Gedächtniß, wie
kaum ein zweites, in der Menschengeschichte hinterließ.
Drei Jahrhunderte machen einen langen Zeitabschnitt
in ihr aus, und um Einiges länger noch verknüpfte sich
das Geschick von Florenz mit dem Geschlecht der Medici; es ist nicht byzantinische Nachrede, daß auf ihnen
die Größe des Namens Florenz wie auf Marmorsäulen ruht. In ihrer langen Folge gab es solche
von höherer und geringerer Geistes- und Gemüths-
begabung, größerem und kleinerem Verdienst um die
Wohlfahrt von Stadt und Staat. Doch Keinen des
großen Namens völlig Unwürdigen; als schwarzer
Flecken des Hauses steht einzig die in die Fremde

gezogene entartete Tochter Lorenzo's von Urbino da, Caterina, die Urheber in der Pariſer Bluthochzeit. Sonſt floß an Wahrheit edles Blut vom Ahnherrn auf die fernen Enkel über, und es iſt, als habe ſich nach ihrem Erlöſchen noch ein Abglanz und Hauch ihres Weſens auf ihren Thronfolger vom lothringiſchen Fürſtenſtamme fortgepflanzt.

Ein ſtolzes Mauſoleum, das der „Herzoge von Toskana', in ſeinem feierlichen Ernſt nur von unſerm Jahrhundert durch die geſchmacklos bepinſelte, farben= ſchreiende Kuppeldecke beleidigend entwürdigt. Nicht leicht fügte ſich irgendwo der dunkle Marmor in mannigfachſten Abtönungen nochmals zu derartiger Ge= ſammtwirkung zuſammen. Aus heißem, blendendem Sonnenmittagsglanz auf der piazza Madonna muß man hineintreten. Dann empfängt uns die Fürſtencapelle mit Grabeskühle, und an den Wänden thront über den mächtigen Steinſarkophagen die höchſte Herrſchergewalt der Erde, die Majeſtät des Todes.

Aber trotzdem, mehr an Weihe noch birgt ſich unter der kleineren Kuppel daneben. Im Bilde blickt uns unter ihr das im raſtloſen Wechſel der Zeit doch ſtätig gleich Wiederkehrende an, die Morgendämmerung und der Tag, das Abendzwielicht und die Nacht. Von der

Hand Michelangelo's gemeißelt, liegen die wunderſamen
Marmorgeſtalten ruhvoll hingeſtreckt. Der große Meiſter
war groß auch darin, ſeinen Gebilden geheimnißvolle
ſymboliſche Deutungsfähigkeit als Mitgift zu verleihen;
ich glaube, jene laſſen ſich auch Jugend und Mannes-
kraft, Greiſenalter und Grabesfrieden benennen. Und
der letztere ſpricht als ſchlafverſunkene ‚Nacht‘ aus dem
Dichtermunde eines Zeitgenoſſen des Künſtlers:

> La Notte, che tu vedi in sì dolci atti
> Dormire, fu da un Angelo scolpita
> In questo sasso, e perchè dorme ha vita:
> Destala, se no'l credi, e parleratti.

Mit wie vielen Menſchenaugen haben wir bewundernd, von einem Schauer tiefen Gefühls überkommen,
auf dieſem Flurgeſtein vor dieſem Marmorbild dage-
ſtanden, ſeitdem es Giovanni Strozzi zu jenen Verſen
entzückt. Alle zu den Schatten gegangen, in die morgen-
loſe Nacht; doch die ‚Nacht‘ Michelangelo Buonarroti's blieb, und immer wieder, vielleicht noch Jahr-
tauſende lang werden wir bewundernd vor ihr hier
ſtehen.

Mit dem ‚Tag‘ zuſammen liegt ſie über den Sarko-
phag Giuliano's de' Medici, eines Bruders des Papſtes
Leo X., hingeſtreckt. Gegenüber behüten in gleicher
Weiſe die „Morgen- und Abenddämmerung“ den

Marmorsarg Lorenzo's de' Medici, Herzogs von Urbino. Mit ihm die Ruhstatt im selben Sarkophag theilt sein Sohn Alessandro de' Medici, der erste „Herzog von Florenz‘.

*   *

*

Ich kehre durch die vom heutigen Leben mit buntem Getriebe und Geräusch erfüllten Straßen nach Hause, doch um mich, in meinen Gedanken und vor meinen Augen liegt und fluthet entschwundene Zeit. Manch' alter Palast aus ihr sieht mich vertraut und unverändert an; auch die' grauen Steinplatten überdeckten damals schon ebenso den Boden aller Straßen und Plätze, und wir waren bereits seit mehr als einem Jahrhundert gewöhnt, leichten Schrittes über das immer trockne, herrlich geebnete Pflaster hinwegzugehn. Wie ich über die piazza della Signoria komme, erhebt sich jetzt vor dem palazzo vecchio das Riesenwunderwerk Michelangelo's, ‚il Gigante‘, der von ihm aus dem verhauenen Marmorblock geschaffene David, und auch die Ungestalt des Bandinelli'schen Hercules ragt schon als ein Gedenkmal lächerlich mißrathenen Wetteifers seines Schöpfers an der andern Portalseite empor. Doch der Brunnen mit dem Biancone fehlt noch, und leer

wie vom Anfang her steht die hochgewölbte loggia de'
signori. Alles bringt mir zum Bewußtwerden, ich bin
in den Tagen des Herzogs Alessandro des Ersten.

Und ich suche mich zu besinnen: Was ist geschehen,
was haben wir erlebt seit der Vertreibung Pieros de'
Medici und der menschlichen Tragicomödie Savonarola's, seit dem unheimlichen Faschingsaufzug Piero's
bi Cosimo und den vielfachen Wirren, in denen die
Medicäer Giovanni und Giulio wechselnd die Stadt
beherrschten, ihre Macht wieder verloren, um in der
Folge Beide sich zum Ersatz die päpstliche Tiara auf's
Haupt zu setzen?

Vieles haben wir seitdem durchlebt, viel Schlimmes
im Gange eines Menschenalters, zuletzt in kurzer Zeit-
spanne schreckensvoll zusammengedrängt. Der ‚Trionfo
della Morte‘ ist in Wirklichkeit durch die Straßen der
Stadt gezogen, hat die Häuser ausgeleert und die Erde
dicht bevölkert. Die Höchsten wie die Niedrigsten mit
sich schleppend, kam eine grausige Seuche, die Bubonen-
pest, und häufte ihre Beute in zahllosen Massengräbern
an. Doch sie brachte der Unersättlichkeit des Todes
noch nicht Opfer genug zu; die gierigen Zähne seiner
Knochenkiefer fletschend, rief er die Landsknechthorden
des Kaisers Karl des Fünften, des großen Todten-

gräbers von Europa, herbei, und fast ein Jahr lang
belagerte sein Heer Florenz. Heldenmüthig leistete
Francesco Ferruccio durch elf Monate lang Gegen=
wehr, und wir sahen Michelangelo zu jener Zeit nicht
als Künstler und Dichter, sondern als Baumeister und
Ingenieur der Republik auf den Mauern der von ihm
angelegten Festungswerke von San Miniato die Stadt
vertheidigen. Doch zuletzt erlag sie der inneren Er=
schöpfung, dem Mangel und Hunger und mußte ihre
Thore dem Eroberer öffnen. Da setzte der Kaiser ihr
in seinem Schwiegersohn Alessandro einen neuen Herrn.
Ein besonderes Paar bestieg den Thron, denn er war
ein illegitimer Sohn Lorenzo's, des Herzogs von Ur=
bino, und seine Gemahlin Margareta eine natürliche
Tochter Karls des Fünften. Aber eine Zeit war's, die
allerorten nicht auf eheliche Abkunft und Ebenbürtig=
keit, sondern auf Kraft und Muth, Klugheit und Tapfer=
keit, Schönheit und Geistesbildung sah, um ihre damit
ausgerüsteten Kinder hier und dort zu Fürstenthronen
aufzuheben. —

Ich ging eben in Traumvergessenheit; noch mehr
erlebten wir schon, auch daß Alessandro der Erste um
sieben Jahre später von seinem Vetter Lorenzino er=
mordet ward. Mit ihm erlosch der von Cosimo dem

Alten herabgekommene Stamm der Medicäer, aber
ein Seitenzweig hatte sich von Lorenzo be' Medici,
einem Bruder des 'pater patriae', fortentwickelt, und
ein später Urenkelsproß desselben bestieg nun als Co=
simo I., Herzog von Florenz, den Thron. Er war ein
leiblicher Sohn des ruhmreichen Hauptmanns „delle
Bande nere," Giovanni's be' Medici, doch geistig ein
ebenbürtiger Nachkomme des alten Cosimo und Loren=
zo's des Prächtigen. Die Jahrzehnte des Schreckens
hatten ihr Ende gefunden; unter seiner fast ein Men=
schenalter andauernden Herrschaftsführung sahen wir
die Künste, die Lebensfreudigkeit und Schönheit, den
heitren Geist und die Anmuth nach Florenz zurück=
kehren, von ihm behütet, zu reichster Sommerfülle er=
blühen. Die Worte Leonore's, die im Goethe'schen
'Tasso' Ferrara preisen, trafen nicht minder jetzt auf's
Neue für die wieder medicäische Arnostadt zu:

> „Hier zündete sich froh das schöne Licht
> Der Wissenschaft, des freien Denkens an."

*   *

*

Des freien Denkens. Manche Zeit hat sich seiner ge=
rühmt, es als Wahlspruch auf dem Schild ihrer Tage
getragen. Doch selten nur gab es eine, in welcher die

Freiheit des Gedankens ein Gemeingut Vieler gebildet.
Zumeist waren nur Wenige seine Bannerträger, und
noch seltener verbanden diese mit ihrer geistigen Ueber-
legenheit die rohe körperhafte Kraft der Arme, der
Waffen, der Macht, ihrer Erkenntniß weiter als für
ihre eigne Lebensführung Geltung zu verschaffen. Nach
ältestem Brauch entledigten sich die Gewalthaber, Fürsten
und Priester stets der gefährlichen Selbstbenker auf
Richtstätten und Scheiterhaufen oder hinter Kerker-
mauern, und die Masse bewarf sie mit Steinen.

Doch schlimmer noch war's, wenn diese Masse selbst
einmal zum freien Denken herangereift zu sein wähnte
und sich ein Zerrbild desselben zum Götzen schuf. Wenn
sie ihre Begierden, ihre Rohheit, ihren Stumpfsinn auf
Thron und Altar hob und ihre niederen Triebe mit
dem Weihenamen einer göttlichen Vernunft belegte. Auch
das haben wir dann und wann schaudernd erlebt, wir
Erdenbürger, und wissen, mit blutigerem Hohn ward
nie die lichte Fahne der Gedankenfreiheit herabgerissen,
besudelt und zerstampft, als von den brüllenden Hor-
den, die sie als Panier thierischer Entfesselung über
sich geschwungen.

O Fiorenza, bella e fortunata! Schöne, glückliche
Blumenstadt im Weitergang des sechzehnten Jahrhun-

derts! Eine auserlesene Schaar von innen hervor, durch
sich selbst befreiter Geister fand sich in dir zusammen.
Der Fürst, der über dem Ganzen waltete, zählte zu
ihnen, mit Weisheit die Schranken behütend, die den
reichen Gewinn sicherten, doch den Einbruch des Ver=
derbens zurückdämmten. In diesem bedachtsam um=
friedeten Stückchen der Welt erfüllte sogar die Kirche
geschlechterlang ihr hohes Segensamt, Gutes zu lehren
und Bösem zu wehren, zu erheben und zu trösten. Die
Schönheit der irdischen Gegenwart gereichte dem Einen
zur Vollgenüge, daß er über sie hinaus nichts weiter
erharrte und begehrte. Der Andre verband mit ihr
eine Hoffnung auf ihre Fortdauer, ihre Wiedererneue=
rung in einem unbekannten Jenseits; aber in harmo=
nischem Einklang genoß er das Dasein mit den hienieden
Befriedigten, sie befehdeten sich nicht. Die Erde war
ein Abbild des himmlischen Paradieses und sein ewiges
Leben ein Traum von Glücklichen, die den Tod nicht als
eine Beendigung ihrer freudigen Tage erkennen konnten
und wollten. Ueber Träume verfeindete man sich nicht,
man ließ ihnen Ausdruck im Wort des Dichters und
im Gebilde des Künstlers; mit anmuthigem Geist ge=
staltete dieser eine Vorstellung ihrer dereinstigen Wirk=
lichkeit und bestritt jener die Wahrscheinlichkeit ihrer

Erfüllung. Die Grazie thronte als oberste Gesetzgeberin
auf den Lippen und im Gemüth, ihr Abglanz über=
breitete mit einem goldenen Schimmer selbst das nie=
dere Volk. Florenz war ein Bild der nach den Versen
Lorenzo's des Prächtigen unabläſſig entfliehenden und doch
auch immer kehrenden und bleibenden ſchönen Jugend,
die berufen war, ſich des frohen Augenblicks zu er=
freuen. Und was, vom Mund verkündet oder in der
Stille der Bruſt über das Heute an Wunſch und Hoff=
nung und Glauben hinausreichen mochte, heimlich unter=
lag es doch auch dem groſßen, ſich mit aller Lebens=
kraft an die blühende Gegenwart anklammernden Ge=
fühl: ‚Di doman non fu certezza.'

*   *

*

Auch der ponte vecchio ſah uns Hinüberſchreiten=
den damals kaum anders an. Der Verbindungsgang
vom palazzo degli Uffizi zum palazzo Pitti zog ſich
freilich noch nicht über ihn weg, denn an den erſteren
wurde noch nicht gedacht, und der letztere, obwohl ſchon
vor hundert Jahren begonnen, lag noch als unvollen=
detes, halb wieder verfallenes Rieſenbauwerk jenſeits
des Arno, während nah vor ihm der palazzo Guic=
ciardini ſich bereits aus alten Tagen düſter=ſtolz auf=

hob und in einem seiner Gemächer Francesco Guicciardini
jetzt die Geschichte seiner Vaterstadt schrieb; nachbarlich
blickte zu ihm von seinem Wohnsitz Niccolò Macchia=
velli hinüber. Die Goldschmiedläden aber reihten sich
schon seit bald zwei Jahrhunderten zu beiden Seiten
der ‚alten Brücke‘ aneinander, boten in Schaukästen ihre
glimmernden und funkelnden Geschmeideschätze dar und
ließen nur in der Mitte die kurze Lücke, durch die,
wie gegenwärtig, der Blick weit gen Osten und Westen
den Fluß hinauf= und hinabschweifte.

Es ist wohl Mittagsstunde, aber ein sonderbares
Licht, wenigstens für meine Augen, liegt heut' über den
Dingen. Mir ist, es mischt sich ihnen aus dem Dämmer=
schein der Medicäergruft, von der ich gekommen, mit dem
blendenden Sonnenglanz zusammen; so erscheint's mir,
als sei es Abend mit rothem Untergang im Westen.

Und da steht sie wieder, wie wir sie damals an
einem Aprilabend in der Lücke zwischen den Juwelier=
buden des ponte vecchio stehen gewahrten. Zuerst
etwas schattenhaft; ich unterscheide anfänglich nur die
Umrisse ihrer hochschlanken, mir den Rücken zuwenden=
den Gestalt. Aber bald tritt sie deutlich gegliedert
und klar in allen Einzelheiten hervor; ich erkenne ihr
seidenes Gewand von der eigenthümlich besonderen blaß=

lichtblauen Farbe, das sich ihr in so schönen, wie von der
Hand Raffael's geordneten Falten um die Glieder schloß,
darüber als sommerlich leichter Umhang die duftige garni-
tura di merletti, und im herrlich gebildeten Nacken
das aufgeschürzte, goldnem Abendroth an Farbe gleichende
Haar, so reich in seiner Fülle, daß es fast als etwas
zu schwere Bürde für den kleinen, anmuthvoll ge-
formten Kopf bedünkte. Von ihren Gesichtszügen läßt
sich nichts wahrnehmen, denn sie blickt den Arno hinab
nach den in rothe Abendglut eingetauchten Berg-
schroffen von Carrara hinüber.

Ich muß mich besinnen: was sprach sie doch zu
der Begleiterin, die neben ihr an der Brückenwand
lehnte? ‚Imagina' — ja so hieß sie, ihre vertraute
Freundin, gleichalterig mit ihr — ‚Imagina de'
Guadagni, aus dem alteblen Geschlecht der Guadagni.'

Das war's — sie sagte:

„Siehst Du, Imagina, wie da drüben die Wolken
seltsam die Berge unter ihnen nachahmen? Ganz mit
denselben Formen der zackigen Gipfel thürmen sie sich
in den Himmel; aus dem purpurnen Luftmeer heben sie
die Scheitel wie von goldenen Stirnbändern umrändert.
Würde ein Kind, das sie zum ersten Mal so sähe, nicht
glauben, es seien auch ferne Gebirgskuppen, noch höher,

wundersamer und geheimnißvoller, als die niedrigen
darunter, deren Fuß in der Erde wurzelt? So sind
die Gebilde unsrer Hoffnung und Sehnsucht, und wir
bleiben immerdar Kinder, Imagina, wenn wir die
Augen auf sie richten. Denn obwohl wir wissen, daß
sie nur täuschen mit ihrem Zauberglanz, mühen wir
uns doch stets wieder, ihnen nahzukommen, und wähnen,
wenn wir sie erreichen könnten, da seien wir im Gefilde des Glückes. Aber in Wahrheit sind wir nur
glücklich, so lang der holde Trug uns unerreichbar
bleibt, daß wir nur von ihm träumen. Wenn die
Hand ihn anrührt, ist seine lichte Schönheit eitel
Dunst und Nebel, feucht und kalt, und gleich dem
thörichten Falter, den die farbige Pracht des Regenbogens zum Flug in den Wettersturz verlockt, fallen
die Flügel unseres Verlangens zerknickt und erstarrt in
Felsschrunden und Dorngestrüpp der Erde herunter."

Lächelnd erwiderte Imagina de' Guadagni:

„Das ist die Philosophin Tullia, die augenblicklich
hier steht und so redet. Stände die Dichterin an ihrer
Stelle, so spräche sie anders. Sie sagte:

> Wer zum Siege will gelangen,
> Scheuen darf den Kampf er nicht!
> Wer zum Himmel steigt, nicht bangen,
> Daß der Leiter Sprosse bricht!

So, däucht mich, hört' ich's gestern, da lachte die
Sonne von den Lippen, die es sprachen. Nun ist
heut' ein philosophischer Wolkentag, als hätte Seneca
mit verdrossenem Greisenmund eine graue Nebeldecke
drüber gesponnen. Was für ein Gesicht wird der
Himmel morgen tragen? Ich bin nicht wetterkundig
genug —"

Lachend fiel die Befragte mit silbern tönender
Stimme ein:

„Morgen, Imagina? Di doman non c'è certezza
— Das liegt noch im Schooß der Nacht und weiß
selbst ihr Schöpfer, der Erzengel Michael nicht. Sieh,
dort wandert er in irdischer Gestalt am Arno entlang,
laß uns ihm entgegengehen, ihn zu begrüßen."

*   *

*

In der Häuserlücke auf der andern, östlichen Seite
des ponte vecchio standen zwei junge Cavaliere, Girolamo
de' Cavalcanti und Pasquale Villani. Sie waren von
Knabenzeit her befreundet, doch der Erstere noch fremd in
Florenz, erst seit wenigen Tagen hierher gekommen, um
sich selbst von dem Ruf der wiedererneuten gesicherten
Freudigkeit des Daseins unter dem Herzog Cosimo zu
überzeugen. Er hielt den Blick auf die beiden weiblichen

Gestalten drüben hinüber gewandt und befragte seinen
Gefährten, wer sie seien. Der letztere gab ihm
Aufschluß:

„Die zur Linken ist Imagina be' Guabagni, zu=
gleich eine Blutsverwandte des Hauses und die junge
Witwe Jppolito's be' Guabagni, der vor drei Jahren
am Wiederaufbruch einer Wunde gestorben, die er bei
der Vertheidigung der Stadt gegen den Kaiser er=
halten. Unweit drüben über'm Arno hat Simone Cronaca
ihren Palast gebaut, Santo Spirito gegenüber an der
Piazza. Dort lebt sie allein seit dem Tode ihres
Gatten, doch nicht einsam, denn fast täglich empfängt
sie die Besten von Florenz in ihrem Hause, Männer
und Frauen aus den edelsten Geschlechtern, Dichter und
Künstler, auch der Herzog sucht gern ihre Unterhaltung.
Sie ist so reich an Geist, wie an äußerem Gut, und
wohl Wenige nur messen sich mit ihrer Schönheit,
welche Tiziano Vecelli bei einem Besuch in unsrer Stadt
so begeistert haben soll, daß eine Venus von ihm ihre
Gesichtszüge trägt. Ueber Alles liebt sie die heiteren
Wissenschaften, die Kunst und Dichtung, und übt selbst
manche von ihnen. Darum scheut sie sich nicht vor
der Gesellschaft, in der Du sie gewahrst, sieht ihre Be=
gleiterin nicht nur in der Stille bei sich, sondern bietet

manchem Achselzucken vornehmer Frauen Trotz, sich auch
öffentlich in den Straßen an ihrer Seite zu zeigen.
Denn vorurtheilsfreie und festeste Freundschaft verbindet
sie mit ihr — so weit oder so lang die Unverbrüch=
lichkeit weiblicher Freundestreue reicht, das heißt, nicht
einer allzustarken Prüfung anheimfällt."

Das Letzte fügte Pasquale Villani mit einem leicht iro=
nischen Lippenanflug hinzu, während sein Zuhörer einfiel:

„Und wer ist sie — die Andere?"

Es klang deutlich daraus, daß seine Erkundigung
dieser weit mehr als Imagina de' Guadagni gegolten
habe. Der Befragte erwiederte:

„Du gewahrst sie nur von der Rückseite, Freund
— vielleicht wirst Du enttäuscht sein, wenn sie sich
wendet, denn an klassischer Antlitzbildung steht sie vor
ihrer schönen Genossin weit zurück.

> Doch hat sie jene hochgeschwungenen Brauen,
> Die scharfgeteilten Dohnenschlingen gleichen
> Für junge Blicke, die sich drein getrauen;
> Ein Weiser weiß bei Zeiten auszuweichen.

Ich zähle zu solchen Weisen, Girolamo, und drehe
rechtzeitig die Augen ab, wenn ich ihr begegne. Denn
vielleicht auch sagst Du: Eine Venus und eine Madonna
ist's, von Götterhuld in Einem Antlitz zusammen=
gebildet, und so weit der Pinsel Raffaello Santi's noch

den Tiziano Vecelli's übertrifft, so weit ragt ihr Zauber
noch über den ihrer ebelgeborenen Freundin hinaus."

Girolamo Cavalcanti griff nach dem Arm des
Sprechers:

„Du redest, was ich sehe, was ich ahne, doch sagst
nicht, wer sie ist!"

„Wer sie ist, Freund? Oder meinst Du, was sie
ist? Das läßt sich schwerer sagen, als wie sie dem
Blick erscheint. Doch will ich suchen, Dein Verlangen
zu befriedigen. Jacopo Narbi, Du kennst seinen Namen,
der greise Gelehrte und Geschichtsschreiber, hat ihr vor
Kurzem seine Uebersetzung der Rede Cicero's ‚pro
Marcello' zugesandt, und in einem Schreiben, das er
dazu an sie gerichtet, benennt er sie mit der Feinheit
eines attischen Wortspieles ‚die einzige und wahre
Erbin Tullianischer Beredtsamkeit'. Es giebt Andere,
die den Gedankentiefsinn des Platon und den Wissens=
reichthum des Aristoteles in ihr wiederbelebt glauben,
und daß sie den Namen einer Sappho unsrer Tage
mit Recht trägt, hat mein Ohr mir bezeugt. Ich
habe die lesbische Sängerin nicht gekannt und kein
Urtheil darüber, ob ihre Gesichtszüge zu einem Bild=
niß der vergine del cielo zu dienen vermocht hätten.
Aber das weiß ich, den Ruf einer vergine mondana

hat sie nicht in's Grab mit sich genommen, und das
Gleiche wird ihre heutige Schülerin dort — hoffentlich
erst in später Zeit — ebenfalls nicht thun. Ihre Lyra
wetteifert wohl mit Victoria Colonna, doch der Ehr-
geiz, den diese in sich zu tragen scheint, nach ihrem
Tode heilig gesprochen zu werden, den, glaub' ich, hat
sie von Kindheit auf nicht empfunden. Willst Du das
zutreffendste Gleichniß für sie, so nenne sie die Aspasia
von Rom, von Siena, Venetia, Ferrara, von allen
vornehmen Städten Italiens und gegenwärtig von
Fiorenza, wo sie seit einigen Monaten verweilt und
draußen auf dem Hügel vor der porta San Giorgio
eine Villa bewohnt. Mir ist unbekannt, ob Du in dem
Herzog Cosimo einen neuen Perikles gewahrst, doch
strebte der Letztere nicht eifriger nach einem Gespräch
mit der atheniensischen Philosophin, als der Gebieter
unsrer Stadt nach einer Unterhaltung mit ihrem heutigen
Abbild. Und fragst Du die Gefeierten unserer Tage,
heitre Knaben und ernste Männer, Dichter und Gelehrte — Dir seien Niccolò Grazia und Girolamo
Muzio Belege, Giulio Mannelli und Filippo Strozzi
— sie werden Dir sagen, von den Göttern begnadeter
kenne unser Land und unsere Zeit keine Donna, als
Tullia d'Aragona."

Einfallend stieß Cavalcanti aus: „Wie? Tullia
d'Aragona ist's? Ja, ich hörte von ihr, schon oft, und
noch jüngst in Pisa den Gesang von Canzonen, die sie
gedichtet. Doch ihre Herkunft und ihr Leben blieb mir
fremd. Was weißt Du von ihnen? Woher führt sie
den hochtönenden Namen?"

Villani zuckte die Achsel. „Chi lo sa, Girolamo?
Willst Du Antwort von Pietro Aretino, so suche
sie in seinem dritten ‚Ragionamento‘. Vielleicht redet
der große Lästermund einmal, um die Regel zu be=
stätigen, die Wahrheit von ihr. Er benennt sie darin:
‚Matrema non vuol‘, indeß selbst seine Zunge oder
Feder kann sich hinterdrein nicht enthalten, von dem
Preise ihres Geistes und ihrer Anmuth überzufließen.
Doch trifft's in der Wirklichkeit nicht zu, daß ihre
Mutter nichts von ihr wissen will, vielmehr erklärt sie
ihr Kind mit Stolz für eine Tochter von hoher fürst=
licher und geistlicher Abkunft, des Cardinals Ludovico
d'Aragona, des Neffen, weißt Du, Alfonso's des Zweiten,
Königs von Sicilien; Andere wollen ihr weniger er=
lauchtes väterliches Blut zumessen. Wie's damit sei,
gewiß ist, daß, wer der Urheberin ihrer Tage viel
Uebles nachredet, keine Verläumdungsklage zu befürchten
braucht, denn es würde ihm nicht schwer fallen, Zeugen

dafür vor den Richter zu bringen. Man heißt das,
was die schöne Giulia von Ferrara, ihre Mutter, ge=
wesen — denn für sie ist solche Sommerzeit vorüber
— mit höflichem Ausdruck ‚una cortegiona‘; der Name
bezeichnet eine ‚Hofdame‘, vielleicht nicht ohne Absicht
mit einer Doppeldeutbarkeit des Wortes. Jedenfalls
gehörte sie zu jener Gattung von Hofdamen, denen das
Gesetz Kleider von Tuch und Seide zu tragen ver=
bietet und bei erheblicher Strafe auferlegt, Jeglichem
wahrnehmbar etwas von gelber Farbe an sich zu zeigen,
ob ein Kopf= oder Halstuch, einen Schleier oder Spitzen=
besatz, sei’s von Seide oder Gold. Du siehst, ihre
Tochter Tullia steht in seidenem Gewand drüben, und
wenn sie sich wendet, wird uns nichts an ihr entgegen=
strahlen, was an Goldglanz gemahnt, als ihr Haar.
Ich bin kein großer Philosoph, aber ich glaube, man
benennt es ‚logisch‘, aus diesem Mangel eines gelben
Hauptschmuckes an ihr die Schlußfolgerung zu ziehen,
sie zähle — wenigstens in den Augen der Sitten=
wächter — zu den ‚oneste gentildonne‘ der Stadt.
Drüben hinter den Bergen im deutschen Nebelreich
haben sie ein Sprüchwort, der Apfel falle nicht weit
vom Stamm. In unserm Land befaßt man sich nicht
viel mit der Apfelcultur, und es mag sein, daß es sich

mit den Früchten, die wir poma aurantia heißen, zu=
weilen anders verhält."

Die Züge Girolamo's be' Cavalcanti sprachen von
lebhafter Erregung, mit einem Unmuth verbunden. Er
versetzte:

„Du redest gleich Einem aus der Skeptikerschule
der Alten, der mit dem Nachsatz als trügerisch weg=
nimmt, was sein Vordersatz als wahr und gut hinge=
stellt; und mich bedünkt fast, auch darin ähnelst Du
Jenen, daß es Dir Genuß schafft, Deine Stimme zu
hören und Deinen Geist in der zweideutigen Aus=
drucksweise von Orakeln zu üben. Ich bin von
schlichter Natur, Pasquale, und mein Auge ist nicht
geschliffen, sich in ihm, wie bei einem Diamanten, das
Licht, das es auffängt, in verschiedenen Farben brechen
zu lassen. Mir genügt, die Sonne als goldnen Ball
zu bewundern und mich am Blau des Himmelazurs
zu entzücken. Mir ist bei Deinen Worten die Er=
innerung an einen besseren Schriftsteller gekommen, als
Pietro Aretino, an das, was Picus della Mirandola
in seiner oratio de dignitate hominis verkündet. Er
spricht, daß der Mensch geschaffen sei, damit er ohne
Trübung des Blickes nicht mit den Augen Anderer,
sondern mit den eignen frei um sich schaue, die Ord=

nung des Weltalls erkenne, das Große in diesem be-
wundere und das Schöne liebe. Er lehrt, kein Geschöpf nach seiner Geburt und Abkunft zu schätzen,
vielmehr nach dem, was es ist und durch sich selbst
geworden. Denn Alle seien sie weder himmlisch noch
irdisch, weder sterblich noch unsterblich allein, sondern
die freien Ueberwinder und Bildner ihres Wesens.
Sie können zum Thiere entarten, sagt er, und zur Gott-
ähnlichkeit sich wiedergebären. Wohl bringen die Thiere
ihre Art aus dem Mutterleibe mit und pflanzen sie
fort; doch den höheren Geistern ward eigne Entwick-
lungsfähigkeit zur Mitgift, ein Wachsthum nach freiem
Entscheiden, und sie werden und sind, was sie aus sich
gestalten."

*   *

*

Bei den letzten Worten des Sprechers wendeten
jetzt drüben' über die Breite des ponte vecchio hinüber Tullia d'Aragona und Imagina be' Guadagni
sich zum Fortgang, und gegen den rothen Himmels-
schein im Westen hoben sich nun ihre Gesichter wie
von einem dunkelleuchtenden Goldgrund ab. Auf der
Zunge stockte dem jungen Cavaliere der Laut, nur sein
Blick redete weiter, das Antlitz und die Gestalt Tullia's

umflammert haltend, bis sie mit ihrer Begleiterin dem
rechtseitigen Flußufer zu hinter den Gebäuden der
Brücke verschwand. Dann sagte Pasquale Villani:

„Du erscheinst mir mehr zum Satiriker geboren,
als ich, Girolamo, da Du mir vorhältst, die Rede
Pico's della Miranbola über die wahre Werthbestimmung
des Menschen zu beherzigen. Du weißt, auch mir hat
Venus zu fürstlichem Vaterblut, doch ohne fürstlichen
Namen, verholfen, und es stände mir übel an, in einer
andren Tochter der schönen Göttin meine Mutter zu
schmähen. Fiorenza ist auch die Stadt der Liebes=
blüthen; Alessandro, der Herzog, war, was ich bin, gar
Mancher ist's mit mir, und ich achte mich Jedem
gleich, der seines Vaters Namen trägt; dazu befugt
mich ungeschriebene Satzung unsrer Stadt. Doch nun
gewahrtest Du Beide von Angesicht, und mich will nicht
bedünken, daß Du in Zweifel ständest, wenn Du zum
Paris berufen, den Apfel in der Hand hieltest. Aber
wie hoch an Alter, Freund, schätzest Du sie, der Du
ihn darreichen würdest?“

„Nach dem allzukurzen Blick, der mir vergönnt war,
auf fünf Olympiaden. Das ist die Rechnung, die einer
Olympierin geziemt.“

„Man sagt, sie habe deren fast schon zwei gezählt,

und sie selbst soll nicht Hehl draus machen, als sie
auf einer Durchreise mit ihrer Mutter bei uns Piero's
di Cosimo ‚Trionfa della Morte' mit angesehn. Das
würde heute für sie etwa drei Deiner Olympiaden mehr
ergeben."

„Spricht Deine Kundschaft wahr, so legt sie ihr
eben das Attribut einer Tochter des Olymps zu, Zeit-
losigkeit, die ewige Jugend. Ich will ihr folgen und
suchen, daß ich ihre Aufmerksamkeit auf mich lenke,
um ihr einen Gruß darbringen zu können. Doch wie
beginn' ich's?"

Der Sprecher trat rasch der Brückenmitte zu, Pasquale Villani entgegnete, ihm folgend, mit leichtem
Lächeln:

„Versuch's mit der Lilie, Freund! Sie war allzeit
mächtig hier am Arno und ist's heut' mehr denn je.
Sie schuf den Glanz des Hauses der Medici und
machte sie von Bürgern zu Herzögen. Nichts gleicht
ihr an Beredtsamkeit, sie besiegt die Kraft und die
Schönheit; man sagt, gar oft erringe die Liebe bei'm
Turnier nur durch sie den Preis, weil sie ihr Blumen-
bildniß als Wappen im Schild trage, wie ehmals
unsre Stadt, eh' die Aerzte sie in Pillen umwandelten.
Sieh, hier bietet der Goldschmied ein Perlenband zu

tausend Goldflorinen aus. Ein artiger Gruß, däucht
mich, wär's, wohl eines Gegengrußes werth."

Die Antwort deutete auf das frühere Wappen von
Florenz, die Lilie oder ‚fiore‘ κατ᾽ ἐξοχήν, welche der
‚florinus‘, die seit der Mitte des vierzehnten Jahr=
hunderts hier geprägte Goldmünze im Bilde auf sich
trug. Doch der junge Bastard fügte nach:

„Freilich, Eulen nach Athen würde es tragen heißen,
oder Rosen nach Fiorenza, denn ein Nebenbuhler Gio=
vanni Boccaccio's, der sich den bescheidenen Namen
‚Apollo‘ beigelegt, erzählt jüngst in einem Brief an die
Marchesana Isabella d'Este = Gonzaga, die Signora
Tullia besitze in ihren Truhen mehr an goldnen Lilien
und Perlen, als gar manche fürstliche Frau. Von wo=
her diese Schätze zu ihr gelangt sind, oder sie zu
ihnen, hat er beizufügen vergessen; da sie schwerlich
aus einer von ihrem Vater hinterlassenen Erbschaft her=
stammen, wird sie selbst sich den Reichthum erworben
haben. Wohl durch ihre Sonette und Canzonen, ihre
Beredtsamkeit und philosophischen Dialoge, von denen
einer über die wahre Liebe handelt, die nicht auf den
irdischen Sinnen, vielmehr auf der Schönheit der Seele
beruhe. Wenn es Dir zu theil wird, ihr Haus zu be=
treten, so wirst Du Dich überzeugen, daß es ihr jedoch

auch an nichts gebricht, woran das Begehren der
Menschen mit den irdischen Sinnen zu hängen pflegt.
Ich sagte schon, sie wohnt droben auf der Höhe vor
der porta San Giorgio; dort stand bis vor zehn
Jahren eine Villa der Orsini, nahe dem alten Kirch=
lein San Leonardo in Arcetri; als Knabe befand ich
mich öfter in ihr. Mehr eine Burg, als ein Land=
haus war's, mit starken Mauern und festem Thurm
zu Wehr und Trutz gegen einen Angriff, so auch das
weitgedehnte Kellergeschoß wie zu Casematten gewölbt,
und ein tiefer Brunnen grub sich aus ihm in den Berg=
grund hinunter, um den Bewohnern bei einer etwaigen
Umschließung durch gegnerische Söldner Wasser zu sichern.
Aber dem Sturm, den der Kaiser über uns brachte, ver=
mochte die trotzige Villa doch nicht Widerstand zu leisten,
mit vielen andern auf den Hügeln um San Miniato
ward sie erobert, zertrümmert und ging in Flammen
auf. Dann indeß, als die ruhige Zeit unter Alessandro
gekommen, hat Einer auf den Mauerresten eine leichtere
Villa wieder aufgebaut; ich weiß nicht, wer, den
Orsini, scheint's, war ihr Besitz droben verleidet, daß
sie ihn um Geringes fortgegeben. Mit einem luftigen
Thurm sieht über der alten Stelle wieder ein artiger
Bau von dem Olivenrücken herab; ein angenehmer

Landsitz zur heißen Zeit, denn der Wind kühlt um ihn,
wenn unten in der Stadt die Schwüle drückt, und des
Nachts steigt labende Frische aus den grünen Thal-
gründen rundumher herauf. Dort hat die Signora
Tullia ihren Aufenthalt genommen, so lang sie bei uns
zu verweilen gedenkt; Du findest ihren Namen in eine
Marmortafel geschrieben an dem großen Zugangsthor
der Mauer, das in ihre Gärten hineinführt. Doch
auch sonst wird es sich Dir deuten, wenn der Abend
herannaht, denn der Pförtner hat alsdann viel Bewegung, so oft zieht eine Hand, Einlaß heischend, den
Glockenstrang. Und bis über die Mitternacht hinaus
sieht die große Steinterrasse vor dem Hause nicht
Dunkel und Ruhe, sondern buntfarbigen Lampenglanz
und die lebhaften Gesichter der Gäste, die Tullia d'Aragona in gleich auserlesener Weise leiblich und geistig
bei sich bewirthet."

Die beiden Freunde waren gleichfalls über die Brücke
entlang geschritten, Pasquale Villani hielt am Ende
derselben nochmals an und fügte seinen Mittheilungen
noch als Ergänzung nach:

„Auch in Ferrara bewohnte sie vor Kurzem ein in
gleicher Weise reich ausgestattetes Haus, und der heutige
‚Apollo‘, von dem ich vorhin sprach, berichtet in seinem

Briefe an die Marchesana Isabella über ein seltsames
Geschehniß, das sich darin zugetragen. Ein junger
Mann von höchst vornehmer Abkunft erreichte unter
einem Vorwand, seine Schwester mitzubringen, die großes
Verlangen hege, die Signora Tullia kennen zu lernen,
daß diese ihm verstattete, zur Abendmahlzeit zu ihr zu
kommen. Doch er erschien nur in Begleitung eines
Freundes und gab an, seine Schwester sei durch ihren
Gemahl abgehalten worden, heute mit ihm zu gehen.
So speisten sie zu dritt mit einander unter anregendem
Gespräch, und als die Nacht vorgeschritten, bat die
Hausherrin ihre Gäste, sie nunmehr verlassen zu wollen.
Aber nur der Eine folgte wirklich dem Geheiß, der
Andre kehrte nach wenig Minuten zurück, überreichte
ihr ein kostbares Perlenband, wohl Hunderte von Scudi
an Werth, warf sich mit einer glühenden Liebes=
betheuerung vor ihr auf die Knie und warb um ihre
Hand, sie zu seiner Gemahlin zu machen. Doch stolz
wies sie ihn zurück, weder wolle sie ein Geschenk von
ihm annehmen, noch seine Frau werden; sie sei von
königlichem Blut und nicht in Ferrara, um eine Ehe
einzugehen. Kein Flehen und Beschwören erweichte
ihren Sinn, und in rasendem Liebestaumel stieß er
zuletzt, um nicht länger zu leben und zu leiden, sich

einen Dolch in die Brust. So ward er, blutbedeckt und
fast auf den Tod verwundet, von Wächtern, die der
Lärm herbeigerufen, angetroffen; ob die Signora dem
Apollo selbst die genaue Kunde von dem Vorgang ge=
geben, theilt sein Schreiben nicht mit. Doch in ganz
Ferrara wußte man am folgenden Tag, daß nichts die
Tugend Tullia's b'Aragona zu erschüttern im Stande
sei, und Vittoria Colonna folgten alle Augen nicht mit
mehr Bewunderung, als ihr, wie sie in den Straßen
erschien. So war's wohl thöricht, Freund, daß ich
Dir anrieth, leichtfertig Deine Lilien für die Perlen
des Juweliers hinzugeben."

Das Letzte fügte Pasquale mit dem ironisch=gra=
ziösen Lächeln seiner Lippen nach, und sie bogen vom
ponte vecchio zur Linken auf die am Arno entlang=
führende Straße ab.

    *   *

    *

Dort wanderten auch, weiter dem ponte Santa
Trinità zu, die beiden Freundinnen, jetzt in Begleitung
einer hochwüchsigen und überaus kräftigen Mannes=
gestalt mit schon bleich ergrautem, doch außerordentlich
dichtem Haupthaar und lang auf die Brust fallendem
Vollbart. Alles an ihm war Stärke und Eigenart, der

erste Blick ließ erkennen, es sei ein Mensch sui generis.
Die unter der breitgewölbten Stirn an der Wurzel
etwas eingedrückte Nase entsprach nicht gerade einer
Schönheitsanforderung, stand eher dazu im Gegensatz:
doch gab sie dem Gesicht ein Gepräge, als sei sie für
dies bestimmt und vorbedacht, um es von dem gewöhn=
lichen Ausdruck Anderer abzuscheiden; wer es einmal
gesehen, vergaß es nicht mehr. Besonders nicht die
machtvollen Augen unter dickbuschigen Brauen. Sie
riefen unwillkürlich ein Bild wach, das einer Cyklopen=
werkstatt, von der fernher ein Feuerschein durch die
Nacht glüht. Doch ein verschleierndes Nebelgespinnst
zog sich davor, die Glut des Blickes hatte Düsteres, und
wie mit schattendem Gewölk hielt es die Stirn überlagert.

Der Schöpfer der „Nacht‘ war's, den Tullia
d'Aragona als den Erzengel Michael in irdischer
Gestalt bezeichnet, der mehr schon als sechzigjährige
starre Republikaner Michelangelo Buonarroti. Er schuf
an den Bildwerken über den Medicäer=Sarkophagen
in San Lorenzo, doch widerwillig, mit verfinstertem
Gemüth, die Vorfahren Dessen zu verherrlichen, der mit
Beihülfe des Kaisers die freie Selbstbestimmung seiner
Heimath vernichtet und sich zu ihrem Herzog aufge=
schwungen hatte. Er bewunderte Lorenzo il Magnifico,

unb bie beiben Päpfte Leo X. unb Clemens VII.
waren feine Gönner unb Freunbe gewefen. Aber feit
Aleffanbro's Rückfehr unb Erlangung ber fürftlichen
Gewalt haßte er bie Mebici unb fürchtete fie; heimlich
arbeitete er gegenwärtig auch an einer Büfte bes Brutus,
ber Rom von ber Herrfchaft Cäfar's zu befreien geftrebt,
unb bie Gebanfen, bie feinen Meißel begleiteten, rich=
teten fich auf Lorenzino be' Mebici, ber felbft in einer
Schrift bie Ermorbung feines herzoglichen Vetters mit
ber patriotifchen That bes Brubermörbers Timoleon ver=
glich. Wohl lag bem Herzog Cofimo nichts ferner, als
ben größten Künftler, ben Florenz befaß, zu fränfen
unb zu vertreiben, aber ber Argwohn beffelben maß
jenem folche Abfichten, wenn nicht Schlimmeres, zu.

Nun fchritt er im Gefpräch mit ben beiben Frauen,
bie ihn ehrerbietig begrüßt hatten, feine etwas aufge=
hellte Miene gab funb, baß er Wohlgefallen an ihnen
fanb, unb feine an Tullia gerichteten Worte ließen ver=
nehmen, fie fei ihm von mancher Begegnung her wohl=
befannt. Mit vertraulicher Anrebe fagte er:

„Dich zu fehen freut mich, boch nicht, baß ich Dich
in Fiorenza antreffe. Was willft Du in biefer Stabt,
bie fein Wohnort mehr für ben Geift unb Gebanfen ift,
für Dichtung unb Kunft? Hierher gehören nur Schmeichler

und Knechte, Hofschranzen und jauchzender Pöbel. Aber
die Musen und die Grazien sollten den verpesteten
Boden nicht mit der Sohle berühren."

„Verzeiht, Maestro," entgegnete die Angesprochene,
„ich sah Michelangelo hier gehen. Da glaubte ich, der
parnassische Gott sei herabgestiegen, um am Arno sein
Bild formen zu lassen und zum Lohn dafür dem Meister
neue Gesänge auf die Lippen zu legen. Die zu ver=
nehmen, trieb mich's, und wenn Ihr's erlaubt, wird
die Schülerin diese Stadt nicht wieder verlassen, so lange
sie Euch darin, wenn auch nicht sichtbar vom Sohn der
Latona begleitet, gewahrt."

„Nun, da kann's vielleicht bald geschehen —"

Der große Bildhauer brach die ihm entfahrene kurze
Erwiderung ab, doch sein Gesicht verrieth, die an=
muthige Huldigung Tullia's hatte ihm nicht mißfallen.
Die Anwendung altmythologischer Gleichnisse klang noch
aus dem Cinquecento in die ausgehende Renaissance=Zeit
nach und trug im Munde der höher Gebildeten nichts
Gesuchtes und Erkünsteltes an sich. So schritten die
Drei in weitergeführtem Gespräch am Arno entlang,
und auch wie ein klassisches Bild erschien's, als ob zwei
der schönsten unter den Horen einen Olympier zur
Rechten und Linken geleiteten. Am ponte Santo Trinità

wendeten sie um und wanderten gegen den ponte vecchio
zurück; hier, wo sich noch die alte Porta Santa Maria
erhob, begegneten ihnen die beiden nachgefolgten jungen
Cavaliere. Pasquale Villani kannte Michelangelo wie
die Damen persönlich, begrüßte sie anhaltend und stellte
seinen Freund mit Stand und Namen vor. Als sie
dann ihren Gang zusammen fortsetzten, wußte Giro=
lamo de' Cavalcanti sich an die Seite Tullia's zu ge=
sellen, und mit einem Blick über die Porta streifend,
sagte er:

„Mich trug zur Nacht ein Traum schon an dies Thor,
Und die Entzückendste der Signorinen
Ward mir vergönnt wie Sonnengold zu schau'n."

Die Angeredete hob ihm das Gesicht entgegen und
versetzte rasch:

„So trog nur halb Euch Euer Traum, Signor,
Da sie in Wirklichkeit Euch jetzt erschienen,
Nur ist nicht blond ihr Haarschmuck, sondern braun."

Sie deutete leicht mit der Hand auf die in dunkler
Kastanienfarbe glänzende Lockenfülle im Nacken der vor
ihnen schreitenden Imagina de' Guadagni. Ihr Be=
gleiter blickte sie noch staunend über die Schlagfertig=
keit ihrer Reim=Erwiderung an, und sie fügte leicht
lächelnd nach:

„Es scheint, Ihr seid Dichter, Signor."

Halb stockend entgegnete er:

„Nie fühlt' ich so, wie wenig Anrecht ich auf den Namen besitze. Und doch möchte ich es auch mehr denn je sein, um so viel Glanz in hellen Klang einrahmen zu können."

„Das widerspricht Eurem dunklen Namen, Don Girolamo. Aus ihm klingt eiferndes Mönchsgebet, und mir ist's, als sähe ich grauen Rauch von der Signoria herüberkommen, vor der die irdische Vanità sich in Bußasche verwandelt."

Dießmal antwortete der junge Mann schnell:

„Setzt in Eurer Vorstellung nicht meinen Namen an meine Stelle, Signorina, nicht ich habe ihn mir ge= wählt. Ich trage nicht Verlangen, mir Asche auf den Scheitel zu streuen, sondern ihn mit Rosen zu um= kränzen, wie's die Maienzeit heischt. Und berge ich etwas in mir, das sich zu entzünden droht, so erzeugt es keinen Rauch, sondern eine Flamme ist's, die dort emporglühen muß, wo ein Madonnenbild sie zum Auf= leuchten beruft."

„Ihr thatet Euch Unrecht an, Signor: mich däucht, Ihr seid doch ein Dichter, ob Ihr auch nicht in Versen redet. Wiederholt es meiner schönen Freundin, die der Traum Euch hier gezeigt, und er wird Euch auch

nicht ohne den Lohn der Wirklichkeit, den Dank ihrer
Augen belassen."

Der Abend brach ein, mahnte Imagina, nach Hause
zu kehren, und ihre Begleiter gaben ihr über den Ponte
Santa Trinità bis an die piazza Santa Spirito das
Geleit. Dort erhob sich an der Ecke der Palazzo Guadagni, nicht mehr nach alter Weise festungsartig auf
Rustica-Quadern, sondern nach Cronaca's neuerer Bau-
art mit glattgeebneter Steinfaçade, doch vornehm, stolz
und kunstvoll. Marmorsäulen trugen hoch droben luftig
das weit überspringende Dach, als ob das Gebäude in
einen antiken Tempel auslaute; drunten aus dem Gemäuer sahen große Eisenringe zum Anhalftern von
Pferden, und Klammern darüber als Fackelhalter hervor. Heiter blickten die schönen marmornen Fenster-
gewölbe über den freien Platz hinaus; das offenstehende
Thor wies auf die erneuerten frieblich-sicheren Zustände
von Florenz hin. Doch die innere, gleichfalls von Säulen
getragene Hofhalle des Palastes schloß ein hohes, präch-
tiges Eisengitter von Schmiedearbeit ab, Kunstwerke
mannigfacher Art tauchten nicht mehr deutlich unter-
scheidbar an den Wänden in's Dämmerlicht. Reichthum
und Schönheit umgab die junge Witwe in ihrem Hause
das sie allein inne hatte, während ihre Geschlechts-

verwandten drüben im Innern der Stadt den älteren
Palazzo Guadagni am Domplatz bewohnten.

Ihre Begleiter verabschiedeten sich nun von ihr,
artig erwiderte sie auf die Verneigung Cavalcanti's:
„Ich vernahm, Ihr seid noch fremd in Fiorenza, Signor;
wenn es Euch gefällt, mein Haus zu nützen, um in
ihm zur Bekanntschaft mit edlen Geistern unsrer Stadt
zu gelangen, so wird Euer Freund Euch die Tage kund=
geben, an dem auch Euer Besuch mich erfreuen wird.“

Aus der Einladung redete wohl nur der höfliche
Brauch florentiner Gastlichkeit, doch zum ersten Mal schaute
Imagina während des Sprechens in das ungewöhnlich
einnehmende, von geistigem Ausdruck belebte Gesicht des
jungen Fremden, und der Blick ihrer schönen dunklen
Augen verband sich mit dem Schluß ihrer Worte zu
einer Bestätigung desselben. Der Pförtner öffnete jetzt
das Gitter der Halle und sie verschwand; die Zurück=
bleibenden wanderten gemeinsam in östlicher Richtung
weiter, dann an dem eben durch Eleonora be' Pitti, die
Gemahlin des Herzogs Cosimo, wieder aufgenommenem
Fortbau des Palazzo Pitti vorüber. Hinter diesem warf
Michelangelo Buonarroti einen Blick zu einem schon
vom Licht erhellten Fenster des Palazzo Guicciardini
hinauf und sagte: „Dort sitzt Don Francesco und zeichnet

auf, was wir gesehen und gehört haben. Ich hoffe, seine Feder schreibt nicht auf Papier, sondern ist ein Meißel, der die Schande seiner Vaterstadt für die Nachwelt in Stein gräbt."

„So thäte er das Gegentheil von dem Eurigen, Maestro, der ihren Ruhm unsterblich erhält," entgegnete Tullia. „Würde ich zwischen beide Meißel zur Wahl gestellt, sie fiele mir nicht schwer. Ihr wißt, ich halte es mit Lorenzo:

Arda di dolcezza il core,
Che si fugge tuttavia!
Non fatica, non dolore —
Chi vuol esser lieto, sia!

Hier biegt ein Weg ab und heischt mich in die Einsamkeit hinauf. Sie ist eine Sphinx; man sucht nach ihr und man möchte sie nicht finden. Wer löst ihr Räthsel?"

Sie waren an die kleine piazza San Felicità gelangt, an deren Rande sich noch nicht das Säulengedenkmal der Besiegung Siena's durch den Herzog Cosimo erhob: Girolamo de' Cavalcanti erwiederte, unsicher fragend:

„Darf ich — dürfen wir Euch nicht bis an Eure Villa geleiten, Signorina?"

Doch lächelnd lehnte Tullia d'Aragona ab:

„Ihr wißt nicht, wessen Ihr Euch vermeßt, Signor;
es ist nicht so leicht, zu mir zu gelangen, wie zu
Donna Imagina. Der Weg führt steil und beschwer-
lich empor; mein Fuß ist mit ihm vertraut, ihn auch
im Dunkel zu gehen, doch man muß ihn zuvor im
Tageslicht kennen gelernt haben, und diese Kenntniß er-
warbt Ihr Euch noch nicht, Don Girolamo."

Sie reichte Michelangelo die Hand, verneigte sich
vornehm zum Abschiedsgruß vor den beiden jungen
Cavalieren und stieg, zur Rechten abbiegend, durch die
via della Costa gegen die porta San Giorgio zu hinan.

       *   *

          *

Italien ist das Land des Windes. Wo nicht eine
Bergwand in besonderer Weise Deckung gewährt, giebt es
kaum jemals einen völlig windstillen Tag. Vor allem nicht
auf den Anhöhen um Florenz. Drunten in den Straßen
der Stadt mag eine drückende Stille und Schwüle
brüten, doch droben geht fast immer den Sonnentag hindurch erquickend bewegte Luft.

Und da kommt sie mir entgegen, wie ich meinen ge-
wohnten Heimweg fortsetze, vom ponte vecchio über die
piazza San Felicità an dem Gedenkmal der Unter-
werfung Siena's vorbei zur Linken umbiege. Schon

auf der nicht mehr befahrbar steilen via della costa weht
mir von drobenher der frische Anhauch kühlend in's Ge=
ficht; durch eine Häuserlücke nickt mir links, in der
Mittagshitze glimmernd und flimmernd, von seinem
Hügel=Thronsessel Fiesole wie ein Mittagsgeficht aus
altetrurischen Tagen herüber. Nun habe ich in einem
Viertelstündchen die Höhe erklommen und durchschreite
das schattige Dunkel der kleinen, unter die hohen Mauern
der alten ‚fortezza' hingeduckten porta San Georgio;
halb im Schlaf fitzen ihre beschäftigungslosen Wächter
auf einer Bank zurückgelehnt. Hinter dem Thor be=
ginnt die ziemlich schmale via San Leonardo, von
grauen Mauern eingefaßt, die von filbergrauen Oliven
übernickt werden; einsam, einer dunkelgewandeten
Wächterin gleich, ragt eine hohe, vereinzelte Cypresse
nah vor mir in den tiefblauen Azur. Von dem
Gelärm der Stadt dringt kein Ton mehr hierherauf, nur
unweit vor mir schlägt einmal die Glocke der alten
kleinen Kirche San Leonardo in Arcetri, nach der die
Straße heißt, an und verstummt wieder. Auch von
Menschen begegnet mir nichts, malachitgrüne Eidechsen
nur huschen an dem heißen Gemäuer, die Cleopatra,
die schöne Anverwandte des deutschen Citronenfalters,
kommt taumelnden Flug's wie ein flatterndes rothes

Goldblatt und nimmt von den duftschweren Blüthen eines Gartens den Weg zu denen eines andern. Hier ist der Wind abgefangen, und glühend wirft die Sonne ihre Strahlenpfeile zwischen die Mauerenge hinein; ich schließe die Augen vor der Blendung und zähle vom Thor an die Schritte auf der leichtgekrümmten Straße. Wie ich ein wenig über dreihundert gelange, öffne ich die Lider und befinde mich auf dem richtigen Fleck vor einem großen, in die graue Mauer eingelassenen braunen Holzthor, das aufspringt, nachdem ich einen Glockenstrang gezogen. Vor mir dehnt sich eine blühende, insectenüberschwirrte, an Deutschland gemahnende Wiese, doch ganz von florentiner Rosen umsäumt, und über sie hin steigt in der Weite der nackt in der Sonnenglut verzitternde, langhingewellte und hochgegipfelte Rücken des Monte Morello empor.

Unter Linden, Lorbeeren und Akazien hindurch trete ich auf den großen, freien Vorraum der Villa, eine mit grauen Steinplatten belegte und von grauen Mauer=brüstungen umfaßte Terrasse; kühl empfängt mich das Innere des Hauses. Langsam steige ich die Stufen zu meinem über seiner Mitte sich aufhebenden Thurmgemach hinan, das nach allen vier Winden unermeßlichen Rund=blick bis in die blau verdämmernden Fernen gewährt.

Ausraftend fiße ich hier und schaue in die Weite —

> Dort wandernd Wölkchen leichten Flug's
> Im sanften Windeswehen;
> Nun hellen Zug's, nun blassen Trug's,
> Und flattern und zergehen —

Hat es der heiße Gang gethan und das, was ich heute Morgen gesehen? Mir ist's wunderlich zu Sinn, vor Auge und Ohr. In ihm klingt's mir, als singe der Wind um meinen Thurm mit einer Menschenstimme:

> Quant è bella giovinezza,
>   Che si fugge tuttavia —

Ja, was da unter mir, um mich mit Thälern und Hügeln, Kirchen, Thürmen, Burgen und Häusern sich breitet, hat seit dem Beginn der Medicäerzeit Alles ge= sehen, gehört, mit erlebt.

Stand damals auch diese Villa schon hier?

Mich überläuft's plötzlich; aus der wellenzitternden Sonnenluft draußen blickt's mir wie ein Mittagsgesicht in die Fenster herein. Ueberall, wohin ich die Augen richte. Auch drunten auf dem weiten graugrünen Oliben= grund der ‚campi' in der Tiefe unter mir steht es und schaut mich reglos ebenso an.

Nun treibt's mich jäh auf, hinunter in's Erd= und in's Kellergeschoß, das ich bisher nur flüchtig, gedankenlos einmal durchwandert. Aber anders als damals sieht

mir's heut' daraus entgegen. Diese weit unter dem
Boden hingezogenen, casemattenhaft gewölbten Räume
stammen aus alter Zeit, aus einer älteren, als das
Gebäude, das sich jetzt über ihnen erhebt. Sie reden
noch von Tagen, in denen auch eine florentiner Villa
zu Schutz und Trutz gerüstet sein mußte, dem feind=
lichen Angriff eines Nachbarn, einer Ueberrumpelung
zu begegnen.

Da streckt sich aus dem Keller ein in den Berg=
grund gegrabener Brunnen schwindelnd tief hinunter.
Alles um ihn trägt, wie er, ein uraltes Gesicht.

Und hier über dem Herd zwei steinerne Bären,
ein übertünchtes, nicht mehr erkennbares Wappen hal=
tend — die Wappenhalter der Orsini —

Da sitze ich wieder in meiner ‚torre‘, nachbarlich
klingt mir das Mittagsgeläut von San Leonardo in
Arcetri herüber. Wie ich Alles mir vorüberziehen
lasse und zusammenfasse, bleibt mir kein Zweifel, ich
bin in dem Hause, das nach der Zerstörung des alten
Orsini'schen Landsitzes auf den Fundamenten desselben
wieder aufgebaut worden. Und in der Villa, die einst
Tullia d'Aragona eine Zeit lang bewohnt hat, berichtet
meine Feder ein absonderes Stückchen aus ihrem Leben.

*
* *

Da waren die Calendi maggio, der erste Mai ge=
kommen und Florenz hatte seine ehemalige Lebensfreu=
digkeit so voll zurückgewonnen, daß es auch das alte
Volksfest an der Eintrittsschwelle des schönsten Früh=
lingsmonats wieder beging. Der Frühmorgen sah die
Thürpfosten überall mit grünem Laubschmuck umkleidet,
in ihren besten Gewändern gingen die Frauen und
Mädchen. Himmel und Erde wetteiferten an Schön=
heit, und heitrer Genuß des Augenblicks sprach aus
jedem Gesicht.

Vor Allem jedoch war es ein Festtag der Kinder,
die in dichten Schaaren auf die Höhe von San Mi=
niato hinaufzogen, als die Sonne ihre stärkste Glut
gedämpft und Musikklang lockend von droben herab=
scholl. Ueber das bunte, laute Getriebe blickten mit
schweigsamem Ernst die alten Festungsmauern, auf denen
vor einem Jahrzehnt Michelangelo gestanden, um der
Wiederkehr der Medicäer zu wehren; doch Wenige nur
gedachten heut' mehr an jene Schreckenszeit der Pest
und Belagerung. Blumen, Gesang und lachende Stim=
men waren das Sinnbild des Tages, nicht blutende
Wunden, Schlachtgeschrei und Donner der Feuerrohre;
zu Spiel und Tanz fanden sich die Tausende unter
dem Goldgrundbildniß des edelreichen Fassadenbau's der

alten Bergeskirche zusammen. Im Ballschlag des Cal-
cio und Maglio mit dem Handgelenk und dem ange-
schnallten Holzhammer übten die größeren Knaben und
Jünglinge ihre Gewandtheit, die Mädchen verschlangen
sich im Reigen, und zwischen den umhergelagerten Zu-
schauern kreisten und klirrten die Becher mit dem rothen
und weißen Wein Toscana's. Nicht das niedere Volk
nur nahm an der Freudigkeit theil, auch Herren und
Damen aus den vornehmsten Geschlechtern stellten
sich ein, spornten durch ihr Lob den Wetteifer der
Ballschläger an und erfreuten sich der Anmuth, welche
die kleinen Tänzerinnen von der Natur als Mitgift
empfangen. Die tägliche Lebensführung brachte wohl
eine Scheidung zwischen den Höhergestellten und der
Masse der Bevölkerung mit sich, aber das Außerge-
wöhnliche froher wie trüber Art knüpfte vorübergehend
doch mit einem Gefühl der Gleichheit, einem Band der
Zusammengehörigkeit aneinander. Auch die Großen
waren aus dem gemeinsamen Schooß hervorgegangen,
ihr Reichthum, Ansehn und der Stolz ihrer Namen
ruhten darauf, daß sie sich rühmten, Bürger von Florenz zu sein.

Als der Abend herannahte, ward der Besuch des
Festplatzes noch immer lebhafter, die lindwerdende Luft

lud Viele, die bis dahin gezaubert, zum Emporsteigen
auf die Anhöhe ein. Manch' schöne und edle Frauen=
erscheinung tauchte in dem Gedränge auf, durch das
sie sich scheulos hinbewegte, denn ein angeborener artiger
Anstand auch der untersten Volksclasse leistete sichere
Bürgschaft wider jede rohe oder auch nur tölpelhafte
Begegnung. Doch der von der Lustbarkeit fröhlich er=
regte Sinn begnügte sich nicht wie sonst mit stummer
Bewunderung einer ungewöhnlichen Schönheit, sondern
brachte ihr durch Laute und Ausruf offne Huldigung
entgegen; am lebhaftesten an einer Stelle, wo gegen
die letzten rothen Abendstrahlen drei junge weibliche
Gestalten nebeneinander in eine Lücke des sonst dicht
mit Menschen bedeckten Platzes eintraten. Gleich Bil=
dern auf goldenem Grund erschienen sie so; Imagina
de' Guadagni war's mit ihrer Freundin Erminia, Grä=
fin von Montefeltro; zur andern Seite ging ihr Tullia
d'Aragona. Die Letzte sprach, über die vor ihnen tan=
zenden Kleinen hinblickend:

„Seht dort, ist das nicht Beatrice? Wo mag ihr
Dichter sein, der sie der Nachwelt verherrlicht? Viel=
leicht der Knabe drüben, der mit den weitoffnen Augen
nach ihr hinüberschaut. Sie wird blühen und verwelken,
und mit Runzeln bedeckt wird man ihr Antlitz in den

Sarg legen; er aber ist stärker als Alter und Tod, und sein Lied erhält sie unsterblich in ewiger Jugend. So schafft die Erde immer auf's Neu, was sie nimmt, und die Welle des Schönen, die hier zerrinnt, rauscht dort wieder auf, denn sie entschwindet nicht. Ihr wißt, an diesem Maitag war's, daß Dante Alighieri zum ersten Mal bei'm Kinderspiel Beatrice Portenari wahr= nahm. Wir sagen, mehr als zwei Jahrhunderte ver= gingen seitdem; das ist die Rechnung von Menschen, nicht der göttlichen Kraft der Natur, die in immer gleicher Gegenwart beharrt. Auch sie betreibt nur ein Spiel, darin sie die Antlitzzüge ihrer Kinder ein wenig verändert, und wir nennen es Tod. Doch das be= seelende Wesen ihrer Wandelerscheinungen kennt nicht gestern und heut, denn unvergänglich dieselbe bleibt die Menschenempfindung der Schönheit und Liebe, des Glückes und der Freude."

Ein träumerisches Lächeln begleitete die Worte der Sprecherin, und sie legte liebkosend eine Hand auf das flatternde Haar des kleinen Mädchens, das ihr als eine Neugestaltung der Beatrice Dante's erschienen. Aus den Umstehenden aber erklang jetzt eine Stimme, hohe Bewunderung austönend:

„Seht die Drei! Nicht irdische Frauen sind sie,

vielmehr die Grazien selber, die vom Olymp herabge=
stiegen und sich zusammengesellt, um das Fest zu ver=
herrlichen."

Ein Künstlermund rief's wohl, dem als Gleichniß
nicht die christliche Madonna, sondern die alten Huld=
göttinnen auf die Lippen kamen, und um ihn lief ein
Echo rund: „Er sagt's wahr, die Grazien sind es! Sie
scheinen nur mit irdischen Sohlen die Erde zu berüh=
ren, doch gebet Acht, auf Flügeln werden sie sich wie=
der von uns in den Aether emporheben."

Viel an lebendigen Vorstellungen aus der Götter=
welt des Alterthums hatten die Kunstwerke der Re=
naissancezeit auch im Volk geweckt, denn nun tönte
eine neue Stimme auf:

„Schauet, dort naht Paris sich! Er trägt keinen
Apfel, doch eine Blume in der Hand — laßt uns
sehen, wem von ihnen er sie als Preis der Schönheit
zuerkennt!"

Mit zustimmendem Jubel erscholl's von den Lippen
in der Runde: „Ja, der Schönsten soll er sie reichen!
Gebt Raum, daß er vor sie hingelange und sein Ur=
theil für uns fälle! Ihr aber, Signor, wägt es wohl
in Euren Augen, denn sähet Ihr Jede für sich allein,
müßte sie Euch des höchsten Preises werth bedünken, und

wir vertrauen ein schweres Schiedsamt in Euren
Spruch.“

Vielstimmiger Beifall klang umher, und mit süd=
licher Lebendigkeit bestand die Menge auf dem Schau=
spiel, das ein Zufall ihr zur Erfreuung dargeboten.
Der, dem die Aufforderung galt, war der junge Cava=
liere Girolamo de’ Cavalcanti; von einem Gang aus
dem Gefild über den Bergrücken San Miniato’s zu=
rückgekommen, trug er eine einzelne rothe Blüthe des
Frühlingsgladiolus in der Hand. Unvermuthet stand
er nun den drei Damen gegenüber, die er bisher nicht
wahrgenommen, wie auch sie ingleichem jetzt erst ihn
sahen und erkannten; umher erweiterte sich, auf den
begehrten Schiedspruch harrend, der Kreis. So grüßte
er artig, doch vom Unerwarteten ein wenig verwirrt,
und stand mit niedergelassener Hand, offenbar nicht ge=
willt, der an ihr gerichteten Forderung nachzukommen.
Aber Donna Imagina sprach ihn an, und aus Wort
und Blick ließ sich entnehmen, daß sie schon zu öfteren
Malen wieder mit ihm zusammengetroffen sein müsse,
denn sie sagte:

„Da habt Ihr die schöne Blume, Don Girolamo,
die ich Euch bat, mir einmal mitzubringen, denn wir
Armen kommen nicht gleich Euch in’s Freie hinaus, wo

sie blüht. Willfahret doch dem Verlangen unsrer Mit=
bürger, Signor! Es ist heute ihr Fest, und sie haben
ein Recht, zu erwarten, daß, wer daran Theil nimmt,
ihnen einen Wunsch erfüllt."

Dieser Beipflichtung zum letzteren gegenüber konnte
der junge Mann sich dem ihm allseitig ertheilten Auf=
trag nicht entziehen. Nur einen Augenblick zögerte er
noch, dann setzte er seinen Fuß vor, neigte sich und
überreichte die rothe Blüthe an Tullia d'Aragona. Die
Menge genoß ihr begehrtes Schauspiel, und zufrieden=
gestellt, daß die Vornehmen sich ihr willfährig erwiesen,
begleitete sie mit lautem Beifallsjubel den Entscheid.
Tullia äußerte überrascht: „Ihr erfüllt Euer Amt nicht
nach dem Recht, sondern nach Willkür, Signor; aber
dem Urtheil des Richters darf man nicht zuwiderhan=
deln, auch wenn es irrt." Sie nahm die Blume und
fügte nach: „Ja, sie ist schön und für mich um so
mehr, als nicht Kunst des Gärtners sie schuf, sondern
die Natur selbst sich in ihr zum Ausdruck bringt. Doch
Ihr gestattet, daß meine Hand sie der andern weiter
reicht, der sie mit besserem Fug zukommt, denn Ihr
hörtet, meine Freundin erwartete sie von Euch."

Anmuthig bot sie die Blüthe Imagina entgegen,
aber diese versetzte schnell:

„Es war nur ein Einfall, den neulich flüchtige Anwandlung mir wachrief. Sonst neige ich in Allem mich vor der Feinheit Deines Geschmacks, doch bei Blumen besitzen nur die von verständnißvoller Gärtner= hand verfeinerten Werth für mich, und die Wildlinge des Feldes erwecken mir kein Verlangen. Sie lasse ich gern Denen, welchen die Natur die Mitgift ge= geben, daran Genüge finden zu können. Ich erinnere mich, auch das sprach ich Euch, Signor, und ich bin Euch Dank schuldig, daß Ihr es behalten habt. Doch Dir nicht minder, liebste Tullia, daß Du den empfangenen Preis mir übertragen gewollt. Er ist Dir mit Recht zuerkannt und mir stände es schlecht an, danach Be= gehren zu tragen. Kommet, meine Freundinnen; Ihr habt mir zugesagt, den Abend in meinem Hause zu verbringen. So laßt mich nicht mehr von der nur zu kurzen Zeit des Genusses, den Eure Anwesenheit mir dort bereitet, einbüßen!"

Lächelnd, leichtscherzenden Ton's hatte Imagina de' Guadagni gesprochen, sie verneigte sich graziös gegen Girolamo de' Cavalcanti und durchschritt mit ihren Gefährtinnen die Volksmenge. sich westwärts, der Hügel= anhöhe entlang zur Porta Romana hinunter zu begeben.

*   *   *

Wie ich aus meinem Thurm niederschaue, geht mein Blick über die Gärten, welche die Villa umgeben. Sie liegen in verschiedenen Ebenen, zum Theil auf der Rückenfläche des Hügels, zum Theil schon auf seiner Absenkung, die sich dann sanften Niederfalls weiter in den Thalgrund hinunter erstreckt, über dem jenseits San Miniato aufragt.

Der Pflanzenwuchs dort unten ist zweifellos seit vielen Jahrhunderten im Wechsel der nämliche geblieben. Mit fruchtbarem Boden luden die Abhänge und die Thalsohle zur Bebauung ein, und früh wurden dort Oliven und Feigen gepflanzt, Nuß= und Mandelbäume, zwischen deren Geäst sich schwebende Rebgehänge aus= spannten, unter denen noch wieder Kornsaat das Erd= reich ausnutzte. Hoch und breitschattend hebt sich ab und zu eine Edelkastanie empor, Cypressen strecken hin und wieder ihre dunklen Nadelpyramiden auf. Kein deut= scher Wald ist's, aber doch ein ganz mit grünem und silbergrauem Laubwerk überdecktes Gefild, das an mancherlei Stellen erfreulich Schutz und Kühlung vor der heißen Tagessonnenglut gewährt. Und eine stille Sommerwelt, in der nach der Frühlingsbestellung Alles, sich selbst überlassen, gedeiht und seine Frucht zur Reife zeitigt. Nur selten klirrt darin einmal die Hacke eines

Arbeiters am Gestein und, wenn es geschieht, am Früh=
morgen oder gegen den Einbruch des Abends. Da=
zwischen liegen die Gelände und Gründe in schweig=
samer, träumerischer Verlassenheit, einzig vom Summen
der Insecten und leichtem Geräschel grüner Lacerten
belebt. Denn obwohl dies Feldgebiet sich weithin aus=
dehnt, besitzen doch nur die Bewohner der umgrenzen=
den Villen aus ihren Gärten Zutritt zu ihm. Schein=
bar in's Freie gehend, ist es ringsum von Mauern
eingeschlossen und jedem Gelüst der großen Stadtbe=
völkerung versperrt.

Nun liegt nachmittägige Maisonne so flammend
auf der grauen Steinterrasse vor'm Hause, daß selbst
die großen goldgrün blitzenden Rosenkäfer nicht auf=
schwirren, sondern reglos=träg in die duftreiche Blätter=
fülle der rothen und weißen Kelche geduckt sitzen. Durch
die lautlose Stille tönt plötzlich der Anschlag der von
draußenher vor dem Thor gezogenen Glocke, leise
schwirrt der Draht, der es von der Villa aus öffnet,
und eine sonderbare Erscheinung taucht aus der Thür
auf den heißen Vorplatz hervor, um nachzuschauen, wen
das Läuten gemeldet hat. Ganz schwarz und roth;
die erstere Farbe zeigen das Gesicht, die Arme und
Hände, die andre das Kleid, das lässig und freigebig

auch noch ein Stück der schwarzen Brust gewahren
läßt. Eine Mohrin ist's, eine Dienerin Tullia's d'Ara=
gona; man sieht, der Scharlachrock bildet ihr einziges
Gewand, sie trägt kein andres darunter. Von Kind=
heit her an die Heimathsonne Afrika's gewöhnt, giebt
sie auch das Kraushaar unbedeckt den Strahlen preis,
doch offenbar sind ihr in einem verhängten Raum die
Augen zugefallen gewesen, mit blinzelnden Lidern sieht
sie in die Blendung. Durch den Vorgarten kommt ein
Schritt, und ein junger Herr biegt um die Ecke des
Lorbeergebüsches. Er fragt nach ihrer Herrin; sichtlich
kennt sie Girolamo de' Cavalcanti bereits, mit einem
leichten Aufgrinsen der weißen Zähne zwischen den wul=
stigen Lippen deutet sie abwärts nach dem Oliven=
grund.. Was sie dazu spricht, muß das Ohr mehr
errathen, als es sich verstehen läßt, und sie tritt in's
Haus zurück, ihre unterbrochene Siesta fortzusetzen.

Doch er hat den Hinweis ihrer Hand begriffen
und folgt demselben, begiebt sich durch das Pförtchen
des unteren Gartens weiter hinab. Droben und im
Hause war er merklich nicht mehr fremd, allein hier
umgiebt ihn Unbekanntes. Nichts regt sich in der
schwülen Nachmittagsluft, gegen den sonstigen Brauch
des Windes liegt er wie entschlummert auf den unbe=

wegten Blättern, die rings den Blick mit einem
silberig flimmernden Maschenwerk begrenzen. Darunter
steht der Weizen hoch in schon sich bräunenden Aehren,
aus stützendem Gemäuer streckt da und dort rother
Baldrian in üppiger Fülle seine Dolden hervor. Es
ist heißbrückend und kaum als wirklich anzunehmen,
daß sich Jemand zu dieser Stunde hier aufhält; wahr=
scheinlich hat die Negerin sich getäuscht, ihre Herrin
verweilt drinnen in einem kühlen Gelaß der Villa.
Ungewiß und zögernd setzt der Suchende seinen Fuß
weiter vor; er könnte rufen, doch er weiß nicht, in
welcher Art, und auch eine Scheu hält ihm den Mund
geschlossen. Sein Herz klopft rasch, und seine Einbil=
dungskraft spielt ihm Bilder vor die Augen, die nicht
sind. Er ist ein großer Knabe, der von einer Sehnsucht
unwiderstehlich getrieben wird und sich zugleich vor etwas
in ihm selbst fürchtet. Unter seinen Altersgenossen in
Florenz findet er wohl kaum einen Zweiten gleicher
Art. Nicht daß er Einem an geistiger Begabung
nachstände, und an Reichthum inneren Gemüthes über=
bietet er sicherlich die meisten weit. Aber sie sind in
der Welt, im Leben und in sich selbst erfahrener, als
er, ihr Blick geschärfter, die Dinge und Menschen auf=
zufassen, wie sie in Wirklichkeit sind. Sie wissen, was

sie wollen, wonach ihr Sinn steht; das macht sie rasch
entschlossen und kühn, weniger zwar den Männern, als
Frauen gegenüber. Doch die Natur hat Girolamo
de' Cavalcanti zu einem Dichter, einem Träumer ge=
schaffen, muthig wo die Kraft eines Gegners ihn be=
droht, aber zagend vor der Schönheit, dem Liebreiz,
die sein Gefühl sich aus etwas Irdischem zum Himm=
lischen erhöht. Und seine Augen umgeben dies mit
einer Aureole, die Andre nicht gewahren.

Nun hält er zweifelnd an, denn sein Begehren
nach dem, was er sucht, ist so groß, wie sein Bangen,
es zu finden. Er will zurückkehren; da schlägt ihm
ein Ton an's Ohr, den er kennt. Ein feinstimmiges
Gekläff ist's, zugleich springt ein langohriges Bologneser
Wachtelhündchen hinter einem wilden Feigengestrüpp
hervor, und im nächsten Moment zeigt sich auch Tullia
d'Aragona seinem Blick. An den Grasrain gelehnt,
sitzt sie im tiefen Schatten einer breitästigen Edel=
kastanie, ein paar Blüthenähren des rothen Gladiolus
heben sich märchenhaft, reglosen Wächtern gleich, neben
ihr auf. Thut's das grüne Licht, oder wirkt in den
Augen des Hinzutretenden noch die schwarze Hautfarbe
der Mohrin nach, ihr Antlitz erscheint ihm heut' wie
von leisen Aetherwellen durchspielt, ihre Stirn unter

dem reichen, nordisch hellen Haar, das an die Gold=
ähren zwischen den Oliven gemahnt, wie von der Hand
Michelangelo's aus dem Marmor Carrara's gebildet.
Sie liest in einem Buch, doch hebt jetzt die Augen,
die vielleicht von allen Lebenden nur Tullia d'Aragona
besitzt, keine Zweite außer ihr, so einem Edelgestein
gleichend an hellem Strahlenwurf und aus der Tiefe
glühender Leuchtkraft. Leicht überrascht blickt sie den
Ankömmling an, doch nicht erstaunt, und sie sagt:
„Sucht Ihr die Einsamkeit, Don Giralamo, und grollt
mir jetzt, daß mein Hiersein Euch um sie betrügt?"

Es klingt zwischen Ernst und Scherz, unentscheid=
bar, was von beiden darin überwiegt, und bietet ihm die
Möglichkeit hin, zu erwidern, nur ein Zufall führe ihn
an die Stelle, wo sie sich befinde. Aber er vermag nicht
Unwahres über die Lippen zu bringen; bei der Vorstellung,
daß er im Begriff dazu gestanden, erröthet er, grüßt
nun hastig, seinen Hut lüftend, und antwortet merkbar
beklemmten Athems: „Ich vernahm von Eurer Die=
nerin, Ihr seiet hier, Signorina."

„So war es freundlich von Euch gesinnt, mir Eure
Gegenwart zu vergönnen," entgegnet sie. „Ich kann
Euch hier nicht als Gast empfangen und einen Sessel
zurechtrücken; doch da Ihr genügsam in der Wahl

Eurer Gesellschaft seid, werdet Ihr Euch auch an dem
Sitz genügen lassen, für den meine grüne Behausung
hier noch vorbedacht gewesen."

Er läßt sich, ihrer leichten Deutung folgend, auf
eine kleine Rainwölbung ihr gegenüber nieder, und
wie zunächst niemand von ihnen mehr spricht, ist
nichts um sie, als Insectengesumme und in der Ent=
fernung ein schläfriger Vogelton aus dem heißen Laub.
Dann unterbricht Tullia das Schweigen:

„Liebt Ihr auch diese nachmittägige Stille, Signor,
in der die Sonne ihre Kinder im Strahlenbett zum
Schlummer einwiegt? Ihr Lied, das sie ihnen dazu
singt, ist unserm Ohr nicht vernehmlich, doch man sieht,
sie hören's und es bettet sie zu süßer Ruh. Und zu=
weilen ist's, als klinge ein Gefühl in uns die weiche
Stimme nach, wie leis' die Saite der Harfe tönt, wenn
der Windhauch über sie geht. Aber was spricht mein
ungewandter Mund davon zu Euch, der Ihr ein Dichter
seid? Laßt mich Euch zuhören, Don Girolamo, denn
Ihr habt Besseres zu sagen, als ich. Was Eure
Jugend in sich birgt, gleicht dem Frühling, der um
uns blüht, und Eure Lippe redet nicht kühl wie meine
von der Sonne, sie selbst ist in Euch mit goldfunkeln=
dem Licht und süßer Wärme."

Wie zauberisch es durch die Lautlosigkeit des ein=
samen Thalschooßes tönt; man gewahrt, der Hörer
horcht noch auf die verklungene Stimme nach. Dann
versetzt er:

„Ihr spottet meiner Armuth, Signorina. Wohl
empfinde auch ich Alles in mir, was Ihr sprecht, und
voller strömend, wenn es von Euren Lippen zu mir
kommt. So wird die ruhende Meeresfläche zur Welle
geregt, wenn eine Kraft aus der Tiefe sie aufschwellt,
und sie rauscht sehnsuchtsvoll an's Gestade. Doch Eure
Stimme ist der Windhauch, der die Melodie in sich
trägt, zu der er die Saite sich schwingen läßt. Ohne
ihn bleibt sie stumm, denn nur zum Wiederklang ward
ihr die Gabe."

Tullia d'Aragona stützt ihre Wange in die Hand.

„Warum spottet Ihr meiner und benennt mich
Signorina? Die Ansprache steht denen meines Ge=
schlechtes zu, die Eurem Alter gleich sind. Ich will
nicht in einer Hyperbel reden, daß ich Eure Mutter
zu sein vermöchte, denn das stritte in unserm Lande
wider die Natur. Doch zu Eurer älteren Schwester
hätte diese mich schaffen können, die Muttersorge für
Euch getragen, wenn das Geschick Euch früh der Eltern
beraubt gehabt. Und die schwüle Luft hier ist einbild=

nerisch, ich glaube so war's, und die Falten in meiner
Stirn rühren von bangen Nächten her, die ich, als
Ihr krank lagt, an Eurem Knabenbette in geschwister=
licher Aengstigung durchwacht."

Ein Lächeln und ein leichter Seufzer, ineinander
sich schlingend, begleiten ihre Worte. Sie spielt mit
ihm, wie mit einem Kinde; ihre Marmorstirn, deren
leuchtende Schönheit kein leisester Schattenhauch durch=
bunkelt, neigt sich leise vor, und ihre edelgeformte
weiße Hand streichelt lieblosend über das weiche Haar=
geflecht des Bologneserhündchens, das sich neben sie ge=
lauert. In ihrer Miene zeigt sich keine Ahnung, daß
der Blick ihr gegenüber das zierliche Thierchen sehn=
suchtsvoll beneidet, daß jede sanftgleitende Regung ihrer
Hand einen Herzschlag stürmischer, in der Stille fast
hörbar aufklopfen ließ.

Ja, ein tändelndes Spiel, das sie treibt. Sie hat
ihm die Wahrheit nicht verhehlt, daß sie um ein Jahr=
zehnt vorgeschrittener an Jahren sei als er, denn wes=
halb es verschweigen? Ihr Herz schlägt ruhig, nur das
Weib in ihr erfreut sich daran, daß ihre Kundgabe
keine Einwirkung auf ihn geübt hat. Zwar war sie
dessen im Voraus gewiß, sie weiß, daß sie wie in erster
Frühmorgen=Jugend blüht und mehr als drei Jahr=

zehnte keine Macht besessen, einen Zug an ihr altern zu lassen. Aber dies wieder bestätigt zu sehn, erfüllt sie mit Befriedigung; sie überragt ihre Genossinnen hoch an geistigem Besitz, doch dem Geschlecht derselben gehört sie an. Und das Gesicht Girolamo's be' Cavalcanti spricht stummberedt, daß sie für ihn zeitlos ist; hätte er als unzweifelhaft erfahren, sie habe die Welt schon ein halbes Jahrhundert lang gesehn, es würde ihm nichtsbedeutend sein. Für ihn ist sie ein Ideal seiner Träume, ein Höchstes, aus Innerem und Aeußerem zu einem herrlichsten Menschenbild zusammengefügt. Und sie feiert einen Triumph, denn es überkommt mit einem berauschenden Gefühl, wenn der jüngere Mann der älteren Frau so huldigt und sich in Liebe für sie verzehrt.

Doch unbewußt hat das Spiel ihrer Phantasie sie etwas aussprechen lassen, das auch die Wirklichkeit so geschaffen. Ein schwermüthiger Ausdruck überfliegt kurz die Züge des jungen Mannes und er erwidert jetzt:

„Ihr habt es gesagt — woher vernahmt Ihr's? — ich bin früh verwaist, meine Eltern starben, als ich noch kaum drei Jahre zählte. Bei Fremden wuchs ich auf, die meinem Herzen fremd blieben; ich habe keine Liebe einer Mutter gekannt. Doch auch nicht die

einer Schwester, denn mir ward keine zu Theil; die
Welt besitzt Niemanden, der mir zugehörig wäre, mit
dem mich die Natur verbunden."

Das schöne Weib ist auch von gutherziger Art; sie
ergötzt sich daran, zu spielen, doch sie will nicht weh
thun, und Bedauern faßt sie, unwissentlich eine wunde
Saite in ihm berührt zu haben. Theilnehmend, ernsteren
Tones antwortet sie:

„So sind wir Leibgefährten, doch übertrifft mein
Mißgeschick noch das Eurige. Ich habe gleichfalls keinen
Vater besessen, und es wäre wohl besser gewesen,
ich hätte auch keine Mutter gekannt. Ja, Ihr seid
dennoch glücklicher als ich, denn Euer Gedenken erfüllt
Euch nur mit Trauer der Entbehrung, ohne ihr
Empfinden durch herben Zwiespalt zu vergällen. Und
die Natur hat den Mann bevorzugt; er ist nicht ge=
zwungen, zu harren, wie Andre den Inhalt seines
Lebens bestimmen, sondern selbst thut er's mit freier
Wahl. Ihr habt mir berichtet, was die Ungunst Eurer
Jugend Euch genommen, doch Ihr verschweigt, was ihre
Gunst Euch gegeben. Arm benennt Ihr Euch, aber ich
weiß, wie reich Ihr seid. Denn gar Manche begehrt
danach, den Blick Eurer Augen auf sich ruhen zu fühlen,
doch Euer Herz fragt nicht nach ihrem Verlangen, nur

nach dem eignen Wunsch, und immer hat es nur Die
beglückt, die ihm selbst ihr seliges Empfinden ausge=
tauscht. So zu entscheiden, verliehen die Götter Euch,
dem Manne, dem Falter gleich, der seine Schwinge nur
zu der Blüthe herabsenkt, deren Duft ihm Nektar ver=
heißt. Und was Eurem Knabenalter kühl versagt ge=
wesen, die Zärtlichkeit der Mutter und der Schwester,
dem Jüngling hat die Wärme des Frühlings es von
mit ihm aufblühenden Lippen reich vergolten und
ersetzt."

„Mir?" Girolamo hebt fragend den Kopf empor:
„Mir vergolten und ersetzt? Ich verstehe Euch nicht;
wen meint Ihr?"

Tullia zuckt leicht die Schulter. „Mit ihren Namen
kann ich sie Euch nicht nennen, woher sollt' ich sie wissen,
da ich Euch erst seit wenig Wochen kennen gelernt?
Aber so hart blickt Ihr nicht, daß ich fürchten sollte,
Ihr hättet von den Vielen, die ihr Herz Euch zuge=
wendet, einen allzugroßen Theil um seine Hoffnung
getäuscht."

„So täuscht Ihr Euch, Signorina, denn von dem,
was Ihr zu glauben scheint, ist mir nichts kund ge=
worden. Die Natur hat mir leichten Sinn versagt und
Dem, der gleichgültig zwischen den Frauen geht, wenden

sich der Blick und das Herz nicht zu. Um zu erhalten, muß man geben, und ich besaß nichts für solchen Tausch."

Ein lässiges Zuhören hat ihm bisher gegenüber verweilt, wie drückend abspannende, die Sinne einschläfernde Nachmittagsschwüle es mit sich bringt. Zum ersten Mal jetzt spricht etwas Aufhorchendes aus den Zügen Tullia's, und eine unwillkürlich lebhafte Mienenregung begleitet ihre Antwort:

„Nun verstand ich Euch nicht. Ihr wolltet doch nicht sagen, daß Euch die Liebe fremd geblieben sei?"

Er versetzt: „Ich kenne sie nicht, wie ich meine Mutter nicht gekannt; Niemand hat sie mich gelehrt, am wenigsten mein Herz. Das heißt" — er fügt es stockend nach, und seine Schläfen überströmen sich mit dunklem Roth — „sie war mir fremd bis vor — Ihr spracht's eben — vor wenig Wochen."

Ein halbes Lachen klingt vor ihm auf. „Also hatte ich recht, daß sie Euch doch nicht völlig unbekannt blieb! Sorgt nicht, daß ich Euch weiter befrage; auch einer Freundin steht's nicht zu, sich in ein Geheimniß einzudrängen, das ein Herz verschwiegen behütet. Doch zuvor habt Ihr niemals geliebt, Euer Mund noch niemals eine Lippe mit Sehnsucht, Seligkeit zu empfangen und zu gewähren, berührt?"

„Noch nie that er's —"

Die wunderſamen Augen Tullia's d'Aragona halten
ſich ihm grad' entgegengerichtet, und während ſie einen
Athemzug lang in den ſeinigen verweilen, glüht es in
ihrer Tiefe auf, und wie mit einem plötzlich erwachten
Durſt trinken ſie zwiſchen ſeinen Wimpern die Wahrheit ſeiner Erwiderung hervor. Dann fallen ihr die
Lider jäh herab und feſt hält ſie kurz die Augen ge-
ſchloſſen. Wie ſie dieſe wieder öffnet, hebt ſie ſich vom
Sitz und ſagt:

„Es iſt doch heiß hier, Don Girolamo; wollt Ihr
mir Eure Unterhaltung noch vergönnen, ſo laßt uns in
die Kühle des Hauſes gehen. Ich vergaß, daß ich noch
in Eurer Schuld ſtehe; Ihr ſpracht vorhin, man muß
geben, um zu erhalten, und ſo erſtatte ich Euch zurück,
was ich empfangen."

Sie bückt ſich, eine von den rothen Gladiolusblüthen
zu pflücken, und reicht ſie dem jungen Mann entgegen.
Mit einem zauberhaften Lächeln fügt ihr Mund hinzu:

„Ihre Schweſter ſprach neulich wohl irrigen Ent-
ſcheid, doch dieſe beſſert, was jene gefehlt, denn ſie redet
Wahrheit und ſagt — aber ich brauche Euch nicht zu
künden, was ſie ſagt, da Ihr ein Dichter ſeid, der die
Sprache der Blumen verſteht."

Flimmernde Sonnenfunken springen durch das silber=
graue Laub des Thalgrundes über das Antlitz Tullia's
b'Aragona, die ihrem Begleiter voran den Olivenhang
zu ihrer Villa emporschreitet.

*   *

*

O die lauen toscanischen Sommernächte!

‚Ein sanfter Wind vom blauen Himmel weht,
Die Myrte still und hoch der Lorbeer steht.‘

Ich trete auf die große Steinterrasse in die weiche
Nacht hinaus; durch leichten Schleier zittern die Sterne
und streuen einen geheimnißvollen Schimmer in's
Dunkel herab. Nachtigallen schlagen und die Luft ist
schwanger von Düften; manchmal ein leises Rauschen
in unsichtbarem Wipfel, durch die Stille tönt der
metallene Klang der zeitkündenden Domglocke von
Florenz aus der Tiefe fernherauf.

Dort aber erlischt der mattzwitternde Schein, wie
ich in die schwarzüberhangenen Gänge zwischen den
hohen Myrten= und Lorbeerbüschen hineintauche. Mein
Fuß kennt die Wege, das Auge vermöchte sie nicht zu
finden; was das Himmelsgewölbe noch an Lichtahnung
gewährt, bringt nicht mehr unter das Laubdach dieses

kleinen Labyrinthes. Und doch sind auch hier Sterne und heben da und dort einen Augenblick lang für eine Handbreite die Finsterniß auf. Schwebend ziehen sie hin und her, steigen empor und senken sich abwärts, einen schmalen, weißblauen Strahlenwurf um sich breitend; wohin dieser fällt, läßt er flüchtig ein grünes Blättchen oder auch nur einen Theil desselben unterscheiden. Winzigste Abbilder der großen leuchtenden Weltkörper broben sind's, doch zuweilen unzählbar erscheinend wie sie, Hunderte, im weiteren Umkreis Tausende von Glüh= würmchen, ein buntes Feuerwerkspiel der Natur in der florentiner Juninacht. Ueberall glimmen sie auf und löschen aus wie das Sprühen eines Sternschnuppen= schwarmes, doch nicht vergehend. Jedes der irrenden Fünkchen kehrt neu aufglühend wieder und schwimmt durch das Nachtdunkel weiter, als habe es sich ein Lichtchen angezündet, nach etwas am Tage Verlorenen zu suchen. Oder etwas Vergessenes, Versäumtes aus einem früheren Leben; nicht besonderer Einbildungskraft bedarf's zur Vorstellung, was da geisterhaft glimmernd umherschwebt, sei ein ruhloses Seelchen, das nächtlich zu der Stätte wiederkehrt, wo es einst, von der Sonne gerufen, mit freudigen Körpersinnen sich des Tag's seines Lebens und Liebens erfreut.

Aus der Finsterniß der umbuschten Gänge wende ich mich zur Terrasse zurück, lasse mich auf ihre alte Steinbank an der Brüstung nieder und blicke in das irrlichternde Gefunkel drüben hinüber. Sind es nicht doch rückirrende Geister aus verschollenen Tagen, die einst das graue Gemäuer hier gesehen?

Ein's ist gewiß, auch jene Nacht sah sie dort schon so auf= und niedertanzen, in der Tullia d'Aragona ihr Fest der Sonnenwendfeier über diesen Steinen beging. Nur verblichen die Leuchtkäfer, die bis hier heran= schwirrten, damals vor den hundert buntfarbigen Lampions, deren Kranz die Terrasse umschlang und sie mit Tageshelle überfloß. Ich sehe sie plötzlich vor meinen Augen aufflammen, und auch das tiefe Schweigen um mich verwandelt sich in lauten Klang. Aus den Mauern rundum tönen Stimmen hervor, durch die weit offen stehende Doppelthür des Hauses, sie über= hallen den weiten Platz, dem der weiche Nachthimmel als Decke dient. Ein Durcheinander lebhafter Unter= haltung, Frohsinn und Lachen, Männer und Frauen in schöner festlicher Gewandung, mit Anmuth ungefesselt dem Genuß der Stunde hingegeben. Kostbare Juwelen funkeln über marmornen Schultern, doch zündendere Lichtstrahlen noch breiten dunkle und hellgestirnte Augen

drüber um sich. Mancher Künstlerblick entzückt sich an der
aufschwellenden Wölbung eines aphroditischen Busens,
der mit tiefem Zug die vom schwingenden Fächer ge=
kühlte Luft einathmet.

Da legt sich Stille über die erlesene Gesellschaft,
und nur eine einzelne Stimme klingt fort, die Ber=
nardo Tasso's, der den künftigen Ruhm, den ein Sohn
seinem Namen bereiten wird, noch nicht ahnt. Auf den
Wunsch der schönen Wirthin des Hauses, seiner ihm
nah gestellten und hoch von ihm geehrten Freundin,
trägt er den Versammelten seine jüngst vollendete Dich=
tung vor. Auf Bänken und Sesseln im Kreis umher
niedergelassen, horchen sie gespannt; unter seinen Zu=
hörern heben sich die ausdrucksvollen Köpfe Filippo
Strozzi's und Girolamo Mugio's, Niccolò Grazia's und
Giulio Mannelli's hervor.

Da drüben am unteren Rande der Brüstung, wo
diese schon der erste Lorbeerbusch des Gartens halb
übernickt, saß Tullia d'Aragona in dem eigenthüm=
lichen Kleide, das sie zum ersten Mal trug. Ein kost=
bares Geschenk ihrer Freundin Imagina be' Guadagni
war's, für diesen Abend vorbedacht und angefertigt.
Kleine silberne Lilien, die alten Wappenzeichen von
Florenz, überblühten, kunstvoll gestickt, den dunkelnd

blauen Grund des Gewandes aus schönfaltigem Seiden=
brokat; der Stoff hatte ein Unicum im Waarenlager
des Händlers gebildet, fand sich bei keinem zweiten
zum andern Mal. Im hellen Lichtauffall glich das
prächtige Kleid einem dicht mit weißen Blüthen be=
deckten Sommergefild, doch wenn es weiterher aus
dämmernder Beleuchtung hervorschimmerte, erschien es
wie der weiche, reich gestirnte Himmel der Sonnen=
wendnacht, zu deren Feier die Villa heut' ihre hundert
Gäste vereinigte. Wunderbar umgab es die herrliche
Gestalt seiner Trägerin, stellte sie einem Märchenbild
gleich vor den Blick, aus feenhaftem Glanz, holdem
Liebreiz und einer stolzen Hoheit gepaart. Dagegen
vermochte keine Zweite, auch Imagina nicht, einen Wett=
bewerb um den Schönheitspreis mit ihr aufzunehmen;
aber jene hatte auch nicht danach getrachtet, neidlos
selbst die Freundin mit dem strahlenden Gewande ge=
schmückt und bescheiden sich neben ihr in einem wohl
vornehm=kostbaren, doch schlichtfarbig dunklen in den
Schatten gestellt. Schöner als heut' war Tullia nie
gewesen und konnte sie niemals sein. Auch die Augen
Girolamo's be' Cavalcanti sprachen es beredt; vom Zu=
gang in die Gartentiefe her ruhten sie unverwandt,
wie durch eine Zauberkraft festgebannt, auf ihr. Aber

dann ertrug er den Anblick der gleichmüthig, ohne seiner zu achten Dasitzenden plötzlich nicht mehr, riß sich gewaltsam los und wandte sich unvermerkt von der hellen Terrasse fort in die nächtigen Schattengänge hinein.

Die Dichtung Bernardo Tasso's war lang, eine Obsorge für ihre Gäste rief nun einmal die Wirthin ab. Sie erhob sich, trat in die große Erdgeschoßhalle des Hauses und ordnete drinnen an. Als sie dieser Pflicht nachgekommen, begab sie sich wieder in's Freie, doch nicht durch die Vorderthür zurück, sondern aus einer seitlichen und schritt einen Gang jenseits der hohen Mauer entlang, an deren andrer Seite die Terrasse sich hinstreckte. Am oberen Ende des Seitenweges konnte sie noch zur letzteren umbiegen, aber sie kannte die Dichtung Tasso's schon, er hatte sie ihr allein bereits gelesen, und es wandelte sie an, den Fuß weiter in die dunkle Stille des Lorbeer= und Myrten=Wäldchens hineinzusetzen. Die Stimme des Vortragenden klang herüber, sonst war hier kein Laut, als nur einmal drüben das Knirschen eines Trittes. Ruhlos schritt Girolamo de' Cavalcanti dort in den Labyrinthgängen hin und her; durch die Finsterniß tastete sein Fuß mechanisch den Weg, nur ab und zu erhellte der Schein

eines irrenden Glühwürmchens ihm zur Seite flüchtig
ein Blatt.

Da kam wieder eines herangeschwebt, doch plötzlich
ließ es nun die Augen des jungen Mannes jählings
stutzen. Bei dem blauen Glimmerlicht hatten sie etwas
vor sich gewahrt, ungewiß, gleich in Dunkel zurück=
geschwunden, aber wie das Aufschimmern einer weißen
Blüthe war's gewesen. Und da kehrte der Lichtschein
des umherziehenden Fünkchens wieder, und deutlich er=
kennbar hob er für einen Moment eine silberne Lilie
über schieferfarbigem Grund aus der Nachtschwärze.
Nichts weiter, und abermals tobte Finsterniß über
Allem. Nur vernahm das Ohr jetzt das Rauschen
eines Kleides, und gelähmt, betäubt, wie von einem
heißversengenden Blitzschlag durchfahren, stand der ein=
sam in's Dunkel Getriebene, keiner Regung und keiner
Besinnung mächtig. Ein Arm hatte sich mit leisem
Knistern seiner Gewandung ihm um den Nacken gelegt,
und gedämpft sprach eine weich = berückende Stimme:
„Sinnet Ihr hier allein über das, was Euch bis heut'
fremd geblieben, Girolamo — wie es sei, wenn eine
Lippe mit Sehnsucht die andere sucht, Seligkeit zu
empfangen und zu geben? Der Wirthin liegt es ob,
das Begehren ihrer Gäste zu erfüllen, daß sie ihr Haus

nicht unzufrieden verlassen, und es ist Sonnenwend= nacht heut', der schönen Göttin heilig, der Alles, was sie zum Leben geweckt, unterthan. Sie spricht mir ihr Gebot, und meine Lippen gehorchen ihm."

Kurz, doch einem schon durch seinen Anhauch be= rauschenden Trunk gleich fühlte der junge Mann die Lippen Tullia's d'Aragona auf den seinigen, die erste lähmende Betäubung ließ von ihm, auch seine Arme schlangen sich um sie. Doch nun entwand sie sich ihm wie mit huschender Lacertenbehendigkeit, sein Blick nahm nichts mehr von ihr gewahr, und er sprach stammelnd in die Richtung, wo sie sich befinden mußte:

„Du liebst mich, Du Ueberirdische, Göttliche — und Dein Kuß giebt mir Leib und Seele zu eigen. Ich tausche den Himmel nicht um die Erde, auf der Du mein Weib sein wirst."

„Dein Weib — Deine Gattin?" Aus dem Dunkel klang's zurück mit seltsamem, leichtdurchzittertem Ton. Girolamo tastete nach ihrer Hand: „Du sagst's, es ist Sonnenwendnacht, die heilige — gelobe Dich mir in ihr!"

„Nein — gieb mir Zeit — nicht jetzt, nicht heut'! Heut' muß ich von Dir, meine Gäste warten, und Tasso's Lied endigt."

„Doch morgen, Tullia?"

„Morgen Abend ist Maskenfest bei Imagina de' Guadagni. Kommt Ihr dorthin?"

„Wenn Du bort bist —"

„Ich bin's — aber ob Euer Herz mich hinter der Maskentracht erkennen wird?"

„Sei gewiß, wie Du Dich vermummen magst, es kennt Dich, es fühlt Deine Nähe. Und wenn ich Dich mit Deinem Namen anrede, Dich frage, wie ich's heut gethan — morgen — was wirst Du antworten?"

„Wenn Du mich wieder so fragst — thu's, ich werde drauf harren — e di doman non c'è certezza —"

Ihr Gewand rauschte entschwindend an den Büschen entlang; drüben nahte sich Bernardo Tasso dem Schluß seines Gedichtes, wie Tullia wieder am lichterhellten Rand der Terrasse erschien. Man horchte gespannt auf den Ausgang der Dichtung, nur ein kurzer Blick Ima= gina's de' Guadagni faßte die Wiederkehr der Freundin auf. Sie hatte zuvor das Eintreten derselben in's Haus beobachtet und, nicht mit Ueberraschung, doch mit einem Ausdruck, der einen Gedanken hinter sich barg, nahm sie die Rückkehr Tullia's von der entgegengesetzten Seite, aus dem Gartendunkel her gewahr. Und als Tasso geschlossen, rundum Beifall erklang, die Sitzenden

alle sich erhoben und sich auf dem Platz durcheinander-
mischten, hielt das Gesicht Imagina's gleichmäßig weiter
den Rand des Lorbeerdickichts im Auge, wandte sich
erst lässig von ihm ab, wie nach geraumer Weile auch
Girolamo de' Cavalcanti aus einer der lichtlosen Weg-
mündungen hervortrat, sich wieder unter die Gesellschaft
zu mischen.

Dann gab diese sich, auf der Terrasse und in der
Halle des Hauses um Tische versammelt, fröhlich der
Nachtmahlzeit hin, auserlesene Gerichte lockten und befriedigten die Eßlust, das reiche Tafelgeräth Tullia's
blitzte im Lichtschein und der Wein funkelte nicht nur
in silbernen Bechern, sondern mannigfach auch in farbig
leuchtenden Gläsern, welche die neue Kunst Venetia's
als Kostbarkeiten in die Häuser des Reichthums aus-
sendete. Von geistvollen Lippen sprühte der Witz und
von schönen lächelte ihm der Lohn, Filippo Strozzi
feierte in huldigender Rede die Herrin des Hauses und
die Königin der Festnacht. Sie dankte mit graziösem
Versspruch, den der Augenblick gebar; auch ihr Geist
glich dem kunstvoll geschliffenen, Strahlen um sich
werfenden Diamanten der Spange, die ihr Gewand
schloß, eines Schmuckstücks aus der Werkstatt des jungen
Goldschmieds Benvenuto Cellini vom ponte vecchio.

Fast als die einzige unter allen Damen trug Tullia
d'Aragona ihr Kleid hoch zum Hals empor anschließend,
ihre Schönheit bedurfte zum Sieg nicht der entblößten
Schultern und rosigen Arme, mit denen die übrigen
ihren Reiz zu erhöhen trachteten. Zwischen ihnen ge=
wann so ihre Erscheinung etwas Hoheitvolles, beinah
Strenges; die Verhüllung dessen, was jene reich zur
Schau boten, hob sie gleich einer Priesterin der Züch=
tigkeit unter allen hervor, ließ sie an eine Dienerin
der Vesta gemahnen. Sinnverloren weilte der Blick
Girolamo's auf ihr aus der Ferne, lauschte er nur
auf den Klang ihrer Stimme. Wie ein Traum war's
ihm, was zwischen den dunklen Myrten geschehen, hier
in der Lichthelle lag Alles zerflossen, ausgelöscht, als
sei es keine Wirklichkeit gewesen. Kein Blick von ihr
suchte nach ihm hinüber, fremd gingen ihre Augen vor=
bei, wenn ein Zufall sie nach der Richtung seines
Platzes lenkte.

Doch morgen — mit zitternder Schwingung klang
das kurze Wort in ihm. Und mit einer Deutung über=
kam's ihn einmal, daß es ihn heißen Schauers durch=
lief. Morgen und heute schieden sich nicht so fern
auseinander, als die beiden Worte es kundzuthun
schienen. In einem Augenblick stießen sie zusammen;

morgen war schon in der Minute, die der Mitternacht
folgte. Vielleicht hatte auch sie diesen Sinn heimlich
in das Wörtchen hineingelegt.

Die freudig-erregten Stunden flogen den Gästen,
doch ohne sie eines Aufbruch's gedenken zu lassen. Nur
Imagina de' Guabagni nahm Abschied, denn morgen
sei sie die Wirthin und manche Vorsorge dafür warte
ihrer noch. Tullia die Hand bietend, sprach sie als
Letztes:

„Es war schön bei Dir, und nicht leicht wird's
mir fallen, meine Gäste danach in den Räumen eines
städtischen Hauses zu befriedigen. Doch will ich suchen,
was ich vermag, und durch Deine Anwesenheit wird
es mir gelingen. Auf die darf ich doch sicher zählen?"

„Gewiß, ich komme."

Bei der lautgesprochenen Bejahung schweifte zum
ersten Mal flüchtig ein Blick der Antwortenden zu
Girolamo de' Cavalcanti hinüber, daß er mit süßem
Erbeben fühlte, die Erwiderung galt ihm mehr als
Derjenigen, die sie empfing. Nun durchschritt Imagina
in ihrem dunklen Gewande grüßend die Gesellschaft;
sie hatte eine Begleitung abgelehnt, ihre Diener er-
harrten sie draußen am Thor. Doch täuschte sie sich
darin, ihr Geleit war noch nicht gekommen, die via

22*

San Leonardo lag leer und dunkel. So ging sie zwischen
den Mauern entlang den Erwarteten entgegen bis durch
die kleine porta San Giorgio, aber weiter die via
della costa hinab schien sie sich allein in der Nacht
doch nicht zu getrauen. Wo die Bergstraße steil ab=
zufallen begann, blieb sie stehen und legte die Hand
auf den Drücker der Thür eines dunklen Häuschens.
Diese war sorglos unverschlossen, so daß sie ihr auf
den Flur einzutreten verstattete, dort geborgen das
Vorüberkommen ihrer Diener zu erharren.

Droben aber vor der Villa Tullia's tönte das
nächtliche Leben heiter fort, und Keinen mahnte der
Klang, mit dem die Glocke des Doms von Florenz die
Mitternachtsstunde hineinrief. Nur Girolamo zählte die
Schläge, und der letzte zitterte ihm zugleich mit
einem ungestümeren Herzschlag in der Brust nach.
Denen, die ihn ansprachen, verworrene Antwort gebend,
verblieb er noch eine Zeitlang zwischen dem Getriebe;
dann zog ein Sehnen und Hoffen ihn wieder seitwärts
in das Dunkel des Gartens hinein.

Doch hier war es einsam still, nur die Leuchtkäfer
schwebten, steigend und fallend, zwischen den Laub=
wänden hin und her. Sonst regte sich nichts, als der
Fuß des jungen Mannes, der auf und ab die Labyrinth=

gänge durchmaß. Seine Deutung und seine Hoffnung hatten ihn getäuscht, für Tullia war es noch heute, der neue Tag noch nicht gekommen.

Aber da — da fiel der blaue Schein eines Glühwürmchens auf etwas, das nicht grünes Laubwerk gewesen. Kurz erlosch der Schimmer von einer Wendung des glimmernden Thierchens und kehrte wieder, und unverkennbar hatte es diesmal eine silberne Lilie auf dunklem Grund überhellt. Doch zugleich auch schon hielt der hastig vorgestreckte Arm Girolamo's einen weichen, warmen Nacken umschlungen, und gedämpft stößt er von athemlosen Lippen:

„Meine weiße Lilie — Du kommst — das war der Sinn, den Dein ‚morgen‘ in sich trug! Du siehst, mein Herz wußte ihn zu deuten, es erwartete Dich hier, als die Glocke den Morgen gekündigt, und mit ihm kommst Du, mir keinen Zweifel länger zu lassen, daß Dein Kuß gesprochen, Du willst mein Weib sein.“

Sie erwidert nichts, ihre Hand tastet sich, wie ihn zum Schweigen zu mahnen, auf seine Lippen; halb strebt sie sich ihm zu entwinden, und halb verharrt sie doch in seiner Umarmung. Da klingt von der Terrasse her ein Ruf: „Tullia! Wo ist sie?“ und eine Antwort: „Ich sah sie in's Haus gehn — Tullia!“

Erschreckt entreißt sie sich nun dem Arm Girolamo's, ihr rauschendes Kleid läßt vernehmen, daß sie haftig davoneilt.

Doch sie kehrt nicht zur Gesellschaft zurück, sondern taucht draußen, dem Thor zu, unter dem freien Himmel auf, dessen Sterne so viel Licht verstreuen, ihr mit den weißen Blüthen schimmerndes Gewand erkennen zu lassen. Freilich niemand gewahrt sie, denn der Weg ist leer. Was sie sonst niemals thut, sie geht in schleuniger Haft, fast laufend, und seltsam, sie stürzt durch's Thor hinaus, die via San Leonardo entlang.

Und noch seltsamer wird's, wie eine Geistererscheinung der Mitternachtsstunde. Mit einer nur noch schmalen Sichel schwimmt der abnehmend spätkommende Mond am Horizont herauf, und wie er durch eine Lücke flüchtig auf die Weitereilende fällt, erhellt sein matter Schein einen Augenblick lang über dem weißen Liliengewand nicht das Antlitz Tullia's b'Aragona, sondern das Imagina's be' Guadagni.

Was bedeutet das, wenn das Zwitterlicht nicht den Blick beirrt? Ist sie noch einmal wieder zurückgekehrt? Doch wie gelangte sie zu dem Kleid? Hat es sie gereizt, sich ebenfalls ein solches aus dem gleichen köstlichen Stoff fertigen zu lassen, den sie der Freundin geschenkt? Und hat sie es in dem Haus in der via della costa bereit gehalten, um es dort mit dem ihrigen zu vertauschen?

Anders kann es nicht geschehen sein. Doch zu welchem Zweck das Alles? Warum ist sie nicht von Anbeginn des Festabends in dem Gewand erschienen? Warum hat sie sich überhaupt nicht der Gesellschaft in ihm gezeigt, sondern bei ihrer Wiederkunft nur verstohlen den finstern Gartenhintergrund aufgesucht? Und weshalb eilt sie jetzt so hurtig davon, als habe sie einen Zweck ihres sonderbaren Thun's erreicht? Wollte sie sich über etwas Gewißheit schaffen, und ist's ihr gelungen, sie zu gewinnen?

*　　　　*

*

Nun war das Abendbunkel des nächsten Tages schon seit mehreren Stunden hereingebrochen, doch drunten im Stadttheil am linken Arnorand lag die Piazza Santo Spirito von Tageshelle überflossen. An den großen, unten in das Mauerwerk des Palazzo Guadagni eingelassenen Eisenringen wieherten die angeketteten Rosse der drinnen versammelten Gäste, und aus den Erzklammern drüber loderten in ihnen befestigte Fackeln

roth durch die Sommernacht. Schaulustige Volksmenge
überbrängte den geräumigen Platz, musterte neugierig
die Trachten der in Sänften herzugetragenen, mit
Seidenmasken vor'm Gesicht aussteigenden Damen und
schaute raunend und deutend nach den marmornen
Bogenwölbungen der weitoffnen, lichtausfluthenden
Palastfenster hinauf, an denen sich reiche Costüme in
buntem Wechsel vorüberbewegten. Es hieß, der Herzog
selbst befinde sich heut' unter den Gästen Imagina's
be' Guadagni; viele Augen trachteten danach, ihn aus=
finbig zu machen, doch vergeblich. Wenn er anwesend
war, barg er sich ebenso unkennbar unter einer Ver=
mummung, wie alle Uebrigen. Die Zusammenkunft ver=
folgte den Zweck zu beirren und zu täuschen, Alle
hatten ihr Bestreben auf dies Hauptziel gerichtet, selbst
den nah Vertrauten als unlösliches Räthsel zu be=
gegnen.

Die Maskenfeste von Florenz standen in Jahr=
hunderte altem Ruhm, und das heutige gab kaum einem
seiner Vorgänger an Zahl der Geladenen, Pracht und
Mannigfaltigkeit der Gewandungen nach. Ebenso nicht
im vornehmen Ausstattungsglanz der weiten Räume,
ein kaleidoscopisches Getümmel durchwogte lebensvoll
die Reihe der hochgewölbten Säle. Von hundert Lippen

sprühte gleichzeitig die Lust des Ansprechens und Er-
widerns, prüfender Forschung und maskenfreien Witz-
wortes. Ab und zu auch traf eine Muthmaßung das
Richtige, verrieth, daß wohl heimlich voraufgegangene
Auskundschaft ihren Zweck erreicht hatte. Es gab
Dienerinnen, die freigebigen Geschenken nicht unzugäng-
lich waren, dafür ein Erkennungszeichen an der abendlichen Tracht ihrer Herrinnen zu deuten; wem viel
daran lag, dem vermochte offene Hand hülfreichen Beistand zu werben. Nicht für ein gewöhnliches Wort der
Huldigung, doch für eines, das die Maskennacht nützen
konnte, sich unbeachtet einem Ohr mit tiefer aufströmen-
dem Klang zu nahen und Erwiderung darauf zu empfangen. Und vielleicht zürnte bei dieser mancher Mund
der Verrätherin nicht allzusehr, deren Bestechlichkeit er
die geflüsterte Anrede verdankte.

Nun hob sich einmal eine Lippe an das Ohr einer
armenisch gewandeten hohen weiblichen Gestalt und
raunte: „Ich kenne Dich, Dein Schleier hat sich ge-
lockert und droht, Dein blondes Haar, das nicht vom
schwarzen Meere herstammt, auch Anderen zu offen-
baren. Komm, daß ich ihn Dir befestige, das ist
Pflicht der Freundin und der Wirthin.“

Imagina hatte es geflüstert und führte Tullia, die

eben erst im Palast erschienen, hurtig nach einem kleinen,
nur halbdämmernd erhellten Seitengemach. Dort besserte
sie rasch an der Kopfbedeckung der Freundin; dankend
fühlte diese, daß die hülfreiche Hand ihr das verhüllende
Gewebe fest zu sicherem Halt um die Stirn zusammen=
zog. Dann kehrte sie in die hellstrahlenden Festräume
zurück.

Hier befand sich Girolamo de' Cavalcanti, und ihr
erster Blick erkannte ihn an einer rothen Gladiolus=
blüthe, die er an seinem schlichten dunklen Domino
befestigt trug. Unauffällig näherte sie sich ihm lang=
sam, doch obwohl seine Augen offenbar rastlos nur
nach ihr umhersuchten, erkannte er sie nicht in ihrer
Verkleidung. Auch nicht, als sie ihn ansprach und, wie
er nicht erwiderte, weiter neckische Worte an ihn richtete.

Sichtlich verdroß ihn, in seinem Bemühen gehindert
zu werden, er begab sich in einen anderen Saal davon.
Das war spaßhaft, und sie folgte ihm nach, stand wieder
neben ihm. Aber seine Ablehnung, eine Unterhaltung
mit ihr zu führen, blieb die gleiche; er sprach's un=
verhohlen aus: „Ihr täuscht Euch in mir, Signora;
vergönnet Eure Artigkeit Anderen, die danach Begehr
tragen werden, und erlaubt mir, nach einer Anderen
zu suchen, als nach Euch.“

Ein halb verhaltenes Lachen ihres Mundes klang ihm nach, als er sich ihr wiederum entzog. Zu Pasquale Villani, mit dem er gekommen, hinantretend, äußerte er:

„Wer ist die Armenierin dort, die mich belästigt? Willst Du mir einen Dienst leisten, so befreie mich von ihr und rede galanter mit ihr, als ich es heut' zu thun vermag."

Der Angesprochene sah hinüber. „Ich kenne sie nicht, gewahre sie zum ersten Mal. Aber seltsam — gehört sie denn hierher? Wie kommt sie in diesen Palast, wo der Herzog verweilt? Trägt sie keck an der Stirn zur Schau, was sie ist? Denn eine achtbare Frau wird sich auch in Acht nehmen, selbst in einem Maskenanzug solche Farbe als Schmuck zu tragen."

Befremdet hielt Pasquale Villani den Blick auf die Armenierin fortgeheftet, die auch jetzt bei Anderen vielfach Aufsehen dadurch zu erregen begann, daß ihren Schleier ein breites Goldband um die Stirn zusammenhielt. Sie selbst auch mußte wahrnehmen, daß sie einen Gegenstand sie anstaunender Blicke zu bilden begonnen, doch sie schien nicht zu ahnen, weshalb. Aber ein Raunen hub an sie zu umgeben, Damen traten auffällig aus ihrer Nähe fort, so daß ein leerer Raum

um sie entstand, und ein Mund sprach jetzt ver=
nehmlich:

„Das ist frech, daß eine Cortegiana sich mit dem
Abzeichen ihrer Classe hierher wagt, die edelste Gesell=
schaft von Florenz zu beleidigen."

Und nun erscholl die Stimme eines hochgewachsenen
Herrn, der vor sie hintrat:

„Wer seid Ihr?"

Die Befragte entgegnete verwundert: „Wie kommt
Ihr dazu, meinen Namen von mir zu begehren? Das
ist wider Maskensitte und =Recht."

„So endigt das Maskenrecht, und Ihr werdet mir
die Antwort nicht weigern."

Der Erwidernde nahm die Seidenlarve von seinem
Gesicht, vielstimmige Rufe umher tönten auf: „Der
Herzog!" und Alle folgten seinem Vorbild, ihre Züge
zu enthüllen. Auch die Armenierin that es gleicher=
weise und sagte, sich verneigend:

„Verzeiht, Monsignore, daß ich Euch nicht er=
kannte."

„Tullia!" Auflachend stieß Herzog Cosimo es vom
Mund. „Welchen Scherz treibt Ihr?"

Sie verstand ihn nicht, erst wie er nach ihrer Stirn
deutete, hob sie unwillkürlich die Hand empor, tastete

an ihrem Schleier und hielt dann das goldene Band vor sich zwischen den Fingern, auf das sie staunend verständnißlos niederblickte.

Ob dem Herzog daraus eine Ahnung auftauchte, er sprach rasch:

„Werft es von Euch! Der schöne Schmuck, den die Natur Eurem Scheitel verliehen, kleidet ihn besser und unterliegt keiner Mißdeutung."

Da trat durch die offene Thür ein Mann in der Tracht der niederen Municipalbeamten herein und fragte lautstimmig, ob die Signora Tullia d'Aragona hier anwesend sei. Zugleich setzte er schon den Fuß gegen sie vor, hielt ein Blatt in der Hand und fuhr fort:

„Ich habe Euch diesen Befehl des Magistrats von Florenz persönlich zu überbringen, daß nach der alten Ordnung, die unser gnädigster Herr neuerdings in Kraft gesetzt, le donne di mondo sich zur Unterscheidung der strengen Kleiderregelung zu befleißigen haben, damit man sie öffentlich daran erkenne. Demgemäß haben die Sittenwächter unsrer Stadt verfügt, daß Ihr Euch des Tragens von Gewändern aus Tuch und Seide, wie sie den oneste gentildonne zustehen, enthaltet, sowie an sichtbarer Stelle ein beliebiges Abzeichen von gelber Farbe anlegt, widrigenfalls Euch bei jeder Betreffung eine Strafe von zehn Scudi zuerkannt wird."

Laut erklangen die Worte durch den Saal und bändigten alle Hörer unter ein athemloses Schweigen. Auch der Herzog Cosimo verharrte einen Augenblick stumm, nur unmuthig die Brauen zusammenziehend, doch dann wandte er sich gegen den Beamten:

„Du bist ein Tölpel, Dich Deines Auftrags hier zu entledigen. Das hat Dich Niemand geheißen — geh, nimm das Blatt wieder mit Dir und bringe es Denen zurück, die es Dir gegeben. Morgen soll man es mir vorlegen, und ich will es prüfen. Doch an der Stelle, wo ich heut' verweile, steht jeder Dame frei, sich zu kleiden, wie es ihr beliebt. Beruhigt Euch, schöne Tullia!"

Ein peinlicher Vorgang für den Sprecher war's gewesen, für die ganze Gesellschaft, und vor Allem mußte die Wirthin des Hauses am Widerwärtigsten davon betroffen worden sein. Was geschehen, ließ sich nicht wohl begreifen und erklären, aber auch kaum anzweifeln, daß eine Absichtlichkeit dabei stattgefunden habe, welcher das Verhalten des Fürsten sich zunächst entgegengestellt hatte. Die von Florenz, von ganz Italien gefeierte Dichterin und Philosophin war beleidigt, aus den

Reihen der achtbaren Frauen durch ein amtliches Er=
kenntniß öffentlich ausgeschieden worden, und in räthsel=
hafter Weise hatte sie selbst auf das Letztere durch eine
von ihr getragene Stirnbinde vorbereitet. Sichtlich lag
auch für sie immer noch etwas nicht Faßliches in dem
Vorgegangenen, ruhig stand sie, doch ihr Kopf, dessen
Blick auf dem Goldbande in ihrer Hand haftete, mühte
sich augenscheinlich umsonst um eine Erklärung.

In andrer Weise war offenbar Imagina de' Gua=
bagni bemüht, die Gedanken ihrer Gäste von dem für
sie besonders peinlichen Zwischenfall abzulenken, und
ihre Stimme durchbrach jetzt zuerst die im Saal lagernde
Lautlosigkeit, indem sie, scheinbar unbefangen sich zum
Herzog wendend, sprach:

„Da ein Mißverständniß vorzeitig unserm Masken=
spiel ein Ende gesetzt, gestattet mir, Monsignore, Eurem
Urtheil ein Kunstwerk vor Augen zu stellen, das ich meinen
Gästen erst später darzubieten gedacht hatte. Ein junger
Künstler hat es mir erst heut' Nachmittag verhüllt zu=
gesandt, daß ich selbst es noch nicht zu prüfen vermocht.
Doch ich vermuthe, er wird an mir einen Käufer dafür
zu finden hoffen, so kann ich für meine Entscheidung nicht
besseren Rath empfangen, als ihn die huldvolle Gegenwart
eines so erlauchten Kenners mir heut' Abend verleiht."

Nicht seltener Brauch von Alters in Florenz war's, eine Gesellschaft durch die erste Schaustellung einer neuen Kunstschöpfung überraschend zu erfreuen, und gegenwärtig verhalf dies als ein passend sich bietendes Mittel noch zur Erzielung eines andern allgemein er= wünschten Zwecks. Herzog Cosimo pflichtete bereitwillig bei, und auf einen Wink der Hausfrau trugen Diener ein großes, mit seidenen Tüchern überdecktes Gemälde herbei, das sie auf eine in vollgünstiges Licht gerückte Staffelei an der Wand hoben und nun die Hülle da= von entfernten. Ein herrlich gemaltes, unverkennbar hochbegabter Künstlerhand entsprungenes Bild gerieth zum Vorschein, eine völlig unbekleidete weibliche Gestalt von vollendeter Schönheit, auf einem Ruhlager hinge= streckt, lebensgroß darstellend. Doch die Zeit war überall an die künstlerische Darbietung des nackten Körpers gewöhnt, und auch kein Frauenblick nahm an dieser einen Anstoß. „Eine Venus!" begleitete ein allgemeiner Ruf der Bewunderung das Schwinden der seidenen Hülle, und es klang nach: „Die Göttin selbst ist's, zu olympischer Ruhe hingebettet."

Aber gleich danach scholl eine Stimme auf: „Doch wer diente dem Künstler zum Modell? Ein Portrait ist's, das wir lebend kennen, das unter uns verweilt —"

Der Sprecher drehte den Blick, heftete ihn auf Tullia d'Aragona, und kein Zweifel konnte walten, das reiche, goldrothe Haar, die Züge, die wundersamen Augen Tullia's waren's, die den Beschauern, bis in's Geringste dem lebenden Original gleich, von dem Ruhlager des Gemäldes entgegenschauten. So weit es ihr Antlitz betraf, stand sie sich selbst wie ein Spiegelbild gegenüber, eine schreckhafte Ueberraschung durchzuckte kurz ihr Gesicht. Doch zugleich faßte sie einen Blick ihrer Freundin Imagina auf, der mit flüchtiger Hast einmal nach der Richtung flog, in der Girolamo be' Cavalcanti mit starr aufgeweiteten Augen stand, und nach dem nächsten Athemzug sprach Tullia d'Aragona laut, ruhig-gelassenen Tones:

„Ich habe einem Maler, der mir befreundet ist, seinen Wunsch erfüllt, ihm zum Modell zu dienen, und ich freue mich, daß es dem, was die Natur mir verliehn, vergönnt gewesen, ihn ein Kunstwerk schaffen zu lassen, das ihm eurer Aller Bewunderung eingetragen. Doch wie sein Bild an diese Stelle gekommen, ist mir nicht erklärlich: dazu war es nicht bestimmt."

Eine eigenartige stolze Hoheit redete aus ihrer Haltung, wie aus dem sichren Klang ihrer Worte, doch ihnen folgte wieder athemlos tiefes Schweigen im Saale

nach. Unstreitbar blieb das Gemälde eine wundervolle
Schöpfung der Kunst, aber hier gesellte sich ihr etwas
hinzu, das ihre künstlerische Beurtheilung und Betrach=
tung nicht verstattete. Herzog Cosimo gebot den Dienern
mit rascher Handregung: „Tragt das Bild fort!" Seine
Züge durchschattete Mißmuth, mit einer kurzen, scharfen
Wendung kehrte er Tullia den Rücken. Etwas unsichren
Ton's sagte Imagina de' Guabagni:

„Ich bedaure tief, Monsignore, in meinem Hause
den Augen Eurer Hoheit ein Aergerniß bereitet zu
haben. Doch hoffe ich, daß Ihr es mir nicht anrechnet,
ich trage nicht Schuld dran, da mir unbekannt war,
was das Bild darstellte."

Nun gab der Herzog ein Zeichen, indem er, der
Wirthin die Hand zur Führung reichend, in einen an=
stoßenden Raum hinüberschritt; alle Gäste folgten seinem
Vortritt. Tullia d'Aragona blieb allein im geleerten
Saal zurück; nur, wie sie den Blick wendete, stand
Girolamo de' Cavalcanti noch neben der Thür, wie
festgewurzelt auf demselben Fleck, von dem er sich seit
dem Eintritt des Municipalbeamten nicht mehr geregt.
Und auch seine weitgeöffneten Augen starrten noch
in gleicher Weise unbeweglich vor sich hinaus, Geist=
verlorenes sprach aus ihnen, eine trübe Leere, wie aus

dem Blick eines Menschen, den das Licht seiner Augen
verlassen.

Jetzt trat Tullia rasch auf ihn zu und redete
ihn an:

„Ich habe Euch noch nicht begrüßt, Girolamo, oder
wenigstens erkannte Euer Herz mich nicht, als ich es
that. Meine Diener werden noch nicht zur Stelle sein,
doch ich bin des Festes müde und möchte heimkehren.
Gebt Ihr mir das Nachtgeleit?"

Der junge Cavaliere war bei der Ansprache zu=
sammengefahren; ohne den Blick zu heben, verneigte er
sich nun und entgegnete:

„Ich bedaure, Signora, dazu außer Stande zu sein,
denn ich muß heute Nacht noch Fiorenza verlassen, um
gleichfalls in meine Heimath zurückzukehren."

Kaum wahrnehmbar ging ein leichtes Zucken durch
den Körper Tullia's d'Aragona. Sie erwiderte: „So
muß ich meinen Weg allein suchen und wünsche Euch
eine gute Rückkehr, Signor. Ihr solltet Euch in Eurer
Heimath vermählen, denn Euer Gemüth ist nicht für
die Einsamkeit geschaffen, und mein Segenswunsch wird
die Gattin begleiten, die Euer Herz sich erwählt."

Langsam schritt sie zur Thür hinaus, hinter dieser
einmal tief athmend und flüchtig ihre Hand gegen die

Bruft brückend. Nur einen Augenzeugen aus der Ent=
fernung hatte der kurze Abschied an Pasquale Villani
besessen, der jetzt mit seinem ironischen Lächeln halb vor
sich hinmurmelte:

„Es scheint mir, daß die vorurtheilsfreie weibliche
Freundschaft auf eine zu starke Probe gestellt worden."

*   *

*

Nicht völlig um zwei Jahrzehnte nach dieser
Mummenschanz = Nacht im Palazzo Guabagni war's,
daß wir immer wechselnden und bleibenden Bewohner
der Erde den Lebensausgang Tullia's d'Aragona als
unabwendbar vor uns sahen. Seitdem bald nachher
auch sie Florenz verlassen, hatten wir sie noch an
mancherlei Orten Italiens gewahrt, die sich ihres
Aufenthaltes in ihnen erfreuten. Der Ruhm ihres
Geistes und Namens hob sich immer höher, vor Allem
als sie in Rom den hohen Palazzo Carpi im Campo
Marzio bewohnte, wo Dichter, Künstler und Gelehrte
des ersten Ranges ihren Umgang bildeten, die vor=
nehmsten Cavaliere wetteiferten, Zutritt in ihrem Hause
zu erlangen. Und von diesem Bemühen in der ewigen
Stadt, die aus alten Tagen den Namen ‚terra delle

donne' trug, schlossen sich auch die Frauen der obersten Kreise nicht aus. In einer Truhe Tullia's befand sich eine von dem Florentiner Minister Lulio Torelli unterzeichnete Schrift, in der ihr gestattet worden, Kleider und Schmuck jedes Stoffes und jeder Farbe zu tragen, die ihr gefalle; mit eigner Hand hatte Herzog Cosimo angefügt: „Fasseli gratia per poetessa".

Der Dichterin sollte es gewährt sein, und in Sonetten sprach sie der Herzogin Eleonora ihren Dank. Dann widmete sie dieser später ihren Dialog „Von der Unendlichkeit der Liebe", zu dem Girolamo Muzio in einem Vorwort an die ‚hochausgezeichnete Signora Tullia d'Aragona' äußerte, daß er sie in gleicher Weise verehre und liebe wie je zuvor. Wohl seien sie Beide weiter an Jahren vorgeschritten, doch die Schönheit, die ihn an sie gefesselt, die ihres Geistes, habe sich stets noch erhöht. In dem Dialog selbst gab seine Urheberin in vollendeter Form und Anmuth der Sprache dem Gedanken Ausdruck, die höchste Liebe sei eine unendliche, die niemals in Wirklichkeit ihr Ziel erreiche. Sie dürfe selbst nicht zu einer vollkommenen Vereinigung der Liebenden führen, denn das höchste Glück ruhe in der ungestillten Sehnsucht.

So stellte Tullia ihre Auffassung der Liebe dar,

uud die Bewunderung, die Benedetto Varchi, den sie
als Wechselrebner in ihrem ‚Gespräch‘ eingeführt, ihr
dafür widmete, stimmte mit dem Sonett überein, das
Ercola Bentivoglio einmal bei ihrem Fortgang aus
Rom an sie gerichtet. Es sagte, seitdem sie die sieben
Hügel und den Tiber in Trauer gelassen, um die Gestade am Po durch ihre Gegenwart zu beglücken, sei
hier jeder niedrige Gedanke aus den Sinnen entwichen
und eine holde, himmlische Liebe in den Herzen erwacht. In ähnlicher Weise erhob ein aus jener Zeit
erhaltenes, von sechs jungen Edelmännern mit ihren
Namen unterzeichnetes Document ‚la virtù‘ di Tullia
d'Aragona‘, durch die sie alle Frauen der Vergangenheit, Gegenwart und Zukunft überstrahle, und ihre be-
geisterten Verehrer gelobten in der Schrift, sich ihr zu
ritterlichem Dienst zu weihen.

Doch der Sonne jedes Tag's kommt die Stunde
des Niederganges, und in Dunkel lischt ihr Glanzlicht
dahin. Nun später, nun früher, wenn finstre Wolken
sich am Horizont aufdrängen, sie schon vor der Abend-
stunde in die Nacht herunterzuziehn.

So tauchte die leuchtend räthselhaft durch die erste
Hälfte des sechzehnten Jahrhunderts geschrittene Erscheinung Tullia's d'Aragona vor der dem Einzelsein

des Menschen zugemessenen Zeit in's Dunkel, und trüb
erlosch, was so gestrahlt. Dämmernde Hinweise darauf
hat eine amtliche römische Buchführung mit der Auf=
schrift „Tassa delle cortegiane“ noch dem Heut' über=
liefert.

Dann sehen wir Tullia d'Aragona an einem regen=
trüben Märztag — der zweite des Monats war's —
im Jahre 1556 gealtert und des Lebens müde in
einer ärmlichen Bodenkammer über der kleinen Trattoria
sitzen, die der Gastwirth Matteo Moretti aus Parma
in Trastevere, dem Ghetto gegenüber, führte. An un=
heilbarer Krankheit leidend, fühlte sie ihr nahes Ende
und nützte den letzten Rest ihrer schwindenden Kraft
zur Abfassung eines Testamentes. Nur Geringes an
Habe war ihr geblieben, darüber zu verfügen; ihrer
getreuen Magd Christofora, die nicht von ihr gelassen,
vermachte sie zehn Scudi und ein schwarzes Frieskleid,
Aehnliches zusammt ihrem Bett der Hauswirthin Bertina
Moretti, die sich ihrer mit sorglicher Pflege angenommen.
Als Haupterben setzte das im römischen Staatsarchiv
bewahrte Document ihren Sohn Celio ein, ohne Kunde
von dem Namen seines Vaters zu hinterlassen. Doch
genau bestimmte sie, unter wessen Obhut und wie er
erzogen werden solle.

So hatte sie mit abgefallenen Händen die kargen Ueberbleibsel ihrer einst fürstlich reichen Besitzthümer durchmustert. Da nahm sie zuletzt aus einem Kästchen ein zusammengerolltes goldenes Stirnband, das sie lang= sam aufrollte und eine Weile betrachtend vor sich hin hielt. Dann griff sie nach einer Feder und schrieb auf ein Blatt:

„Ein Gruß nach langer Zeit ist's, Imagina, und wohl die letzte Schriftführung meiner Hand, mit der ich Dir hier zurücksende, was Dir zu eigen gehört, denn Du liehest es mir nur zu einem Maskenspiel. Das ganze Menschenleben ist nichts anderes, und ich bin im Begriff, das meinige zu beenden. Du wirst Deines noch ein Weilchen fortführen, dann legst auch Du die Maske ab, und was verschieden an uns ge= wesen, ist für ewig gleich geworden. So lang nimm dies Goldband zu meinem Gedächtniß; wenn Du Dich vor Dir selbst befragst, wirst Du Dir Antwort geben, es ist ein Abzeichen, das auch Du tragen kannst, jede unsres Geschlechtes, vielleicht selbst Vittoria Colonna, wenn es nicht nur das Thun, sondern auch die Ge= danken und Wünsche zur Schau stellt. Nicht andrer Art seid Ihr, nur andren Scheines, den die Welt in Seide kleidet, denn ihr genügt der Schein. Ich ver=

schmähte ihn, und wie ich über mein Leben zurück-
schaue, würde ich es nicht anders gestalten, falls es
nochmals begönne. Aber stände dies in meiner Macht,
ich thät's nicht, denn auch das, wonach wir als nach
dem Glück trachten, ist nur Schein. Mir kommt die
Erinnerung an einen Abend, da ich Dir auf die rothen
Wolken über den Bergen von Carrara gedeutet und
sagte, wie sie nicht Wirklichkeit seien, nur aus der
Weite mit ihrem Zauberglanz als Gipfel täuschten, so
leuchte auch das Ziel unsrer Sehnsucht und unseres
Verlangens allein in zauberischem Glanze vor uns, so
lange sein holder Trug uns unerreichbar bleibe, daß
nur ein Traum uns zu ihm hinüberträgt. Du hast
mich in ihm erhalten, und nun beginnt die traumlos
ruhige Nacht. So nimm mit dem Goldband meinen
Dank, daß Deine Hand es mir an jenem Abend heimlich um die Stirn geknüpft, für Das, was Du danach
geschickt zur Ueberraschung Deiner Gäste ausgesonnen
und in's Werk gesetzt. Du warst sorglicher für mich
bedacht, als ich, und wolltest mich behüten, die schwerste
Thorheit meines Lebens zu begehn, es unlöslich mit
dem eines jüngeren Mannes zu verknüpfen, dem ich
kein dauerndes Glück zu bringen vermocht hätte und er
darum nicht mir. So bewahrtest Du uns Beide vor

einem Betrug, in den ihn ein erster Traumwahn der
Jugend und mich jäh erweckte Leidenschaft zu verstricken
gedroht. Daß Deine Klugheit sich nicht den Lohn er=
rungen, für den Du sie aufgewandt, hättest Du Dir,
wenn Dich nicht Verblendung gefaßt, zuvor sagen ge=
mußt. Denn Du wolltest um den Preis mit Tullia
d'Aragona wetten, und solches Vermögen hatten Dir die
Götter nicht in die Wiege gelegt.

Leb wohl noch Deine Spanne Zeit! Und sollte
ich Dir im Gefilde der Schatten begegnen, so werde
ich zu Dir treten, Dir die Hand zu reichen.

Tullia.

Geschrieben in Rom
am zweiten Märztag anni MDLII."

*   *

*

Um zehn Tage später schied Tullia d'Aragona in
Gegenwart ihrer Dienerin und der beiden Wirths=
leute aus dem Leben. Ein Priester war zu der
Sterbenden geholt worden, der sie von den Sünden
ihrer Vergangenheit absolviren wollte und eindringlich
zu ihr sprach: „Lasse das vergängliche Heute hinter
Dir und gedenke nur des Morgen, das Dich erwartet."

Da hob sie noch einmal den Blick, traumhaft ging es noch einmal wie matter Anflug eines Lächelns um ihre schon halbverblaßten Lippen, und leise gaben diese zurück: „Di domau non c'è certezza —"

Dann sank ihr Kopf um und sie schloß zum letzten Mal die Augen. Nur ihr noch junger Knabe Celio, die treue Christofora und Matteo und Bertina Moretti gaben ihrem Sarg am nächsten Tage das Geleit nach dem kleinen Friedhof unter der noch neuen Kirche von San Agostino, die ein halbes Jahrhundert zuvor aus Steinquadern des Colosseums erbaut, mit dem ersten Kuppeldach über Rom hinblickte. Warum Tullia d'Aragona dort am linken Tiberufer und nicht auf der Begräbnißstätte von Trastevere in die Erde gelegt worden, ist nirgendwo vermerkt. Ihr Gedächtniß hat sie überlebt und Signor Enrico Celani dies im Jahre 1891 für unsere Tage durch Herausgabe der „Rime di T. d'Aragona Cortigiana del secolo XVI" erneuert.

Nella torre della Villa Leonardi
30. Juni 1893.

Auf der Brücke.

Vor einem Jahr hielt ich mich einige Zeit in einem Alpenstädtchen auf, das an der deutsch-italienischen Sprachgrenze liegt. Die Einwohnerschaft ist gemischt, doch überwiegt noch der germanische Bestandtheil, und als der hergebracht duldsame, um nicht zu sagen gleichgültige, in Nationalitätsfragen giebt er zu keinen Zwistigkeiten mit der Minderheit Anlaß, die eine Stellung seßhaft gewordener Gäste einnimmt, dergemäß sie sich, wenigstens bis heute, auch noch beträgt. In einem halben Jahrhundert wird sich dies voraussichtlich geändert haben; das Haus Habsburg und seine Rathgeber sind wohl geübt, dahin zu wirken, in den Grenzbezirken mit langsamer Sicherheit das numerische Uebergewicht der Deutschen zu verringern, bis die andern Stammesangehörigen sich als die Mehrberechtigten erklären lassen. Vermuthlich rührt daher der Name der ,deutschen Ostmark' und hat man deßhalb die früher in ihr erbgesessenen deutschen Kaiser als die ,allzeit

Mehrer des Reiches' bezeichnet. Auch die römische
Kirche nimmt an der gleichen Thätigkeit reg=erbau=
lichen Antheil, bemüht sich gewissenhaft, durch ihre
Diener von Schritt zu Schritt eine Verminderung der
deutschen Kanzel= und Schulsprache zu erzielen; sie
scheint alle Nichtgermanen als sicherer behütete Schafe
ihrer großen Ackerweide zu betrachten. Vielleicht täuscht
sie sich darin und handelt gegen ihr wirkliches solides
Interesse, aber ihr wohnt einmal aus alten Tagen das
unbegründete Gefühl von einer Gefährlichkeit des ,deut=
schen Geistes' inne, obwohl der ,heilige Stuhl' zweifel=
los niemals blindergetreue Vasallen als die Söhne
und Töchter des zwischen der Drau und dem Lech
ausgebreiteten germanischen Stammes besessen hat, noch
heute besitzt. Außerdem vermag sie noch auf zahlreiche
Hülfskräfte in niedrigen, wie in höchsten Regionen zwi=
schen Donau und Ostsee zu zählen. Doch sie huldigt
einmal in alter Genossenschaft mit dem Hause Habs=
burg dem Glauben von der Vortheilhaftigkeit weiterer
Ausdehnung solcher Nationen, die keine Staufer, keinen
Luther und keine Philosophen hervorgebracht haben, und
wenn sie sich damit auch irren sollte, wird sie es doch
schließlich nicht sein, die den Schaden davonträgt.

Ein wildes Bergwasser, zur Sommerzeit manchmal

fast austrocknend, im Frühling dagegen sein breites
Bett oft ganz mit tosender Flutmasse füllend, zer=
theilt das Städtchen in zwei Hälften; richtiger viel=
mehr liegen hüben und drüben, durch eine Brücke ver=
bunden, zwei verschieden benannte Ortschaften, die
größere mit festem Stadtkern nördlich, die kleinere,
mehr dorfartige südlich vom Flusse. In der letzteren
ist nach örtlichem und geschichtlichem Werdegang natur=
gemäß die italienische Bevölkerungsquote stärker ange=
wachsen, doch verstehen und reden die Leute dort zu=
meist beide Sprachen. Selbstverständlich vorzugsweise
die Deutschen; man pflegt dies aus ihrem größeren
Bildungsdrange abzuleiten, auch aus ihrem angeborenen
Tact, die beide so tiefgewurzelt bei ihnen sind, daß sie
um einige Meilen weiter nach Süden in überwiegend
italienischen Orten vielfach binnen Kurzem ihre Mutter=
sprache, sowie auch ihre deutschklingenden Namen
völlig abzulegen pflegen, um nicht verletzend auf die
berechtigten Empfindungen ihrer dortigen Umgebung
einzuwirken. Denn der Deutsche hat die Naturmitgift
empfangen oder bildet sie rasch in sich aus, überall
Rücksicht auf neue Verhältnisse zu nehmen, und unter=
scheidet sich dadurch zu seinem Vortheil von den An=
gehörigen jedes andren Volkes, die in der Fremde mit

zäher Hartnäckigkeit in Allem an ihrem Nationalitäts=
wesen festzuhalten trachten. Deshalb sind wir auch so
gut beleumundet und angesehen bei allen Völkern der
Erde und erfreut der Deutsche sich bei ihnen gleich=
mäßig der ehrenvollen Anerkennung, keine Rechthaberei
von ihm besorgen zu lassen.

Da die Stadt sich zu ihrem Glücke jenseits der
hohen Grenzscheide zwischen deutschem Sommerfrost und
italischem Sonnenhimmel befindet, so nimmt sie an der
Lebensschönheit, welche dieser seinen Günstlingen ge=
währt, reichlich, ja verschwenderisch Antheil; in weit
höherem Maße, als viele um manchen Grad mehr nach
Süden gerückte Orte. In der gemäßigten Zone ist's
nicht allein der Breitengrad, der Gunst oder Ungunst
des Klima's schafft, sondern noch mehr die örtliche Be=
dingung. Wo eine hohe Gebirgsmauer unmittelbar
gegen die eisige Windanathmung von Nord und Ost
beschirmt, wo riesige Felszinnen höher aufragen, als
die unablässig aus Westen her über Deutschland an=
treibenden Wolkenmassen, so daß diesen zumeist der
Zugang verwehrt bleibt und die gute alte Sonnen=
mutter für gewöhnlich auf das Getriebe ihrer Kinder
herunterlächeln kann — dort ist unter Umständen das
Leben noch des Lebens werth und der Mensch fähig,

sich dem freundlichen Wahn einer über ihm, wie über dem Thier und der Pflanze vorsorglich waltenden Huld hinzugeben. Das Jahr gleicht dort einem schönen Tag, dessen nothwendige nächtliche Ruhezeit der kurze Winter bildet; doch früh am Morgen schon weckt mit linder Wärme der goldene Himmelsstrahl und harrt aus bis zum späten Abend. Flüchtig rauscht und strömt es wohl vom Himmel herab, aber als verfolge es nur den Zweck, den Boden fruchtbar zu erhalten; das graue, nasse, endlos trostlose Elend, das jenseits der Berg= wand die Regel ausmacht, kennt der schöne Tag dieser freudigeren Zufluchtsstätte nicht. So beginnt der Früh= ling, warm und licht, wenn drüben noch Monate lang das Ofenfeuer allein vor dem Erstarren schützt, lang und zuverlässig legt sich der Sommer über Thal und Berghang, und der Herbst reift die ihm übergebenen Blüthen zu sicherer, süßer Frucht. Der Rebenbesitzer bangt nicht vor Nachtfrost im August oder faulender Regennässe, Maulbeeren und Mandel, Feige und japa= nische Mispel vertrauen sich ungestraft dem üppig nährenden Boden an. Zwischen die deutschen Laub= bäume gesellt sich hochwipflig die Edelkastanie, die Tanne und Fichte des Nordens reicht noch hierher; unter der überreichen Fülle der Alpenblumen erscheint

da und dort schon als Gast eine farbenprächtige Ver=
treterin des Südens, der Mittelmeerländer. Deutsch=
land und Italien reichen sich die Hand; je nach dem
Empfinden wird man sagen, es ist ein Stück von die=
sem in jenem oder von jenem in diesem. Und wie
zwei Metalle durch ihre Legirung sich wechselseitig för=
dern, so schafft die Verschmelzung nördlicher und süd=
licher Natur, eines zwischen lähmender Kälte und läh=
mender Hitze gemilderten Klima's hier vielleicht die
schönsten und günstigsten Bedingungen, die auf der
Erde für die menschliche Lebensführung geboten werden.

Ueberaus mannigfaltig und herrlich ist der Rah=
men, den die hohen Gebirgswände um den weiten
Thalgrund zusammenschließen. Nirgendwo einförmig,
überall wie in bewegter Wandlung begriffen. Waldige
Vorkuppen runden sich auf, in lichterem Grün fließen
an ihnen weiche Matten gleich zurückgeschlagenen Ge=
wändern herab. Dort stürzt jäh die Steinwand und
von ihrem Rand der weißschäumende oder in Regen=
bogenfarben zerstäubende Wasserfall zu zackig ausge=
furchter, schattendunkler Schrunde in die Tiefe. Sanfte
Gelände schimmern im Sonnenduft mit hellen Gehöf=
ten, grau blicken die Burgüberreste alter Tage von
trotzigem Felsthron; in Wolkenhöhe droben noch lagern

sich weltabgeschieden kleine Häuflein von Dächern zu
einer Ortschaft um den Kirchthurm, scheinbar nur vom
Vogelflug zu erreichen, denn unter ihnen gähnt schwindel=
erregend der Abgrund. Doch Alles in seinem augen=
verwirkenden Reichthum bildet nur die nächste, eine
niedrige Einfassung, über der hier die Riesenpyramiden
von Hochgipfeln ansteigen, dort ungeheure Schroffen
und Zinnen in's Blau emporschießen. Zu phantasti=
schen Gestalten, Pfeilern und Thürmen zerborsten, grau=
röthlich stehen sie da, nackt aufgerichtete Titanen der
Vorzeit, reglos und leblos. Auf ihre Scheitel trägt in
Wirklichkeit nur die Schwinge des Adlers, ihren starren
Felsenleib umgrünt kein Halm, nur wenn der Abend
kommt, im Scheidelicht der Sonne wechseln, vertiefen
sie ihre Farbe. Langsam röthen sie sich mehr und
mehr, erglühen, lobern zuletzt manchmal wie Fackel=
flammen eines Weltenbrandes über dem schon verdäm=
mernden Thal. Und dennoch sind auch sie nur wundersam
gegliederte Zwerge gegen die wahrhaften Giganten,
die Hochmächtigsten, die Alten, die rundhin im Kreis
mit weißen Häuptern tief auf sie herabschauen. Das
sind die Atlasträger des Himmelsgewölbes, unveränder=
lich ihre Schultern von Firn und Schnee emporreckend.
Ihr Eiswall ist's, der dem schnaubenden Grimm

des nordischen Eiswindes wehrt; selbst ewig tobt, be=
schirmen sie das warmblühende Leben drunten. Wieder=
bilder des getreuen Eckardt, von dem die Sage in
etwas veränderter Gestalt auch hier im südlichen Alpen=
thal umgeht. Denn es ist altgermanisches Land, bis
zu dem Wotan einst seine Herrschaft erstreckte.

Wenig Stellen sind so geeignet, um diesen gewal=
tigen, lebensvoll anmuthigen und leblosstarren Rahmen
nach allen Richtungen zu überblicken, als die langge=
dehnte, hochgewölbte Verbindungsbrücke zwischen den
beiden Ortschaften. Ihre Brüstung enthält mehrfach
geräumig ausgebuchtete Nischen mit Steinbänken; ähn=
lich wie auf einem Burgsöller sitzt man darin über
dem breiten Flußbett, sieht nirgendwo besser mit dem
Schwinden des Tags die ganze Schroffenkette der
grauen Kalkfelsen sich entzünden, zu feurigen Garben
aufflammen und, allmählich vom Mantel der Nacht
überdeckt, wieder auslöschen.

*　　　　*

*

Um diesen Anblick zu genießen, begab ich mich
gewöhnlich gegen Sonnenuntergang auf die Brücke. Wie
sie es vermuthlich schon seit manchem Jahrhundert in
kaum veränderter Weise gesehn, mischte sich dort stets

allerhand abendlich=friedliches Getriebe durcheinander.
Nach italienischer Art buntfarbig aufgeputzte Maul=
thiere zogen, mit dem Schellenbehang klirrend, langsam
ihre zweirädrigen hohen Karrenwagen herüber und hin=
über, während die Fuhrleute lässig daneben schlender=
ten; ein „guten Abend" klang und ward ebenso oder
mit „buona sera" erwiedert und umgekehrt. Baar=
füßige Kinder gaben sich von hüben und drüben ein
Stelldichein, jagten und haschten sich; ab und zu klet=
terte einer von den Buben auf die Brüstung, wie eine
Katze drauf entlang zu laufen; die kleinen Mädchen
sahen mit staunender Bewunderung zu ihm hinan, das
mochte ihm den Hauptantrieb und Reiz seiner hals=
brecherischen Producirung ausmachen. In den Nischen
saß da und dort eine junge Mutter mit einem Säug=
ling; Haar= und Augenfarbe ließ die deutsche und die
italienische Abkunft erkennen, nicht minder indeß auch,
wie sie die öffentliche Straße benutzten, ihr Kind an
die Brust zu legen. Die Nordländerin verstand sich
nur im Nothfall dazu, um allzu hungriges Geschrei
zu beruhigen, und sorglich mit einem Tuch den Vor=
übergehenden ihr Thun verbergend; die Südländerin
that es ohne ängstliche Vorkehrung gleichmüthig als
Selbstverständliches, die alte Anschauung ihres Volkes,

‚naturalia non turpia' hatte sich ihr fortvererbt. Drun=
ten in der spätsommerlich schmalen Wasserrinne des
Flusses plätscherten kleine und größere Rangen und
gaben ebenso gleich ihre Nationalitätszugehörigkeit kund.
Die deutschen mußten sich, zur Erhöhung des Genusses,
ihre Hosen möglichst weit aufzukrämpeln, platschten, wo
Bewährung ihres Heldenmuthes es durchaus erheischte,
auf das Risico einiger mütterlicher Ohrfeigen hin, bis
über den Gürtel mit den Kleidungsstücken in's Wasser;
wer diese sofort ohne Bedenken von sich warf und
lacertenhaft beweglich in nacktem Naturzustand herum=
sprang, war zweifellos ein Italiener. Von Allen, die
sich auf der Brücke befanden, hob kaum je einer den
Blick zu dem Bergrahmen des weiten Thalgrundes auf.
Sie kamen, um nach der drückenden Luft des Tages
in ihren Wohnräumen sich in der leisen Zugkühle des
Abends über dem Fluß zu erfrischen; die Schönheit
und Erhabenheit ihrer Umgebung, auch das Flammen=
gebirge über den Vorkuppen waren ihnen aus Kinder=
zeit her Alltäglich=Gewöhnliches, das ihre Augen durch=
aus gleichgültig beließ. Goethe sagt: „Einen Regenbogen,
der eine Viertelstunde dauert, sieht man nicht mehr an."

Zwei Leute allein machten eine Ausnahme davon.
Ich hatte vom ersten Tage an mir meinen Abendsitz

in der mittelsten Nische gewählt, weil die aufgewölbte
Brücke von ihr aus die freieste Rundsicht bot. Schon
damals waren um ein wenig später die Beiden
gekommen, um offenbar gewohnheitsmäßig mir gegen=
über auf der kleinen Rundbank Platz zu nehmen, und
seitdem konnte ich täglich genau um dieselbe Minute
auf ihre Wiederkehr rechnen. Sie stellten sich so ge=
wiß ein, wie der Sonnenuntergang, oder wie man an
der Nordsee sagt, ‚so sicher als die Flut‘. Doch kamen
sie nicht miteinander, sondern der Eine von Norden,
der Andre von Süden her; wer etwa um ein paar
Augenblicke früher die Brückenmitte erreichte, blieb,
dem später Eintreffenden entgegensehend, stehn und war=
tete auf ihn. Dann begrüßten sie sich: „Guten Abend“
— „Buona sera,“ und setzten sich neben einander auf
die Steinbank. Bei'm ersten Mal regte es mir den
Eindruck, daß meine Anwesenheit ihnen eine unlieb=
same Neuerung sei. Aber es täuschte, sie bekümmerten
Beide sich mit keinem Blick um mich, meine Gegen=
wart fiel ihnen völlig gleichgültig.

Zwei alte, richtiger zwei sehr alte Männer waren's,
wie es nach ihrem Behaben und ihrer Kleidung schien,
ungefähr der nämlichen kleinstädtisch=ländlichen Mittel=
classe angehörend. Beide schoben in gleicher Weise

bei'm Gehen die Beine ziemlich steifgelenkig langsam
vor und ließen sich etwas bedächtig mühsam auf den
Sitz nieder. Dann zogen sie abgebrauchte lederne
Tabaksbeutel aus der Tasche, auch von ähnlicher Beschaffenheit, nur durch altersverblichene Farben unter-
schieden; der eine hatte wohl ehemals schwarz-gelbe,
der andere grün-weiß-rothe Streifen besessen. Die
dazu zum Vorschein kommenden kurzen Pfeischen mit
schwarzverrauchten oder verbrannten Metalldeckeln sahen
sich wie Zwillinge gleich, wurden behutsam gestopft
und zwischen den zahnlosen Kiefern gehalten, bis eine
vermittelst Stahl und Stein angezündete Schwamm-
lunte aufglomm. Gleichzeitig setzten Beide dies in's
Werk, doch nicht ihre eigne Pfeife damit in Brand,
sondern der, dessen Zunder zuerst benutzbar glühte,
drückte ihn, sich vorbiegend, auf den braunen Holz-
maserkopf des Andern. Danach erwies dieser jenem
dieselbe Dienstleistung; sie sprachen kein Wort dazu,
begannen mit den Lippen anzuziehn und bliesen ihren
Dampf vor sich hin. Das geschah mit niemals im
geringsten abweichender Gleichmäßigkeit; zu Hause mochten sie Zündhölzer haben, trugen vielleicht solche für
andre Zwecke in der Tasche. Doch zum Anzünden
ihrer Pfeifen bedienten sie sich derselben nicht, auch

wenn kein leisester Windhauch ging. Sie hatten
es gestern nicht gethan und thaten's drum auch heute
nicht, und dies „ewig Gestrige" reichte muthmaßlich
bei ihnen „Tag um Tag" über mehr als ein halbes
Jahrhundert zurück.

Beide waren große Leute, nicht eigentlich alters-
gebrechlich zu nennen, und gleichmäßig bei'm Gang,
wie bei'm Sitzen etwas vorgebückt. Der geistige Ausdruck ihrer Gesichter wies sie nicht auf eine höhere
Bildungsstufe hinauf, doch besaß auch keineswegs In-
haltleeres, sondern etwas, wenngleich verschiedenartig,
Ausgeprägtes. Man konnte sie mit ihrem vollen
milchweißen Haar, das der Eine kurz geschnitten, der
Andere halblang trug, als ein paar Charakterköpfe
bezeichnen; erst bei näherer Betrachtung modelten sich
die Züge hier durch eine leicht gebogene, dort ein
wenig eingedrückte Nase, dunkle und hellere Farbe der
Augensterne auseinander. Jedenfalls waren es zwei
Menschen, die nicht mit stumpfen Sinnen durch's
Leben gegangen, sondern in ihrem Beruf körperlich
und geistig rüstig gewesen, viel an sich vorüberziehen
gesehn und in ihrem Vorstellungskreis manchem Gedanken nachgehangen hatten. Jetzt befanden sie sich
am Feierabend ihres Tagwerks, und Alles an ihnen

sprach von Wunsch und der Beflissenheit, sich seiner
Ruhe ganz zu überlassen. So rauchten sie in lang-
samen Zügen, sparsam, gewissermaßen als ob sie, so
lange ihre Pfeifen ausdauerten, die Zeit zum Still-
stand, oder wenigstens auch zu verlangsamten Gang
brächten. Doch obwohl sie im Anfang stets eine Weile
schweigend dasaßen, waren ihre Augen dabei in einer
übereinstimmenden, gleichfalls ruhigen Thätigkeit begriffen. Aus groß aufgeschlagenen Lidern hielten Beide
zuerst einige Minuten lang den Blick unverwandt nach
den roth erglühenden öden Felsmassen hinübergerichtet;
obwohl auch sie dies Schauspiel täglich wiedergewahrten,
hatte offenbar die Gewöhnung sie doch nicht dafür gleichgültig abgestumpft. Der Spätabend legte sich mit
einem traumhaften Purpurlicht drüben um die hohen,
wie schon der Erde entrückten Schroffen, und es war,
als ob zu ihm der Spätabend hier von der Bank mit
stummer Sprache eines Verwandtschaftgefühls hinüber-
grüße. Ein solches trugen merklich Beide gleicherweise in sich, Jeder begriff dies anfänglich schweigsame
Verhalten des Andern und störte ihn nicht darin, wie
Niemand die Andacht seines Nachbarn in der Kirche
beeinträchtigt, denn er kam zu demselben Abendzweck
hierher. Das mochte besonders dazu beitragen, sie

täglich um diese Stunde auf der Bank zusammen zu
bringen.

Dann jedoch redeten sie miteinander, und als ich's
zum erften Mal vernahm, ergab sich mir überraschend
daraus, daß sie verschiedener Nationalität angehörten,
denn Der mit dem halblangen Haar sprach deutsch und
der Andre italienisch; Beide manchmal in kurzen Sätzen,
manchmal etwas ausführlich erzählend. Wenn der Letztere geendigt hatte, nickte der Deutsche, „Ja, ja," ant-
wortend, mit dem Kopf, und der Italiener erwiderte
ihm auf seine Mittheilungen: „Si, si." Das beschloß,
als ein Ausdruck oder Zeichen befriedigter Zustimmung
ihre abwechselnden Aeußerungen in immer gleicher Weise,
niemals setzte einer ein Wort mehr zur Entgegnung
hinzu. Beide erschienen so mit einander eingelebt, von
vornherein mit ihren Gedanken und Anschauungen
gegenseitig vertraut, daß sie ihres Einverständnisses
sicher seien und dies keiner weiteren Kundgabe bedürfe.
Ihre Unterhaltung ward von beiden Seiten in einer
ziemlich stark gefärbten Mundart geführt, die mich
anfänglich das Deutsche kaum klarer als das Italienische verstehen ließ, doch waren ihre Dialecte mir nicht
unbekannt und mein Ohr gewöhnte sich rasch an die
Auffassung derselben auch aus ihrem Munde. Den

des Einen vermöchte ich vielleicht annähernd wiederzu=
geben, aber da ich die Sprache des Andern übertragen
muß, würde ein unberechtigter Gegensatz entstehen, wenn
ich die Redeweise Beider nicht in gleichem Schriftdeutsch
zum Ausdruck brächte. Zumal da der Tonfall sich
fast genau glich, hier nicht zu südlich größerer Leb=
haftigkeit anstieg, als dort. Auch er kam von beiden
Lippen immer so unveränderlich und gleichmäßig ruhig,
wie der dämmernde Abend sich über das Thal und
die Dächer legte.

Ja, zwei recht alte Leute mußten es sein, und doch
hatte ich sie unterschätzt, wurde überrascht, als ich am
ersten Tag eine sich darbietende Gelegenheit wahrnahm,
den Deutschen nach seinem Alter zu befragen, und die
Antwort erhielt: „Achtundachtzig, Herr.“ Wie ich mich
danach ebenso bei dem Italiener in seiner Sprache
erkundigte, erwiderte er: „Ottanta otto signor“. In's
Gehör fielen die fremdzungigen Worte mir, wie sie die
nämliche Zahl angaben, merkwürdig auch ganz mit dem
nämlichen Klang, wie die deutschen; noch eigenthüm=
licher indeß berührte mich die Vorstellung, daß sie
Beide zu gleicher Zeit ihren Tag im ersten Anfang des
Jahrhunderts begonnen hatten und nun hier mitein=
ander den Schluß desselben abzuwarten schienen. Was

Alles war von dem, was wir Weltgeschichte benennen,
vollbracht worden, seitdem sie vielleicht auch als kleine
Knirpse da drunten im seichten Flußwasser am Sommer=
abend zusammen geplätschert hatten. Unwillkürlich be=
schäftigte es mir die Phantasie, während die Beiden
nach ihrer gleichmüthigen Beantwortung meiner Fragen
sich nicht im Geringsten weiter um mich kümmerten.
Sie saßen da in ihrer Welt für sich, meine Gegenwart
störte sie durchaus nicht, war so wenig für sie vor=
handen, wie ich bei ihrer Geburt auf der Erde vor=
handen gewesen war.

$$* \qquad *$$

$$*$$

Wie's mir von einem der zunächst nachgefolgten
Tage in der Erinnerung geblieben, gebe ich es wieder.

Nach ihrer Ankunft leise aus den angezündeten
Pfeifen rauchend, saßen sie und schauten, ihrem Brauch
gemäß, nach den mählich sich röthenden Felsriesen hin=
über. Dann hub der Deutsche an zu sprechen: „Ja,
klettern konnt' die Cenzerl von Kindsbeinen auf, als
wär's ein Bub'. Immer gab's zu hüten und Sorge
im Haus, wenn sie zu lang ausblieb; ihre Mutter hat
genug damit ausgestanden. Daß die nicht alt geworden,

lag wohl so in der Art, ihre Großmutter ward's auch
nicht. Als ich dann allein mit ihr übrig war — mit
den Andern war ich's schon ebenso gewesen, denn die
Männer kamen ja auch nicht weit zu Jahren — da
ging's natürlich noch weniger mit dem Aufpassen. Meine
Beine konnten ihr nicht mehr nachspringen; wenn's über
die Achtzig geht, fängt man's doch an zu merken. Und
sonst ward's auch schwer, das lag ja ebenso in der
Art. Die Buben fingen früh an, nach ihr zu schaun,
das konnt' auch nicht gut anders sein und bleibt auf
der Welt immer das Gleiche. Denn sie hatt's schon von
der dritten Mutter her; die erste war ein ganz sauberes
Geschöpf, sonst hätt' ich nicht so viel dran gesetzt, daß
sie meine Frau wurd'. Aber ihre Großmutter und
Mutter, damit ging's, wie bei'm Gärtner, wenn er auf
eine besondre Pflanze gut Acht giebt, jedes Jahr wird
die Blume immer noch kräftiger und schöner. Da
ward sie's denn zuletzt noch mehr, als all' die Andern,
daß keine Zweite im Ort es mit ihr aufnahm — nicht
dran denken konnt' auch nur Eine — und wer wollt'
den jungen Burschen die Augen im Kopf blind machen,
daß sie's nicht sehen sollten. Kühe und Schafe kann
man hüten, auch Ziegen zur Noth noch, aber Gemsen
nicht und keine jungen Dirnen, die Gemsenbeine haben

und wie eine Alpenrose und Edelweiß mit einander sind, darum ein Dutzend Jäger den Hals dran wagen, sich's auf den Hut zu holen. Da thun die steifen Gelenke nicht den ganzen Tag über mehr mit, und bei Nacht woll'n sie ihre Ausruhe haben, deßhalb hielt ich's für besser, so schwer's mir ankam, sie nicht mehr zu sehn und zu hören, und schickte sie hierher. Eine Frau ist viel und ein Kind auch, aber so war mir keine gewesen; wenn das Blut draußen in den Gliedmaßen kälter wird, wird's innen wohl wärmer. Besser für sie wär's, meinten Andre auch, so mußt's sein; für ein halbes Jahr, dacht' ich, länger würd' ich's nicht aushalten. Sie kam zu ordentlichen Leuten her, konnte von der Frau im Haus und in der Küche lernen, das that ihr ja auch für's Künftige einmal noth. Dann wollt' ich sie wieder holen, ich dacht's so, wie man eine Taube 'ne Weile in einen sichern Schlag thut, wenn die Habichte zu viel über'm Dach stehn. Aber da hatt' ich's ihnen grad' recht gemacht, dem welschen Raubvogel, dem Hundsfott, daß sie nicht wieder heimkam. Hätt' ich ihn finden können, die Kraft in meiner Hand hätte noch gereicht, wär' ihr wieder gekommen, ihn am Hals zu packen, bis er ohne Athem hingefallen, oder einen andern von seinem Blut, mein Kind an der Mörder-

sippe zu rächen. Das hättet Ihr auch gethan, wenn's
Euch so geschehen wär!"

Der Alte hatte bis zum Schluß hin mit der immer
gleichmäßigen Ruhe der Unterhaltung zwischen den
Beiden gesprochen, als ob er von einem ihn selbst
nichts angehenden Vorfall erzähle; nur bei den letzten
Worten sah ich seine welke Hand kurz von einem leisen
Zittern gerüttelt, das nicht mit der Gelassenheit seines
Ton's im Einklang stand. Der Andre schien die Erzählung schon öfter vernommen und genau gekannt zu
haben, er erwiderte jetzt kopfnickend: „Si, si," sah nach
den feurigen, fast zu Blutröthe aufgeglühten Schroffen
hinüber, und Beide rauchten ein Weilchen schweigsam
ihre Pfeifen. Dann nahm der Italiener in seiner
Sprache, doch gleicher Sprechweise, das Wort:

„Ja, solchen Burschen hat man nicht leicht irgendwo wieder gesehn. Sein Vater und der Vater von
dem waren was, wie's nicht viel vorkommt — ich
hab' mich auch nicht grad' zu verstecken brauchen, als
ich noch jung gewesen — aber mit dem Roberto hätten
wir's alle nicht aufgenommen. Gewachsen war er wie
eine Cypresse und sein Haar drüber wie ein Pinien-
dach; wenn die Mädchen ihn sahen, wurden sie närrisch,
denn er schoß jeder aus den Augen zwei Brandkugeln

hin, eine oben in den Kopf und die andre drunter
in's Herz, daß es ein Feuerwerk in ihnen gab von
Lachen und von Weinen. Für ihn war's aber nur
Spaß, denn ihm konnt's keine anthun; das hätt' eine
Andre sein müssen, als sie bei uns im Ort zur Welt
geriethen. Hochmüthig hießen sie ihn drum, eine Prin=
zessin müßt' ihn noch erst bitten, daß er sie nähme;
dafür saß ihm dann auch das Wort auf der Zunge,
wie ein Bolzen, der in's Schwarze trifft. Einreden
ließ er sich nichts, und wenn er trotzig wurde, konnt'
er wohl auch 'mal etwas wild werden, das steckte ihm
als Erbschaft im Geblüt. Wenn da der Vater früh
weggeht, noch vor dem Großvater, — und von mir
mit meinen achtzig konnte natürlich nicht viel die Rede
sein — da muß Einer sich erst die Hörner ein bißchen
abstoßen, bis er selbst das Richtige aus sich zurecht=
macht. Das hätt' er auch bald fertig gebracht, daß
die Leute heut' davon reden würden, was aus ihm
geworden wäre. Ja, mit Stolz würden sie sagen, daß
er aus ihrem Ort hergekommen. Aber immerfort mit
dem bisnonno allein im Haus zu sitzen, hielt er nicht
aus, ein junges Blut will Neues um sich haben, nicht
im Boden feststecken wie ein Baum, bis ihm das Moos
um die Rinde wächst. Er hatt' es nicht gut auf die

Deutschen stehn, aber ich glaube, darum grab' ging er
hierher, Einer mehr, um seinen Landsleuten beizustehn,
und was für Einer! Als ich jung war, dachten wir
noch nicht dran, daß die Stadt zu uns gehören müßte;
nachher kam's auf, wir hätten ein Recht dran, und er
war mit Feuer und Flammen dabei, wie immer, wenn
ihn etwas anpackte. So ließ er mich denn allein;
wenn er's zu was gebracht hätte, sollt' ich nachkommen
und bei ihm wohnen. Und schnell ging's, kaum mehr
als ein Jahr, wie er mir schrieb, es wär' in Ordnung,
in ein paar Wochen möcht' ich aufpacken und herfahren.
Aber da war sie an ihn gerathen, la strega tedesca,
la maledetta, und hatte ihm mit einem Liebestrank
das Blut toll gemacht, daß er alle gesunden Sinne
verlor. Von einem gottverfluchten Giftstamm muß sie
gewachsen sein, wie eine Belladonnabeere, und ich hätte
sie ausgerottet, mit einer Eisenhacke, sie und alle Wur=
zeln, aus denen sie das Gift gesogen — dazu wär' in
meine Hand noch wieder die Kraft gekommen. Das
hättet Ihr auch gethan, wenn's Euch so geschehen wäre.
Aber ich konnte sie nicht mehr erreichen, und auch von
ihrer verruchten Sippe war nichts mehr über der Erde
vorhanden."

Ebenso gleichmäßig ruhig bis zum Schluß hin, wie

vorher der Deutsche, hatte der Italiener gesprochen, als
ob er von einem ihn selbst nichts angehenden Vorfall
erzähle, und nur ebenso durchrüttelte zuletzt, als ein
Anzeichen innerer Erregung, kurz ihm ein leises Zittern
die alterswelle Hand. Seinerseits schien in gleicher
Weise auch der Andre diese Geschichte schon öfter vernommen und genau gekannt zu haben, er erwiderte nur
kopfnickend: „Ja, ja," sah nach den bereits langsam
wieder im Abblassen begriffenen Felsenfackeln hinüber,
und Beide rauchten schweigsam ihre Pfeifen weiter.

* *

*

Am Tage danach, glaube ich, war's, daß ich zufällig etwas frühzeitiger als sonst auf die Brücke kam
und die Nischenbank von einer netten jungen Frau mit
ihrem Kinde besetzt fand, die ich schon mehrmals als
gleichfalls beständigen Abendgast an einem nahbelegenen
Platz wahrgenommen hatte. Vom öfteren Sehen kannte
sie auch mich bereits und erwiederte, als ich meinen
Sitz einnahm, freundlich auf meinen Gruß; in mich
überraschender Weise auf deutsch, denn ich hielt sie
nach ihrer Erscheinung für eine Italienerin. Ein von
mir angeknüpftes Gespräch ergab, daß meine Vermuthung
nicht grade unberechtigt gewesen, sie stammte von doppel-

tem Blut, einem deutschen Vater und einer italienischen
Mutter, der sie jedenfalls äußerlich mehr nachgeartet
war. Doch gab sich ebenso augenfällig in ihrem Be=
haben deutsches Wesen kund, und wie sie beide Sprachen
mit gleicher Geläufigkeit redete, bildete sie in schlichter
Weise einer Frau aus der untern Volksclasse in sich
eine Vereinigung einnehmender Vorzüge der sich hier
berührenden gegensätzlichen Nationalitäten, gewisser=
maßen auch eine Brücke zwischen ihnen. Die Art
ihres deutschen Ausdrucks zeigte sich fast dialectfrei,
offenbar von dem feineren romanischen Sprachgefühl
vortheilhaft beeinflußt; dagegen besaß sie etwas, dem
Italiener, wenigstens dem nicht höher gebildeten eigent=
lich nicht Angehöriges, einen natürlichen Sinn zu
humoristischer Auffassung komischer Dinge, obwohl ich
später erfuhr, daß sie nicht eben vom Glück sanft ge=
wiegt worden, sondern aus eignen Erlebnissen wußte,
was Kummer und Leid sei, und nicht weniger dafür
ein ernstes Gemüthsverständniß in sich trug. Denn
auch das lachende Sonnenparadies des herrlichen Thales
durchklangen nicht eitel helle Stimmen von Lebenslust
und Frohsinn; wie überall mischte sich in stillen Win=
keln die alte Erdenmitgift von Seufzern, Klagen und
bittren Thränen hinein.

Es lage nahe, daß ich von den beiden alten Acht=
undachtzigern zu sprechen anfing, und meine junge Bank=
gefährtin versetzte mit leichtem Anflug eines Lächelns
um die Mundwinkel:

„Ja, die können nicht ohne einander sein, keinen
Tag; auch wenn's regnet, bringen sie sich ein Kissen
mit und sitzen unter'm Schirm ebenso hier zusammen.
Ich habe einmal gehört, es giebt Vögel — insepara=
bili heißen sie auf italienisch — wenn von denen einer
stirbt, thut's der andere ganz von selbst auch, ohne daß
er krank zu sein braucht; ich glaube, mit den Beiden
geht's einmal ebenso, wenn einer die Bank leer findet
und der andre nicht wiederkommt. Ich kann mir
nicht vorstellen, daß sie am Abend hier nicht mit ein=
ander sitzen."

„Ja," erwiderte ich bedachtlos, „wie sie als kleine
Buben vermuthlich da ebenso, wie die von heut', mit
einander im Wasser herumgeplatscht haben. Daran
können Sie sich freilich wohl nicht erinnern, denn es
ist ein bißchen — so ein gutes bißchen mehr als ein
halbes Jahrhundert — vor Ihrer Geburt gewesen."

Doch meine Nachbarin schüttelte den dunkelhaarigen
Kopf. „Nein, das haben sie nicht, sind erst ganz spät
mit einander bekannt geworden, und ich kann mich sehr

gut daran erinnern. Der Eine hatte sein Lebenlang in
einem Ort brüben im Norden über'm Gebirg gewohnt,
zwölf bis vierzehn Stunden von hier, und der Andre,
glaub' ich, beinahe ebenso weit nach Süden hinunter, und
Beide kamen erst vor fünf Jahren um die gleiche Zeit
hierher."

Sie schien noch etwas hinzusetzen zu wollen, that's
indeß nicht, weil ich einfiel:

„Ja, richtig, ich hatte es im Augenblick vergessen,
aber selbst schon aus Dem, was sie miteinander gesprochen, herausgehört. Gestern erzählten sie sich Jeder
etwas aus ihrem Leben, darin gerieth's zum Vorschein,
daß sie nicht von hier sind. Aber wie's so alte Leute
wohl thun, kam's mir vor, als hätten sie es sich schon
öfter erzählt und Jeder die Geschichte des Andern gekannt, denn Beide antworteten nur —"

„Ja, ja — si, si," fiel mir ihrerseits die junge
Frau, jetzt unter einem fröhlichen Auflachen in die
Fortsetzung. Danach fügte sie hinzu: „Entschuldigen
Sie, aber mir war's so spaßhaft, daß Sie sagten, die
Beiden hätten mit einander gesprochen."

Ich sah sie verständnißlos-erstaunt an. „Warum
soll das spaßhaft sein? Ich habe sie doch, nicht gestern
zum ersten Mal, schon öfter so sprechen gehört."

„Gewiß, Herr — nehmen Sie mir mein Lachen nicht übel — aber nicht miteinander, sondern Jeder nur für sich selbst."

Ein erklärender Gedanke kam mir. „Sind die Alten vielleicht so schwerhörig, daß keiner den Andern versteht?"

„Nein, das nicht, sie hören noch recht gut. Aber für einander sind sie beinah noch mehr als taub und würden sich nicht verstehen, wenn sie sich auch noch so laut in die Ohren schrien; denn der Eine kann kein Wort deutsch und der Andere kein Wort italienisch, als daß sie wissen, was ‚ja' und was ‚si' heißt. Darum sind sie immer einer Meinung und werden bis zuletzt die besten Freunde von der Welt bleiben; ich sagte schon, ohne einander könnten sie nicht mehr leben. Aber das ist auch sehr gut und nothwendig für sie —"

Da die Frau ihren letzten Satz unvollendet abbrach, fragte ich: „Was ist gut und nothwendig?"

„Daß keiner eine Ahnung davon hat, was der Andre ihm vorerzählt, sonst wär's —"

Die Sprecherin hielt abermals an und warf einen Blick über mich, eh' sie nachfügte: „Sie sind ein Fremder, Herr — es giebt nur ein paar Leute hier bei uns, die davon wissen, die behalten's bei sich, daß sie den Alten ihren Abend hier auf der Bank nicht stören. Es war nicht recht von mir, denn zum Lachen ist's wahrhaftig nicht, nur zuweilen hat's doch 'mal so was Spaßiges. Ihnen könnt' ich's sagen, denn Sie sind ja weit von hier zu Hause und würden's auch nicht —"

Doch sie brach wiederum, zugleich mit ihrem Kinde aufstehend, ab: „Da kommen sie, ich muß ihnen Platz machen. Das wär' nicht zu denken, wenn sie ihre Bank nicht frei fänden, der Schlag könnt' sie treffen; das würd' auf beiden Flußseiten keiner auf sich laden wollen. Sie als Fremder können da auf Ihrer Seite ruhig sitzen bleiben und zuhören, darum kümmern sie sich nicht mehr, als ob Sie ein Stück Mauer wären. Es hat schon ab und zu ein andrer Fremder so da neben ihnen gesessen, aber wer's nur kurz einmal thut, der hat nach den rothen Bergen zu sehn und giebt nicht auf ihr sonderbares Gerede Acht."

Meine bisherige Nachbarin ging, und die Alten kamen von hüben und drüben, heute genau gleichzeitig die Brückenmitte erreichend, heran. Sie begrüßten sich: „Buona sera" — „Guten Abend" — daß das gleichbedeutend sei, schienen sie von der tausendfältigen Wiederholung auch zu wissen oder wenigstens zu ahnen — nahmen ihre Sitze ein, stopften die Pfeifenköpfe,

und der Erste, dessen Zündschwamm glühte, setzte den
Tabak des Andern damit in Brand. Nach der Auf=
klärung, die ich erhalten, war's in der That drollig,
die Beiden reden zu hören, als ob sie sich miteinander
unterhielten und ihre Aeußerungen beantworteten. Sie
sprachen heut' nur gleichgültige Dinge, von der Witte=
rung, dem Stand der Trauben, was sie unterwegs
gesehn, bald Dieser, bald Jener; wenn Einer etwas ge=
sagt und schwieg, nickte der Andere beipflichtend sein
Ja. Ob sie in ihrer Vorstellung annahmen, daß der
Zuhörende doch Einiges von dem ihm Vorgesprochenen
verstehe, oder ob Jeder die Gegenwart des Andern suchte,
um einen Vorwand zu haben, laut mit sich selbst zu
reden, ließ sich aus ihren immer gleichmäßigen Mienen
nicht absehen. Jedenfalls waren sie in Allem ihres
Einverständnisses sicher, als zwei zueinander Gehörige,
allein übrig Gebliebene aus einer Zeit, die lange vor
dem Ursprung alles sonstigen Lebens um sie herum
lag. Zwei so einsam über niedrigem Nachwuchs auf=
ragende alte Baumkronen hielten wohl ein absonder=
liches Gemurmel miteinander und mochten dazu in den
Köpfen nicht der gewöhnlichen Menschenlogik bedürfen,
um Befriedigung in ihrem gemeinsamen gleichen Thun
finden zu können.

Ich vermochte mir gut vorzustellen — und erfuhr
später auch, daß es grade so geschehn sei — wie sie,
Beide aus ihren Heimathorten in die Fremde herge=
rathen, hier zusammengekommen. Sie hatten sich eines
Abends auf der Brücke getroffen, in's Gesicht gesehn
und als zwei gleiche Ueberreste längst vorbeigegangener
Tage erkannt. Jemand war zum Dolmetsch zwischen
ihnen geworden, daß ‚achtundachtzig‘ und ‚ottanta otto‘
die nämliche Zahl bedeuteten; das war ein Band ge=
wesen, sie nicht wieder voneinander zu lassen. Mit
achtundachtzig Jahren brauchte man nicht dieselbe
Sprache des Mundes zu reden, noch zu verstehen, Jeder
fühlte vom Andern, daß sie in ihnen die gleiche sein
müsse, ob dem Laut nach unbegriffen, doch verständ=
licher und zusammenstimmender, als Alles, was die
junge Welt ihnen mit Worten ausdrücken konnte. So
hatten sie sich am Spätabend zusammengesellt, wie's
drunten am Fluß im Frühmorgen die deutschen und
italienischen Knaben thaten, von denen manche wohl
auch ihr wechselseitiges Zurufen und Reden nicht ver=
standen, und so saßen sie Tag um Tag seitdem mit
einander auf der Bank. Ursprünglich, wie es schien,
Beide zuerst von dem abendlichen Anblick der rothen
Felsen hergezogen.

Offenbar indeß verhielt sich irgend etwas mit ihnen doch anders, als es den Eindruck machte; das war mir aus den Worten meiner vorherigen Gefährtin in der Nische aufgegangen, freilich durchaus nicht deutlich geworden. Die Ankunft der alten Bankbevorrechtigten hatte sie unterbrochen, als sie im Begriff gestanden, eine Erläuterung beizufügen; ich suchte mir jetzt eine solche aus den Aeußerungen der beiden Achtundachtziger zu gewinnen, doch vergeblich, denn sie führten ihre absonderliche Zwiesprache an diesem Abend nur über völlig bedeutungslose Tagessachen. Als sie im letzten Dämmern aufstanden und sich wie ständig, nach abermaligem Austausch eines „Gute Nacht" — „Buona notte", — rechtshin und linkshin auseinander begaben, sah ich mich nach der jungen Frau um, aber sie war bereits mit ihrem Kinde von der Brücke fortgegangen.

*   *

*

Wie ich am folgenden Abend wiederkehrte, befand sie sich nach hergebrachter Weise in einer der Nischen — die der beiden Alten stand noch leer — doch als ich mit einem Gruß zu ihr hinantrat, nahm ich einen veränderten, bekümmerten Ausdruck ihrer Züge gewahr, daß ich unwillkürlich fragte, ob ihr ein Unglück zugestoßen sei. Sie schüttelte den Kopf, aber versetzte zugleich: „Ja, ein rechtes Unglück ist passirt — der gaglioffo, der Carlo Montone hat sich gestern Abend betrunken —"

Bei'm letzten Wort sprang sie plötzlich auf, stieß, rasch den Blick zur Linken und Rechten hin und her wechselnd, aus: „Dio mio, da kommen sie Beide!" und unverkennbar zitterte etwas Aengstliches in ihren schönen Augen, die mit unruhiger Spannung sich fortwährend hastig nach den entgegengesetzten Richtungen drehten. Ich stand begrifflos, mußte, da sie auf eine weitere Frage nicht Antwort gab, nichts zu thun, als ihrem Umblicken zu folgen, und sah, daß die beiden Alten wie alltäglich von Norden und Süden her auf die Brücke zugeschritten kamen, langsam-gleichmäßig wie immer ihre steifen Beine vorbewegend. Nur hielten sie heut' gegen ihren sonstigen Brauch hüben und drüben am Rande den Fuß an und zwar gleichzeitig in dem Augenblick, wie sie sich über die Wölbung der langen Brücke gegenseitig mit dem halben Leib zu Gesicht kommen mußten, blieben wie in den Boden eingewur= zelt regungslos stehen und sahen sich aus weitgeöffneten Lidern ebenso unbeweglich entgegen. Wohl minuten= lang; die Kalkfelsen drüben verhielten sich nicht leblos starrer, als ihre nicht wie sonst vorgebückten, sondern

kerzengrad hochaufgereckten Gestalten. Der Ausdruck
der Gesichter ließ sich aus der Entfernung nicht klar
unterscheiden, doch etwas mühsam Verhaltenes, ein
innerliches Zittern Kundgebendes schien mir aus Beiden
zu sprechen. So standen sie salzsäulenhaft, bis sie mit
gleichzeitiger Bewegung den Fuß zum Weitergang vorwärts hoben. Aber als ob gleicherweise im selben
Moment ein lähmender Schreck sie durchfahre, zogen
sie die Füße wieder zurück, verharrten noch ein paar
Augenblicke, sich wie vorher reglos entgegensehend, kehr-
ten darauf um und schritten in die Richtungen, aus
denen sie gekommen waren, zurück.

„Gott sei Dank, sie gehn nicht weiter!“ stieß jetzt
die junge Frau aus, die verhaltenen Athems neben mir
gestanden.

„Ja, was hat das denn zu bedeuten?“ fragte ich,
noch immer ohne ein Verständniß ihrer ängstlichen Unruhe. Nun wandte sie mir den Kopf zu und erwiderte, noch halb gedankenabwesend:

„Es wäre schrecklich gewesen, wenn sie — ja so,
Sie fragen, Herr — ich sagte Ihnen schon, der Carlo
Montone, der Lump, hat sich gestern Abend wieder
einmal so betrunken, daß er nicht mehr wußte, was er
that und sprach. Der alte Matteo, der von da drüben,

saß dabei, und da hat der Carluccio, um auf die Deut=
schen zu schimpfen, angefangen von der Geschichte zu
reden, so daß dem nonno dadurch verrathen worden,
mit wem er seit fünf Jahren hier jeden Tag auf der
Bank gesessen. Der ist weiß im Gesicht wie ein Kreide=
stück geworden, sie haben gemeint, der Schlag hätt' ihn
getroffen. Nun wollten sie's wenigstens gutmachen, daß
kein größeres Unglück passiren sollte, so ging heut' früh
Einer zu dem deutschen Alten hinüber und sagte dem
auch, wie's wäre, damit er sich in Acht nähme und nicht
mehr auf die Brücke herkäme. Sie können sich denken,
Herr, was für ein Schreck mir's war, als ich die Beiden
eben doch hierher gegeneinander losgehen sah. Ich
stellte mir schon das Schlimmste vor und wollte nach
Leuten rufen, denn Beide sind so alte brave Männer,
daß es uns Allen, die um die Brücke herum wohnen,
schrecklich leid gewesen wäre, wenn sie sich etwas an=
gethan hätten. Gottlob ist's ja nicht dazu gekommen,
aber freilich traurig genug bleibt's auch so, für die
Alten, daß sie das noch erleben mußten, und für uns
mit, weil wir uns nun nicht mehr an ihrem Zusammen=
sitzen da freuen können."

Hurtig war's der Sprecherin vom Mund geflogen;
ich sah sie noch immer gleich verwundert an und ver=

setzte: „Ja, was soll ich mir denn —? Nach allem
Dem, was Sie eben gesagt haben, kann ich mir nicht
mehr denken, als vorher."

Das brachte sie dazu, sich zu besinnen. „Entschul=
digen Sie, ich dachte nicht dran — nein, das können
Sie ja auch nicht, wissen nichts davon. Aber wenn
Sie's wissen wollen — es ist nun ja auch ganz gleich=
gültig, ob's Einer mehr erfährt — und lang zu er=
zählen ist's auch nicht —"

Die Felsen flammten in ihrer vollsten Abendglut,
wie ich mich neben die junge Frau hinsetzte und ihr
zuhörte. Was sie mir mittheilte, dauerte grade so
lang, bis der letzte Purpurschein auf den Schroffen
spurlos erloschen war und sie, nur eben noch sichtbar,
aschfarben und todt durch das graue Zwielicht herüber=
ragten. Ich gebe die Geschichte nicht mit den Worten
und der Art der Erzählerin wieder, sondern fasse nur
kurz das Thatsächliche zusammen, das sie mir berichtete.

*   *

*

Die Beiden hatten bis vor fünf Jahren ihre Ge=
burtsorte im Norden und Süden nie verlassen gehabt
und dort in gleicher Weise fast Alles, was von ihnen

hergestammt, Kinder und Enkel, überlebt. Nur Eines
war ihnen, ebenfalls übereinstimmend, geblieben, dem
deutschen Urgroßvater eine einzige Urenkelin, und dem
italienischen ,bisnonno' ein einziger Urenkel, an denen
Beide, als an den Letzten ihres Blut's weit mehr als
am eignen Leben gehangen. Ihre Abkömmlinge im
vierten Geschlecht, Crescenz und Roberto, führten nicht
die Namen der Urgroßväter, sondern durch ihre Eltern
anders erhaltene. Ungefähr um die nämliche Zeit,
wenigstens im selben Jahr, waren sie hierher gekommen,
aus Gründen und Zwecken, welche die beiden Alten
einmal in meiner Gegenwart in ihren Wechselmonologen
vor sich hingesprochen hatten.

Das Mädchen und der junge Mann mußten ähn=
lich von der Natur bevorzugte Vertreter ihrer Volks=
stämme gewesen sein; es hatte nicht Hübscheres und
Charakteristischeres von deutscher und italienischer Art
in der Stadt gegeben, und Beide waren, wie meine
Gewährsmännin sagte, ,gleich brave junge Leute'. Sie
trafen einige Mal an öffentlichen Plätzen zusammen;
Roberto betheiligte sich mit Feuer und Flamme an dem
immer mehr großgewachsenen Trachten seiner Lands=
leute, ihre Nationalität weiter im Norden zur über=
wiegenden zu machen; vielleicht brachte grade dies ihn

dazu, weil sein äußerst lebendiges Temperament ihn
zu jähem Ueberspringen eines klaffenden Widerspruchs
trieb, daß er sich heftig in das schöne deutsche Mädchen
verliebte. Sie gehörte ebenso mit Leib und Seele ihrem
Volk an, stand allem italienischen Treiben durchaus
abgeneigt entgegen, und so ruhig und sanft sie sonst
war, kam es dazu, daß sie einmal in einem Wort=
wechsel mit ihm ihre Meinung unverhohlen und kräftig
aussprach; vermuthlich besonders, weil sie merkte, daß
er sich um sie bemühte, und sie den Zweck im Auge
hatte, ihn davon abzubringen. Bei seiner Natur hätte
das wohl auch unter andren Umständen die beabsichtigte
Wirkung verfehlt, aber in diesem Fall gesellte sich etwas
hinzu, ihn noch stärker zu reizen und zu spornen. Sie
stand augenscheinlich mit einem Andern, den sie hier
kennen gelernt, einem jungen Forstadjuncten, obendrein
einem Deutschen, in näher zutraulichem Verhältniß, das
wohl noch jugendliche Befreundung sein mochte, doch
für den scharfen Blick der Eifersucht sich nicht mehr
weit von Liebe entfernt hielt. Das erhöhte die Leiden=
schaft Roberto's, mit verdoppeltem Bemühen um jeden
Preis über den Nebenbuhler zu siegen. An diesem
Gewaltthat oder Heimtücke zu üben, lag seinem ehren=
haften Sinn gleich fern, er setzte nur Alles daran, das

Mädchen für sich zu gewinnen. Wie vorauszusehen war, vergeblich; doch das wallende Blut schoß ihm in die Augen, machte ihn blind, daß er eines Tag's grabaus um sie freite. Natürlich antwortete sie ‚Nein‘.

Rasch, in kaum vierzehn Tagen war's soweit gediehen, nachdem er seinem bisnonno geschrieben, daß dieser zu ihm herüberziehen möge. Mittlerweile wuchs die Zuneigung zwischen dem jungen Förster und der Crescenz, und sie verlobten sich heimlich mit einander. In Beiden war etwas von jungem, deutsch-schwärmerischem Sinn, sie wollten den Tag in besondrer Art feiern, verabredeten sich, an einer Stelle unbemerkt zusammenzutreffen, um auf eine Wand der Kalkfelsen zu steigen und dort in der rothen Abendglut um sie her die Sonne untergehn zu sehen; der Forstadjunct kannte Schritt und Tritt zwischen den Schroffen und wußte, das ‚Tenzerl‘ klettre von Kindheit auf sicher wie eine Gemse. So führten sie glückselig den Plan aus, doch die Eifersucht Roberto's hatte an dem Tage etwas Besonderes aus dem Gesicht des Mädchens herausgelesen, so daß er stundenlang aus einem Versteck, wie man später erfuhr, ihre Hausthür im Auge gehalten, und wie sie am Nachmittag fortging, folgte er ihr unbemerkt nach. Als er dann sah, was er schreckvoll geahnt, daß sie sich mit dem Bevorzugten ein Stelldichein gegeben, stieg er, wohl ohne Besinnung, was er wolle, weiter hinter den Beiden drein; sie hatten nichts von seinem Auftritt gehört. Aber droben auf der Wand stand er plötzlich vor ihnen, mit irren Augen, und überstürzte das erschreckte Mädchen damit, daß sie gegen alle Zucht und Scham hier allein mit einem Manne zusammenkomme. Ihr Bräutigam, der von großer Gutherzigkeit war, antwortete mit Rücksicht auf den sichtlich bemitleidenswerthen Gemüthszustand des Andern ruhig, sie hätten sich heute verlobt, und zur Feier des Tags sei er mit seiner Braut hier. Doch er hatte das Letzte noch kaum ausgesprochen, als Roberto, wahrscheinlich von dem Wort ‚Braut‘ zu momentanem Irrsinn fortgerissen, ihn mit einem Stoß gegen die Brust jählings zurückwarf, danach blitzschnell beide Arme um das Mädchen schlang, hervorrang: „Einem Andern sollst Du nicht gehören!“ und sich mit ihr in den unmittelbar vor ihnen schwindelnd tief klaffenden Abgrund hinunterstürzte. Wie der unerwartet von dem Stoß des wahnwitzig Uebermannten Getroffene vorsprang, stand er in der rothen Abendglut allein auf der leeren Schroffe, der einzige Zeuge und Berichterstatter des entsetzlichen Vorgangs. Selbst fast wahnsinnig von

Schmerz und Verzweiflung, verließ er einige Tage
später die Stadt; er konnte die glühenden Felsen nicht
mehr sehen.

Das war die Geschichte, eine Tragödie, die sich da
droben zugetragen. Nur mit großer Anstrengung ge=
lang es, zu der Kluftschrunde hinunter zu klettern und
die zerschmetterten Leichen heraufzubringen; erst nach=
dem sie sogleich in der Stille begraben worden, erhielten
die beiden einzigen alten Angehörigen der jungen Leute
Kenntniß von ihrem Tode und der Art desselben. Sie
wußten nichts von einander, und als sie hierher ge=
kommen, sorgten die wenigen, von der traurigen Be=
ziehung zwischen den Beiden Unterrichteten dafür, daß
diese bei ihrem Alter nichts von ihr erfuhren. Von
ihnen selbst war nach dieser Richtung keine Befürchtung
zu hegen, da sie gegenseitig kein Wort ihrer Sprachen
verstanden. Beide blieben in der Stadt als der Gruft=
statt ihrer jäh vernichteten letzten Lebensfreude; sie
mochten sich wohl einmal auf dem Friedhof begegnet
sein, um die Gräber ihrer Todten zu besuchen, aber
sie waren sich wildfremd, bis sie auf der Brücke ihre
Bekanntschaft und ihren Gleichaltrigkeitsbund geschlossen.
So saßen sie, ahnungslos tödtliche Feindschaft gegen=
einander im Herzen tragend, täglich in Freundschaft

zusammen, erzählten sich von dem welschen Hundsfott,
dem Mörder, und von der deutschen Hexe, der ver-
fluchten Giftmischerin eines tollmachenden Liebestranks,
und nickten sich danach beipflichtend ihr ‚Si, si‘ und
‚Ja, ja‘ zu. Sie hatten Beide mit ihrer Beschuldigung
gleich Recht und gleich Unrecht; Jeder von ihnen saß
— durch die Eine wie durch den Andern — so einsam
im letzten Spätabendlicht seines Lebens da.

*   *

*

Nun war durch unglückliche Fügung das lange Ver-
hütete doch einmal geschehen, ein plötzlicher Durchriß
durch ihr intim=absonderliches Verhältniß gegangen und
Jeder hatte in dem Andern einen Angehörigen und
zwar den einzig noch lebenden der ihm auf den Tod
verhaßten Blutsippe erkannt. Auch mir, der sie so
manchmal·zusammen gesehn und gehört und die Kata-
strophe hier miterlebt hatte, that's um die rauh zer-
störte Eintracht der beiden Alten aufrichtig leid; mit
einem Gefühl der Entbehrung, ja der Bedrückung saß
ich am folgenden Abend in der Nische neben ihrer
leeren Bank und blickte auf die langsam sich röthenden
Schroffen hinüber. Dort hatten die beiden jungen

Menschenleben ihr jähes Ende gefunden. In einem ein=
zigen unvorgesehenen Augenblick war der Gedanke ge=
kommen und zur That geworden; was mochte dem
Mädchen in diesen Secunden des Hinabgerissenwerdens,
des Sturzbeginnes noch als Letztes vor dem ewigen
Auslöschen durch die Empfindung gezuckt sein! Die
große Uebergewalt im jungen Menschenblut hatte da
drüben wieder ein paar Opfer begehrt, wie schon zahl=
lose Millionen auf dem Erbenrund vor ihnen. Es war
schaurig, und doch kam auch etwas poesievoll Anrühren=
des daraus herüber, wie sie in einem Nu aus höchstem
Glück und höchster Verzweiflung miteinander zum nichts
mehr Fühlen vergangen waren und die Abendsonne über
ihren todten Augen die Felsen tiefer in blutrothe Glut
eingetaucht hatte. So wie heut' und noch nach Jahr=
tausenden, ewig gleichmüthig, was immer auf der Erde
geschah und ihre kleinen, flüchtig wechselnden Kinder mit
Lust und Leid erfüllte.

Ein Abendplatz war's, solchen sich andrängenden
Gedanken nachzuhängen; ich saß allein und nickte den
Feuerschroffen zu. Doch dann fiel mir einmal von der
Seite her eine Bewegung in's Auge; weiter hinüber
saß die junge Frau mit ihrem Kinde, und ich sah sie
plötzlich in die Höh' fahren und wie gestern hastig mit

dem Blick nach beiden Seiten hin und her wechseln.
Das ließ auch mich wieder unwillkürlich ihren Augen
folgen, und da kam's über die Brücke von rechts und
links heran, die beiden bekannten weißköpfigen Gestalten,
vorgebückt, langsam, steifbeinig. Vielleicht noch etwas
langsamer, steifer und gebückter als sonst; doch sie
hielten nicht wie gestern am Rand der Brücke den Fuß
an, sondern bewegten sich gleichmäßig bis zu ihrer
Mitte vor. So trafen sie neben meinem Sitz zusammen,
wie es schien, ohne sich wahrzunehmen, und setzten sich,
von einander abgekehrt, lautlos auf ihre Bankplätze. Es
machte den Eindruck, Jeder wolle den seinigen behaupten und den andern als leere Luft ansehen. In
hergebrachter Weise, nur mit ein wenig zitternden
Fingern, stopften sie aus den Lederbeuteln ihre Pfeifenköpfe und zündeten danach ihre Schwammlunten an.
Doch brauchten sie längere Zeit dazu, als sonst, oder
vielmehr die von Beiden glühten schon ein Weilchen,
ehe sie dieselben benutzten. Aber dann ging es ihnen
plötzlich gleichzeitig mit einem Ruck durch den Körper,
sie drehten sich gegeneinander, und Jeder streckte im
selben Augenblick den Zündschwamm nach dem Pfeifen-
kopf des Andern. Mechanisch zogen ihre Lippen an,
bliesen ein paar Rauchwollen vor sich hin. Dann

hoben sie langsam die Gesichter gegen sich auf, und zugleich kam's ihnen, ein bischen leiser als sonst, vom Mund: „Guten Abend" — „Buona sera". Und darauf drehten Beide die Augen nach den im Purpurmantel wie Todtenfackeln lodernden Felsen hinüber.

Druck von Ramm & Seemann in Leipzig.

www.ingramcontent.com/pod-product-compliance
Lightning Source LLC
Chambersburg PA
CBHW030826110726
47900CB00006B/1757